KB253921

이산타령 친족타령

이호철 소설

창작과비평사

이산타령 친족타령

초판 발행/2001년 2월 1일

지은이/이호철
펴낸이/고세현
편집/김성은 염종선 김명재
펴낸곳/(주)창작과비평사
등록/1986년 8월 5일 제10-145호
주소/서울 마포구 용강동 50-1 우편번호 121-875
전화/영업 718-0541,0542 · 편집 718-0543,0544
　　　독자사업 716-7876, 7877 · 기획 703-3843
팩시밀리/영업 713-2403 · 편집 703-9806
홈페이지/www.changbi.com
전자우편/changbi@changbi.com
지로번호/3002568

ⓒ 이호철 2001
ISBN 89-364-3659-7 03810

이산타령
친족타령

　나 자신의 간절한 자의(自意)에 안받침되어 엮어낸 작품집으로
1961년 사상계사에서 펴낸 첫 창작집 『나상(裸像)』, 1976년 창작과비
평사에서 펴낸 『이단자』, 1981년 '오늘의 작가 총서' 첫권으로 민음사
에서 펴낸 『문』, 그리고 1991년 '자선대표작품집' 씨리즈로 청아출판
사에서 펴낸 『소슬한 밤의 이야기』에 이어, 이 작품집이 다섯번째가
된다. 물론 그 어간에도 1972년 정음사의 『큰 산』, 1986년 정음문화사
의 『탈사육자회의』가 있고 그밖에도 잡지 등으로 발표되고 나서 전
집, 선집, 각종 문고판으로 직접 끼여들어간 작품들도 적지 않다.
　이 소설집을 엮기 위해 지난 십여년간 발표한 단편 가운데 쓸만한
것으로 네다섯 편 골라내고 보니, 하나같이 남북관계에 맥이 닿아
있고, 더구나 내가 그동안 여러번에 걸쳐 말해왔던, 1955년부터 내
가 써왔고, 앞으로의 여생 동안 혼신으로 써나갈 내 소설의 총량은
'탈향에서 귀향에 이르는 도정'으로 압축될 수 있으리라는 언설이,
그냥 기분나는 대로 아무렇게나 지껄인 것이 아니라, 이 작품집에부

터 쪽 들어맞아간다는 것이 확인되던 것이다. 말하자면 스물네살부터 이 땅에서 소설을 써온 지 꼭 46년 만에, 고희의 나이에 이르러 비로소 내 소설도, 어느새 '탈향'에서 '귀향' 쪽으로 방향을 바꾸어가지 않는가 하는 점……

그렇다면, 하고 나는 용기백배하여, 사십여년 전의 옛날 작품들 가운데서, 다시 손을 보아 최근에 문예지에 선보였던 세 작품, 「탈각」(『사상계』 1959), 「용암류」(『사상계』 1960), 「타인의 땅」(『문학춘추』 1964)도 함께 묶는 것이 괜찮지 않을까 싶어졌던 것이다. 사십여년 전, 그 시절의 그런 조명으로 오늘의 남북관계를 한번 비춰보는 것도 좋을 성싶었기 때문이다.

끝으로, 지난 1996년 팔십여세로 세상을 떠난 프랑스의 여류작가 마르그리뜨 뒤라스의 다음과 같은 언설 한마디를 인용함으로써 '작가의 말'을 마무리하겠다.

"작가는 쓰고 싶은 것이 있다고만 해서 되는 것이 아니다. 텍스트는 텍스트를 변형시키는 필터를 통해서 나타난다. 그리고 그 필터는 현실을 바꾸어내는 기능도 있다. 필터를 끄집어내고 필터 쪽으로 끌려 다가가면서 삶의 현장 그 자체가 필터와 하나로 녹아든다. 그 너머 저편에 있던 이야기될 수 없었던 것이 이편으로 넘쳐나와서 파도처럼 작가의 현실을 채운다. 그때 작가는 자유로워진다."

2001년 1월

이 호 철

차
례

비법 불법 합법

비법 불법 합법

1950년 8월 말에 그이 김규환씨는 대구에서 고2 어린 나이로 학도병으로 소집당하여, 군복을 지급받자마자 그대로 김석원 사단장 휘하 수도사단 포병대에 배치되었다. 그 길로 3년간의 한국전쟁 기간 가장 치열한 전투의 하나로 꼽힌다는 포항 북방의 안강(安康), 기계(杞溪) 전투에 투입되어 곧장 포탄이 비 오듯 떨어지는 최일선에서 그이 표현을 그대로 빌리자면, '훈련이 그대로 전투였고 전투가 곧 훈련'인 상황 속에 처넣어진다. 응당 그랬을 것이다.

6월 25일 새벽 삼팔선이 뚫리면서 물밀듯이 남하해온 동해안 쪽의 북한군도 바로 이 기계, 안강선에서 더이상은 앞으로 나아가지 못하고 두달 가량이나 저지당한 채, 피아간에 시산혈해(屍山血海)의 격전을 벌이고 있었으니, 전사자들 자리메움으로 연일 무더기로 보충되던 사단 성원인들 어찌 제대로 훈련을 받았을 것인가. 온전한 목숨 지닌 한사람으로서가 아니라 한낱 소모품들마냥, 그곳 최전선 사지에 새 군복만 입혀 총 한자루씩 들린 채 무더기로 쏟아부어졌던 것이다. 그나마 요행스럽게도 그이는 두달간의 치열을 극했던 전세(戰勢)가 어느정도 판가름이 날 즈음인 8월 말에, 다시 말해서 두달 동안 수만명이 전사하여 사단 성원이 송두리째 네댓 차례나 새 젊은 이들로 충원된 뒤에서야 그 최일선 전장에 포병대 통신병으로 투입됐던 것이다.

드디어 9월로 접어들면서 북한군도 더이상은 여력이 없어 후퇴길로 들어섰고, 자연히 한국군은 그 뒤를 쫓아 북상해갔다. 수도사단은 두달간을 완강히 버티었던 그 안강, 기계에서 벗어나 우선 청송, 진보, 영양을 거쳐 봉화, 영월, 평창, 대화를 지나 대관령을 넘어 강릉에 닿았고, 이어서 주문진, 인구, 양양, 속초, 거진, 대진, 고성을 지나 금방 장전에 이르렀으며, 이곳에서 서쪽으로 방향을 바꿔 회양(淮陽)으로 들어서 다시 북상, 신고산 안변을 거쳐 원산에 가닿아 양덕을 거쳐 다시 북동쪽으로 방향을 틀어 고원, 영흥, 함흥에 이르러 잠시 숨을 돌리면서 개마고원 쪽은 미 10군단에게 맡기고 수도사단은 해변 쪽으로 길주, 명천, 신포, 단천, 성진, 나남을 지나 드디어 경성(鏡城)에까지 가닿는다. 여기까지는 말 그대로 허허벌판을 내달리던 저 옛날 칭기즈칸의 말들마냥 모두가 말갈기를 세우듯이 신바람이 났었을 것이다.

이렇게 원체 빠르게 북상을 하여 미처 후방의 보급이 안 닿아 각 부대들은 저저끔 제 깜냥대로 곳곳의 민가에 투숙들을 하며 진격해갔는데, 그러노라니 언제 어디서 삼팔선을 넘었는지도 모르게 어느새 북한땅으로 들어서 있었지만, 북상한 국군을 대하는 현지 백성들만은 남이고 북이고 전혀 차이가 없더라는 것이다. 응당 그랬을 것이다. 같은 조선사람, 한국사람이었으니 어찌 안 그랬을 것인가. 하긴 그 점은, 더러는 북상한 개개 군인의 사람 나름이기는 했을 터이지만, 적어도 그이 김규환씨가 보기에는 삼팔선 남쪽이고 북쪽이고 백성들만은 하나같이 무던하게 어리수굿하였고, "젊은 사람들이 이 고생들을 한다"며 친애비 에미들 못지않게 지극정성으로 저들 국방군을 대해주더라는 것이다. 명실상부하게 조상 대대로 이 땅에서 살아온 우리네 착한 조선사람들이더라는 것이다. 그러니 추호나마 적지에 들어왔다는 느낌이 안 들었고, 더러는 그 점이 문득문득 무척 기이하게 느껴지기도 하더라는 것이다.

하지만 곰곰 생각해보면, 일제 식민지에서 풀려난 지 겨우 5년밖에 안 지났으니, 남이나 북이나 할 것 없이 백성들만은 아직 삼팔 경계선이라는 것이 완전히 생소하게 여겨지던 때였다. 게다가 오만잡설 이전에 백성들 특유의 날카로운 감각으로 당장 돌아가는 사세(事勢)를 (스스로 잘났다고 자처하는 몇몇 정치인들간의 사생결단 아귀다툼의 연장으로 벌어진 일이라는 것을) 대강은 간파하고 있었고, 나름대로 정확하게 대응하고 있더라는 것이다. 어느 곳에서나 예외라곤 없이 저들 국방군 주둔군을 같은 조선사람으로 극진히 대해주더라는 것이다. 그것도 썩 자연스럽게…… 어찌 안 그랬을 것인가. 현지 백성들 태반은 새로 북상해온 그들 국방군 주둔군을, 어느 먼 외방에서 들어온 적군으로서가 아니라 수천년을 한 씨갈로 함께 살아온 한 동족으로 따뜻하게 맞이해주더라는 것이다. 마치 "남북간에 왜들 이 싸움질인지 우리 백성들은 도무지 모르겠지만서도, 우리끼리야 암튼 한 씨갈, 한 동족이 아닌가. 자네들 이 고생 하는 것 뻔히 보면서 어찌 모른 척할 수가 있을 것인가" 하고, 누구나가 마음속으로들 씨부렁거리는 것처럼도 보이더라는 것이다.

그렇게 애당초 이 전쟁이라는 것은 남북 백성들간에는 물 위에 기름 뜨듯이 겉중 떠 있었을 뿐, 실제로는 부산사람이나 평양사람이나, 대구사람이나 원산사람이나, 강릉사람이나 해주사람이나, 대전사람이나 청진사람이나, 안변 천안 목포 회령 신의주 인천 할 것 없이 그밖에도 남북의 어느 고을에 사는 사람이건 같은 조상을 둔 같은 조선사람, 한국사람 혈족임을 현지의 백성들만은 벌써 온몸으로 듬뿍듬뿍 알고 있는 모습들이었더라는 것이다. 그렇다면 안강, 기계 들판에서 지난 두달 어간에 남북 피아간에 몇만명씩 죽어나갔던 저 극렬한 싸움은 대체 뭐였더라는 말인가.

그렇게 돌풍에 뜬구름 흘러가듯이 김규환씨가 속했던 그 부대는 단숨에 북한의 오지, 함경북도 경성까지 가닿았다가 창졸간에 명령이 하달되면서 다시 후퇴길에 들어섰을 때 이미 흥남까지 남하할 길도 막혀 있었고, 미 10군단 해병대는 개마고원 오지에서 중공군에 몇겹으로 포위되어 있더라는 것이다.

결국 김규환씨의 그 부대는 어렵사리 성진(지금의 김책시)까지 와닿아 거기 대기하고 있던 미 함선에 실려 곧장 해로로 부산까지 무사하게 후퇴해올 수가 있었다. 그러나 얼마 안 있어 그 부대는 다시 해로로 북상, 묵호(지금의 동해)항에 닿아 다시 삼팔선 너머까지 남하해온 중공군과 또다시 밤낮이 따로 없는 격렬한 전투상황에 들어서게 된다.

그러나 중공군 특유의 인해전술이라는 것도 막강한 유엔군의 화력에는 어쩔 수 없이 기가 꺾이고 원주, 횡성선에서의 전투를 고비로 전세는 다시 주춤거리면서, 동해안 쪽의 한국군은 와락 북상길에 올라 순식간에 고성 못 미쳐 현 휴전선에까지 이르게 되었다. 드디어 1951년 여름에는 소련 외상 말리끄의 중재로 개성에서 휴전회담이 시작되지만, 양군은 현 휴전선, 일설로는 소위 '렌사스 라인', 문산-화천-고성선을 주저항선으로 삼고 대치된 채, 백마고지 전투며 피의

능선 전투며 향로봉 전투며, 그밖에도 한치 땅을 두고 매일 수백명
씩 죽어나가는 소모성 혈전이 다시 이어지는 것이다. 결국은 수도사
단도 이 어름에는 향로봉을 두고 일진일퇴를 겪다가 1953년 7월에
이르러서야 휴전협정이 조인되면서 3년여간의 한국전쟁은 휴전상태
로 들어가게 된다.

이상이 6·25로 시작된 한국전쟁의 극히 소략한 전모이거니와, 꼭
오십년이 지난 이 시점에 이 한국전쟁의 극히 소략한 모습이나마 다
시 되짚어보는 것은 다른 뜻이 아니다. 이러한 전모를 읽어내면서
우리 머릿속에 와닿는 그림은 대체 어떤 것인가. 아니, 이런 식의 소
략한 기술이 아니라 설령 몇권, 몇십권으로 소상히 극명하게 기술된
걸 읽는다 한들 오십년이 지난 우리 감각에 와닿는 것은 대체 어느
만한 수준의 실상일까. 그 하나하나 실제 정황의 세부세부에 어느
정도나 가까이 가닿을 수가 있을까. 1950년 6월 25일부터 53년 7월
27일까지 바로 이 3년여의 전쟁기간중에, 남북 양측 통틀어 몇십만
에 이르는 비명에 죽은 사람도 사람이거니와, 그 기간에 이 땅 곳곳
에서 벌어졌던 실제 정황의 세부세부는 어떤 필설로도 제대로 표현
해낼 수 없는 것들이며, 이 3년여 어간에, 그리고 그 뒤 지난 오십년
동안 그 후유증으로 이 땅 곳곳에서 벌어졌던 괴이하고도 기이한 이
야기들은 그 어떤 그릇에도 도저히 담아낼 수 없을 것이다.

전쟁이라는 것은 어느 전쟁을 막론하고 본시 그런 것이니라고 자
못 의젓한 한마디로 처리해 치울 수는 있다. 인류 역사 이래 모든 전
쟁이라는 것은 항용 그래왔으며, 그런 것이었느니라고 말이다. 하지
만 그렇게 한마디로 해치우고 나서는 그냥저냥 천연스러운 낯색을
과연 할 수가 있는 것인가. 과연 그래서 되는 것인가. 사실 이 전쟁
의 여진으로 인해 현 휴전선의 삼엄한 대치상황을 필두로 지난 오십

년간 남북 공히, 우리 모두가, 그 '전쟁의 틀'이라는 규격에 알게 모
르게 맞춰져서 살아왔던 것이 아닐까. 그리고 그렇게 원체 오십년이
라는 세월이 지나다보니, 우리 모두가 그 절대규격에 길들여지다 못
해 어느 한쪽은 완전히 마비상태로 떨어졌던 것은 아닐까.

　그렇다면 오십년 전에 이 땅에서 벌어졌던 그 전쟁현장, 다시 말해
전장의 생생한 실상, 그 전쟁중에 일반민중이 처해 있던 실제 정황
은 구체적으로 어떤 것이었는지, 흘낏이라도 한번 접해보기로 하자.

　가령, 다음과 같은 삽화들은 그런 것이 되지 않겠는지……

　1951년 5월 31일, 표고 1293미터 높이의 향로봉을 점령한 수도사
단(이때의 사단장은 송요찬 장군이었다) 휘하, 제1기갑 연대(연대장
이룡 대령)는 사흘 뒤에 잇대어서 다시 새 작전명령을 하달받는다.
그것이 정확하게는 6월 4일 0시 자정, 이런 경우의 군대 공용어로는
06, 03, 24:00, 즉 6월 3일 밤 24시였다. 그 하달내용인즉, 향로봉 서
남쪽 16킬로미터에 위치한 1091미터 높이의 산두곡산(山頭谷山)까
지를 연달아서 점령, 확보하라는 것이었다.

　현위치에서 제2대대를 산두곡산을 향해 이동시켜, 06, 04,
04:30을 기해 공격을 개시하라. 현재 산두곡산에는 인민군 1개중
대 병력이 정상을 점령하고 있다. 이동중에는 무전기의 사용을 금
한다.

현재시간 51, 06, 03, 04:00

　이룡 기갑연대 연대장은 이 작전명령을 하달받자마자 자신의 손목
시계부터 우선 자세히 들여다보았다. 지금 시각은 틀림없는 6월 4일

자정 정각, 즉 군대 용어로 하자면 06, 03, 24:00였다.

"흥, 이거야 원."

하고 연대장은 혼잣소리마냥 콧방귀부터 한번 뀌었다. 하지만 이 막중한 전통(電通)이 도대체 20시간이나 어디에 널브러져 있다가 지금에야 자기에게 와닿는지 의아해졌지만 그런 걸 따지고 자시고 하기에는 눈앞에 닥친 일이 너무 막중하고 그리고 촉박했다.

현위치에서 점령목표지 산두곡산까지는 야간행군으로 두 시간 반에서 세 시간은 소요되는 거리여서, 하달명령에 나와 있는 공격 개시 예정시각까지는 도합 네 시간의 여유밖에 없다. 급하게 서두른다면 빠듯하게 가닿긴 하겠지만, 당장 이쪽 사정이 그럴 형편이 못되는 것이다. 향로봉 점령 이후 72시간이 지났다고는 하지만 주변소탕전이며 호를 비롯한 진지구축이며, 기갑연대 2대대 장병들은 지난 사흘 잠 한숨 못 자다가 이제 겨우 두 시간 전에야 두 다리라도 펴고 잠들어 있는 것을 이 연대장이 모를 리가 없는 것이다.

어느새 벌떡 일어선 연대장은 와락 짜증 섞어 연락병에게 고함을 질렀다.

"어서 통신병 불러라. 즉각 어서."

결국 연대장 명의의 이 작전명령을 처음 하달받은 것은 바로 제2대대 통신병인 김규환 일병이었다. 김일병두 원체 밤이 깊은 자정시각이라 깜박 잠 속에 혼곤히 빠져들었다가 무전기 호출소리에 기겁을 하고 놀라 일어났다.

무전기 리시버에서는 다짜고짜 쩌렁쩌렁한 목소리로,

"나, 연대장이다. 거기, 제2대대에 나가 있는 우리 연대 작전장교 곽소령, 즉시 불러라. 어서 급히."

놀란 김일병은 연대장 목소리가 벌써 심상치 않은 것을 직감하며,

이런 경우의 관례대로 칠흑 어둠속을 득달같이 달려가 원(元)상사부
터 흔들어 깨웠다.

　"상사님 상사님, 선임하사님 선임하사님."
하고 혼곤한 잠에 떨어져 있는 원상사의 허리통을 세차게 흔들었다.

　"응응, 왜, 왜."
하고 원상사도 일순 깊은 잠에서 깨어나 한번 두 눈을 번쩍 뜨는 듯
했다. 원체 칠흑 어둠속이어서 보이지는 않지만, 이런 경우를 여러
번 겪어온 터라 김일병대로도 특유의 감각으로 그걸 알 수 있었다.
하지만 그뿐이었다. 번쩍 눈은 한번 떴지만 도로 감은 채 그 다음은
도무지 꼼짝도 하지 않았다. 이러니 김일병으로서야 어쩔 것인가.

　"선임하사님, 선임하사님, 선임하사님."
하고 연달아 부르면서 원상사 상체를 마구잡이로 흔들어댔다. 하지
만 원상사도,

　"응응, 응응, 알았어, 알았어, 글쎄 알았다니까."
라고만 웅얼댈 뿐 더이상은 도무지 요지부동이었다.

　급기야 김일병도 더욱 악을, 악을 써대며 발길질로 걷어차다가 끝
내는 끙끙 안간힘을 쓰며 아예 원상사 상체를 안아 일으켰다. 그러
면서,

　"연대장님, 연대장님이요, 연대장님이 연대 작전주임 곽소령 대달
래요. 연대장님이 곽소령을 지금 찾는데두요."

　이 동안에도 무전기에서는 연대장의 짜개지는 목소리가 그냥저냥
터져나오고 있었다.

　"대체 뭣들 하는 거야. 야, 통신병, 통신병, 통신벼어엉."

　김일병으로서도 이젠 더이상 별수없겠다 싶어 아예 그 무전기 리
시버를 원상사 귀에다 가져다댔다.

“자, 이거 받아보세요, 상사님. 어서 정신채리고요. 연대장님이에
요.”

원상사도 별수없이 리시버에서 울려나오는 소리에 처음에는 건성
건성, 응응, 알았어, 알았어, 하고 기계적으로 응답하려고 들다가 별
안간,

“네, 저 2대대 원상삽니다.”

하며 벌떡 일어났다. 그러는 원상사의 뒷등을 여전히 김일병이 떠받
쳐주고 있었는데, 그러자 상대편 연대장은 조금 가라앉은 목소리로
변했다.

“넌 또 뭐야. 곽소령 어서 대달라는데, 대체 넌 누구냐.”

원상사도 기겁을 하며,

“넷, 전 제2대대 선임하사관 원상사입니다.”

하고 일순간에 잠이 확 달아나는 듯 제 힘으로 뒷등을 곧추세우며
당장 거수경례라도 올려붙일 듯 말짱해졌다.

“어서 연대 작전장교 곽소령 바꿔라.”

“넷, 알았습니다.”

하고 리시버를 김일병에게 도로 건네주며 원상사는 장교들이 잠들어
있는 막사 쪽으로 득달같이 달려가 곽소령을 깨우기 시작했다.

“참모님, 참모님.”

하지만 어림도 없었다. 곽소령도 혼곤한 잠에 띨어져 있기는 조금
전의 원상사와 다를 게 없었다.

“참모님, 참모님.”

하고 원상사도 곽소령의 몸을 거칠게 흔들어보고, 두 눈을 까뒤집어
도 보고 별짓을 다 해봤지만, 곽소령도 잠결에 벌컥벌컥 화만 낼 뿐
아예 저편으로 돌아눕기까지 하질 않는가.

이러는 중에도 무전기에서는 연대장의 역정소리가 더욱 쩌렁쩌렁 울렸다.

끝내 별수없이 원상사는 무전기 리시버를 김일병에게서 받아들고,

"연대장님, 도저히 곽소령을 깨울 수가 없습니다."

하자, 연대장은 또 빼락 소리를 질렀다.

"뭐야? 연대장 명령이다. 개머리판으로 두들겨패서라도 어서 깨워, 어서."

"네, 알았습니다."

원상사는 다시 시도해보았으나 이 판국에 곽소령을 깨운다는 것은 도저히 불가항력이었다. 결국 원상사는 김일병에게서 무전기 리시버를 받아들고 연대장에게 사실대로 아뢰었다.

"연대장님, 별짓을 다 해봤지만 도저히 도저히 깨울 수가 없습니다. 도무지 막무가내입니다. 죽은 송장 한가지입니다."

"………"

하긴 연대장도 연대장대로, 저 곽소령이 지난 사흘간 한숨도 눈붙일 틈이 없었으리라는 것을 익히 알고 있는 터라, 잠시 차분히 뜸을 들이는 눈치더니 지극히 억제된 낮은 목소리로 조용히 불렀다.

"너, 우리 연대 2대대 선임하사관이라 했나?"

"네, 그렇습니다. 선임하사 원상사입니다."

"좋다. 그러면 네가 이 새 작명을 받아 2대대장에게 전달하도록 해라. 곽소령을 두드려 깨워서건, 그자가 저엉 못 일어나거든 제2대대장에게 직접 전달하건, 정확히만 전달해, 알겠나? 그나저나 일은 지금 매우매우 화급하다, 알겠나?"

"네, 알겠습니다."

이렇게 원상사는 연대장이 직접 하명하는 새 작전명령을 연대장

연락병이 받아 불러주는 대로 종이쪽지에다가 적어나갔다. 그리고 끝머리에는 연대장이 시키는 대로 복창까지 한번 하였다.

"현위치에서 제2대대를 산두곡산을 향해 이동시켜, 06월 04일, 04시 30분을 기해 공격을 개시하라. 현재 산두곡산에는 인민군 1개중대 병력이 정상을 점령하고 있다. 이동중에는 무전기의 사용을 금한다. 현재시간 1951년 06월 03일, 04시. 이상입니다"라고.

그러나 이러는 원상사도 원체 상대가 연대장이라 그 위령(威令)에 지레 잔뜩 겁부터 났던 판이어서, 연대장 연락병이 불러주는 대로 받아적고 한번 복창까지 했으면서도, 기실은 아직도 자다가 금방 깬 비몽사몽간의 몽롱한 상태여서, 이 새 작명의 엄청난 내실, 알맹이는 제대로 챙겨내지를 못한 채, 연대장이 시키는 대로 오로지 기계적으로 받아적고 복창까지 했던 것이다.

공교롭다면 너무나 공교롭게도 마침 그 찰나에 곽소령이 푸시시 일어나 비틀비틀 막사 밖으로 걸어나왔다. 그때 막 초아흐렛달이 구름 속에서 빠져나와 곽소령인 것을 금방 알 수 있었다. 그렇게 긴 시간 오줌을 누고는 다시 막사로 들어가고 있었다.

이 기회를 놓칠세라 원상사는 재빨리 다가가 조금 전에 받아적은 그 작명 쪽지를 내밀면서 말했다.

"연대장님께서 이 새 작명을 어서 곽소령님께 전달하라는 거였습니다."

곽소령도 원체 비몽사몽간이라, 원상사가 내민 작명 쪽지를 일단 기계적으로 받아들며,

"누구 시켜서 2대대장 박중령, 당장 깨워라, 당장."

하고 제법 큰 목소리로 일갈은 하였으나 금방 온전하게 제정신으로 돌아왔던 것은 아니어서, 딱부러지게 어느 누구에게 박중령을 깨워

오라는 지시는 내리지 못한 채, 그리고 그 새 작명 내용을 한번 대강이라도 읽어보지 못한 채, 그 작명 쪽지만을 두 손가락 끝에 간당간당 잡은 채 그대로 꾸벅꾸벅 졸다가 끝내 그 앉은 자리에서 그대로 모로 나뒹굴어지고 말았다. 그리고 이때는 벌써 원상사도 작명 쪽지를 곽소령에게 넘겨준 이상 연대장에게서 하명받은 자기 임무는 다 한 것이라고 판단, 그동안 연대장의 호통 받으랴, 곽소령 깨우려고 실랑이 벌이랴, 양쪽으로 시달렸던 피로까지 새로 얹혀 그대로 아무데나 쓰러져 금방 혼곤한 잠 속으로 떨어지고 말았다.

다만 한사람 김규환 일병만은 이 모든 것을 끝까지 지켜보았지만, 자기 같은 쫄때기가 이런 계제에 나설 수는 없는 것으로 스스로 판단했던 것이다. 하긴 뒤에 문제가 크게 불거져나왔을 때는, 자신이 그 새 작명 내용까지 소상하게 알고 있었는지의 여부는 김일병 자신마저 알쏭달쏭, 애매모호하였지만.

원상사는 평북 삭주에서 1947년 봄, 스물네살 나이로 월남해와 금방 '서북청년단'에 가입, 처음부터 열렬하게 활동했던 사람이다. 그 열렬하게 활동했던 구체적인 내용이 대강 어떤 것이었는지는 굳이 이 자리서 소상하게 밝힐 것은 없겠고, 미루어 짐작들을 했으면 한다. 암튼 이런 사람이 9·28 서울 수복 이후에야 뒤늦게 국방군에 들어와서, 더구나 일년도 채 안된 어간에 막강한 기갑연대 제2대대의 항용 고참상사들만이 맡는 선임하사로까지 오를 수 있었던 것은, 그동안 연이은 치열한 전투 속에 하사관의 소모가 그 정도로 우심했던 점도 고려되어야 하겠지만, 아무리 그렇기로선 그 짧은 기간에 그이가 대대 선임하사로까지 오를 수 있었던 것은 어느 누가 보나 어색하고 기이한 일이었다. 그러나 그 점도 그이가 서북청년단의 가장 열렬한 열성단원의 한사람이었다는 지난 몇년간의 생생한 이력을 아는 사람이면 전혀 납득이 안되는 것도 아니었다. 다시 말하면, 그 무렵 초창기의 국방군에는 원체 서북 출신들, 그중에도 서북청년단 출신 장교들이 많아 이렇게 저렇게 이 연줄 저 연줄로 끌어주고 밀어준 덕을 톡톡히 보았던 것이다.

"야, 너 곰똥 아냐. 도대체 어떻게 된 기가? 어디 자빠져 있다가 이제서야 나타났네."

"그렇게 됐음다. 그동안 겪은 얘기 다 하려면 길어지구요. 암튼지 형님 곁에 좀 있게 해주시고래. 이거야 원, 이 나이 해갖고 젖내나는 애들하고 같이 놀자니 도무지."

"그래? 허긴 그렇기도 허겠다. 요즘 들어오는 신병들이야 전탕 스무살 안짝 아아들이니. 아 왕년에 곰똥이라면 뉘긴데. 산천이 온통 부들부들 떨지 않았네. 기럼 좋아. 당장 나하구 같이 가자우. 어서 짐 싸라우."

"네? 형님 그게 덩말입네까?"

"거럼, 어서 짐 개지고 나오라우. 내가 뒤에 느네 대대장에게 말할 테니 염레일랑 말구. 그런 건 걱정 말라우."

이런 식으로 몇달 지나다보니, 겅중겅중 건너뛰면서 금방 기갑연대 2대대 살림을 도맡다시피 하는 요직인 현 선임하사로까지 올랐던 것이다.

하긴 그 점도 그렇긴 했을 것이다. 서북청년단 시절의 선배들이 끌어주고 밀어준다는 것도, 그런 쪽으로 전혀 능력이 없는 사람을 마구잡이로 갖다 앉혔을 리는 만무하고, 실제로 원상사는 왕년에 그런 쪽으로는 선배들의 아낌을 톡톡히 받았고, 매사에 들어 간덩이 약한 사람이면 도저히 엄두조차 내지 못했을 무지막지한 일도 추호도 제 몸 사리는 일 없이 서슴지 않고 순식간에 거뜬히 해치우곤 하여, 그

선배들간에도 곰똥을 두고는 화제가 끊이지 않았고, 하나같이 혀를 내둘렀던 것이다. 이리하여 원상사는 본시 사람 생겨먹은 그 기본 생태부터가 어떤 의미에서는 난세, 가령 그중에도 현금 같은 전시를 살아가기에 가장 알맞았던 것이다. 실제로 그이가 서북청년단의 열렬한 행동대원으로 자타의 인정을 받기까지에는, 항시 남이 꺼려하는 일, 누구나가 피해가지 않을 수 없는 잔혹한 일일수록 자청해서 떠맡아 눈 하나 까딱하지 않고 배짱좋게 해치우곤 했던 실적이 그 밑자락에 깔려 있었던 것이다. 말을 바꾸면 갖은 못된 짓을 서슴지 않았던 것이다.

그런 그이는 6·25가 일어난 지 사흘 만에 인민군이 서울을 점령했을 때 설마, 설마 하다가 그만 서울을 빠져나가지 못한 채 석달 동안을 고스란히 서울서 지내야 했던 것이다. 그러니 그이 같은 사람으로서야 여북했을 것인가. 더구나 지난 2년 남짓 동안 서북청년단의 열렬한 단원으로 갖은 못된 짓을 다 했으면 제 분수를 스스로 알아서 깊이깊이 숨어 있어야 했음에도 불구하고 원체 사람이 곰덩이로 생겨 있어서, 차라리 잡혀죽고 말지, 자기 성질로는 도저히 이 좋은 개명천지를 매일매일 꽁꽁 숨어 지낼 수는 없었더라는 것이다. 사실로 원상사라는 사람을 조금이라도 겪어보고 접해본 사람이면, 다른 사람이라면 몰라도 저이라면 당연히 그랬을 법했겠다고 무척 그이답게 아울리는 소리로들 받아들여지더라는 거였다.

"덩말이야. 차라리 잡혀죽고 말지, 내 성질로는 집안에만 꽁꽁 숨어 있지는 못하겠더랑이까. 기냥저냥 난 매일 서울 장안을 싸돌아다녔다구. 아, 신기헌 귀경거리가 좀만 많어야지. 그렇게 재미도 재미지만, 싸돌아다녀보니까 너끈히 싸돌아다닐 만도 하더라구. 내 안면에 서청 간판이 붙어 있는 것도 아니구 말이디. 완장만 안 찼다뿐이디 당당허게 싸돌아다니니까, 누구 하나 시비 거는 사람도 없더라구. 까짓 잡히문 잡히는 대로, 그때 가서 빠져나갈 길을 찾아보문 되능 거구 말이디. 난 기야말로 매일매일 천하태평이었시야. 아마 모르긴 해도, 이런 사람 나말고는 단 한사람도 없었을 기야. 덩말이라니까. 그런 사람 있었음 당장 한번 내 앞에 나와보라우."

9·28수복 뒤에 그이는 이렇게 펑펑 큰소리를 치기도 했는데, 아닌 게아니라 다른 사람이면 몰라도 이 사람이라면 너끈히 그랬음직도 했겠다고, 평소에 그이를 알던 사람이면 누구나가 머리를 끄덕이곤 했다.

하지만 그이인들 별수는 없어 어느날은 한번 된통으로 걸렸다.

그러니까 1950년 8월 21일 오후나절이었다.

얼마나 혼찌검이 났으면 그이는 그 정확한 날짜까지 두고두고 기억해두고 있었다. 그날이 아주 무더운 날이었다는 것도.

오후 네시경, 청량리 쪽으로 가려고 동대문 옆을 오른쪽으로 돌아 뚝섬 가는 기동차 정거장 앞으로 막 지나서는데,

"잠깐 봅시다."

하고 붉은 완장 찬 낯선 남녀 청년 서넛이 골목 어귀에 서 있다가 불쑥 나오며 불러세우지 않는가. 이크, 걸렸구나, 싶었지만 당장은 어찔 도리가 없다는 기었다.

이 청년들이 거리에서 지나가는 젊은이들을 잡아다가 의용군으로 보낸다는 그 일당들임은 즉각 알 수 있었다. 변변한 신분증 하나 없으니 그이로서야 꼼짝없이 걸려들 수밖에.

8월 하순 이때쯤에는 이미 웬만한 남정네들은 모두 집안에 깊숙이 숨어버렸다. 의용군 대상이 될 만한 청년들로 나다니던 사람들은 거의 죄다 끌려가 눈에 뜨이지가 않았고, 영문 모르고 시골에서 올라

온 사람들이나 더러 잡혀가곤 했다.

동대문을 사이에 두고 양켠에는 따발총을 메고 호각을 불며 교통정리하는 인민군 모습이 보였고, 그밖에는 붉은 완장 찬 민청원과 여맹원만이 더러더러 눈에 뜨일 뿐이었다.

그이는 그들이 이끄는 대로 한 사무실로 올라갔다. 동대문에서 청량리 쪽으로 돌아서서 첫번째, 나중에 삼층으로 올렸지만 당시에는 백색 타일 이층건물로 점포가 여러 개 있는, 근처에서는 제법 돋보이는 건물이었다. 바로 이곳이 이 구역의 민청사무실인가 보았다.

꿀렁꿀렁거리는 나무 층층다리를 밟고 이층으로 올라가보니, 스무 명 정도의 남자들이 쭈그리고 앉아 하나같이 썩은 동태눈을 해가지고 잡혀 들어오는 그이를 멍히 쳐다보았다. 개중에는 서른댓살은 되어 보이는 나이깨나 든 사람도 끼여 있었다. 입구 쪽에는 책상 두 개가 놓여 있고 민청원 두 명이 앉아서 들어오는 새 사람마다 이름과 주소와 나이를 적고 있었다. 그 청년들도 썩은 동태눈알을 하고 있기는 대동소이 어슷비슷하였다. 그밖에 조금 빠릿빠릿하게 생긴 여성동맹원 대여섯도 들락날락하며 그들의 보조역을 맡고 있었다.

그이는 일단 맨 뒷자리에 가 앉은 채 주위부터 찬찬히 둘러보았다. 앞쪽 큰길 쪽으로 유리창문 세 개가 있고, 바로 그 창 너머 저 아래 큰길에는 교통정리하는 아까 보았던 그 인민군 병사가 또 보였다. 그리고 이쪽 켠은 창문 하나도 달려 있지 않은 통벽이었다. 이 이층에서 뛰어내리기는 애당초 글렀군, 하고 그이는 혼자서 가만가만 생각하였다. 그나저나 이렇게 생긴 이 녀석들에게 이 내가 의용군으로 끌려간다? 그건 안되지, 안되구말구. 그렇다면, 어쩐다?

그이만 그런 생각을 하고 있는 것이 아니라 지금 이층 이곳에 갇혀 있는 누구나가 비슷한 생각을 하고 있을 것이다. 저렇게 하나같이 썩은 동태눈알을 한 채 걱정스러운 얼굴로 계속 담배만 피워대는 사람, 고개를 푹 파묻고 아예 체념에 잠긴 사람, 뭐라뭐라 쓸데없이 질문을 많이 하는 사람 등 가지각색이었지만, 전체 분위기는 도무지 녹작지근하였다.

내다보이는 큰길에는 납작하게 생긴 인민군 지프차와 군용트럭들이 쉬임없이 오락가락하고 있었다.

그동안에도 새로 두 사람이 끌려들어왔다. 앞으로 서너 시간 뒤면 저녁이 되겠지. 그리고 우리는 모두 어디론가로 이동을 하게 되겠지. 그렇게 되면 점점 더 어려워지지 않을까, 하고 그이는 차츰 조바심이 일기 시작했다. 암튼, 이대로는 절대로 안돼, 안되구말구. 이내가 저렇게 생긴 저 녀석들에게 끌려가? 어림없어……

삼사십분 가량 지난 뒤 그이는 드디어 움직이기 시작했다. 책상 앞에 앉아서 무엇인가 열심히 끼적거리고 있는 청년 쪽으로 기신기신 다가가 변소에 가고 싶다며 허락을 요청했다. 그러면서 뭘 그렇게도 열심히 적는가 하고 흘낏 들여다보았더니 영자야, 영자야, 영자야 하고 백지장 가득히 영자 이름만 수없이 적어놓고 있었다. 순간 두 눈이 마주치자 그쪽도 씨익 한번 웃었고, 이쪽도 싱겁게 한번 씨익 받아 웃었다.

그 청년은 씨익 웃던 얼굴을 금방 굳은 얼굴로 바꾸더니 건너편에 서 있는 세 여성동맹원에게 슬쩍 눈짓을 하였다. 그러자 그중의 한 여자가 "나 따라와요" 하며 앞장서서 아래층으로 내려갔다. 뒤따라서 급경사진 층층다리를 내려간즉, 바로 오른쪽 구석에 변소라는 게 있었다. 그러니까 이 여자는 변소 가는 사람들 담당으로, 데리고 내려와서 변소 안으로 들여보내고는 문밖에 서서 지키는 일을 하는가 보았다.

변소 안에는 소변 보는 백색 변기가 벽에 붙어 있고, 사람 키높이만큼 누린내가 나가는 가로세로 40센티미터 정도의 나무창문 하나가 달랑 달려 있었다. 그 창 바깥쪽은 짐작컨대 이 이층건물 주인의 살림집이지 싶었다. 그이는 들어가자마자 소변을 보는 체하고 서서 문틈으로 살짝 내다보니, 문앞에서 감시하는 여자는 설마 딴생각이야 먹을까 싶었는지 큰길 쪽에 있는 동료 여자 하나와 떠들어대며 잡담을 나누고 있질 않은가.

이 순간을 놓칠세라, 그이는 재빨리 행동을 시작했다. 눈 깜짝할 사이에 머리 높이만큼 있는 창문부터 단숨에 뛰어넘었다. 쾅, 하는 요란한 소리가 났다. 변기를 밟고 넘었는지, 안 밟고 넘었는지도 모르겠고, 그 좁아터진 창문을 어떻게 빠져나왔는지도 도통 알 수가 없었다. 그 변소 밖에다가는 분뇨 저장탱크에 송판으로 뚜껑을 해놓았던 것이다. 그걸 와장창 뛰어내리며 밟았으니 쾅, 소리가 났을밖에…… 동시에 밖에서 감시하던 여맹원의 날카로운 목소리가 들려왔다.

"튀었다, 튀었다!"

에라 모르겠다, 이렇게 되면 이젠 이판사판이다, 그이는 5미터 정도 앞에 있는 벽돌담을 향해 냅다 달려갔다. 밖이 어떻게 생겼는지, 그쪽에 뭐가 있는지도 모른 채 또 단숨에 뛰어넘었는데, 어럽쇼, 넘고 보니 그곳은 또다른 좁은 골목이었다. (뒷날 다시 한번 그곳을 찾아가보았더니 사람 키의 두배 반이나 되는 높은 담이었다. 그걸 어떻게 단숨에 넘을 수 있었는지 평상감각으로는 도무지 짐작도 되지 않았다.)

그렇게 뛰어넘자마자 큰길 반대쪽으로 냅다 달려 조금 가다가 오른쪽으로 꺾어서 다른 골목 안으로 들어갔다. 그런데 뜻밖에도 그곳은 막다른 골목이 아닌가. 그러니 오던 길로 도로 나갈 수도 없었다. 아니나다를까, 뒤따라오는 빠른 발소리가 들려왔다. 그이는 직선코스로 달아났고, 그 녀석들은 앞길로 나가서 돌아왔기 때문에 조금 늦은 것뿐이었다.

결국 쭉 그이 앞에 와서 선 것은 다섯 명의 여맹원들이었다. 남자로 생긴 것이 한사람도 없는 것은, 이층에 잡아놓은 스무남은 명을 그냥 그 자리에 두고서는 자리를 뜰 수 없어서인 듯했다. 그래서 여자들만이 이렇게 작당해서 달려온 것이다. 정신없이 급한 판국이었음에도 그이는 그런 상황까지 사그리 짚어내고, 아니, 말은 바른 대로 해야겠다. 이렇게 급한 판국에 이르면 사람이라는 게 별별 요상한 능력까지 벼락처럼 발휘되는 것인가 보았다.

그렇게 그이와 다섯 명의 여맹원들은 막다른 골목 안에서 칠팔미터 거리를 두고 대치했고 일순 침묵이 흘렀다. 그이가 양손으로 허리를 떡하니 짚고 서 있으니까 더 앞으로 나오면 물려죽을 것 같은지 누구 하나 달려들지 못하고, 사오미터 앞까지 다가와서도 더이상은 나오지 못하였다.

"가까이 오지 마. 너희들은 이럴 거 없잖네. 나하고 전생에 무슨 원수를 졌다고."

라고 한마디하자, 머뭇머뭇하고 서 있던 그 다섯 여자 중의 하나가,

"얘들아, 우리 그냥 이대로 돌아가자. 가서 못 찾았다고 보고하지 뭐."

하며 딴 여자들을 몽땅 우르르 몰고 나가는 것이 아닌가.

일단 그 다섯 여자가 눈앞에서 사라지기는 하였지만, 원체 막다른 골목이라 돌아나오는 그이를 골목 밖의 어디엔가 숨어서 망을 보며 기다리고 있을 것은 뻔한 일이었다. 그리고 일부는 남정네를 부르러

갔을 것이다. 숨가쁘게 돌아가는 상황에서도 그이는 그이대로 이미 백여우가 되어 있었다.

그렇게 그이가 서 있는 골목도 양옆은 벽이었다. 1.5센티미터 정도의 두께에 2미터 높이의 나무판자를 세워서 맞물려 못을 박은 판자벽인데, 원체 오래되어 검게 변색되어 있을 뿐 아니라 더러는 뒤틀려서 틈이 벌어진 곳도 있어 그 너머 집안이 훤히 들여다보였다. 그 벌어진 틈을 힘껏 어깨로 밀고 안으로 들어가려고 하니 바짝 마른 송판때기가 우지끈 하고 한쪽이 찢어지는 소리가 나며 몸 전체가 대번에 반쯤 집안으로 들어갔고, 왼쪽 팔은 미처 못 들어온 상태인데 역시 예상했던 대로, 돌아간다던 다섯의 여성부대가 와락 달려들더니 담 밖에 그대로 있는 그이 팔과 셔츠를 붙잡고 늘어지는 것이 아닌가. 그이도 그이대로 젖 먹은 기운까지 끄응 하고 있는 힘을 다해 매달린 여자들을 뿌리치고 그 집 안마당으로 뛰어들어갔다. 잽시 빨리 좌우를 훑어본즉, 오른쪽 끝으로 한옥집 대문 빗장이 걸려 있는 것이 보였고, 그 댁 안마당은 사람 하나 없이 텅 비어 있었다. 다짜고짜 대문 쪽으로 뛰어가 문 빗장을 열고 밖으로 나갔다. 외부인이 벽을 뚫고 침입해서 다시 대문을 열고 나간다?! 거꾸로 대문을 열고 들어와야 제대로 생긴 도둑일 터인데…… 그 경황이 없는 속에서도 그이는 이런 생각까지 하며 혼자 비시시 한번 웃는 여유마저 갖고 있었다.

그렇게 다시 대문 밖으로 나가 왼쪽으로 뛰기 시작했다. 오른쪽으로 나가면 그네들과 또 마주치게 될 테니까. 한데, 이걸 어쩌나. 이곳도 좁은 골목 안이었다. 겨우 손수레 한대가 다닐 만한 비좁은 골목이었다. 그나마 그 한쪽은 설거지 끝낸 허드렛물이나 빗물이 흐르도록 패어 있었다. 그럭저럭 칠팔십미터 정도 달렸을까, 저 앞쪽으로 보이는 나지막한 쪽대문 앞에 웬 아주머니 둘이 서서 한가하게 이야기를 나누고 있는 것이 보였다. 그 여염집 아주머니 둘이 죽어라고 달려오는 그이를 보더니, 자기 집으로 어서 들어가라고 머리까지 그쪽으로 돌리며 눈짓을 해주질 않는가. 그 집이라는 것도 골목 집들 전체가 원체 고만고만하게 생겨 양쪽 집 추녀가 서로 거의 닿을 정도였다.

그이는 후닥닥 그 집 안으로 뛰어들어갔다. 손바닥만한 마당에 맞은편으로 안방, 마루, 건넌방이 한눈에 들어왔다. 일순, 어쩔까 건넌방으로 들어가서 이불이라도 쓰고 드러누워 있을까 하다가, 아니지, 하고 왼쪽을 보니 바로 부엌이었다. 그 부엌 뒤에 유리문이 보인다. 그렇지, 저 문 뒤로 나가자.

부엌으로 들어가 유리문을 열고 나가려 하니 그쪽에 뒷마당이 있는 것이 아니라 겨우 사람 하나가 서 있을 정도의 좁은 공간밖에 없었다. 그 안으로 들어가 담에 바싹 몸을 기댄 채 왼손으로 문고리를 잡고 숨을 죽였다.

그때 밖에서는 고무신 신은 발소리, 군홧발 소리 등 일고여덟명 정도가 우당탕 퉁탕 달려오는 소리가 들려왔다. 저 광경을 지금도 문 앞에 서 있는 두 아주머니는 천연덕스럽게 보고 있겠지. 그렇게 사오분 정도 지났을까, 조금 전에 요 앞으로 달려갔던 한 떼거리의 남녀들이 뭐라 뭐라 떠들면서 돌아오는 소리가 또 들려왔다. 이북 사투리를 쓰는 남자 목소리도 들리고, 이남 여자 사투리도 섞여 있는 것 같았다. 모두가 그렇게 시익시익거리며 기어이 놓친 것을 분해하면서 돌아가는데, 이북 사투리로 보아 아마도 교통정리하고 있던 따발총 멘 인민군 병사까지 합세했던 것 같았다.

그냥저냥 문고리 잡은 손을 놓지 않고 담벼락에 찰싹 붙은 채로 서 있다가, 얼마나 시간이 지났을까, 겨우 제정신으로 돌아오니 머리에서부터 발끝까지 금방 물에 빠졌다가 나온 사람마냥 흠뻑 땀에 젖어 있었다.

비로소 천천히 유리문을 열고 밖으로 나왔다. 그 두 아주머니는 여전히 그 자리에 그냥 서 있었다. 어서 빨리 돌아가라고 또 눈짓을 하였다.

"참으로 고오맙습니다" 하고 공손히 인사를 했다. "뒤에 어떻게든지 신세를 갚겠습니다."

그때부터는 그이는 뛰지 않고 침착하면서도 빠른 걸음으로 그 골목을 빠져나와 큰길을 당당하게 가로질러 건너갔다.

그 큰길 건너는 바로 낙산(駱山)이었다. 정순왕후 송씨가 영월땅으로 귀양간 단종을 그리워하며 매일같이 그 꼭대기에 올라가 동쪽을 바라보며 통곡을 했다는 그 동망봉(東望峰)이었다.

그이는 그 꼭대기까지 올라가 처량맞게 혼자 앉아 멀거니 동대문쪽을 내려다보았다. 바로 저 아래 그이가 갇혀 있던 이층건물이 빤히 건너다보였다.

긴긴 여름해가 지고 땅거미가 내리기 시작할 때 드디어 이층건물 앞에 트럭 두 대가 와서 섰고, 그동안 잡혀 있던 사람들이 한줄로 나와 트럭에 타는 것이 보였다. 흥, 이제야 살았구나, 살았어. 그이는 나지막하게 한마디 지껄이고 귀갓길에 올랐다.

51, 06, 04, 03:00 정각.

통신병 김규환 일병이 무전기 울리는 소리에 즉각 키를 틀었다.

"나, 연대장이다. 작전주임 장교 곽소령 대라."

나직한 연대장 목소리에 기겁을 하며 놀란 김일병은 득달같이 달려가 또 원상사를 깨웠다. 자다가 깬 원상사도 소스라치게 놀라며 장교 막사로 달려가 곽소령을 깨웠다. 곽소령도 이번에는 순순히 일어났다. 그렇게 무전기 수화기를 전해받은 곽소령에게 연대장은 거두절미한 채 다짜고짜 물었다.

"현재 어디쯤에 가 있는가?"

곽소령은 기겁을 하며 깜짝 놀랐을밖에.

"네? 무슨 소립니까, 연대장님."

"뭣이 어째. 야아들이 도대체……"

기가 막히기는 연대장 쪽이 몇곱절 더했다. 입을 쩍 벌린 채 한동안 다물 줄을 몰랐다.

앞으로 한시간 뒤에 공격을 개시하기로 되어 있는 2대대 장병들이 아직도 목표지점 세 시간 거리 밖에서 팔자좋게 얼쩡거리고 있다니, 화가 머리끝까지 치솟은 연대장은 그대로 리시버를 내동댕이쳤다.

결국 원상사는 '작전명령 불이행'이라는 죄목으로 즉각 체포되어 군법회의에 회부되었고, 다소간의 논란은 있었지만 총살형에 처한다는 판결이 내려졌다.

원상사로서야 이 이상 억울할 수가 없었다. 재판과정에서도 평소의 그이답게 사생결단하듯이 길길이 날뛰었지만, 그이의 말을 뒷받침해줄 만한 물증이나 인증(人證), 아무것도 나타나지 않았다.

곽소령도 곽소령대로 자기로서는 전혀 모르는 일이었다고 완강히 원천적으로 부인을 해버렸던 것이다. 그러니까 연대장에게서 구두로 하명받은 작명을 문건으로 적어서 연대장에게 복창까지 하고 나서 마침 그 시각에 소변을 보고 들어가던 곽소령에게 정확히 전달했다는 원상사의 주장은 완전히 무시되었다. 이러니 원상사로서야 어디다 대고 하소연을 할 것인가. 곽소령 말인즉, 한번 막사 밖으로 오줌을 누러 나왔던 것은 틀림없는 사실이지만, 뭣 하나 구두로건 문건으로건 원상사에게서 받은 바는 없었다고 초지일관 오리발을 내미는 데야 어쩔 것인가. 모든 책임은 별수없이 원상사 한사람에게 돌아갈 밖에 없었다.

원상사는 평소의 제 성깔대로 길길이 날뛰며 별별 상소리까지 못하는 소리 없이 퍼부어댔지만, 그이의 그 주장을 뒷받침해줄 만한 아무런 증거 하나 내밀지를 못했던 것이다. 원상사가 건네주었다는 그 작명 문건은 이미 곽소령 뱃속에 들어가 있어 배를 갈라 보이지 않는 한 찾아낼 길은 없었다.

통신병 김일병도 김일병대로 이 막중한 군법회의의 증언 자리에까지 나서기는 했으나 사세 돌아가는 것에 눈치껏 대응할 수밖에 없었다. 곽소령과 원상사 두 사람 중에 어느 한쪽은 책임을 면할 수가 없게 되었으니 참으로 곤혹스러웠는데, 이 경우 본 대로 사실대로 진술한다는 것도 지극히 어려웠던 것이다. 김일병으로서도 이런 마당에 닥치고 본즉, 자기 자신조차 어느 쪽이 정확한 사실인지 알쏭달쏭 애매해졌던 것이다.

결국 김일병은 오줌을 누러 나왔던 곽소령을 자기도 흘낏 보긴 했으나 그 직후에 자신은 다시 막사로 들어가 그대로 곯아떨어져 잠들어버렸기 때문에, 그동안에 곽소령과 선임하사 두 사람간에 어떤 일이 있었는지는 전혀 본 바가 없다고 진술하였다.

이러니 원체 상황이 상황이라 재판이라는 것도 속전속결로 진행될 밖에 없어, 원상사가 악을 쓰는 속에서도 사형판결이 내려졌다. 판결이 내려진 그 당일로 전선이탈자 일곱명과 함께 원상사는 헌병들에게 이끌려 처형장으로 연행되었다. 그렇게 연행되면서도 원상사는 길길이 날뛰며 주위 산천이 온통 쩌렁쩌렁 울리도록 고래고래 소리지르고 별별 상소리까지 쉬임없이 해댔다.

처형시간은 해질녘이었다.

향로봉에서 남쪽으로 뻗어내린 한 야트막한 기슭에 엉성하게나마 사형집행장이 급하게 마련되었다.

사형선고를 받은 피고들이 죽 한줄로 모로 선 가운데 사단 법무관이 사형집행문을 기계적으로 낭독하고, 죄인들 여덟명은 가리개로 눈들을 가리운 채 제각기 단독으로 나무기둥에 묶였다. 그리고 사형을 집행하는 헌병장교의 지시에 따라서 집총병들이 사격자세를 갖춘 채 일렬횡대로 줄지어 섰다. 그렇게 집행장교의 '거총' 구령이 막 내려질 찰나였다.

"야야 야들아, 잠깐."

하며 그 삼엄한 형장의 헌병들 앞으로 와락 달려드는 장교 하나가 있었다.

그러자 집총병들은 다시 자연스럽게 '세워 총' 자세로 돌아갔고, 이 형집행에 관여했던 모든 군인들의 놀란 시선은 갑자기 고함을 지르며 달려든 그 장교에게 집중되었다.

바로 부연대장 강홍모 소령이었다. 그렇게 벼락같이 달려든 강소령은 다짜고짜 우렁찬 목소리로 옆의 집행장교에게 물었다.

"원상사 어디 있나?"

"제일 오른쪽입니다."

하고 집행장교 중에서 누군가가 즉각 대답했다.

그대로 부연대장은 그쪽으로 성큼성큼 걸어갔다. 원상사 앞에 가 닿자, 원상사의 눈가리개부터 와락 잡아뜯듯이 벗겨내고는 두 손을 묶은 새끼줄도 대검을 꺼내 한칼에 끊어냈다. 순식간의 일이었지만 그 하나하나의 동작은 너무나 단호하고 시원시원하였다.

물을 끼얹은 듯이 조용한 속에 강소령은 퉁명하지만 나지막하게
한마디 내뱉었다.

"나 따라와."

그 순간 깜짝 놀라 제정신이 든 사단 법무관이 그 앞을 가로막아
나서며 한마디했다.

"안됩니다, 부연대장님. 그건 불법입니다."

"뭐야? 불법?"

하고 강소령은 비아냥대듯이 한번 피시시 웃는 듯하더니,

"그렇게 법 너무 좋아하지 마. 이 전시 비법 세상에 법이 무슨 놈
의 법이야. 이런 땐 내가 법이다, 내가, 알겠나. 어서 비켜 서."

"안됩니다, 부연대장님. 이러시면 부연대장님께서 다치십니다."

"뭐? 다쳐? 이 내가 다친다구? 비키랄 때 얌전히 어서 비켜 서. 내
문제는 내가 알아서 할 테니 어서 비켜. 난 지금 탄알이 장전된 권총
을 차고 있어. 자넨 그냥 그렇게 맨몸이구. 그러니 어서 비키랄 때
비켜 서."

사단 법무관도 이 이상은 속수무책이었다. 다시 애걸하듯이 집행
방해는 처벌을 받는다고 아뢰었으나, 벌써 그 억양은 아주 약해져
있었다.

"걱정 마. 곧장 이 아이 끌고 이 길로 사단장을 만나러 갈 테니까.
자네들은 아무 걱정 마."

하곤 원상사를 앞세우고 나오며,

"곽소령 어디 있어. 나아쁜 놈. 제가 잘못하고는 부하에게 몽땅 죄
를 뒤집어씌워? 바로 총살은 그런 놈이 당해야 되어."

부연대장은 원상사를 지프차에 태우면서 그 법무관에게 다시 조용
하게 말했다.

“자넨 이 강홍모가 사형수를 폭력으로 납치해 갔다고 사단장에게 사실대로 보고해. 하지만 내가 이 길로 사단장에게 갈 테니까, 자네 보고보다 내가 한발 더 앞설 거다.”

원상사를 태운 지프차는 강소령이 직접 운전하는 가운데 터덜거리며 달리기 시작, 금방 산자락을 돌아나갔다. 그 뒤로,

탕 탕 탕 탕 탕 탕 탕.

긴 여운을 남긴 총성이 일곱 발 울리고 나자 강 부연대장은 옆자리에 앉은 원상사에게 한마디했다.

“야, 너, 내가 삼분만 늦게 도착했으면 저렇게 황천행이었겠구나. 삼분이 뭐야, 일분만 늦었더라도. 너 정말 기똥차게 운좋았다. 앞으로 너 오래오래 살 기다, 알았어?”

“네, 알겠습니다. 그러구 고오맙습니다, 부연대장님, 선배님.”

원상사도 여느 때의 그답지 않게 나지막하게 대답하였다.

김규환씨의 최근 수기

고2 재학중에 대구에서 학도병으로 동원되었던 저는 휴전 뒤에 다시 복학, K대학 법대를 나왔습니다. 그렇게 평상적인 제 생활로 자연스럽게 돌아왔습니다. 물론 이 경우의 평상적인 생활이란 어디까지나 김규환이라는 저만한 기준에서의 평상적인 삶이라는 뜻이겠습니다. 다시 말해서, 제 가정과 교육환경과 사회적 조건으로 틀지어진 전후 오십년의 삶에 자연스럽게 젖어들어 살아왔다는 뜻이겠습니다.

1960년대 초에 사법고시에 합격, 십수년간 판사생활을 하였으며, 이어 이 땅의 법조인으로서 모범적인 혹은 표준적인 삶을 영위해왔다는 뜻이겠습니다. 70년대에서 80년대에 걸쳐 한때는 인권변호사로서도 활동을 하여 그런대로 명망까지 얻었더랬습니다. 물론 이것

도 남다른 특별한 포부에 따른 것이기보다는 저 나름의 사회인식에 기초한 소박한 열정으로서였습니다. 한때는 그런 일들에 일말의 보람을 느끼기도 했었습니다.

그런 저는 지난 시기 전쟁중에 향로봉에서 통신병 일등병으로서 겪었던 그런 일 따위일랑 너무나 당연하게도 까맣게 깨끗이 잊어버릴 수가 있었습니다. 응당 그러지 않았겠습니까요.

전쟁이라는 비상시국에서 어쩌다가 한번 그런 곤혹스러운 경우에 맞닥뜨렸을 뿐, 저로서야 그 일로 하여 딱부러지게 양심상의 가책 같은 것을 느낄 건덕지라곤 전혀 없었습니다. 전혀요.

더구나 그 원상사도 처형되기 직전에 그런 식으로 기적적으로 살아날 수 있었으니 단지 요행, 요행이라는 생각뿐이었지, 그 일을 두고 그때의 내 행태를 두고 꾸역꾸역 곱씹으며 노심초사할 까닭이란 애당초 없었던 것이지요.

하기야 평생의 거의 반을 주로 법원 주변에서 법을 주무르는 법조인으로 살아온 저로서야 판사 재임중에나, 변호사 개업을 하고서나, 더러는 그때 1951년 초에 향로봉 자락에서 겪었던 그 일을 문득문득 떠올린 적이 없진 않았지만, 단 한번인들 그 일을 두고 평상적인 법리로 따져본다거나 한 일은 없었으며, 전쟁이라는 비상시국 속에서 어쩌다 한번 운나쁘게 맞닥뜨렸던 것으로, 혼자서만 더러 실소를 머금곤 했습니다. 그렇다고 이 일을 어느 누구에게건 발설을 한 일도 없었습니다. 그렇습니다. 그로부터 오십년이 흐른 지금에 와서 가만가만 되돌아보면, 스스로도 이 점이 껄쩍지근하게 수상쩍게 여겨지기는 합니다. 이 일을 어느 누구에게건 한번도 발설한 적이 없었다는 그 점 말입니다. 이로써 미뤄본다면, 그때 제가 겪었던 그 일에는 법을 주무르면서 그 뒤 몇십년을 살아온 저 같은 사람으로서 심히 자존심 상하는 일, 치명적인 치부가 담겨 있다는 느낌은 내 마음 어느 한구석에 깊이 깔려 있었던 듯은 합니다. 그러나 언제 한번인들 그 일로 괴로워한다거나 노심초사해본 일은 전혀 없었습니다. 나 혼자서만 아는 일로 깊이깊이 묻어두고 살아왔습니다. 하긴 그 점도 그럴 것입니다. 휴전된 뒤 제가 금방 군에서 제대하고 나서부터, 아예 칼로 오려내듯이 군 쪽의 인간관계에서 철저히 발을 빼고 지난 오십년을 살아왔던 것도, 기실은 그 옛날의 그 일이 내 마음 어느 한구석에 굳건히 가로버티고 있었기 때문인지도 모르겠습니다. 그 치부에서 늘 멀리 도망빼 있자는 반은 무의식적인 행태였는지도 모르겠습니다. 아무튼 그렇게 저는 전후라는 새 분위기에 젖어들면서, 더구나 법조인이라는 사회적 지위에 금방 익숙해지고 안주하면서는 전쟁중의 그 짧은 군대시절은 사그리 비상시국의 촌스러웠던 것으로, 내 속에서 완전히 부숴내면서 살아왔습니다. 이 점도 이 글을 읽는 분들께서는 충분히 이해하고 짐작하시리라 믿습니다.

거듭 밝히거니와, 1951년 6월 초의 그 일로 원상사가 기어이 전시군법회의에서 선고된 대로 총살형을 당했다면 또 모르겠지만, 그렇게 변칙적으로 살아난 바에야, 그때 제가 통신병 일등병으로서 증언을 제대로 했다 못했다의 여부를 두고 스스로 두고두고 양심의 가책에 시달려야 했을까요. 그건 애당초 말이 안되는 소리지요. 왜 안 그렇겠습니까. 그때의 내 증언이 '옳았다' '글렀다' 하고 가리려 드는 것은 그때 그 상황을 전제로 할 때는 전혀 무의미한 짓이 아닐 수 없습니다. 그때의 그 부연대장 말마따나 "법? 내가 법이다" 하던 판국에서야 내가 제대로 증언했다, 못했다 하는 것이 대체 얼마만한 뜻이 있었다는 말입니까. 어느 경우를 막론하고 그때그때 당장당장의 형편에 따라서 그 형편만큼으로 대응하면서 사는 것이 제대로 생긴 사람살이의 양태가 아니겠습니까요.

하지만 그럼에도 불구하고 저는 내심으로 어느 한구석 줄곧 일 보고 밑 안 닦은 것마냥 찜찜하곤 했습니다. 제 양심상으로 말입니다.

지금에야 분명히 털어놓거니와, 나는 그때 보았습니다. 원상사가 연대장에게 복창까지 했던 그 작명 쪽지를 마침 그 시각에 오줌 누고 들어오던 곽소령에게 건네주면서 새 작전명령이 하달되었음을 알리고, 곽소령도 그 쪽지를 받아든 채 제2대대장을 깨우라고 일갈하고는 그뿐, 그대로 앉은 채 끄덕끄덕 졸다가 모로 고꾸라져 눕는 것을 말입니다. 한데 저는 전시중의 군법회의에서 그 점을 정직하게 증언하지 못하고, 눈치껏, 제 깜냥껏만 증언을 했던 것입니다. 다시 말해서 전시하의 속전속결로 진행되는 군법회의를 제 증언으로 말미암아 복잡하게 만든다는 것이 저어되면서, 그러는 것은 이 막중한 전시에 그 누구에게도 도움이 안될 거라는 저 나름의 생각이었지요. 아니, 정확히 말하면, 꼭 그렇게 생각했다기보다는 대강 그런 쪽으로 당시 최전선의 분위기에 제 깜냥껏 맞추었다는 게 더 옳겠습니다. 그럼에도 원상사가 판결대로 처형되지 않고 살아났다는 것으로 그나마 위안을 삼았습니다. 하루하루 치열한 전투가 이어지는 최전선에서는 항용 범 세간에서는 상상조차 할 수 없는 별별 일이 다 많은 법이니까, 이런 정도의 일 갖고 이 내가 아글타글할 것은 없다고 생각했던 것입니다. 대관절 저의 이런 생각 어느 구석에 잘못이 있었다는 말입니까.

한데, 바로 얼마 전입니다. 정확하게 그때로부터 꼭 오십년이 지나서 지난 2000년 6월 하순 어느날, 그때 그 사건의 장본인 원상사 그 사람을 '6·25참전 수훈군인연맹' 모임에서 처음으로 만나지 않았겠습니까.

　솔직하게 말해서 저는, 앞에서도 흘낏 비쳤지만 지난 오십년간 전시중에 내가 잠깐 몸담았던 군이라거나 6·25라거나 하는 것에서는 지레 놀라 십리 바깥으로 달아나고 싶었을 정도로 그런 쪽하고는 아예 담 하나를 쌓고 살아왔는데, 모처럼 남북간에 두 정상이 만나 6·15 공동선언이라는 것도 나온 희한한 마당이어서, 저대로도 오랫동안 연줄을 끊고 살아왔던 그쪽 동네 인심 돌아가는 사정도 못내 궁금해져 처음으로 그 모임에 얼굴을 내비쳐보았다가, 이게 웬일이겠습니까, 그 자리서 원상사와 딱 정면으로 마주쳤던 것입니다. 첫눈에는 몰라볼 정도로 아주 쪼그라져 있어서 한참 만에야 겨우 알아보고 반색을 하며 가까이 다가가자, 그 원상사 편에서도 대뜸 저를 알아보곤 와락 낯색이 달라지는 것이 아니겠습니까. 그러곤 첫마디가,
　“옹 너냐, 김일병, 통신병.”
하고 그 옛날 군에 몸담고 있던 분위기 그대로 반말지거리를 하며 얕잡아 대하는 것이 아니겠습니까. 그러곤 잇대어서,
　“근데, 저 옛날 그때 너 정말루 몰랐었네? 정말루 오줌 누고 들어가던 곽소령과 내가 어쨌는지, 자세히는 보지 못했다는 게 사실이었네? 이 자리서 한번 정확히 말해보라우. 딩말이야, 그동안 내가 널 얼매나 찾았는지 아네. 헌데, 야하, 여기서야 이제 만나는군.”
　저는 심히 어처구니가 없었습니다. 칠십대 중반 늙은이로 이렇게 만나자마자 옛날의 그 일을 따져드는 것도 그러하지만, 나의 지난 오십년 삶은 일절 무시한 채 옛날과 똑같이 제 직속부하 일등병으로만 대하려 드는 것도 심히 면구스럽다고 할까, 자존심 상한다고 할까, 그랬습니다. 그렇지만 어느 한편으로는 그 점이 무척 이 사람, 원상사답기도 해서 익숙한 느낌이 들면서 와락 저 옛날의 친근감도 되살아오는 느낌이더이다.

하지만 암튼 저로서도 저 옛날 이십대 소년이 아니라 내년에 고희를 맞이하는 나이에다, 지난 삼사십년간 법조인으로 살아오며 저대로도 능청스러움이 생겨 있던 거여서 일단 의젓하게 받아넘겼습니다.

"먼 옛날의 그런 일 갖고 뭘 여직 그러십니까. 한창 전쟁중의 그딴 일 갖고."

"너, 진짜로 그렇게 생각하네? 진짜로? 그러고 보잉까 너라는 사람과 나는 같은 바닥에 살멘서리 똑같은 사람 탈을 쓰긴 했지만 처음부터 전혀 종자가 달랐던가보군. 야, 김일병, 김일병, 근데 대관절 지금은 너, 뭐하네? 꼴 보니 그럭저럭 잘 지내는가보군."

원상사가 다시 저렇게 김일병, 김일병 하고 오십년 전 옛날 호칭을 거푸 부르는 것에도 저는 묘한 익살 섞인 향수 비슷한 것까지 감겨 들어 여전히 싱얼싱얼 웃으면서 받았습니다.

"네, 변호사입니다. 법대 나와 사법고시 합격해서 십수년 판사 하다가 지금은……"

하자 비로소 처음으로 원상사는 비아냥대듯이 픽 한번 웃었습니다.

"응, 허락맡은 도적질 한다. 옛날 그때부터 젊었을 적 네 낯짝부터가 대강 그래 보이더니…… 그때도 김일병 너나 그 곽소령이나 내가 아주 싫어하던 학필이들이라는 건 대뜸 알겠덩이, 역시 그랬구나. 주둥이들만 살아서는 저 잘난 척들이나 하는…… 결국은 너도 그 길로 들어서서 그렇게 제법 자알 늙었구나. 가만보자아, 너, 32년생이었으니까 내년이면 고희에 접어드는구면. 보라구, 난 이렇게 지금까지도 네 생년을 달달 외고 있을 정도야. 그동안 나 안 만나고 살았던 거, 너, 기똥차게 운좋았던 것만 알아둬."

이 소리에는 저도 어지간히 기가 꺾이기도 했지만, 비록 법조계였을망정 저대로도 여간만 낯가죽이 두꺼워져 있던 게 아니어서 능청

섞어 받았습니다.

"그럼 상사님은 그동안 어느 동네에 몸담고 있었기에 그렇게도 기력이 왕성하고 젊었을 적 옛날과 그리도 똑같습니까."

"나? 나 말이냐. 난 칠십대 중반을 넘어선 지금도 별명이 원상사인데서도 대강 짐작이 될 것이다만, 군제대 후 오로지 노가다판에서만 굴러왔다, 알아들어? 저 삼풍백화점 무너진 데에도, 이 내가, 원상사가 실질적으로 간여되어 있었다고 허면, 너, 곧이듣겠네? 하지만 내가 미쳤어? 느네들 그 법망에 홀홀히 걸리게? 그뿐인 줄 아냐. 다아 털어놓자면 한도 끝도 없다. 어때, 이제 그런대로 감이라도 잡히냐? 갖은 불법을 저지르는 데만 늘 혼신의 힘을 쏟아부으면서리 지난 수십년 살아왔다는 말이다. 일단 허락맡은 도적놈들, 느네들 망에, 그물에 걸리지 않는 거, 너도 잘 알다시피 그 옛날 전쟁중에 그렇게 비법(非法)으로 살아남았으니, 그 뒤는 불법(不法) 저지르는 게 내 본업이나 다름없었다. 그러니 꾀죄죄하게 법조문이나 주무르면서 소위 합법적으로만, 합법을 가장하면서만 살아온 느네들 같은 조무래기들이야 내 눈에 제대로 사람처럼 보였겠느냐 말이다."

"그나저나 그 곽소령님은 그 뒤 어찌됐나요? 만나뵌 일이라도 있으셨는지요?"

갑자기 원상사는 멍하게 먼 어느 곳을 쳐다보는 눈길이 되었습니다.

"있으셨는지요?라…… 있으셨는지요?라…… 지금 너니까 비로소 처음으로 실토한다마는 내가 감쪽같이 해치웠다. 너, 총알 안 박히는 가슴 보았네. 대대 전체가 상부명령 없이 급하게 후퇴길에 들어설 때였는데, 너도 더러 기억나겠지만, 격전지에서는 그런 일 비일비재하게 많았던 거다. 상부? 급한 때는 상부명령이 어디 있어. 상부야 편한 곳에 앉아서리 이쪽 현지 형편을 제대로 알기나 해? 전쟁중에는 임기응변이라는 거, 숱하게 많은 거 아냐. 그때가 대강 그런 상황이었는데, 해필이면 그 곽소령이 헌병 두엇을 데리고설란에, 초만원으로 가득 탄 우리 스리쿼터를 길 한가운데서 막아서더구나. 누구 명령으로 후퇴하냐는 거야. 운전병 옆에 탔던 내가 나섰지. "내 명령이다, 내 명령" 하곤 그대로 즉각 권총알을 그자 가슴 복판에다 맞바로 쑤셔박았어. 순간 그자, 분명히 눈을 뜨고 날 쳐다보더군. 그러군 그냥 초스피드로 스리쿼터를 몰아 그 저지선을 뚫고 내려온 거다. 그러구 나? 난 그 뒤로도 아무 탈 없이 말짱했어. 스리쿼터에 탔던 누구 하나, 신고는커녕 그 이상 날 고맙게 여기지를 않았응이까. 한강에 배 지나간 자리였지. 뒤에 언젠가 동작동 묘지에서 그 곽소령 묘비를 봤지. 약간의 감회가 없진 않더군. 이런 게 내 경우 비단 전시뿐이었는 줄 아네? 노가다판에서의 내 지난 사오십년의 삶은 그냥 그 전선의 연장이었다. 하루하루가 그대로 치열한 싸움이었다는 말이다. 60년대 중반에는 베트남 땅으로, 70년대에는 열사의 땅 사우디로 가서는 양껏 우리 실력을 내보였다. 아마 모르긴 해도 나만한 애국자도 드물 거다. 있음, 당장 이 앞에 나와보라 그래. 잘난 너희들이 그렇게 잘난 ×같은 소리나 수없이 쏟아낼 때, 난 이렇게 늘 대한민국의 가장 발가벗은 현장 한가운데 있었다는 말이다. 내 말 알아듣겠어?"

마지막으로 원상사는 평소의 그답지 않게 착 가라앉은 나지막한 소리로 다음과 같이 지껄였습니다.

"남북 정상들이 만났다고 저렇게 온통 야아단들인데, 솔직히 난, 그래서 대체 뭐가 어떻게 되었다는 것인지, 아직은 전혀 감으로 와닿는 것이 없다. 그렁이까 이제 나 같은 것은 어서 빨리 죽는 길밖에 안 남아 보인다만, 다만 한마디는 하고 싶은 것이 있다. 나 같은 이런 독종이 우리 대한민국 오십여년의 최저변을 사실상으로 버티고 왔듯이, 지금 북에도 북 세상을 최저변에서 사실상 버팅겨온 나 같은 동류항 독종이 분명히 있을 것인데, 지금 내 심정은 북쪽의 그런 자 하나와 만나, 권커니 잣거니 술이라도 한잔 나누고 싶다, 이것이다. 느네들 좋아하는 그런 잘난 소릴랑 일절 없이…… 남북간의 그런 독종들끼리 진짜배기로 화해가 이뤄지기까지는 아직 멀었다, 멀었어. 이게 내 솔직한 생각이다. 어때? 내 이런 의견에 김일병 너, 동의하니?"라고요.

〔황해문화 2000년 가을호〕

---

* 모 신문의 '6·25수기' 모집에 응모했던 최종태(崔鍾泰)씨와 유성태(庚星泰)씨의 글에서 두 삽화를 소재로 이용했음을 밝힙니다. 두 분께 엎드려 감사드립니다—지은이.

사람들 속내
천야만야

사람들 속내 천야만야(千耶萬耶)

1950년 10월 중순, 3사단 22연대 2대대 2중대 장병 전원은 함경남도 도청소재지 함흥시 진주 사흘 만에 전원 일주일 특별휴가, 내일 당장 강원도 금강산 초입 온정리로 가 온천물에 푹 몸을 담그며 쉬라는 연대장 김응조 대령의 특별명령이 떨어졌다. 볕에 그을리고 때에 전 2중대 장병 전원은 당연히 일제히 환호성을 질렀을밖에. 특히 2중대 명물로, 대대는 물론 전 연대에까지 이름을 떨치던 명실상부한 불사신의 세 잡초, 안중사(당시 계급으로 정확하게는 이등중사)와 역시 같은 계급의 송중사는 먼지때가 절어든 군복을 입은 채로 서로 늘어안으며 좋아 날뛰었시만, 그 두 사람보다 나이도 몇살 적고 한두 계급 아래인 김병국 하사는 썩 개운해하지를 않고 시종 떨떠름한 얼굴을 하였다.

"야, 김하사, 왜 그래, 너 어디 아퍼? 왜 그렇게 떨떠름해 있지? 온천물에다 묵은 때 싸그리 빼고 광내는 거 싫어? 도대체 왜 그래? 왜 그렇게 시큰둥한 낯짝이지?"

"백두산을 지척에 두고 후방으루 교대해 가는 게 억울하다 이것이냐? 백두산 상상봉에 첫 태극기를 꽂는 영예를 맛보고 싶은데? 야야, 그러지 말어, 일주일 휴가 끝나고도 얼마든지 기회는 있으니까.”

안중사와 송중사는 이렇게 제멋대로 주절대었지만, 사실 김병국 하사는 본시 고향이 함흥이라, 모처럼 몇년 만에 밟아본 고향땅을 다시 금방 훌쩍 떠나야 할 일이 물론 아쉬운 생각도 전혀 없지는 않았지만, 꼭 그래서만은 아니었다. 모처럼의 이 특별휴가 명령에 김하사가 이렇게 시큰둥하게 반응하는 데는 한두 마디로 말 못할 나름대로의 미묘한 사정이 깔려 있었던 것이다.

고향땅에 들어왔다고는 하지만, 몇년 만에 만난 아버지의 반응부터가 김하사는 썩 개운치 않았다. 하긴, 아버지라는 사람이 본시부터 매사에 조금 별종이긴 했던 것이어서, 이 경우도 그런 식으로 예사롭게 넘어가려고 하였으나, 이틀 동안 곰곰 생각해볼수록 몇년 만에 만난 자기를 대하는 아버지 행태에는 도무지 미심한 구석이 한두 가지가 아니었다.

김병국 하사로서야 응당 그렇긴 했을 것이다. 함흥시내에 최선발대로 진주해 들어오자마자 만사 제하고 자기 집부터 찾아갔을밖에. 그렇게 집으로 가는 길목에서 우연처럼 아버지와 단둘이 딱 부딪쳤던 것이다. 아버지는 봄가을이면 노상 입고 있던 낯익은 그 잠바때기 차림이어서 저만치에서도 금방 알아볼 수가 있었다. 철모에 카빈총에 먼지땀으로 절어들다시피 한 국군복 차림의 김하사는 아버지 앞으로 와락 달려가 미처 철모도 벗지 못하고 넙죽 허리를 구부려 절부터 하였다.

“아바지.”

마침 주위에는 몇년 만에 부자 상봉하는 이 광경을 멀찌감치서나마 누구 하나 눈여겨보는 사람도 없었다. 순간 아버지는 바로 앞에

선 국군복 차림의 둘째아들을 흘낏 보는 둥 마는 둥 특유의 조금 어눌한 발음으로,

"난 당신 같은 자식 둔 일 없소. 사람을 잘못 보지 않았나 모르겠소."

하는 것이 아닌가. 그제야 김병국 하사는 철모를 홀떡 벗고,

"아바지, 저예요. 저, 저, 둘째아들 병국이라는 말입니다."

하였다는 것이다. 비로소 아버지는 날카로운 눈매로 와락 아들 쪽에 일별을 던지곤 살짝 눈길을 내리깔며,

"알았다."

나지막하게 한마디하곤 한발 앞을 서며,

"아무튼 집으로 가긴 하자마는, 괜스리 떠들썩하게 그러지는 말거라. 사세가 함부로 그럴 일은 아닌 것 같으다. 동네방네 너무 표나게 그러질랑 말어다오. 제발 부탁이다."

하고 구시렁거리듯이 말하며 주위부터 조심스럽게 휘휘 둘러보더라는 것이다. 마치 누군가가 이 광경을 어디 숨어서 뚫어지게 엿보지나 않는가 저어하듯이.

아버지는 몇년 만에 모처럼 만난 둘째아들임에도 이렇게 여간 쌀쌀맞지가 않더라는 것이다. 필요한 말만 짤막짤막 몇마디 할 뿐, 뒤에 김하사 혼자서 거듭 곱씹듯이 생각해보아도, 애비 아들이 몇년 만에 만나서 항용 나누었을 법한 소리는 한마디도 없더라는 것이다.

"네 형은 지금 삼수(三水)에 들어가 있다."

"내가 그리로 보냈다."

"이런 난리통엔 대처에 있느니보다는 사람 드문 그런 곳에 가 있는 것이 좋아."

"사람간의 우환이라는 게, 필경은, 사람으로 해서 생기는 법잉이

까" 하고.

"………"

김병국 하사로서야 시종 묵묵부답이었을밖에.

"그러구, 네 동생 병삼이는 지난 7월에 이쪽 군에, 인민군에 동원되어 나갔는데, 그동안 내 꿈자리가 심히 안 좋다. 그것도 서너 번씩이나. 낭떠러지 같은 데서 떨어져 두 팔을 위로 쳐들어 흔들어대면서 성님, 성님, 병국성니임 하고, 해필이면 너를 부르고 있더구나. 정작 네 모습은 어디에도 안 보이고. 그런 똑같은 사나운 꿈을 서너 차례나 꾸었다. 그렁이까 벌써 그 아아는 잘못되었지이 싶으다."

그뿐이었다. 그밖에는 더이상 이렇다 저렇다 말이 없었다. 그러곤 몇년 만에 만난 아들임에도, 자기 집에 오랜 시간 죽치고 앉아 있지 말고 어서 저녁 한술 떠먹고 이 집을 나가 소속부대로 돌아가주었으면 하고 거의 노골적으로 바라는 얼굴이더라는 것이다. 모처럼 만난 어머니도 부엌 안에서만 서성거릴 뿐, 이렇게 부자가 마주앉아 있는 방안으로는 아예 들어올 엄두도 못 내고 있었다. 본시 아버지에게는 상노예도 그런 상노예가 없다시피 매사에 쪽을 못 쓰고 지내온 어머니라 미리 그렇게 엄히 분부를 받은 듯싶었다. 몇년 만에 만난 둘째 아들 앞에서 아버지는 물론이고 어머니까지도 시종 그렇게 뭔지 불안에 떨고 조바심하는 것이, 앞에 마주앉은 아버지는 차라리 이승에서의 우리 부모자식간 인연은 고작 이런 정도임을 쉬임없이 아들에게 일깨우려 드는 듯한 그런 모습이었다.

이러니 김병국 하사로서야 당연히 그랬을 일이었다. 온정리 일주일 특별휴가가 안중사나 송중사처럼 덮어놓고 환호성을 지를 만큼 즐거울 수만은 없었던 것이다. 응당 그럴 것이 아니었겠는가.

그 아버지로 말한다면, 함흥시내서 간판 없는 약종상(藥種商)을 경영하는 그 당시 사십대 중반의 사내였다. 독학. 해방 직후 한때는 천도교가 중심이 된 청우당(靑友黨)에 입당했을 정도로 의식분자연하기도 했으나, 금방 눈치껏 그런 동네서 철저하게 발을 뺐다. 원 저럴 수도 있는가 싶을 정도로 아예 칼로 도려내듯이 그런 동네와의 연줄을 일찌감치 사그리 끊어버렸다. 그 둘째아들 김병국은 겨우 가까운 초등학교나 마치고 부모 슬하에서 빈둥거리다가 고작 18세 어린 나이에 8·15해방을 맞았다.

그렇게 약종상을 경영하며 근근이 밥술이나 먹던 사십대 중반의 그 애비도 어쩌다가 흘낏 청우당 쪽으로 한번 기웃거려보기는 했을망정, 8·15해방을 맞는 데 들어서는 그 애비에 그 아들이 그다지 다르지 않게 어슷비슷하였다. '해방'이니 '광복'이니 '독립'이니 하는 소리가 자기 자신의 하루하루 삶과 구체적으로 어떻게 관련된다는 것인지 기별이 와닿는 구석은 처음부터 별로 없었던 것이다. 그 애비, 아들이 희한하게도 똑같이, 본시 저들 생긴 대로, 자기 절로, 제 깜냥대로 하루하루 살아갈 수만 있으면 그 이상 더 바랄 것이 없겠다는 쪽의 성향으로 대강 태어난 사람들이었던 것이다.

본시 개마고원 너머 척박한 땅 삼수에서 대대로 살다가 김병국의 조부 적에 그나마 그곳을 벗어나 어렵사리 함흥이라는 대처까지 나오게 된 모양이었다. 그러니 그 조부께서도 별안간에 함흥이라는 대처에 나와 뭘 해먹고 살 것인가, 초장에는 그야말로 막막천지였을 터이다. 야곰야곰 삼수 쪽의 약초를 받아다가 시내 한방에 넘겨 파는 것으로 시작하여 끝내는 그런 쪽이 생업으로 되면서 그 아들인 김병국의 아버지대에 와서는 함흥시내 한약국이나 한약방들마다 그럭저럭 알아주는 약종상으로 근근이 터를 잡아갔다던 것이다. 이러니 응당 그이들로서야 그럴밖에 없었을 것이다. 해방이니 광복이니 독립이니 하는 소리가 저들 살갗 깊숙이 가닿을 리 없었고, 그런 언설들은 대대로 행세깨나 해오던 집안의 필묵깨나 주무르는 잘난 집안의 잘난 사람들 소관이지, 하루하루 먹고사는 일로만 근근이 빠듯하게 척박한 삼수 갑산 땅에서 조상 대대로 살아온 저들과는 애시당초 별 상관없는 것이겠거니 하고 한겹 접어두고 있었을 것이다. 당연히 그랬을 것이 아닌가.

그러나 1945년의 해방과 광복은 규모야 어쩌했든 함흥에서 약종상을 생업으로 해오던 그이네에게도 우연찮게 느닷없이 굴러든 호박이었다. 삼팔선이라는 것이 생겨나면서 고약재료로 쓰이는 송진을 비롯하여 삼수 갑산 지방의 여러 약초들은 일약 금덩이값으로 치솟아, 그이도 그이대로 어느새 아직은 삼엄하게 굳어지기 전의 삼팔선을 수시로 넘나들며 서울로 오르락내리락, 열곱 장사가 넘는 재미를 쏠쏠 보기 시작했다는 것이다. 서울 곳곳에 약초들을 넘겨 팔고 북쪽으로 되넘어올 때는 페니실린 같은 미국의 신식 약, 항생제를 사오면, 그것들은 당시 북쪽에서는 그야말로 부르는 게 값이었다. 그때는 삼팔선 북쪽에 붙어 있던 속초항에서도 오징어배들이 무시로 남쪽으로 드나들던 시절이어서, 아예 큰아들은 삼수 쪽의 한 문중 집에 상주시키다시피 하며 현지에서 생산되는 약초들을 싸구려값에 그러모았고, 본인(김하사의 아버지)은 1948년 말께까지도 수시로 삼팔선을 넘나들며 서울을 오르내려 쏠쏠 큰 재미를 보았다. 북쪽도 아직 화폐개혁 전이어서 남이나 북이나 다같이 아직은 일제시대의 조선은행권을 그대로 쓰고 있는 것도 안성맞춤이었다. 그렇게 그이는 애오라지 늘어나는 조선은행권 다발을 금융기관이라는 데도 맡기지 않고 집안 깊숙이 차곡차곡 쌓아 쟁여두는 재미로만 어느새 하루

하루를 소일하고 있었다.

그런 아버지는 비록 독학으로 까막눈 정도는 면했다고 하지만, 세상 돌아가는 낌새에 들어서만은 남다른 뛰어난 감각도 한쪽으로 지니고 있어, 이웃들도 해방 뒤 한동안의 그이의 그러저러한 거취에 관해서는 티끌만큼도 눈치를 채지 못하였다고 한다. 허구한 날 낡은 중절모에 허름한 잠바때기 차림으로 닷새, 일주일씩 집을 비우고 출타중인 때도, 삼팔선 너머 서울을 오르내리리라고는 이웃집 어느 누구 하나 어림짐작조차 못하였다는 것이다.

그 정도로 그이는 이미 매사에 들어 사려깊게 행동을 하며 자신의 정체에 관해서는 추호나마 겉으로 표를 내지 않았다고 한다. 아니, 그이도 그이대로의 깜냥으로 해방 직후 주변상황의 변해가는 양상을 나름의 직감으로 간파, 우선은 제 몸 간수하는 호신(護身) 쪽부터 챙기려 들었다는 것이다. 그 요체인즉 바로 '과묵'이었고, 함부로 어디서나 잘난 척 나서지 않는다는 것이었고, 반드시 남의 뒷줄에 서지 바람맞기 십상인 맨앞엘랑 절대로 나서지 않는다는 것이었다. 시쳇말로 하자면, 잘났다고 자처하는 사람들이 주로 나서는 정치 같은 쪽으로는 절대로 얼씬 기웃거리지도 않는다는 철칙이었다. 어느 자리에서나 있는 둥 없는 둥 남의 눈에 띄지 않게 늘 조신하고, 함부로 자신의 정체를 드러내지 않는 '의뭉스러움'이었다.

가령 한 예를 든다면, 해방 직후 소련군이 진주해 들어올 때 소련 땅에 살다가 같이 껴묻어 들어와 급히 한자리 차지한 북조선 임시인민위원회 새 중앙부처의 차관급 고관 한사람이 어느 사사로운 자리에서 '전화번호'를 '저나버노'라고 적더라는 간단한 말 한마디도, 그이는 그이 깜냥만큼 벌써 깊숙이 받아들이며, 일제와 일제에 붙어 거드럭거리던 자들이 죄다 물러간 뒤, 그 빈자리에 소련을 등에 업고 새로 들어선 저와 같은 새 '망나니들' 밑에서 앞으로 한동안 자신들이 어떤 험난한 세상을 살아가야 할 것인지 그이대로 정확하게 감을 잡았다던 것이다. 원체 오랜 세월 조국을 떠나 있었으니 '전화번호'를 '저나버노'라고 적었을 정도로 우리 글이나 말에 맹탕인 사람이 해방 직후 그때에 그런 고위직에 어쩌다가 한두 사람 올라섰을 수도 있을 터이긴 했겠지만, 하지만 그이는, 극히 하찮다면 하찮은 그 한가지 사례로, 이미 앞으로 저들이 살아가야 할 세상이 대강 어떤 세상이 될 것인지, 그리고 그런 세상 속에서 앞으로 벌어질 모든 사람들의 행태들과, 그런 맹탕인 사람들을 휘하에 거느려야 했던 맨 윗자리 높은 사람의 고충까지도 이미 그이다운 감각으로 깊이 꿰뚫어보아냈다던 것이다. 별스럽지도 않은 그 한가지로, 이미 그이는 그런 행태가 비단 그 하나에만 국한되지 않고, 그것이 뜻하는 그 사회 앞날의 개괄적인 '망나니'성, 맹탕으로 조잡하게 들끓을 사람살이와 도깨비판처럼 되어갈 사람들 관계까지도 정확히 꿰뚫어보아냈던 것이다. 위아래로 온통 망나니들이 활개치는 괴이한 세상이 올 것임을 정확하게 내다보았던 것이다.

그렇게 그이가 나름대로 간파해낸 그 감(感)의 핵심인즉, 앞으로는 매사에 들어 사람을 조심하고, 절대로 사람을 믿지 말자는 철옹성과도 같은 원칙이었다는 것이다.

이 원칙은 우선 친자식들에게부터 엄하게 적용을 시켰다. 친자식들부터 마치 남 대하듯이 하였더라는 것이다. 다가오는 그런 망나니들 세상 속에서는 제 친자식도 결코 믿을 것이 못된다는 독기 섞인 신조가 그것이었다.

비록 독학으로 겨우 쉬운 글이나 읽을 줄 알았을망정, 세상 돌아가는 낌새에 들어서는 생득적으로 그런 정도의 날카로운 감각을 지닌 사람이었다. 그렇게 해방 직후 한동안은 애오라지 삼수 갑산에서 생산되는 약초며 송진 꾸러미를 갖고 삼팔선을 오르내리며 재미보는 것만 유일하게 사는 낙으로 삼았지, 다 커가는 친자식들에게도 애비로서의 애틋한 정 한번 나누어주는 일이 없었다는 것이다.

그러니 이런 애비 밑에서 십대 후반을 보내던 김병국은 어떠했겠는가. 초등학교만 근근이 나오고 18세에 해방을 맞이하였으니, 대학 진학은 꿈꿀 수도 없었을 터이고, 하루하루 심심하기 그지없었을 것이다. 다섯살 터울의 형은 아버지의 엄한 분부대로 주로 삼수 쪽에 들어가 상주하다시피 하였고, 두살 아래의 여동생과 네살 아래의 남동생은 중학생이었다. 게다가 그런 애비 밑에서 자라다보니 김병국도 어릴 적부터 벌써 어영부영 어느 구석 아버지를 닮아가 매사에 의뭉스러웠고, 더러는 그만한 나이치고는 매우 당돌한 구석도 없지는 않았다. 가령 이런 것.

해방되고 채 2년이 될까말까 한 1947년 어느날 김병국은 문득,

"참말로 심심하구나, 심심해. 매일매일 이렇게 심심하대서야 꼭히 살 이유가 있을까잉? 주위는 혁명이니 계급이니 하고 저렇게 노상 시끌벅적 떠들썩하지만, 그런 건 애시당초 나와는 상관이 없는 것 같고, 가만보자아, 지금 삼팔선이라는 것이 저렇게 생겨나 있는 모냥인데, 그걸 넘어서 서울에나 한번 가보면 어떨까. 그쪽은 이 북쪽 세상하구는 다르게 생긴 모냥이던데. 그래, 그러자. 삼팔선을 넘어 남쪽으로나 한번 가보자."

하고 결심했다.

그러자 희한하게도 벌써 가슴부터 울렁거리며 그 생각이 머리끝에서 발끝까지 온몸으로 뿌듯하게 당겨들더라는 것이다.

그리고 그 다음다음날 김병국은 벌써 그대로 결행을 하고 있었다.

바로 이 점이야말로 어릴 적부터 김병국의 남다른 당돌함이기도 하였거니와, 그렇게 그는 깊숙이 넣어둔 아버지의 큰지갑에서 조선은행권 큰지전 몇 뭉텅이를 훔쳐내, 저녁답에 모처럼 동생을 성천강(城川江) 방죽으로 불러내 오만잡설 제하고 대뜸,

"나, 내일 삼팔선 넘어 서울에나 가볼란다. 삼팔선이라는 물건이 대저 어떻게 생겼는지도 한번 귀경할 겸, 겸사겸사루다가 서울에나 가볼란다. 너 혼자서만 그리 알고 있그라, 알았지?"

하고는 그 이튿날로 원산 가는 남행열차를 탔다는 것이다. 원산에서 하룻밤 묵고 이튿날 아침 곧장 경원선의 연천까지 차표를 끊었다. 이때는 아직 소련군이 삼팔선을 관할하고 있어 월경은 엿먹기로 쉬웠다. 그렇게 한탄강을 넘어 전곡, 동두천, 의정부를 거쳐 그날로 서울 청량리에 와닿았다는 것이다.

몇달을 서울서 혼자 얼쩡얼쩡 지내노라니 그런대로 심심하지는 않았고 구경거리도 꽤나 많았다. 남산에도 올라가보았고 무료급식소에서 밀국수도 공으로 얻어먹어보았고 곳곳의 설렁탕, 곰탕, 냉면 맛도 보았고, 중앙극장이나 단성사, 동양극장으로 돌며 매번 혼자서 활동사진이나 연극도 관람하였고, 뿐만 아니라 군중대회라나 뭐라나 시끌짝한 마이크 소리가 왕왕대는 오른쪽 모임에도 왼쪽 모임에도 슬금슬금 가보았다. 두 쪽 다 들을 만한 소리는 꽤 있었는데, 어찌 두 쪽 다 저다지나 사생결단으로 대어들어야 하는지 알다가도 모를 일이더라는 것이다. 안주머니에 아버지에게서 훔쳐낸 조선은행권 지전 뭉텅이가 두둑하게 있는 한 노상 마음 하나는 든든하였다. 일자리? 그런 것이 쉽게 얻어질 리도 없었지만, 그런 쪽으로는 아예 엄두조차 내지 않았다. 떠돌이 무료합숙소도 서울역 앞이며 용산이며 남산 아래 해방촌이라나 하는 곳이며 곳곳에 천지로 많았고 하루 세

끼니도 그렇게 저렇게 공으로 해결되는 구석이 많았다. 그뿐인가, 요상한 이름의 영어학습소도 곳곳에 우후죽순마냥 늘어나고 있었다. 하긴 그럴 것이었다. 삼팔선 너머 북쪽은 왜놈들 물러간 뒤 '로스께' 와 함께 들어온 공산주의라나 뭐라나 '전화번호'를 '저나버노'라고 적는 새 망나니들이 온통 활개를 치는 세상이듯이, 이 남쪽은 남쪽 대로 왜놈들 물러간 뒤 필경은 미국을 등에 업은 이쪽 새 망나니들 이 행세하는 세상이 될 것이어서 앞으로 영어를 모르면 사람 구실도 제대로 못할 것이었다. 김병국도 종로2가에 있는 그럼직한 영어강 습소에 등록을 하고 몇달 열심히 다녀보기도 했으나, 역시 자기 팔 자는 공부라는 것하고는 상관이 없는 쪽이려니 싶어 도중하차하였 다. 하지만 별로 아쉽고 섭섭하지는 않았다. 그때그때 마음을 정해 버리면 그뿐, 추호나마 아쉬움 같은 것일랑 갖지 않았고, 그 점도 김 병국은 생득적으로 아버지를 닮아 매사에 들어 뒤끝이 깨끗하고 꾸 역꾸역 미련을 갖는다거나 하지 않았다.

그럭저럭 2년 가까이 혼자 서울서 돌아다니자니 심심하지는 않았 지만 슬슬 지겨워지기 시작했다. 서울 거리 사람 사는 판세 돌아가 는 대강의 윤곽도 어느정도 감으로 잡혀왔다. 하지만 아버지 어머 니, 친족이 있는 북으로 되돌아가고 싶지는 않았다. 역시 자기 취향 에는 모든 것이 네모반듯하게 규격이, 각이 져가는 답답한 북쪽보다 는, 모든 것이 저 생긴 대로 자연상태로 한량없이 들끓는 이 남쪽 세 상이 비위에 맞았다. 그러곤 혼자서 가만가만 생각해보았다. 애오라 지 조선은행권 지전 모으는 재미로만 살아가는 아버지라는 사람도 저 북쪽보다는 이 남쪽 세상이 본인 성향에 더 맞을 텐데, 하고. 하 지만 아버지의 그 조선은행권 지전 모으는 재미라는 것의 원천을 이 루는 것도 바로 삼수 갑산 오지의 저 약초들일 터인즉, 성향에 맞고 안 맞고는 둘째치고 애당초 그런 생각부터가 어불성설이겠거니와, 그보다도 대대로 조상들이 묻혀 있는 그 고토(故土)와의 인연을 송두리째 끊으면서까지 이 남쪽으로 나올 엄두를 낸다는 것은 아버지로서는 도저히 상상도 못할 일일 터였다. 하지만 그런 아버지는 아버지고, 김병국 자기는 엄연히 다르다는 생각이었다. 두어 해 남짓 그렇게 서울 바닥에서 이리저리 뒹굴어보면서 그 점, 자기도 이미 어지간히 미국바람에 오염되어 있다는 것을 자인하지 않을 수 없었다. 이러고 본즉 자신이 둘째아들로 태어난 것이 새삼 요행스러웠다.

그리하여 아버지 지갑에서 훔쳐낸 그 조선은행권도 그럭저럭 몇 장 안 남게 된 1949년 가을에 김병국은 그동안 서울서 동가식서가숙하면서 생긴 나름대로의 연줄을 따라 국방군에 자원입대하였다. 그 무렵의 초기 국방군은 지휘관이고 병졸이고 거개가 김병국처럼 북에서 월남해온 청년들이었다. 함경남북도, 평안남북도, 황해도 등지에서 기력깨나 있고 제 배짱깨나 있고 제 머리 정도나마 굴릴 줄 아는 청년들은 죄다 월남하지 않았나 싶을 정도로 그런 청년들로 넘쳐나고 있었다. 그들 태반이 장삿길로 들어서거나 경찰로 들어가거나 국군에 입대하는 데 맞추듯이, 1950년 6월에는 끝내 남북간에 전쟁이 일어나고 말았다.

이튿날, 2대대 2중대 중대원 전원은 각 소대장 인솔하에 흥남부두에 모였다. 전투모에 전투복에 장교들은 권총, 하사관들과 병사들은 제각기 카빈총이나 M1소총을 둘러멘 삼엄한 차림이었다. 미군 LST 편으로 원산까지 가서 거기서부터는 트럭 몇대에 분승하여 금강산 초입 온정리까지 가게 되어 있었다. 그러니 장병 누구나 할 것 없이 오랜만에 온천물에 온몸을 담가 묵은 때 벗길 일로 자못 들뜨고 홍

분되어 있었다.

LST에 오르기 직전, 중대장은 휘하 부하들이 도열한 앞에서 훈시 겸해 다음과 같이 일장 연설을 하였다.

"아무쪼록 축하한다. 개전 이후 지난 몇개월 동안의 묵은 피로를 이참에 깨끗이 시원하게 온정리 온천물에다 씻어내도록 하라. 그렇게 세계에 그 이름을 떨치고 있는 우리 금강산의 정기를 흠뻑 쐬고 와서 이제 코앞에 닥친 백두산 상상봉을 향해 마지막으로 진군, 우리 민족의 숙원인 통일위업을 이뤄내는 첨병들이 되도록 거듭 다짐하라. 그리고 참, 즐거운 빅뉴스 한가지를 전하겠다. 우리 리승만 대통령께서는 어제 날짜로 비행기를 타시고 원산을 거쳐 평양으로 들어가 평양시민 몇만명이 운집한 속에 감격의 연설을 하셨다는 소식이다. 자, 이렇게 통일은 마침내 우리 코앞에 바싹 다가와 있다는 것을 우리 2중대 장병들도 거듭 다짐하며 오늘부터 일주일 특별휴가를 마음껏 즐기기를…… 끝으로 한마디, 우리 2중대 장병들이라면 모두가 익히 잘 알고 있을 것이다만, 이번에 우리 중대에만 오로지 내려진 이런 과만하고 황송하기까지 한 특별휴가 조치는 포항 영덕 전투서부터 시작해서 울진 삼척 강릉 주문진 양양 속초 고성 통천 원산 고원 영흥 정평 홍원을 거쳐 이 함흥까지 오는 동안, 한국군 통틀어 늘 최선두를 달려온 우리 중대의 명물 삼총사, 명실공히 불사신의 세 잡초, 그 이름 이미 우리 연대, 사단에까지 널리 알려져 있는 안종일 이등중사, 송춘하 이등중사, 그리고 김병국 하사의 공임을 새삼 명심들 하기 바란다. 알겠는가?"

하자, 전 장병의 즉각적인 대답이 날아왔다. "녜에" 하고.

다시 중대장은 훈시의 끝을 다음과 같이 마무리했다.

"그럼 승선들을 하라. 다만 끝으로, 이미 누차에 걸쳐 지시를 하여 여러 장병들도 잊지 않고 있으리라 믿는다만, 지금 금강산 일대도 삼엄한 전투지역이다. 완전한 전투태세로 승선하는 것도 그런 이유에서이거니와, 일주일 특별휴가라는 이름의 그 밑자락에는 중요한 임무 하나가 있음을 아무쪼록 명심하라. 지금 금강산 일대에는 인민군 패잔병들이 우글우글하여 언제 어느 때 기습을 해올지 모를 상황이라고 한다. 따라서 단순히 휴가를 즐기기 위해서만 지금 그리로 가는 것이 아니라, 그 인민군 패잔병들의 준동을 원천적으로 차단하고 뿌리째 쓸어내는 임무가 부여되어 있다는 것을 아무쪼록 잊지 말라. 이건 지난 몇개월간 싸워오던 전투보다 더욱 복잡미묘하고 어려울 수도 있다는 것을 각자 깊이 명심하기 바란다. 알겠는가? 이상. 자, 그럼 소대 순서대로 승선들을 하라."

드디어 각 소대별로 승선이 시작되었고, 잇대어 으르렁거리며 배 엔진이 돌아가기 시작하였다.

응당 그랬을 터이지만, 배가 움직이기 시작하자 조금 전에 중대장의 훈시에 언급된 안종일 이등중사와 송춘하 이등중사 주위에는 금방 중대원들이 떼거리지어 모여들기 시작하였다. 당연히 그랬을 것이다.

"야야, 우선 한잔 걸판지게 푸기부터 하자. 안중사, 송중사, 왜 그러구 늘어져 있어? 딴은 겸손 떠는 거야 뭐야. 어울리지 않게스리. 자, 어서 이리 나앉아."

"맞어 맞어, 흥, 갑자기 얌전 떨고 자빠졌네."

"그러구 보잉까 중대 취사반 야아들은 지금 뭣하구 있능 거야. 원, 이렇게도 눈치들이 없다니."

"아니 근데, 김병국 하사는 어떻게 된 거야? 왜 안 보이지?"

"참, 그러구 보잉 그러네. 왜 안 보이지?"

"원체 겸양지덕이 있어서, 우선에 이 두 이등중사 선배부터 공손히 모시자는……"

"그 김하사 입장에서야 그렇게 조심스러워할 법도 하겠지만, 우리가 다아 익히 알고 있는 망나니 잡초들 아닌가, 불사신의 세 잡초. 대대, 연대에까지 그 이름을 떨치는 잡초답지 않게 뭐 고런 것에 신경을 써. 아무튼간에 김병국 하사가 이 자리에 빠져서야 말이 안되지. 야, 정하사, 너 김하사하고 단짝이잖어. 낼름 가서 끌고 와."

이렇게 저저끔 벌써 와글바글하는 속에 아닌게아니라 취사반 분대원들 몇은 그쪽 분대장 인솔하에 맥주깡통부터 레이션상자로 몇개에다 양주 두 병까지, 그밖에도 안주 까음으로 갖가지 통조림들을 박스째로 날라들여왔다.

"이 양주 두 병으로 말허면 중대장님께서 특별히 내놓으셨으니 그리들 알라구."

하고 취사반 분대장이 한마디하는 소리에 자리는 더욱 떠들썩해지며 낭자해지기 시작했다. 물론 조금 전에 호명받은 정하사는 득달같이 김병국 하사를 데려오려고 자리에서 일어섰다. 그렇게 잠시 뒤에 돌아온 정하사는 뜻밖의 소식을 알려왔다. 김병국 하사가 지금 매우 울적해 있다는 것이 아닌가. 정확한 것은 잘 모르겠지만, 몇년 만에 집에 가보았는데 공교롭게도 어머니가 중환자로 앓아누워 있더라는 것이다. 그러니 오랜만에 만난 어머니를 저렇게 중환자로 그냥 팽개쳐둔 채 훌쩍 집을 나와버렸으니 여북했을 것인가.

이 말이 전해지자 모였던 중대원들이 또 그냥 가만히 있을 리가 없었다. 당장 자리를 박차고 떠들썩하게 일어서며 먹을 것 마실 것들 일부를 떠멘 채 한 떼거리는 김병국 하사 쪽으로 몰려들 갔다.

　한 떼거리 동료들을 맞이한 김병국 하사도 기신기신 자리에서 일어나 앉았다. 실은 어머니가 중환 상태라는 것도 급한 김에 둘러댄 소리였던 것이다. 김하사는 어제 오늘 줄곧, 모처럼 만난 아버지의 자기에 대한 그 반응을 두고서 곰곰 골똘하게 생각해오던 중이었다.
　하긴 아버지로서는 그렇긴 할 것이었다. 지난 5년 동안 북한의 새 권력집단에 어렵사리 이 정도로나마 아슬아슬 길들어오는 동안, 둘째아들은 월남한 것이 아니라, 1947년 어느날 간다온다 말 한마디 없이 증발해버리고 나서는 소식이 끊겨, 사실 그대로 행방불명자로 신고, 북한당국의 소관부서에서도 끝내는 그렇게 인정해주어 월남자 가족이라는 오명에 시달리지 않고 성분상의 치명적인 불이익에서도 그럭저럭 벗어날 수 있었는데, 이렇게 백주대낮에 중무장한 국군 하사 차림으로 그 아들이 돌연 나타났으니 이제 자기들은 앞으로 어떻게 살아갈 것이냐,라는 것일 터였다. 다시 말해서 아버지는 이렇게 북상해온 국군들을 아직은 곧이곧대로 믿지를 못하고, 어느날 세상이 또다시 되뒤집어질 수도 있다는 것을 강한 전제로 의식하고 있었던 것이다. 김병국 하사로서는 그런 아버지가 너무 어이가 없었지만, 그 아버지의 예감은 실제로 뒤에 정확히 들어맞았던 것이다. 하지만 국군 진주 직후의 그 당시 눈앞에 벌어지는 매일매일의 현실은, (이 전쟁에 참전한 미국이라는 나라의 엄청난 물량이며 도저히 북한군과 비교가 안되는 유엔군까지 더한 남쪽 군의 우세함은) 아버지도 엄연히 두 눈 뜨고 보고 있었으니, 그럼에도 불구하고 저렇게도 불안에 떠는 아버지의 마음을 김병국 하사는 도무지 가늠할 길이 없었다. 그렇다고 그런 아버지의 마음을 설득해 돌려놓을 엄두는 낼 수도 없었다. 그 점, 김병국은 어릴 적부터 아버지라는 사람을 너무 잘 알고 있었다. 매사에 한번 '이거다!' 하고 마음먹으면 아버지는 절대로 하늘이 두 조각이 난대도 요지부동이었던 것이다.

그렇다면 결국은 김병국 하사로서도 아버지가 왜 저런 쪽으로 저토록 굳건한 마음으로 버티고 있는지, 일단 아버지 쪽을 존중해볼 길밖에 없었다. 그렇지 않겠는가. 남쪽의 리승만 대통령이 비행기를 타고 원산을 거쳐 평양으로 들어가 수만 평양시민들이 환영차 운집한 앞에서 연설까지 하는 이 마당에, 남북통일이 바로 지척에 내다보이는 이 현실을 믿지 못하고 정반대의 국면을 저렇게도 노심초사 걱정해쌓는 아버지라는 사람은 도대체 어떤 사람인가. 멀쩡하던 아버지가 저렇게 반 정신병자가 됐을 만큼 그간의 북한체제는 그렇게도 혹독했는가. 그 세상은 이미 이렇게 끝나 보이는 마당에도, 다시 그 세상으로 되뒤집어지는 만일의 국면을 생각하며 저다지나 전전긍긍하다니. 그간의 북한체제는 그토록이나 엄혹하고 무서웠는가.

그러나 한편으로, 저렇게도 전전긍긍 노심초사하는 아버지 쪽으로 양껏 생각을 넓혀가보면, 그런 아버지가 이해가 되는 정도가 아니라 어쩌면 앞으로 닥쳐올 만일의 사태를 미리 상정해 저렇게까지 대비하려 드는 아버지가 옳을지도 모른다는 생각이 없지 않았다.

뿐만 아니라, 당장 돌아가는 상황에 저렇게까지 신중하게 깊이 대어드는 아버지 기준에 비추어본 지난 몇달 동안 이 전쟁 속에서의 자신의 행태까지도 전혀 다른 각도로 다른 모습으로 슬그머니 다가드는 것이 아닌가.

그 점으로 말한다면 사실 김병국 하사는 지금 자기들 셋(안종일 중사와 송춘하 중사와 자신)의 혁혁한 전공 덕분으로 중대 성원 통틀어 온정리 일주일 특별휴가라는 것을 가게 되는 점부터도 여간만 마음이 찜찜해지는 것이 아니었다. 뒤늦게라도 아버지가 이 사실을 소상히 알게 된다면 얼마나 기겁을 할 것인가. 저 아들이 저 지경까지 갔다면 이참에, 앞으로는 부자 인연마저 아예 끊고 남남으로 살자고 나오지나 않을지 모를 일이었다.

그런 것은 고사하고라도 당장 아버지의 그런 기준에 비춰볼 때, 이때까지는 무심하게 넘겼던 안종일 중사와 송춘하 중사의 그동안의 여러 행태들도 새삼스럽게 전혀 다른 모습으로 덩어리져 보이는 것이 아닌가. 이때까지 대강대강 그런 수준으로 무심하게 저들과 상종해왔다는 사실부터 와락 당혹감으로 다가드는 것이었다.

사실 안중사와 송중사는 김하사가 보기에도 세상에 드문 악종 중에도 극악종에 해당하는 망나니들이었다. 최일선 전투에서 중대 규모로건 대대 규모로건 위험한 국면이 닥칠 때마다 그 두 사람은 유달리 돋보이곤 했다. 왜냐하면 모든 중대원이 슬슬 꽁무니를 빼는 일일수록 그 두 사람만은 노상 앞장을 서서 흔쾌히 자원해나서곤 하였으니까. 이러니 안중사, 송중사는 금방 소문이 나고 부대 안에서 두드러졌을밖에. 실제로 두 사람은 그런 어려운 일이 닥칠 때마다 번번이 어떤 방법으로건 해냈다. 누가 보더라도 틀림없이 사지(死地)로 들어가면서도 두 사람은 절대로 죽을 상을 짓지 않았다. 저게 무슨 똥배짱일까 싶을 정도로 노상 자신만만했고, 번번이 명령받은 일을 성공적으로 완수하고 의기양양하게 개선해 돌아오곤 했다. 명실공히 불사신이었다.

최일선의 험한 전투중에는 이 이상 더 만사람의 치하를 들을 일이 따로 없었다. 어떤 어려운 국면도 두 사람은 손가락 하나 다치지 않고 거뜬히 뚫어내곤 하였으니 응당 그랬을 것이다. 둘 다 웃을 때는 폭발적으로 온 몸통을 위아래로 강하게 흔들어대는 똑같은 특색을 갖고 있었는데, 그 모습부터가 매우 정력적으로, 보기에 따라서는 악마적으로까지 보였다.

두 사람 공히 중대 수색대에 속해 있었다. 그렇게 중대 규모의 전투건 대대 규모의 전투건 심지어 연대 규모의 전투에서도 둘은 새 국면을 여는 데 노상 첨병 노릇을 하였던 것이다. 안중사, 송중사, 그 둘이 나서면 어떤 일이건 되지 않는 일이 없었다고 할 정도였다.

그런데 이 두 중사는 그런 일을 맡을 때마다 김하사를 꼭 지명해서 대동하곤 하였다. 그럴 정도로 그들은 김하사를 믿었고, 실제로 김하사도 어떤 어려운 국면이 닥치더라도 두 중사를 따라 제 몫을 거뜬히 해내곤 하였다. 그리하여 그 셋에게 '불가사리 불사신의 잡초'라는 별명을 내려준 것도 바로 대대장이었다는 것이다. 이 셋 덕에 원산 진주 후에는 대대 전 장병이 1계급 특진까지 하였고, 안중사, 송중사, 김하사 셋은 육군본부에 2계급 특진이 상신되어 있었다.

그런데 안중사와 송중사가 이런 혁혁한 공훈을 세우기까지 최일선에서의 그 두 사람의 실제 행태는 당사자들말고는 오직 김하사만이 소상히 알고 있었다. 그 두 사람은 그렇게 최일선 수색임무만 주로 맡으면서 어느새 알게 모르게 버릇 들인 것이 생겨 있었다. 사람 하나둘 죽이는 일쯤 아무렇지도 않게 생각하는 점이 그것이었다. 전시가 아닌 평상시에는 도저히 상상조차 할 수 없는 어떤 괴이한 일도 그 둘은 서슴지 않고 막무가내로 해내었다. 그런 행태 하나하나가 욕이 되기는커녕, 뒤에는 늘 전공(戰功)과 치하(致賀)로 돌아오는 데 맛들이다 못해, 어느 고비에선가부터는 사람으로서 응당 지녀야 할 그 어떤 최소한의 상식선에서도 차츰 멀어지며 그런 쪽으로는 아예 마비상태로 들어서는 것도 같았다.

두 중사와 수색근무로 노상 어울리면서 김하사가 자세히 들여다보아온즉, 부대가 어려운 국면에 다다를 때마다 그 두 사람만이 누구나가 꺼려해 마지않는 위험부담을 흔쾌히 자원해나서곤 한 것도,

바로 그 속에, 여느 대원들이 도저히 짐작조차 할 수 없는 두 사람만의 모종 은밀한 재미가 숨어 있기 때문이었다. 그것인즉 주로 사람 죽이는 재미요, 또 한쪽으로는 여자 해먹는 재미였다. 최일선 수색대로 노상 적중(敵中)에 있다보면, 우선 자신이 살기 위해서도 응당 그렇게 되기가 십상이긴 했을 터이지만, 사람이라는 게 어떤 버릇이건 버릇 들인다는 것처럼 기이하고 무서운 것도 달리 없는 것 같았다. 두 사람의 그런 행태를 가까이에서 노상 눈여겨보아온 김하사도 "지금은 전시니까, 전시니까" 하고 되도록 그런 쪽으로 이해하려 들었고, 김하사까지도 두 사람의 그런 행태에 익숙해지다 못해 알게 모르게 자신도 아예 어느 한쪽이 마비되어가고 있는 것 같았다.

그것이 어떤 힘에 의한 것이었는지는 그로부터 몇십년이 지난 지금까지도 더러 의아하게 생각해오고 있지만, 김하사는 절대로 천하 없어도 그 두 사람과 똑같이 행동하지는 않았다. 그 점에서만은 애당초 아주 엄하게 두 사람과 선 하나를 긋고 있었다. 자연, 김하사의 그 점은 안중사, 송중사, 두 사람으로서는 꽤나 불만이긴 했겠지만, 그렇다고 김하사에게 우격다짐으로 더이상 어찌하지는 않았다. 저들의 그런 행태를 김하사 혼자서만 알고 눈감아주는 것만도 고맙게 요행으로 아는 것 같았다. 그 두 사람이 노상 수많은 병사들 중에서 유달리 김하사만을 끌어들이며 선호한 것도 그들 나름대로 김하사의 그런 '사람됨'을 보아서였을 것이다.

북상중 강원도 산골마을에서는 산속의 외딴집에도 자주 부딪치게 된다. 그런 경우 그 외딴집에 젊은 여자가 있으면 백발백중 두 사람의 '먹이'로 둔갑을 하였다. 아니, 젊은 여자고 늙은 여자고 십대고 오십대고 딱히 가리지도 않았다. 심지어 늙은 어미와 딸을 한방에서 같이 범하기도 하였다. 아무리 전쟁 속이라곤 하지만 김하사가 보기

에는 저 이상의 지옥도(地獄圖)가 따로 없었다. 그리고 그런 경우에
도 김하사는 번번이 혼자서만 무심한 낯짝을 하고 밖에서 별이나 보
며 기다리곤 하였다. 하지만 아무리 김하사인들 어찌 무심할 수가
있었겠는가. 방안에서 두 사람이 그런 짓을 벌이며 개망나니 소리로
갖은 허튼수작을 주고받고 똑같이 온몸을 떨듯이 정력적으로 웃어대
는 목소리를 들으면서, 김하사는 밖에 혼자 서서 한숨이나 쉬고 있
어야 하였다.

언젠가는 삼팔선 이남인지 이북인지 모를 강원도 산속 외딴 어느
초가집에서 두 사람이 그런 식으로 모녀를 함께 덮치는데, 늙은 어
머니 쪽이 여간 앙탈을 하지 않았다. 거쉰 듯한 목소리로 미루어 오
십대도 넘은 듯싶었다. 세상의 험한 욕이라는 욕은 죄다 동원하듯이
고래고래 악을 쓰며 한동안 원성을 질렀다. 김하사가 밖에서 듣자
하니, 그때는 송중사가 딸을, 안중사가 그 어머니를 덮치고 있는 모
양이었다. 그렇게 한창 실랑이 끝에 어찌어찌 일이 되어가나보다 했
는데, 웬걸, 마지막으로 안중사의 "이 호랑말코같은 쌍년" 소리가 한
마디 들리더니, 꽤애애애액 하는 자지러지는 긴 여운의 끔찍한 비명
으로 모든 것은 마무리가 지어지고 있었다. 안중사는 그렇게 방금
범한 상대의 가슴 한복판에 대검 끝을 힘껏 쑤셔박았던 것이다.

"야야, 송중사, 가자. 어서 가자."

그뿐이었다. 윗방에서 송중사가 범했던 어린 딸은 숨소리 하나 들
리지 않고 조용하더란다.

유형은 달랐지만 비슷한 사례는 또 있었다. 역시 북상중에 강원도
산속에서 뉘엿뉘엿 해가 넘어갈 무렵이었다. 셋이 꽤 높은 언덕을
막 오르자, 깊은 골짜기 저 건너 언덕바지 밭에 두 사람의 모습이 보
였다. 일단 인근의 농민 둘이 밭작물을 거둬들이기 위해 나온 것으

로 보였지만, 그야 또 모를 일이었다. 후퇴중의 인민군이 저렇게 위장을 하고 있는지도. 그러자 안중사와 송중사는 그 자리서 내기를 했다. 둘이 똑같이 조준을 해서 쏘아 정확히 맞힌 쪽이 이긴 것으로 하자는. 그렇게 안중사는 오른쪽을, 송중사는 왼쪽 사람을 목표로 정하고, 어깨에 둘러멨던 M1소총을 내려 그쪽을 향해 조준하였다. 안중사는 앉아서 쏘는 것이 편하다며 한 무릎을 세우고 앉아 그쪽을 향해 조준하였고, 송중사는 완전히 엎딘 자세로 조준하였다. 언제나 마찬가지로 김하사는 한구석에 멍하게 앉아 구경이나 할 판이었다. 그렇게 조준을 한 채 안중사가 말했다.

"자, 그럼 내가 하나, 둘, 셋 할 테니까 셋과 동시에 쏘는 거다잉."

곧 타앙, 하고 두 발의 총성이 울렸다. 그러자 밭에서 일하던 두 사람이 감쪽같이 없어지는 것이 아닌가. 실패였다. 정확한 것은 그쪽으로 가서 확인을 해보아야 알 일이었다. 그러나 아무리 아군이 북상중이고 적은 후퇴중이라곤 하지만 원체 수색임무를 맡고 나온 최전방이라, 어느 구석에 적이 숨어 있을지 모르는 것이어서 함부로 경거망동할 수 없는 상황이었다. 한시간 가량 지나 조심조심 그쪽까지 다가가보니, 두 사람 중에 한 사람만 다리에 총상을 입고 큰 소나무 밑에서 끄응끄응대고 있었다. 짐작했던 대로 인근 농민이었다. 안중사와 송중사는 이제 이 총 맞은 사람이 왼쪽에 있던 사람인지 오른쪽에 있던 사람인지를 가려야 할 판인데, 총 맞은 당자는 전혀 모르겠다는 것이 아닌가. 무릎에 관통상만 입었으니 정신은 아주 말짱하였다.

그때도 김하사는 한구석에 서서 이곳이 남한구역인지 북한구역인지부터 궁금하였으나, 안중사와 송중사는 그런 쪽으로는 도통 관심이 없고 오직 이 사람에게 총알 맞힌 것이 두 사람 중 어느 쪽인지에만 관심을 가졌다. 당신이 왼편에 있었느냐 오른편에 있었느냐 하는 것만 짜증스럽게 물을 뿐이었다. 사람들이 어찌 저 지경까지 갈 수 있을까 하고 김하사는 도무지 어이가 없었으나, 삐끗 그런 내색조차 할 수 없는 상황이었다. 그 부상자도 누가 왼쪽이었든 오른쪽이었든 도대체 그게 왜 그다지도 중요하냐며 자기는 모르겠다고 끝까지 당당하게 우겨댔다. 그러자 안중사는 와락 짜증을 내며 충동적으로 권총을 꺼내, 왜 그것도 모르냐며 상대편의 머리에다 대고 직통으로 연발로 쏘아버렸다. 상대는 대단히 어처구니없어하듯이 (김하사가 보기에는 그 순간 그 농민은 피시시 웃은 것도 같았다) 싱겁디싱겁게 모로 나뒹굴었다. 아무리 전시라곤 하지만 사람 하나가 저렇게도 간단히 죽을 수 있는가, 김하사도 그 순간은 뭔지 몽롱해지는 느낌이었다.

이렇게 두 중사와 한짝이 되어 수색대에서만 줄곧 지내다보니 자신마저 어느 한쪽이 완전히 벽창호가 되어가는 듯하였다. 세 사람이 함께 전 연대에까지 알려진 '불사신의 세 잡초'라는 별칭도 별로 어색하게 받아들여지지 않는 것도, 이를테면 그러한 일종의 마비증상이었을 것이다. 안중사, 송중사의 그러저러한 망나니 행태는 이밖에도 일일이 거론할 수 없을 정도로 많았고, 김하사도 으레껏 전쟁이란 이런 것이겠거니, 이런 것이려니, 앞으로도 이런 것이 되겠거니 하고 심상하게 받아들였던 것이다.

하지만 결국은 셋 중에 혼자만 살아남은 김하사로서는 그로부터 근 오십년이 지난 현금에 와서 곰곰 돌아보면, 끝내는 사필귀정이라는 생각이 들었다. 안중사, 송중사 둘 다 제 명대로 못 살고 비명에 죽는 현장을 김하사는 자기 눈으로 똑똑히 볼 수가 있었던 것이다.

특히 안중사의 죽음은 그로부터 반세기의 세월이 지난 지금까지
도 너무 선연한 기억으로 아로새겨져 있고, 어언 칠십대 초반으로
들어선 김병국 노인(당시의 김하사)에게는 두고두고 풀리지 않는 의
문점 몇가지로 남아 있다.

온정리에 닿아 바로 그 이튿날 구름 한점 없는 쾌청의 오후나절이
었다. 김하사는 동료 서넛과 함께 심심파적으로 산책에 나섰다. 금
강산으로 들어서는 골짜기로 한마장 거리나 올라갔을까. 저 앞으로
아래위 깜장옷 차림의 웬 젊은이 하나가 털레털레 내려오더니, 김하
사 일행과 맞부딪치자 조금 지나치다 싶을 정도로 활달하게 반색을
하며 맞이하였다. 왈, 자기는 바로 요 윗마을에 사는데, 온정리에 와
있다는 국군들에게 대접하려고 마을사람들이 떡이랑 과일이랑 막걸
리랑 잔뜩 차려놓고 어서 올라와들 잡수시도록 모시러 내려가는 중
이니, 어서들 먼저 가 잡숫고 있으면 한 부대 동료분들은 자기가 곧
뒤따라 데리고 오마고 하더라는 것이다. 그 소리를 무심하게 곧이곧
대로 듣고 나지막한 언덕 하나를 넘으니 과연 몇가호 안되는 조그만
마을이 있었고 그중의 한 집 마당에 멍석을 깔아놓고 서넛의 큰 양
푼 가득히 막걸리를 비롯하여 떡이며 산나물이며 과일이며 수북이
차려놓고 있더라는 것이다. 조금 출출했던 김에 송편 두어 개부터
우선 집어먹고 있는데, 주황색 조끼 차림의 사십대 사내 하나가 그
집 봉당 안 부엌 문설주에 붙어 서 있다가 두 볼이 미어지게 떡을 먹
고 있는 김하사를 살그머니 손짓해 부르더란다. 가까이 다가갔더니
다짜고짜 하는 말이, 조금 전의 그 청년은 사실은 산 쪽에서 내려온
인민군이라면서, 바로 옆 밭의 수수깡 무더기를 가리키며 어서 그
속을 헤쳐 들여다보라고 하곤 감쪽같이 종적을 감추더란다. 아니나
다를까, 그 수수깡 무더기 속에는 따발총에 기관단총이며 수류탄이

수북하게 쌓여 있질 않은가. 김하사 일행은 기겁을 하고 놀라 그대로 왔던 길을 되짚어 달려가보니, 저 앞에 좀전의 그 깜장옷 차림의 청년이 그냥저냥 털레털레 걸어가고 있었다. 헐레벌떡 가까이 다가가서야 그쪽에서도 뒤늦게 들통이 난 것을 눈치채곤 달아나려는 것을 원체 외길이라 쉽게 잡았다. 요행 총기는 갖고 있지 않았다. 깜장옷 윗도리째로 목덜미를 움켜잡고 내려가는데, 공교롭게도 또 동료 몇과 함께 올라오는 안중사와 딱 맞부딪쳤다. 순간 김하사는 어쩐지 아뿔싸! 싶었다. 뒤에 두고두고 생각해도 이때의 아뿔싸!가 무슨 뜻의 아뿔싸!였는지는 김하사 스스로도 정확히 가늠이 안되었다. 아니, 가늠 정도는 되었다. 평소의 안중사 행태로 보아서 이 청년이 살아남기는 틀렸다는 당연한 예감이었을 것이다. 어차피 살아남긴 틀렸을 터이지만, 안중사와 부딪친 이상 곧장 즉결로 결판이 날 것이라는. 그것이 어째서 아뿔싸!였을까. 그 점이 김하사로서는 두고두고 아리송하게 개운치가 않았다.

안중사가 먼저 묻기 전에 김하사로서야 이만저만 이만저만해서 이 자를 이렇게 잡아간다고 사실대로 고했을밖에. 그러자 아니나다를까, 안중사는 한마디 대꾸도 없이 김하사에게서 그자의 목덜미를 낚아채듯이 넘겨받아 틀어쥐곤 그대로 네댓 발짝이나 더 떼었을까, 옆 낭떠러지에서 걷어차 떨구곤 권총 연발로 간단히 처치하였다. 순간 낭떠러지에서 떨어진 그자의 모습은 안 보이고 다만 "엄니이, 성니임, 성니임" 하는 외마디소리만 두어 번 들렸는데, 그때 웬일인가, 김하사는 온몸에 닭살이 돋으며 동생 얼굴이 확 떠오르지를 않는가. 그리고 아버지가 했던 그 꿈 얘기도. 그렇게 즉결로 처치하고 나서 안중사는 퉁명하게 한마디 내뱉었다. "대관절 그걸 어디까지 끌고 갈 요랑이었어? 우리가 지금 저런 것들이나 잡아두고 있을 처진감?

도대체 니들 정신상태가 왜들 그 모냥이야” 하고.

하긴 듣고 보면 안중사의 그 말 한마디 한마디는 지당해 보였다.

그리고 그날 밤이었다. 초저녁에 난데없이 비상이 걸리며 전투준비 명령이 떨어졌다. 연대 규모로 우글거리는 금강산 속의 패잔병들의 야간기습이 있으리라는 정보가 입수됐다는 것이다. 당연히 일주일 특별휴가차 온 2중대도 칠흑 캄캄한 속을 전원 중무장한 채 동원되었다. 아까 낮에 김하사랑 산책 나갔던 바로 그 골짜기 초입으로 전 중대원은 삼엄하게 4열 대열을 지은 채 진군하였다.

그렇게 골짜기 초입으로 막 들어선 순간이었다. 별안간 아주 가까이서 두 발의 총성이 울리지를 않는가. 원체 칠흑 어둠속이어서 어느 방향에서 난 총소리인지도 미처 분간이 안되었다. 당연히 전원은 땅에 엎드렸을밖에. 한데 그 다음은 쥐죽은 듯이 조용하더란다. 전혀 아무런 기척도 없더란다. 적의 기습이었다면 이럴 리가 없었다. 금세 아비규환을 이루었을 것이다.

한데, 조금 뒤에 조심조심 대열을 수습해서 보니 그 두 발의 총알은 공교로운 것으로 쳐서는 너무 공교롭게도 안중사의 머리에만 직방으로 꽂혔더란다. 물론 즉사였다. 그 누군가가 최근접 거리에서 표적사격을 한 것은 누가 보아도 분명하였다. 그렇다면? 그게 과연 누구였을까? 분명히 같은 대열 안의 어느 누구였을 것이다. 그가 누군가를 이 판국에, 아니 이 판국을 넘기고서라도 정확히 밝혀낸다? 그건 어림 반푼어치도 없는 수작이었다. 사실을 사실대로 정확히 밝혀낸다? 이 경우는 그것이 아주 몰지각한 일에 해당되었다. 그 점, 중대장을 비롯하여 중대 성원 누구나가 예외라곤 없었다. 이심전심, 그런 쪽으로는 어느 누구 하나 발설은커녕 생각해보고 싶지도 않았다. 원체 칠흑 어둠속에서 순식간에 일어난 일이라 쏜 사람이 분명하게 누구인지는 아무도 알 수 없었지만, 한 대열 속 동료 가운데 하나이리라는 것만은 누구나가 직감으로 알았다. 그리고 그뿐이었다.

결국 안중사는 공식적으로는 전사로 처리되었다. 응당 그랬을밖에 없었을 것이다. 중대장 이하 장교들도 그 점에 관해서는 가타부타 한마디도 발설하지 않았고, 안중사가 사살되는 순간의 정확한 정황을 어느 누구도 더이상 천착해볼 엄두조차 내지 않았던 것이다.

그러나 그때 안중사를 그 칠흑 어둠속의 지척 거리에서 쏜 사람은 과연 누구였을까? 그것은 칠십대 초반으로 들어선 김병국 노인, 당시의 김하사에게 있어서는 그 뒤 평생을 두고 지금까지도 혼자서 여간만 궁금한 문제가 아니었다. 대체 그 판국에, 어느 누가, 그 안중사의 머리를 표적으로 사격을 감행했을까? 그런 엄두라도 낼 수가 있었을까? 그리고 그 이유는 과연 뭐였을까? 단순한 사원(私怨)이었을까? 아니면 그 어떤 공분(公憤)이었을까? 하지만 공분? 그렇다면 그 무렵 안중사의 최전선에서의 그런저런 행태를 송중사나 김하사말고도 알고 있던 사람이 또 있었다는 말인가?

이건 여담이지만 지금 이 글을 쓰고 있는 이 사람도 그날의 그 사건과는 직접적으로 관련이 있었다. 인민군 패잔병 부대의 예정되었던 그날의 기습은 그 깜장색 옷을 입었던 청년이 김하사 일행에게 잡혀 죽음으로써 중동무이로 끝났지, 그 일이 그들 뜻대로 이루어졌더라면 그것을 시발로 하여 그날 밤 고성읍과 그 이웃 온정리 일대는 한바탕 난리법석을 겪었을 것이다. 그렇게 됐더라면 지금 이 글을 쓰고 있는 이 사람도 그날 밤으로 이승을 끝냈을 것이다. 그날 저녁 이 사람은 인민군 포로로 고성극장에 갇혀 있었는데, 인민군 패잔병들의 그날 밤 기습정보가 확인되고 나서 전원이 관할 국군헌병들에 의해 그 극장의 좁은 뒷마당으로 정렬당했던 것이다. 따라서 그 기습이 감행되었더라면 그 즉시 뒷마당에 있던 우리들은 한사람 빠짐없이 몰살당했을 것이다. 그것이 모면된 데서 이 사람도 이렇게 살아남은 것이다.

또 한사람, 송중사도 싱겁게 비명횡사하였다. 온정리 일주일 휴가를 끝내고 함경도 신흥(新興)에서 미해병대와 교대, 미해병대는 곧장 더 오지로 들어가고, 22연대는 11월 말께 개마고원 깊숙이 서상진이라는 곳까지 들어갔는데, 여기서 영하 40도를 오르내리는 강추위 속에 후퇴를 하게 되었다. 이때는 한길 두길을 넘는 깊은 눈속, 중대 대대 단위의 질서부터 모조리 흐트러져 하사관이나 병사들은 물론이거니와 중대장이나 대대장들까지도 제가끔 제 깜냥대로들 살길을 찾는 판이었는데, 어디선가 나타난 무개화차(無蓋貨車) 하나에 군량과 함께 하사관이고 병사고 스무남은 명이 타고 있었다. 이 눈속을 도저히 걸어내려갈 수는 없고 그 무개화차를 이용할 요량들이었다. 한가운데 두 사람이 마주서서 쇠막대기를 올렸다 내렸다 하며 달리는 그런 무개화차였다. 그 여럿 틈에 송중사도 타고 있었다. 김병국 하사를 보자 송중사는 반색을 하며 어서 타라고 소리소리 질렀지만, 김하사는 그냥 못 들은 체하였노란다. 이 눈속을, 더더구나 천길 낭떠러지를 저런 화차를 운전하여 내려간다? 그거 타고 내려가고 싶거든 너희들이나 그렇게 가거라, 난 싫다, 단지 그렇게 담담하게 반응하였노라는 것이다. 사실은 기를 쓰고 악착같이 만류할 기력도 이미 잃은 상태였지만, 설령 기력이 남아 있었더라도 내버려두었을 것이란다. 왜냐고? 그 까닭은 자신도 잘 모르겠는데, 암튼 웬일인지 그렇게 그 당시의 송중사에 대한 자신의 마음은 벌써 아주 쌀쌀맞아져 있더라는 것이다. "어이, 김하사, 김하사아, 이거 같이 타고 내려가자구. 어잉, 야, 김하사, 김하사아" 하고 송중사는 그 무개화차 속에서 한팔까지 내뻗으며 죽을 둥 살 둥 계속 소리소리 지르고 있었는데, 김하사는 끝까지 냉정하게 빤히 상대를 건너다보면서 조용히 머리만 살래살래 좌우로 도리질했다는 것이다.

깊은 눈속을 십분 정도나 걸어내려왔을까, 별안간 뒤쪽에서 엄청난 굉음이 들리더니 하얀 산 하나가 통째로 무너져내려오며 그대로 천길 낭떠러지로 곤두박질치듯 수직으로 내리꽂히더라는 것이다. 말할 것도 없이 그 무개화차였고 거기 탔던 전원은 몰살이었다.

끝으로, 김병국 노인은 1999년 금년에 들어 어찌어찌 어렵사리 고향 함흥에 살고 있는 팔순에 접어든 형님네와 기별이 닿았는데, 형님의 첫째 문의사항인즉 실로 희한꼴랑하였다. 조선총독부 관할하의 조선은행권 지폐 이만원을 지금까지 갖고 있는데 남쪽에서는 혹시 지금도 쓸 길이 있느냐는 것이었다. 그러니까 아버지는 세상 떠나는 마지막까지 그것만은 애지중지 보듬고 있다가 큰아들에게 고스란히 물려준 모양이었다. 그 아버지가 그랬다는 것이 늙마의 김병국 노인은 도무지 믿어지지가 않았다. 해방 직후 북한체제가 갓 들어설 때나 국군이 북상해갔던 그때만 해도 그 정도로 뛰어난 감각과 날카로운 안목을 지니고 있었는데, 조선은행권 지폐를 두고서는 그 정도로 세상물정 모르게 멍청했다는 것이 도무지 믿어지지가 않았다. 하지만 사람이란 게 만가지에 다 달통할 수는 없고 어떤 종류로건 기벽(奇癖) 한가지는 누구나가 갖고 있듯이, 아버지도 그 점 예외는 아니었던 모양이라고 김병국 노인은 비시시 웃음 섞어 접어두었다.

〔창작과비평 1999년 겨울호〕

이산타령
친족타령

이산타령 친족타령

그이는 1945년 8월, 중국 상해(上海)에서 광복을 맞이했다. 그러나 그때의 실제 정황으로 말한다면, '광복'의 실감은 아직 멀고, '패전' 쪽의 분위기에 더 가까웠던 모양이다. 나라를 되찾게 되었다는 환호의 소리가 상해 임정 골목을 비롯하여 전혀 없던 것은 아니로되, 그때 상해에 사는 교민들 태반은 매일매일이 첨예한 불안의 나날들이었다는 것이다. 광복을 맞은 고국으로 하루빨리 돌아들 가야 하였지만, 배편을 구하기도 하늘의 별 따기나 매한가지인데다, 설령 돌아간다 한들 앞으로 무얼 해먹고 살 것이냐 하는 점으로도 막막하기 짝이 없었다는 것이다. 응당 그랬을 터였다. 세상이 송두리째 뒤집어질 때는 노상 어디서나 이런 유의 소용돌이를 한번씩 치러내게 되어 있었지만, 더구나 그때의 그이 입장으로 말한다면 그런 쪽의 저간 몇년간의 자신의 신상 이야기까지 속속들이 죄다 털어놓기에는 그로부터 사십여년이 지난 1999년 오늘에 와서도 썩 개운치가 않고 조금은 창피하고 쑥스러울 터였다. 당시 일본군의 대륙 진출에 따른 일본군 휘하의 군속 신분으로, 견장 없는 군복 쪼가리 차림으로 상해 바닥을 활보하고 다닌 모양이었으니 안 그랬을 것인가. 아니, 이야기는 딱부러지게 하자. 중일전쟁을 벌이면서 일제가 마지막 발악으로 조선청년들까지도 당시의 '총력연맹' 산하에 묶어넣으며 학도의용군을 모집하려 들 때, 양심적이고 식견있는 열혈 조선청년으로 응당 그에 반항, 우리 임정이 건재하고 있다는 중국땅으로 어렵사리 내빼갔는데, 곧바로 중일전쟁이 터지며 눈 깜짝할 사이에 일본군이 상해로 진주해왔으니, 그이로서야 어쩔 것인가. 그렇지 않아도 상해 현지에서 낭인 비슷이 몇달 동안 동가식서가숙으로 돌아가고 있던 그이는 어느새 눈앞의 세상 돌아가는 형편대로 자연스럽게 현지 일본군의 군속으로 휩쓸려들어갔던 것이다. 당시의 그 급격한 정황 속에서 그이로서는 그밖에 딴 선택의 여지가 거의 없었다고 해야 할 것이다. 양자강을 따라 오지로 오지로 내빼들어가, 끝내 중경(重慶)이라는 곳에 전세방 하나를 얻고 든 우리 임정을 악착같이 쫓아서 가기에는, 당시의 그이로서는 도무지 앞날을 예단할 수 없는 막막천지였을 터이다. 그렇게 어영부영 세월아 네월아 하고 지내는 동안 또다시 눈 깜짝할 사이에 칠팔년이 후딱 흘러 1945년 8월 세상이 또 한바탕 되뒤집어지는 때에는, 그이도 고만고만한 연년생의 두 아이까지 딸려 있었고, 아내는 또 임신중이었다고 한다. 한창 나이 삼십대 중반인데다 그 무렵에는 요즘 같은 피임이라는 개념조차 아예 없었으니 당연히 그랬을 것이다. 일본군 군속으로 있으면서 어느정도 먹고사는 것이 안정되자 그이는 동료 소개로 제법 곱상하고 참한 조선여자 하나를 만나 상해 현지에서 결혼까지 했던 것이다.

　그렇게 그이네가 사는 집의 바로 뒷집에는 부엌 딸린 방 하나를 세

들어 사는 젊은 과수댁의 조선여자 하나가 살고 있었다. 과수댁이라
곤 하지만 남편이 있는 건지 없는 건지, 있긴 한데 잠깐 별거중인지
완전히 헤어졌는지, 도무지 애매모호한, 보기에 따라서는 어쩌다가
혼기를 놓쳐버리고 그냥 그렇게 처녀로 살아가는 것처럼도 보이는
그런 여자였다. 앞뒷집에 살면서 서로 오며가며 차츰 익숙해지면서,
이미 두 애까지 딸린 애어멈도 서로 나이까지 어슷비슷하여 그 과수
댁의 신상에 관해 조심스럽게 물어보기도 했던 모양인데, 그쪽에선
딱히 자신의 처지를 털어놓지는 않고 그저 번번이 해죽해죽 새앨새
앨 웃어넘기기만 하더란다. 그러는 모습도 늘 동글동글한 얼굴이 말
랑말랑하게 귀엽고 예뻤다. 딱부러지게 말 못할 사연이라도 있나보
다, 하고 그냥 그렇게 이쪽에서도 무심하게 넘기곤 하였다. 도대체
혼자서 뭘 해먹고 살아가는지도 알쏭달쏭하고, 일본군 상대의 위안
부 같은 것이나 아닌가 싶기도 했으나, 그런 직종으로 쳐서는 여자
가 단아하게 애교가 있고 품위도 있고, 그 무렵의 고등여학교 정도
는 나왔지 싶게 교양도 있더라는 것이다. 하긴, 일본군도 일본군 나
름이어서 고급장교들을 주로 상대하는 클럽 같은 데 출입하지 않는
가도 싶었지만, 그런 거 꼬치꼬치 캐어물어볼 정도로 서로 허물없는
사이도 아니었더라는 것이다. 그럼직해 보이는 일본장교 같은 자가
드나드는 기척도 전혀 없었다. 여자가 원체 얌전해서 이쪽에서 그런
쪽으로 상상해보는 것마저 괜스레 죄짓는 것마냥 미안한 마음조차
들곤 했다는 것이다. 아무튼 그렇게 2년 남짓 앞뒷집으로 이웃해 살
면서 천리 타향, 외지에 나와 사는 동포끼리 듬뿍 정을 나누었다는
것이다. 더구나 그 과수댁은 한쪽 볼에 보조개가 파이는 웃는 얼굴
이며, 몸짓 손짓 하나하나가 깨소금맛으로 예쁜 생김새에 아울리게
무척이나 애를 좋아해서 이쪽 집 두 아이들도 이모, 이모 하고 여간

따르지를 않았다는 것이다. 그렇게 앞뒷집으로 친숙하게 지내다가 별안간에 1945년 8월을 맞이했으니 어떠했을 것인가. 그 댁들도 한 바탕 북새판이 벌어졌을밖에. 하지만 그때 상해에 가 있던 조선사람이면 누구나가 똑같이 겪었을 북새판이어서 서로 대세 돌아가는 정보들을 교환해가며 우선 고국으로 돌아갈 길부터 모색했을밖에. 그렁저렁하다가 다시 두어 달이 지나 그해 10월경에야 겨우 배편 셋이 마련되어서 드디어 어느날 상해 부두에는 동포들이 인산인해로 떼거리지어 모였다는 것이다. 이런 경우에는 으레껏 질서가 가장 우선되는 것이어서 응당 위풍깨나 있는 모모하다는 사람들이 지도자로 나서고, 그 밑으로 완력깨나 쓰고 기력있는 젊은이들이 나서서 질서잡기부터 전력을 기울였을밖에. 대강 그러저러한 북새판을 거쳐 그이네 일가족은 첫배에 타게 되고, 뒷집에 세들어 살던 그 과수댁은 두번째 배에 타도록 제각기 딱지 한장씩을 받아갖고 있었다는 것이다. 출발시간도 첫배는 열시 반, 두번째 배는 열한시로 고작 삼십분의 간격이었다던가. 그나저나 고국으로 돌아갈 동포 숫자는 원체 많고, 배 숫자는 겨우 세 척으로 한정되어 있었으니 탈 수 있는 껏 만선으로 탔을밖에. 그 배 세 척이나마 현지 조선사람 중의 몇 독지가 덕분으로 겨우 구할 수가 있었다는 것이다. 일본군의 중국 진격에 맞춰 잽시빨리 돈벌이로 나섰던 약삭빠른 몇몇 조선사람이 현지 일본군을 끼고 매일 가마니짝으로 몇씩 돈을 긁어모으다시피 하여 불과 몇년 동안에 엄청난 거금을 모았던 것을 기꺼이 투척, 중국인 운송회사 하나와 타결이 이루어져 배 세 척을 어렵사리 세낼 수 있었다는 것이다.

그렇게 어느날 상해 부두는 별안간에 귀국길에 들어선 조선사람으로 인산인해를 이룬 속에 그이네 한 가족이 첫배에 우선 승선했는데, 원체 만선인데다 어린아이 둘에 짐짝에 아내는 임신까지 한 몸이어서 여간만 버겁지가 않았다는 것이다. 게다가 두번째 배는 아직 선창에 닿기도 전이어서, 그 과수댁도 얼굴이 벌겋게 상기된 채 고운 이마에 비지땀을 뻘뻘 흘리면서 이쪽 일을 거들어주었을밖에. 아비규환의 그 북새통에 어린아이 둘은 사람들에 부대껴서 엉엉 울음을 터뜨리는 둥, 그런 난리법석이 없었다. 그러자 보다보다 못해 끝내 그 과수댁이 그러더란다. 어차피 두번째 배도 삼십분 뒤에 떠날 터이고, 그렇게 같은 부산항에 가닿을 터이니 여섯살짜리 큰아이는 차라리 나헌테 맡겨라, 그렇게 먼저 가닿아 부산항에서 기다리면 내가 큰아이 데리고 곧 뒤따라가마, 그게 낫지, 임신한 몸으루다 아이 둘을 챙긴다는 건 누가 보아도 무리이다,라고. 듣고 본즉 그럼직도 해서, 이쪽 그 부부도 깊이 생각하고 자시고 할 것도 없이 (이 판국에 생각할란다고 제대로 생각이 되기나 할 것이겠는가. 도대체 이 판국에 무얼 어떻게 생각을 한다는 말인가) 건성건성 그럼 그렇게 하자, 하고 울고 서 있는 큰아들, 여섯살짜리를 그 과수댁에게 딸려 배에서 내려보냈다는 것이다. 아이도 아이대로 그랬을 것이다. 평소에 앞뒷집으로 살면서 이모, 이모 하고 스스럼없이 따랐던 것이어서 군말 한마디 없이 그냥 그렇게 이모 따라서 내려갔더라는 것이다. 이때 그이는 여섯살짜리 아이 뒷등에다 대고 한번 이름을 크게 부르곤, "금방 뒤따라 오너라아. 부산서 기다리마아. 이모 너무 속태우게 하질랑 말고오"라고 소리를 질렀다는 것이다.

뒤에야 두고두고 이때 일을 곱씹으며 고소를 금할 수 없었지만, 도대체 그때 "부산서 기다리마" 한 부산이라는 소리가 무슨 소리인지 아이 쪽에서는 알 턱도 없었을 것이다.

그런데 이게 웬 날벼락인가. 부산에 닿아 삼십분을 기다리니 과연 뒷배가 오긴 오는데, 아이는 안 오더란다. 물론 아이를 맡은 그 과수댁도. 세상에 이런 일도 있을 수 있다는 말인가. 아내는 임신한 몸으로 빈 선창가에 나뒹굴어져 실신까지 하며 한바탕 법석을 벌였지만 눈앞의 현실은 틀림없는 현실이었다. 도대체 백주에 이런 일이 어떻게 벌어질 수 있다는 말인가. 하지만 이 억울한 사연을 그때로서는 어디 마땅히 호소해볼 데도 없더라는 것이다. 원체 때가 때라, 정부라는 게 있는가, 이런 일을 맡아낼 이렇다할 기관 하나가 있는가, 두어 달 전에 일제의 사슬에서 나라가 풀려났다고는 하지만, 이 판국에는 그 나라라는 것도 아무짝에도 쓸모없는 하나의 환영(幻影)에 불과하더라는 것이다. 결국은 그렇게 귀국해오는 조선사람들만 부산항에다 풀어놓고 되돌아가는 중국 배의 선장을 비롯, 선원들에게도 신신당부는 했지만, 그이네들인들 이쪽 처지를 매우 딱하게는 여겼을 터이지만 돌아가선들 별 뾰족한 방법이 없기는 대동소이했을 것이다. 그 중국사람들인들 금방 일제 사슬에서 나라가 풀려나기는 우리나 매한가지였고, 장개석 국민당정부라는 것도 이런 일을 감당하기에는 허깨비일 뿐이기는 우리네나 매한가지요, 그런 일을 관장해낼 기관 하나도 딱부러지게 없기는 우리네나 매한가지였던 것이다.

그러고 나서야 그동안 2년 남짓의 피차의 관계를 차근차근 되짚어 돌아보니, 앞뒷집간으로 절친하게 지냈다고는 하지만 그 과수댁 신상에 관해서는 아는 것이 너무도 없더라는 것이다. 그저 장(張)여사로만 알고 있었지, 정확하게 이름이 뭔지, 고향이 어딘지, 부모형제간은 있는지 없는지, 아무것도 모르고 있었더란다. 아니 그렇게도 2년간 오며가며 친숙하게 지냈는데 상대 신상에 대해 이렇게도 모를 수가 있다니, 어이없는 것으로 쳐서는 이 이상 어이없을 수가 없었다. 아슴아슴 기억나는 것으로 고향이 평안북도 어딘가로 들었던 것 같긴 했다. 일이 이렇게 되고 나니까, 원, 살다가 이런 일도 있을 수 있다니, 싶기만 할 뿐이었다.

그 뒤로도 부부는 부산항은 물론이려니와 인천, 군산, 해주 진남포 쪽까지 수소문해서 중국에서 돌아오는 동포 귀국선들은 거의 하나도 빠짐없이 싸그리 훑어 챙겨보았지만 끝내 소식은 감감, 오리무중이었다. 그이도 그이지만, 특히 아내는 대낮 유령처럼 피골이 상접하다시피 되어 임신했던 아이마저 기어이 유산해버렸다. 그렇게 두 내외가 다 피를 말리다시피 애를 태우던 끝에 결국은 이런 결론을 내리면서 일단은 귀국선을 통해 아이 찾는 일은 포기할밖에 없었다.

"그년이 그렇게나 아이들을 좋아하더니 본시 그런 꿍심이 있었구면. 우리 그애가 탐났던 거야. 그렇게 우리 큰아이를 빼돌려설랑 북쪽으로 들어갔구면. 원래 애 못 낳는 년이었어, 그년이. 틀림없이."

이런 아내의 푸념에 그이도 이렇게 받았다고 한다.

"본시부터 꿍심이 있었던 것은 아니었을 거요. 여자가 그런대로 맑고 단아하질 않습디까. 평소에 추호나마 그런 쪽의 꿍심이 있었다면 우리도 나름대로 눈치를 어찌 못 차렸을 것이오. 단지 아이 못 낳는 여자로서 아이가 탐나긴 했겠지만, 그러다가 우연히 그때 그런 사정으루다 아이를 맡아놓고 본즉, 와락 딴생각이 났던 거지요. 이 참에 아이를 내 것으로 가로채자, 하고. 그렇게 북한 쪽으로 발길을 돌린 거지요. 그러니 어쩌겠소. 애태우면 애태울수록 우리 몸만 상할 것이니까 우리도 일단은 우리 살 궁리부터 챙깁시다. 일단 그애 일은 잊어버립시다. 계속해서 노력은 해봅시다만, 찾아질 때는 찾아지더라도 아등바등 그 일로만 노심초사 속을 태우질랑 말고, 앞으로 우리 살아갈 일이나 우선 챙깁시다" 하고.

물론 그 뒤로도 그이 부부는 서울에다 새 삶의 터전을 잡으면서도 할 수 있는 방법은 죄다 동원했다. 삼팔선이 굳어지기 전까지는 상해시절에 그렇게 저렇게 익혔던 안면을 찾아 사방으로 알아보았고, 주로 북한 쪽으로 연이 닿아 있는 연안(延安) 쪽 인편을 통해 수소문해보기도 했으나, 아이 이름만 정확할 뿐, 장여사라는 사람과 대강 고향이 평안북도 어디라는 정보만으로는 그야말로 소경 코끼리 만지는 격으로 전혀 기별조차 가닿지 않았다. 그나마 차츰 삼팔선이 굳어지고, 1948년에 인공정부가 들어선 뒤에야 오늘 우리네의 주민등록증 같은 공민증이라는 것이 교부되었으나, 그때는 이미 남북의 경계는 삼팔선으로 삼엄해져 있었던 것이다. 그리하여 그 뒤로는 국제적십자 같은 관련 국제기관에까지 손길을 뻗쳐보았으나 날이 갈수록 더 막막할 뿐이었다. 그러다가 1950년 6·25까지 터져버렸으니 이제는 더이상 불가항력이었다. 끝내 70년대 초에는 그이 가족 모두 아예 캐나다로 이민을 떠났다. 이 이민의 목적도 애오라지 어떤 수를 써서든지 큰아들을 찾아보자는 집념에서였다. 6·25까지 거치면서 남북 대치상황이 험악 일변도로만 굳어가는 속에서는 평양 쪽에다 제대로 서신 한장조차 띄울 수가 없었다. 그런 바이면 캐나다 같은 나라로 이민을 가는 편이 나을 것이라는 판단에서였다. 그렇게 캐나다에다 삶의 터전을 잡으면서 수없이 평양 쪽에다 편지를 띄웠다. 우선은 평양적십자사에다 저간의 사연을 자세히 적어 협조 요청을 정중하게 의뢰하였다. 그것도 한두 번이 아니라 연달아 대여섯 번에 걸쳐서였다. 그러다가 끝내 하늘도 무심하지 않아, 70년대 중엽에 이르러서야 아들의 행방을 찾았다. 아들도 북한에서 잘 자라, 평양 어느 대학의 교수로 재직해 있더라는 것이다. 희한하게도 어릴 적 성이며 이름은 그대로였다. 몇번 서신을 주고받은 끝에 70년대 말에는 부부가 같이 캐나다 현지 교포의 고국방문단에 껴서 평양으로 들어가 어언 사십줄에 접어든 큰아들을 만났다. 물론 그 과수댁도.

"그 참 희한합디다" 하고 그이는 슬렁슬렁 웃으며 마치 자신의 일이 아니라 생판 남의 일 이야기하듯이 스적스적 털어놓았다.
"그동안 아들의 어머니 노릇을 해온 과수댁도 물론 만났는데, 나야 물론이고 지난 삼십년간 그다지나 애오라지 그 일 한가지로만 애를 태워왔던 제 안사람도 저 옛날 상해 항구에서 헤어졌던 그 건(件)에 대해서는 처음부터 일언반구, 한마디도 내비치지를 않는 거 아닙니까. 우리 부부간에 서로 이러자고 미리 말을 맞추었던 것도 아니었는데 말이지. 만나자마자 첫눈에도, 그 사람이라니 그 사람인가보다 하지, 전혀 몰라보겠드라구요. 그렇게 폭삭 늙어버린 그 과수댁 쪽에서, 개구 첫마디, 입안의 소리로 혼자 우물우물거리듯이 '죽을 죄로 잘못했노라'고 슬쩍 한마디 하긴 하는 모양입디다만, 그러자 내 자 쪽에서는 되레 그 과수댁의 입을 한손으로 막으려고 들며 고개를 설레설레 가로저으면서 '그간 일은 뒤에 천천히 들어도 늦지 않아요, 늦지 않아'라며 다짜고짜 와락 얼싸안기부터 하더라는 말입니다. 정말로 내 쪽에서는 보기 민망할 정도로 어처구니가 없고 우스운 것이, 그렇게 두 할망구가 얼싸안고 한바탕 울기부터 하는데, 가만히 보아하니, 저간의 그 아들 찾던 일, 삼십년간 죽을 등 살 등 오직 그 일 한가지로만 노심초사 갖은 고생을 해왔던 그런 일은 두 사람 사이에 금방 눈 녹듯이 사라져 있는 것이 아닙니까. 말짱하게 사라져 있더라구요. 지난 삼십년간 노상 '그년' '그 죽일 년' '사지를 발기발기 찢어 죽여도 시원치 않을 년' '어금니로 골백번 씹어 죽일 년' '벼락 맞아 죽을 년' 등등 이 세상에 있는 험한 소리는 죄다 동원하듯이 못하는 소리 없이 갖은 악담을 일삼아왔었는데, 그런 쪽의 원한은 우리 내자 쪽에서 털끝만큼도 내비치지를 않더라는 말입니다. 대체 저게 저게 제정신으로 저러고 있는 건가, 원 저럴 수가…… 그 본인을 만나자마자 우리 내자는 전혀 딴사람이 되어 있더라구요. 인간이라는 게, 이런 경우에 닥쳐보니까 참으로 괴이한 것이기도 하더군요. 그렇게 두 할망구가 얼싸안고 한바탕 울고 나서는 두 손을 마주 잡은 채 서로의 얼굴을 찬찬히 들여다보면서 '임자도 늙었구려' '그럼요, 삼십여년 만이니 늙었을밖에요. 성님도요' 하고 주고받는 소리를 저만큼 서서 보고 듣고 있자니, 참 기가 막히드먼. 저게 참말로 내 조강지처 여편네였던가 싶고. 정말입디다, 이런 경우에 닥쳐보니까 사람이라는 것처럼 불가해한 동물도 달리 없는 것 같더라구요. 그러니까 두 할망구는 만나자마자 대번에 저 옛날 상해시절 앞뒷집으로 살면서 조곤조곤 정분을 나누었던 그 시절의 두 사람 사이의 '단순한 관계'로만 문득 되돌아간 것이더라구요. 그동안의 삼십여년이라는 세월과 그러저러한 세사, 잡사들은 말짱 깨끗이 증발이 된 채로요. 아니, 정말로 저럴 수가 있는 것이겠습니까요. 이걸 어느 누가 그대로 믿을 수가 있겠습니까. 제가 지금 중언부언 같은 소릴 되풀이하는 것도 바로 그래서지요. 지금 하는 이런 소리를 누가 제대로 믿을 수 있겠는가요. 허지만 사실이 그러한데야 어쩔 것입니까.

오글쪼글 늙긴 했어도 그 과수댁은 저 옛날처럼 품위가 있고 곱습디다. 곱게 곱게 우아하게 늙었더라구요. 그러니까 우리 내자도 우선은 그 과수댁의 그 옛날처럼 곱고 아담한, 뭔지 모르게 상대방을 일거에 녹여내고 끌어당기는 매혹적인 분위기에부터 당장 홀딱 반해버리는 것 같더라구요. 당장 만나자마자 되살아온 생동하는 그녀의 그 말랑말랑한 분위기 말입니다. 저 옛날 상해에서 앞뒷집으로 살면서도 노상 저랬거든요. 그 과수댁의 뭔지 아주 매혹적인 분위기를 우리 내자는 그렇게도 좋아했거든요.

　들자 하니, 그 과수댁은 1945년 가을에 평양으로 들어오자마자 꽤 높은 공산당 간부와 금방 눈이 맞아 일찌감치 결혼을 했던가본데(그야 물론 첫 결혼은 아니었을 터이지만요), 그 덕에 처음부터 수도 평양에 쉽게 안착을 할 수 있었던 것 같아요. 허지만 아이 못 낳는 불임여자라는 게 곧 밝혀졌을 것 아닙니까. 그래서 삼년 남짓 뒤에 합의이혼을 하고 다시 금방 행정부 쪽의 간부 하나와 재혼했으나 그것도 이년여 만에 이혼, 그 뒤로는 평양시내 어느 구역의 어느 탁아소 장아무개라면 평양시내 젊은 아주먼네 누구나가 쉽게 알 수 있을 정도로 꽤나 유명해진 중진 보모(保母)로서, 가다오다 잠깐잠깐 서넛의 홀아비 남자와 관계도 가진 모양입디다만, 그런 고비고비마다에서도 우리 그애만은 악착같이 제 친아들로 챙겼다나봅디다. 우리 아들도 잘 자랐드먼요. 이미 사십줄로 곧 들어설 나이였지만 그건 첫눈에도 금방 알아보겠더라구요. 나를 닮아서 키도 껑충 크고, 말수도 적고, 자발머리없는 쪽하고는 아예 거리가 멀고, 매사에 행동거지 하나하나가 진중하고 꽤 품격이 있게 자랐더라구요. 헌데, 참, 어이가 없다고 해야 할지, 우습다고 해야 할지, 그렇게 잘 자란 우리 아들도, 그 과수댁을 절대로 엄마라고 부르지 않고 꼭 이모라고 부르더라질 않습니까. 다만, 그이 쪽의 그때그때 립장이랄까 하는 것을 아이대로도 즉각즉각 눈치껏 감안해서, 어쩌다가 여럿이 같이 있을 때 만부득이할 때만은, 더러 ‘엄니’라고까지는 부르더라는 거예요. 그런 경우에도 ‘엄마’나 ‘어머니’가 아니라, 꼭 ‘엄니’라고만 부르더라나요. 그게 대체 무슨 놈의 똥고집이었는지 저도 잘은 모르겠습디다만, 암튼 그 점도 어느 구석 나를 닮은 것 같은 느낌은 없지 않더라구요. 저도 좀 매사에 그런 편이거든요. 결곡하다고 할까, 외고집 같은 것이 있다고 할까. 아무튼지간에 그렇게 절대로 이모로만 대하지, 친어머니로는 대하지 않았다고 하는 그 한가지로 미루어서도, 나도 나대로 마음 깊이 가만가만히 흡족하고 안심이 되는 것은 또 뭐겠습니까. 생각해보면 참 치사하기가…… 허지만 사람 끝머리란 것은 대저 이런 건가 보아요. 번드르르한 말 몇마디로는 할 수 없는…… 쉽게 간단히 알 수도 없는……

그렇게 우리 그 아이도 아잇적부터 만만치 않게 속이 깊은 아이였던 것 같아요. 헌데, 그 점, 그 과수댁으로서는 얼마나 섭섭했을 것입니까. 허지만 그이도 그이대로 그 점에 한해서만은 이날 이때까지 단 한마디도 얼씬 내비치지를 않았다는 겁니다. 어쩐지 이 아이 앞에서는 그래지더라는 거예요. 이 아이 앞에 혹여 그 점을 건드렸다가는 그 즉시 자기 쪽에서 치명적으로 무안을 당하게 될 것 같더라는 겁니다. 사실은 사람들 살아간다는 것이, 의외로, 이런 수준의 눈치거나 지혜로 사는 쪽이 실제로는 훨씬 많은 비중을 차지하고 있는 것이 아닐는지요. 이 경우 딱히 '지혜'라는 것이 될지는 애매하긴 합니다만, 차라리 반(半)본능이 아닐까도 싶지만, 그 과수댁도 저 옛날 상해시절부터 좀해서는 절대로 값싸게 눈물 같은 것은 안 보이는 분이었는데, 우리 내자 앞에 이 점을 털어놓으면서는 펑펑 바가지로 퍼내듯이 눈물 콧물을 뒤범벅으로 쏟아내더랍니다. 그렇게 흑흑 흐느끼면서, 중간중간 그 흐느낌으로 말이 끊기면서, '정말이지 나, 이 아이 덕에 오늘까장 견디고 살았시요. 이 아이 없었더면 나 정말로 그동안에 어떻게 되었을지 몰라요. 이건 진짜진짜예요. 이것만은 진짜예요. 이 사람 덕에 난, 난, 난…… 보세요, 저 사람 저만한 성년으로 키워낸 건, 그야 물론 본시 본인 타고난 기본틀과 애당초의 남다른 싹수도 있었겠지만, 내 입으로 이런 말까지 하기는 좀 뭣하지마는, 내가 내 일 만사 젖혀놓고 오직 저 아이 하나를 위해서만은 성심성의, 온갖 정성을 바친 것도 두 분께서는 인정해주셔야 합니다. 저 사람도 저의 이 은공은 응당 그 무게만큼 고맙게 뜨겁게 여기고 있을 것이구요’ 하고 평소의 그이답지 않게 거의 악을 쓰듯이 울부짖더라는 거예요. 우리 내자도 그 과수댁에게 그런 과격한 면이 있은 줄은 전혀 예상조차 못했다는 거예요. 그렇게 정신 빠진 사람마냥 한동안은 우리 내자도 머엉해 있더라구요. 헛소리하듯이 ‘세상에나, 세상에나’ 라고만 거듭거듭 되뇌면서……

일언이폐지하여 사람이라는 게 이렇게도 깊고 불가해한 것이더군요. 흔하게 돌아가는 잘난 사람들의 잘났다는 ‘말’이라는 것은 이에 비하면 죄다 천박하고 값싸기가……”

그렇게 지난 1987년에 그이는 부부동반으로 캐나다 교민의 고국 방문단에 껴서 팔십 고령으로 네번째로 평양을 다녀왔다고 한다. 한데, 이젠 그이도 원체 이승 살 날이 얼마 안 남게 늙었는지라, 전에 없이 별일도 아닌 점으로도 쓸데없이 자꾸 눈물이 나온다면서 말하더라는 것이다.

“삼년 전에 들어갔을 때 공식적으로 준 거말고, 북한당국 몰래 달러푼이나 은밀허게 손에 쥐여주었는데, 이번에 들어갔던 길에 또다시 돈을 조금 주려고 했더니, 지난번에 받은 것도 아직 많이 남아 있다면서 아들은 서랍 하나를 열어 보여주더군요. 아닌게아니라 지난번에 준 돈이 서랍 속에 채곡채곡 쌓여서 많이 남아 있더라구요. 그걸 보니 싸아하게 가슴이 아려옵디다. 아들은 아들대로 ‘일없시요, 일없시요’ 하면서리, 그 돈 안 받아도 괜찮다고, 그쪽 자본주의 세상에서는 돈 쓸 일이 많을 테고 돈 없으면 사람 구실도 제대로 못할 거이니 두 분께서나 쓰시라고 하는데, 허긴 그것도 그렇겠더라구. 인 공 치하 북에서야 남들 사는 분수가 엄연히 있는데, 저 혼자서만 두드러지게 호화방탕하기도 뭣한가보더라구. 아이는 진짜로 참허게 착하게 컸드먼. 내 립장에서는 더이상 바랄 수 없을 정도로 말이오. 사회주의체제적으루다가…… 허지만 친애비 친에미루서야 아무튼 가슴이 미어지더라구. 집 쓰고 사는 거며, 가구들 하나하나며, 공화국 기준으루다가는 잘사는 편에 들지 몰라도 그 꼬라지하구는…… 그런대로 질박하게는 여겨집디다마는 그야말로 프롤레타리아적으루다가 촌스러운 궁기는 어쩔 수가 없더라구. 한순간의 실수루다 아이를 저런 체제 안에다 떨궈놓았으니, 이 애비 에미루서야 무슨 짓으루다 이 죄를 갚아야 할지 아득하더라구요. 허지만 그쪽 내 자식 립장에서는 우리 내외가 도무지 생소하고 어쩌다가 토성이나 목성 같은 데서 온 이상한 동물이거나 도깨비 같은 것으로도 보일 것이더라구. 1남1녀를 두었습디다. 고2에 중3으루다. 우리 친손자 친손녀이지요. 며늘아이도 그렇고 두 아이도 아주 건실하게 조선 젊은이로 자라고 있더라구. 그렇게 곱게 차려입고설랑 우리 늙은 내외 앞에 다소곳이 앉아 예쁘게 절을 올리는데, 참, 기가 막히드먼. 남매가 그지없이 잘 자라고 있더라구, 예의바르게 절도있게 허황방탕하지 않게…… 돈이라는 것 귀한 거 모르구, 도대체 돈이라는 게 왜 귀한지, 귀해야 하는지, 그런 쪽으루다가는 당최 벽창호루다가…… 그럴수록 뭔지 사목사목 더 품격 같은 것은 있더라구. 근데 그렇게 두 아이, 남매가 제 친할아버지 할머니에게 곱게 정성들여 절을 하는 동안, 우리 그 아들이라는 자는 가만히 혼자서만 딴청 피우듯이 외면을 하고설랑 바깥쪽 먼 산마루를 내다보고 있드먼. 그러구 보잉까, 우리 아들은 그동안 네 번씩이나 만나러 들어갔지만, 우리더러 '아버지' '어머니'

라고 딱부러지게 부른 일이 한번도 없었어. 이게 대체 뭣인지, 선뜻 그러기에는 우리 내외를 그렇게 부르기에는, 그동안 저를 사십년 가까이나 챙겨서 키워준 그 '이모'라는 분에게 못할 짓으로 여겨졌는지 뭣인지, 혹은 그 아이 생긴 것이 천성적으로 그렇게 생겨 있어서 그냥 그렇게 쑥스러워서였는지 그 점은 잘 모르겠습디다. 암튼 캐나다라는 나라의 시민권을 가진 우리 내외는, 지금의 그애 립장에서는 친 '아빠' '엄마'가 아닌가보드라구. 다만 제 아들딸, 그러니까 내 친손자 손녀들이 제 친할배 할매를 어떻게 대하든 그건 저로서는 상관을 않겠다, 그건 그애들 사정이다, 대강 그런 것인지 뭣인지 그 속을 누가 알 것이오. 아니, 그 점도 아슴아슴 짐작은 됩디다만, 도대체 복잡하고 막막하기가…… 암튼 지난 오십년간 우리 남북간의 사람살이가 이런 식으로 달라져온 것만은 틀림없는가 보아요……"라고.

그러자 이때까지 가만히 듣기만 하던 이쪽 사람이 그이에게 비로소 한마디 물었다고 한다.

"그 점일랑 한번 직접 따져 물어보시지 그랬어요. 왜 아버지 오마니 소리를 못하는가. 네 입으루 그렇게 부르는 소릴 한번이라도 듣고 싶구나…… 하고."

순간 그이는 두 눈을 커다랗게 치뜨며 이쪽을 한번 히뜩 쳐다보고는 와락 짜증을 내듯이 그러나 금방 억양을 낮춰 나지막한 목소리로 받더라는 것이다.

"그랬다가는 우리 둘 다 정말로 무안을 당하기나 쉽지. 그애 립장으로서도 차마 못할 소리까장 나오게 할 필요가 뭐가 있을 거요."

"그래서요?"

하고 이쪽에서는 다시 잇대어 기계적으로 물었노란다. 그이는 조금 의아해하듯이 이쪽을 한번 히뜩 되쳐다보곤,

“그래선 뭐가 그래서야. 그저 단지 그랬다, 사람 살아가는 것이 별 것이 아니라 대강 이런 것이더라, 이런 말이지.”
하자, 이쪽에서는 다시 핵심문제를 꼬집듯이 물었다.

“그럼 그 과수댁에게 상해 부두에서 그렇게 헤어지던 건은 아직도 제대로 못 물어보았나요? 부모자식간이 그렇게 됐던 그 원천이 바로 그 지점이었는데요.”

그이는 피시시 비아냥거리듯이 웃으며,

“그깐 일, 지금에 와서 깐깐하게 알아본들 무슨 소용이 있을 것이오. 그 점으로 말하더라도 우리 내자는 내가 보기로 사람이 됐더라구. 그 과수댁을 삼십여년 만에 만나자마자 그깐 지나간 일일랑 싸그리 말짱 지워버리구설랑, 당장 눈앞에 만난 그 현장의 그 과수댁 분위기에만 휘어들어 있더라구. 그런 데 비하면, 조금 전에 당신은 뭐랬지요? 뭐? ‘그렇게 됐던 그 원천이 바로 그 지점’ 어쩌고? 그런 것이 내가 보기로는 왈, 설익은 치졸함이고 촌스러움이라는 거요. 그렇게 문자 섞어 어쩌고 어쩌고…… 당신 아직 멀었구먼.”

“그래서요?”

“그래선 뭐가 그래서야. 자, 그만, 어서 점심이라도 먹으러 갑시다.”
하고 그이는 자리를 박차고 일어서고 있더란다.

〔라쁠륨 1999년 가을호〕

1991년 초겨울의
서울 모스끄바 평양

1991년 초겨울의 서울 모스끄바 평양

오후 네시 정각, 단 일분의 오차도 없이 벨이 울렸다.

왔나보군요, 말없이 정여사를 건너다보며 영호는 마시던 홍차 잔을 가만히 정성스럽게 탁자 위에 놓았다. 정여사가 곧장 일어서서 나가 문앞에서 "어머, 오셨군요. 그렇잖아도 리영호 선생님께서 기다리고 계신 참입니다. 어서 들어오시라요" 하고 조금 과장 섞인 활달한 목소리로 말했다. 순간 영호도 엉거주춤 자리에서 일어섰다.

그렇게 정여사 뒤로 짙은 바다색 잠바때기 차림의 어제 저녁 '해주옥'에서 만났던 바로 그 젊은이가 한껏 겁먹은 얼굴로 쭈뼛쭈뼛하며 들어서고 있었다.

"실례하겠으므다."

하고 어눌한 발음으로 조금 촌뜨기처럼 말했다.

영호는 어차피 홍차를 마시던 참이라, 정여사가 바로 조금 전에 자신이 앉았던 영호 맞은편 자리 의자를 약간 뒤로 당기며 앉으라고 자연스럽게 그에게 권했다. 그리하여 막 들어선 그 젊은이와 영호는 안성맞춤하게 금방 좌정할 수가 있었다. 영호 아내는 처음부터 안방에 있어, 정여사도 한순간 어쩔까 하고 조금 망설이는 듯하다가 표 안 나게 살그머니 그 안방으로 들어가버렸다. 들어갔다곤 하지만 두 여자가 다 이 거실 쪽 기척에다 지금 온 신경을 곤두세우고 있을 것이었다.

"오셨군요. 참으로 고오맙습니다."

하고 영호는 고맙다는 말에 부러 힘을 주며 가볍게 목례를 하곤 잇대어서 말했다.

"위대한 수령님께서는 안녕하시지요?"

"고럼요, 안녕하십네다."

하고 잔뜩 얼어 있던 상대는 이 말이 떨어지자마자 금방 생기를 되찾으며 지나칠 정도로 씩씩하게 덧붙였다.

"팔십을 바로 눈앞에 바라보시고도 사오십대 못지않으시디요."

"그러구, 위대한 지도자 동지께서도."

"물론입니다. 건강하십네다."

일순, 상대의 얼굴에 비아냥거리는 듯한 가벼운 웃음이 살짝 어리려다가 스러졌다. 영호 입에서 위대한 수령이니 위대한 지도자 동지니 하는 소리가 초장부터 나오는 것이 조금 웃긴다는 것일 터였다.

이 아파트 이층에 사는 정여사는 3년 전인가 주석 탄생 75돌 기념행사에 재(在)소련 동포들 여럿이 '혁명의 수도' 평양으로 초청받을 때, 그 초청대상자 후보의 한사람으로서 몇번 현지 북한공관측과 접촉한 일이 있어, 지금 영호 앞에 앉아 있는 이 사람과도 안면이 익어 있었다. 그리하여 바로 그저께 저녁나절, 소련 · 북한 합작으로 경영한다는 그 해주옥에 사전예약차 정여사 혼자 들러 식당의 북한측 종업원으로서의 이 사람을 만났을 때도, 꽤나 낯은 익은데 언제 어디서 만났었는지 금방 기억이 안 나 멀거니 한참을 뚫어지게 쳐다보다가야 "아 참" 하고 와락 반색을 하며 "아니, 언제부터 이리로 자리를 옮기셨디요?" 하고 평양 쪽 사람들을 만나면 노상 그러듯이 강한 이북 사투리로 묻기까지 한 모양이었다. 지금 이 젊은이는 그러자 잠시 우물쭈물하였는데, 정여사는 그래도 뚫어지게 빤히 상대를 쳐다보면서도 더이상은 묻질 않았다고 한다. 그거야 들으나마나 뻔한 것이었기 때문이다. 북한당국으로서야 '공관 요원'이나 조소 합작의 '식당 근무'나 그게 그것으로 별 차등을 두지 않았을 것이다.

정여사는 몇년 전 그때 왜 자기만이 평양 초청대상에서 끝머리에 불합격을 했는지 대충 짐작은 하고 있었다. 바로 그 2년 전엔가, 러시아 고전발레단의 서울 첫공연 때 통역원으로 서울을 다녀왔던 것이다. 남편과 사별한 직후인데다 역시 돌아가신 친정부모의 원고향도 경남 창원이었고, 남매뿐인 자식들도 며칠 동안 달달 볶듯이 바람도 쏘일 겸 이참에 꼭 갔다오라고 권하여, 못 이기듯이 4박5일간 서울을 다녀왔던 것이다. 뒤에 듣자 하니 바로 그 점 서울을 다녀온 일이 혁명의 수도 평양으로 초청받는 데 있어서 치명적인 결격사유라는 거였다.

그때 정여사가 출장비 삼백달러를 타갖고 서울에 닿아 롯데백화점을 한바퀴 둘러보고 나니 어안이 벙벙해지며 반은 얼이 빠지더라는 것이다. 번갯불에 콩 볶아먹듯이 버스로 관광길에 나서기도 했다는 것이다.

"전라북도, 전라남도, 경상남도가 그저그저 고기서 고기더군요. 너무 휙휙 지나설라니 당최 정신마저 산란하더라구요. 고종사촌이 어릴 때 수영을 했다는 낙동강도 한번 볼까 하였는데 부모님 고향이라는 창원은커녕 벌써 부산에 닿아 있어 어느새 낙동강도 지났더라구요. 허지만 조선 산천은 기막히게 아름답더군요. 정말로 오종종하게 어쩜 그렇게도 예쁜지, 그저그저 가는 데마다 감격을 했시요. 버스칸에서 저는 내처 울었댔시요. 그저그저 감격해설란에. 고국의 산 능선들이 어쩜 그렇게도 예쁘겠어요, 글쎄. 이 소련땅에서는 도저히 볼 수 없는 정경이더라구요."

영호 내외가 정여사 댁에 묵게 된 것도 나름대로의 사연이 없진 않았다. 서울서 국제전화로 직접 통화를 할 때까지도 응당 현지 호텔에 묵을 작정이었는데, 첫인상부터 과연 프롤레타리아 나라답게 꾸정꾸정한 모스끄바 공항에서 이쪽 이름이 적힌 나무판대기를 들고선 정여사와 처음 만나 공항 밖으로 나와서야, 비로소 그녀는 비싼 호텔에 묵느니 마침 집에 빈방이 있으니 조금 불편하더라도 자기 집에 묵으면 어떻겠느냐고 하는 것이었다. 물론 이건 영호 쪽에서 부부동반으로 갔으니까 처음부터 가능했던 것이다. 그야 정여사 쪽에서도 이쪽이 부부동반으로 가게 된다는 건 전화통화로 미리부터 알고 있어 내심 그런 쪽으로 대충 작정하고 있었더라도, 일단 사람들 실물을 접하고 나서 어느정도 마음이 당기면 그런 쪽으로 내대보리라 하고 나름대로 계산했을 것이다. 그런 쪽으로 보자면 영호 내외는 첫인상에서 일단 합격점은 받은 셈이었다. 첫눈에도 암팡지게 생긴 외양에 그다지 어긋나지 않게 이 정도로 치밀하고 조심스러운 그녀의 행태가 영호 내외도 처음부터 마음에 쏙 들어, 그러기로 기꺼이 받아들였다. 호텔값 비싸고 싼 것은 차치해두고, 현지 동포 집에 묵어본다는 것부터 덤으로 얻은 횡재치고는 너무도 값진 것이었다.

공항 앞에서 택시를 잡아 시내로 들어가는 길에 이 얘기 저 얘기 나누면서 정여사의 초보적인 인적사항부터 대강 들었다.

1930년대에 양친부모가 경상남도 창원에서 먹고살 길을 찾아 사할린으로 들어갔다고 한다. 그렇게 고생고생하면서 고향에다 땅마지기깨나 장만하고 현금도 거금이라고 할 것까지는 없지만 덜 먹고 덜 쓰고 꼬박꼬박 모아둔 것이 그런대로 앞날에 대해 이제 조금은 엄두를 낼 만큼 되어 막 고향으로 돌아가려던 참에 일본이 패망, 종전을 맞이하였다. 그렇게 정여사는 종전 직전에 사할린에서 태어나 중고등학교까지 그곳에서 다녔다. 몇년 전에 세상 떠난 남편과는 중고등학교 시절의 선후배간이었다고 한다. 정여사는 그때부터 벌써 남달리 똑똑하여 교내방송의 아나운서도 맡아하다가 끝내 그쪽으로 잘 풀려서 70년대 중엽에는 모스끄바 방송국의 조선말 방송 아나운서로 어렵사리 발탁되었노라는 것이다. 남편도 같은 무렵에 모스끄바로 나와 신문사 국제부에 몸담고 주로 일본어 번역일을 맡아하다가, 말년에는 노바스찌 통신사로 옮겨, 스무남은 평 되는 지금 사는 아파트도 배당받았다. 해군성에 근무하는 서른한살짜리 큰아들과 딸하나 남매를 두고 있는데, 딸은 6년 전에 결혼하여 동쪽의 서울로 치자면 상계동쯤 되는 전철 끝 아파트단지에 살고 있다. 사위는 물리학을 전공한 동포 청년으로 현재 소기업을 경영중이고, 요즘의 정여사는 매일 아침 다섯살 된 외손자와 통화하는 재미가 오직 사는 맛이라고 하였다.

"달걀 먹어본 지가 오래됐시요. 브레즈네프 서기장 때는 이렇지가 않았시요. 그저그저 물건이 지천으로 많았고 값도 헐하댔시요. 우유고 달걀이고 그저그저 널려 있었시요. 근데 요즈막은 돈은 있어도 물건이 없시요. 고르바쵸프가 이렇게 소련 경제를 망쳐놨시요. 안드로뽀프 서기장이 조금만 오래 살았어도 이렇게까지는 안되었을 거라고 모두가 그러지요. 어쩌다가 이 나라가 이렇게꺼정 되었는지 원. 허지만 자유로워진 것만은 틀림없시요. 자유 하나는 정말 좋아졌다니까요."

택시 안에서 이 정도로 지껄이는 것으로도 벌써 정여사의 대강의 윤곽이 짐작은 되었다.

소녓적부터 오로지 사회주의적으로만 교육받은 사람의 성향이 흘낏 들여다보였다. 자유 하나는 정말 좋아졌다는 표현도 조금 웃기는 구석이 없지 않으면서도 무척이나 그녀다운 표현으로 여겨졌다. 어투나 첫인상에서 풍기는 분위기부터가 영락없이 아직도 사회주의적이었다.

공항에서 밖으로 빠져나온 것이 현지의 저녁 여덟시경이어서 택시편으로 그녀 아파트에 닿았을 때는 아홉시가 가까워져 있었다. 마침 아들이 돌아와서 저녁식사 준비를 해놓은 참이었다. 공항에서 나올 때 전화 걸 데가 있다더니, 바로 이 아들에게 식사 준비를 지시해둔 것 같았다. 이를테면 바로 이런 점이었다. 생긴 것부터가 사회주의적으로 몸집이 작게 암팡져 있었지만 매사에 벌써 사회주의적으로 빈틈이라곤 없고 질박 건실했다. 굵은 회색 모직투피스 차림에, 차악 뒤로 빗어넘겨 우리네 이삼십년대의 기숙사 사감선생마냥 뒤에다 꿍쳐놓고 끈으로 동여맨 뒷머리 모양도 무척이나 사회주의다웠다. 그 옷도 오로지 단벌 외출용이어서 영호 내외가 거의 보름 가까이 같이 지내는 동안 정여사 외출시의 다른 차림은 한번도 볼 수가 없었다. 사치 낭비와는 애당초 담을 쌓고, 오직 진지한 자세 일변도의 사회주의적 생활습관이 몸에 배어 있었다.

알고 본즉 영호 내외가 묵을 방은 아들 방이었다. 아들은 제 누이동생 아파트에 가 있을 것이니 영호 내외더러는 전혀 걱정일랑 말라고 하였다. 볼로쟈라는 이름의 그 아들도 너무 착하게 생겨 첫인상으로 풍겨오는 느낌부터가 영호에게는 대번에 소련식 사회주의 인간상으로 비쳤다. 생김생김이나 풍기는 분위기나 한국에서는 벌써 저 옛날에 씨가 마른 형이었다. 진짜배기 '사람값에 닿는 기품있는 사람'이라는 뜻으로서의 '양반'이었다. 정여사는 정여사대로 아이들에게 우리말을 못 배워준 것을 못내 아쉬워하고 한탄하였다. 먹고사는 데만 바빠서 그리됐노라고, 마치 영호 내외에게 꿇어앉아 용서를 빌 듯이 말했다. 그러나 며느리만은 천하없어도 동포 규수를 맞아들일 것이라고 하였다.

"뭐 꼭 그렇게 고집할 것이야 있습니까. 당자들 형편에 따라야 하지 않을까요. 타지에 나와서 산다는 게 그런 쪽까지 신경을 쓰자면 얼마나 힘겹고 괴롭겠습니까. 더구나 앞으로 다가오는 세계에서는 너무 그런 쪽에만 매이면 낡은 진부한 사람 축에 들게 될지도 모르고요. 너무 그렇게 지난날의 민족의식 같은 데만 애오라지 매달리는 것도 문제가 있어 보이는데요."
하고 이 대목에서 영호가 조심스럽게 한마디 끼여들자, 정여사는 대번에 낯색까지 파래지면서 와락 일갈을 하는 것이었다.

"아니, 리선생님 같은 분꺼정 진짜로 그렇게 생각하시나요? 정말 의외군요. 리선생님 같은 분은 절대로 그런 쪽으로 생각하지 않으실 줄로 믿었는데요."

아, 바로 저것! 저런 것이야말로 바로 이북 사회주의의 그것이었다. 북한 사회주의의 주체철학을 고스란히 옮겨다놓은 것이 아니고 무엇인가. 저 근엄한 표정. 무거운 억양. 그러나 또 한편으로 바로 그것은 어차피 사회주의라는 이름으로 그동안 똑같이 굳어져온 소련이나 이북을 통틀어서 관통해왔던 어떤 것이었을 터이다. 첫눈에도 작위적인 것이 심하게 섞여 보이는 오직 진지 일변도의 태(態)도 갈 데없는 소연방 사회주의의 행태임에 틀림없었다. 스딸린 시대에 최고조에 이르고, 흐루시쵸프, 브레즈네프 시대로 이어져오면서 차츰 완화되긴 하였지만, 우리네로서는 대단히 촌스러워 보이는 그것. 오직 진지한 것만이 절대로 옳고 좋은 것이라는 선험성.

저녁식사도 난생 처음 대하는 사회주의 나라답게 질박 간소하고, 그리고 맛이 없었다. 아니, 반찬 하나하나에 속속들이 정성은 담겨 있지만 통틀어서 빈약하고 맛이 없었다. 도대체 양념문화라는 것이 없어 보였다. 맨 쌀밥에, 사할린에서 왔다는 고사리무침에, 슴슴한 감자국, 고기 장조림 비슷해서 그러거니 했는데 간장에다 그냥 무조린 것, 그리고 들깻잎 나물, 캐비지 버무린 김치 비스름하게 생긴 것 등등의 이 식탁 풍경도 소연방 사회주의의 풍경이었다. 큰 사기 밥주발에다 고봉으로 밥을 퍼담은 것이며 더 들라고 몇번씩 거푸 채근해대는 것까지도, 우리네 조선사람들의 재래적인 습속 쪽보다는 소연방 사회주의적인 것으로 비쳤다.

그리고 묘하였다. 모스끄바 방송국의 조선말 아나운서에다 노바스찌 통신사의 편집국원이면 대표적인 지식인 집안일 터임에도, 이 댁에서 풍기는 분위기는 갈데없는 '근로자 나라'의 근로자 집 같은 프롤레타리아 분위기였다. 변소며 목욕탕, 주방 등 좁은 공간을 완벽하게 이용한 것도 그렇고, 빗자루 하나, 슬리퍼 하나도 추호나마 허투루 쓰지 않고 정성의 손길이 닿아 하나하나가 그지없이 질박하고 건실하였다. 가령 일본 신주꾸의 그러그러한 술집들도 공간을 완벽하게 이용하고 있지만, 모스끄바의 이 댁과 비교하면 비록 겉모양은 비슷할망정 근본적으로 다른 점이 있다. 신주꾸의 술집들이 세련도에 있어서는 한수 더 높으나, 어딘지 야멸차고 타락한 냄새를 풍긴다. 반면, 모스끄바의 이 댁은 애오라지 질박 건실하다.

"하도 고와서 차마 쓰질 않고 그냥 저렇게 모셔두고 있시요."

하며 정여사가 가리켜 보인 찬장 안에는 꽃무늬로 수놓은 우리나라 제 전기밥솥이 들어 있었다. 그뿐인가, 이방 저방에 걸려 있는 원색 한복 차림 여인의 울긋불긋한 우리나라 달력들이며, 화장실 물건들, 가령 비누 치약 칫솔 등 죄다 우리 것을 쓰고 있었다. 그것들은 용하게도 벌써 이 댁의 이 구석까지 들어와 박혀 있었다. 모스끄바 공항의 짐 싣는 밀차들도 우리네 삼성, 금성 것이었다. 심지어 다시다 봉지며, 우리 내외가 김치를 담아갔던 비닐주머니까지도 정여사는 버리지 않고 알뜰하게 씻어서 모셔두고 있었다. 다차에 갈 때 요긴하게 쓸 수 있다고 하였다.

그리고 이튿날 이른 아침, 그녀가 사회주의 특유의 그 잔뜩 근엄 진지한 얼굴로 제일착으로 안내한 곳은 레닌박물관과 레닌묘소였다. 그러나 정여사가 그렇게 근엄 진지하면 할수록 영호 입장에서는 촌스러워 보이고 고지식한 못난이처럼 보였다.

레닌박물관에서도 정여사는 시종 근엄하고도 진지하게 이방 저방 안내하며 침이 마르도록 레닌과 그 부인을 칭송했지만, 영호는 턱턱 숨이 막혀 견딜 수가 없었다. 곧장 뿌리치고 도로 나가고만 싶었다. 방마다 구석빼기에 고만고만한 돌덩이들마냥 앉아 있는 노파들, 그 하나같이 주눅들어 있는 무표정도 무척이나 안쓰러웠다. 이 자리에서 어서 빨리 나가고만 싶었다. 그리고 그 다음으로 안내한 곳이 소연방이 그다지나 자랑스럽게 선전해 마지않는 뻑적지근하게 으리으리한 열여섯 개 공화국의 전시장. 그곳엔 정여사 따라 아내만 들여보내고 영호는 아예 들어가지도 않았다. 정여사는 이런 영호를 꽤나 의아해하며 쳐다보았다. 요란하게 꾸려진 정문 앞에서 흘낏 안을 들여다보니 열여섯 개 공화국의 깃발들이 쭈뼘히 서서 펄럭이고 있어, 들어가보나마나 뻔할 뻔자로 알 만하던 것이다. 이때도 영호는 밖에서 기다리며 가만히 혼자서 중얼거렸다.

"그렇지, 1945년에 일제의 사슬에서 해방되고 나서 우리 남쪽은 기왕이면 돈 많은 부자나라 미국 쪽으로 붙은 덕에 이만큼 잘살게 되었고, 저 북쪽은 가난한 소련 쪽으로 붙어 아직도 저 지경인지도 모른다"라고.

그리고 지금 안내역을 맡은 정여사도 저렇게 아직도 사회주의 조국 소연방에 대해 나름대로의 긍지를 지니고 있다. 그녀가 살아온 사연만큼으로, 배워온 만큼으로.

그리고 지금 이 정여사 댁에서 모처럼 이렇게 마주앉은 이 젊은 사람은 북한이라는 사회주의체제만을 여전히 신줏단지 모시듯이 신봉하며 살고 있다……

잠시 뜸을 들인 뒤 영호가 말했다.

"이런 점까지 제가 간여할 일은 아닐 터이지만, 형씨께선 오늘 이 자리에 오시는 것을 미리 윗분들에게 말씀드렸겠지요. 그러구, 이렇게 저하고 만나고 나서, 그 주고받은 대화내용을 소상하게 윗분들에게 보고 올리겠지요? 이런 일은 제가 알고 있는 그쪽 사회에서는 응당 필수적이라고 보는데요."

상대는 영호의 말이 떨어지자마자 단 일초의 유예도 없이 즉각 받았다.

"그 점은 남쪽, 남조선에서도 비젓할 것인데요."

"아, 네, 좋습니다. 그 점은 일단 그렇겠습니다."

막 이렇게 본판으로 이야기가 진입하려는데, 마침 그때 어느 틈에 주방으로 나갔었는지 정여사가 끓인 물주전자와 찻잔을 올려놓은 소반을 들고 와, 맞은편 젊은이의 귀에다 바싹 입을 대고 소곤댔다.

“차는 코피로 하시겠습니까? 아니문 홍차로……”

“네, 저는 코피로 주십시오.”

하고 상대는 정여사의 입바람으로 귓속이 간지럽기라도 한가, 얼굴을 약간 피하듯 하며 받았다. 커피를 타는 동안 영호는 인사치레 삼아 정여사에게 한마디했다.

“정여사님도 여기 같이 앉으시지요.”

정여사는 즉각 필요 이상으로 기겁을 하며 펄쩍 뛰었다.

“괜찮스므네다. 저는 사모님과 같이 방에 있을라므네다.”

정여사도 어느새 부지불식간에 북쪽 사투리 같은 촌스러운 발음으로 돌아와 있었다. 이를테면 이것도, 모처럼 제 집에 온 평양 쪽 손님이 아무쪼록 마음이 안존하고 편편해지도록 하려는 정여사대로의 배려일 터였다. 영호 쪽에서도 초장부터 ‘위대한 수령’이니 ‘위대한 지도자 동지’니 하고 순순히 그쪽 용어를 썼듯이.

정여사가 안방으로 들어가고 문이 닫히는 것을 확인하고 나서 다시 영호가 말했다.

“오늘 제가 형씨를 만나자고 한 것은, 첫째로 현재 북에 남아 있는 제 친가족 소식이라도 알 길이 없을까, 그리고 가능하다면 만나볼 수 없을까 해섭니다. 형씨 힘만으로는 어려우리라는 것을 저도 알고 있지만, 그래도 혹여나 싶어서요. 사실은 형씨도 벌써 나름대로 짐작을 하셨겠지만, 어제 저녁에 그 식당에서 소련 여자를 만난 것도 그 일 때문이었습니다. 그이는 몇년 전에 그쪽의 공식 초청으로 평양까지 들어갔었고, 김일성 주석님과 직접 악수까지 나눈 일이 있었대서 혹시나 하고……”

“네, 저희들도 선생께서 어제 저녁에 우리 해주옥으로 모시고 오셨던 그 소련 녀자가 어떤 분이라는 건 익히 알고 있습니다. 소련작가동맹 극동담당으로 일본에도 두어 번 다녀왔고, 혁명수도 평양에도 한번 다녀온 사실이 있다는 건 우리도 잘 알고 있습니다.”

상대 젊은이는 와락 사람이 달라지듯이 영호 말을 중도에 가로채기까지 하면서 목소리며 표정이며 갑자기 당당해지고 있었다. 정여사 댁으로 처음 들어서던 때의 그 쭈뼛쭈뼛 잔뜩 겁먹었던 사람이 전혀 아니었다. 한마디 한마디 말 씀씀이도 촌뜨기 태가 대번에 확 벗겨지며 또랑또랑해졌다. 심지어 지금 저 방안에서 이 거실 쪽에다 한껏 귀를 곤두세우고 있을 정여사와 아내까지도 “어머, 저 봐요!” 하고 한시에 크게 벌려 뜬 두 눈을 마주치고 있는 게 영호는 손에 잡히듯이 느껴졌다.

그러니까 바로 어제 저녁이었다.

오십루블에 두 시간 대절한 택시가 아직 삼십분이나 더 남아 있어, 영호 내외만 내려놓고 정여사 자신은 택시 뒷자리에 그냥 앉은 채 거듭 꼼꼼하게 챙기듯이 말했다.

“돌아오시는 전찻길은 틀림없이 적어두셨지요? 작가협회 엘레나 여사에게도 아까 전화 걸 때부터 미리 당부를 해두었으니까니 걱정 마시라요. 해주옥은 길 건너 바로 조 집이야요. 그럼 전 이대로 집에 가설라니 기다리갔시요. 잘 놀다 오시라요.”

그렇게 정여사는 계약조건에서 삼십분 남은 것마저 깡그리 이용할 셈으로 그냥 그 택시로 혼자 돌아가버렸던 것이다.

막 어두워지는 참이어서 주위는 도무지 우중충했다. 모스끄바 중심거리에서 빠져나온 조금 변두리 쪽인 것만 대충 알겠을 뿐, 동서남북은 짐작조차 안되었다. 그나마 해주옥이라는 곳은 흔한 식당 간판 같은 것 하나도 없었고, 출입문도 여닫이식이지만 언뜻 보아서는 꽝꽝 못질이라도 해댄 듯이 굳게 닫혀 있었다. 그렇게 겉에서 보기에는 빈집이거나 무슨 보세창고 같은 데거나, 그것도 아니라면 은밀하게 벌이는 그 무슨 비밀공작 아지트처럼 보였다. 몇십년 동안 길들여져온 서울 쪽 사람들의 감각으로는 저런 집이 음식을 파는 식당일 수는 도저히 없었다.

하긴 모스끄바라는 도시가 원체 시멘트 가루라도 뿌려놓은 듯이 뿌옇게 잿빛 일색이긴 하였지만, 이 근처는 변두리여선가 유난히 더 우중충하고 질척질척했다. 그렇게 하필이면 골라골라 일부러 우중충한 동네에다 조소 합작으로 운영하는 식당을 둔 것처럼도 보였다. 틈서리 하나 없이 꼭꼭 닫힌 출입문의 눈높이만큼에 명함 크기보다 조금 클까말까, '해주옥'이라는 명패 비스름한 것이 하나 붙어 있어 제대로 찾아오긴 왔다 싶었지만, 덮어놓고 문을 꽝꽝 두드릴 수도 없고 자못 난감하였다.

잠시 어쩔까 망설이다가 영호는 시험삼아 조심스럽게 문을 안쪽으로 밀어보았다. 문 생긴 것치곤 어럽쇼, 스르르 미끄러지듯이 열렸다. 동시에 문 안쪽에서도 대번에 얼굴 하나가 방금 열린 좁은 문틈을 내다보고 있었다. 상대는 첫눈에 보기에도 틀림없는 우리네 조선 사람이었다. 그지없이 선량하게 생긴 삼십대 초반으로 보이는 젊은 사람이었다. 그렇게 눈이 마주친 채 영호는 물었다.

"여기가 해주옥입니까?"

"예약은 되셨습니까?"

하고 그쪽에서도 금방 반응해왔다.

"어제 저녁에 예약을 해두었는데요. 저녁 여섯시로."

"그럼, 들어오슈다나."

아, 저 귀에 익은 사투리, 오랜만에 듣는 고향 사투리였다. 그렇게 바로 눈앞에 있는 얼굴은 질박한 억양이며 양순한 태도며 와락 친근

감이 일었다. 어쩌면 고향 근처에서 차출되어 나와 있는 젊은이인지
도 모르겠다고 생각하며 영호는 벌써 화듯하게 가슴이 울렁거렸다.

해주옥의 대기실이라는 곳 역시 바깥에서 보았던 첫인상 외양과
대동소이하게 황량하고 꾸정꾸정했다. 흔한 식당이기보다는 그 무슨
마피아 소굴 같은 범죄집단 냄새부터 훅 끼얹혀왔다. 음산한 홀에
들어서자마자 마주보이는 맞은편 벽 높이높이 으레껏 김일성 주석
사진이 사진틀에 넣어진 채 모셔져 있었지만, 그건 '모셔져 있다'기
보다는 그냥 관례적으로 그렇게 높이높이 얹어두고 있다는 편이 옳
았다. 먼지가 복닥복닥한 속에 그저 그렇게 관례적으로 걸려 있을
뿐이었다. 순간 영호는 '그렇군, 오늘의 북한체제라는 게 바로 저거
군' 싶어질 정도로 그 어떤 핵심국면이 와락 다가왔다.

잔잔하게 조선음악이 흐르고 있었다. 조선의 금수강산 낙원을 구
가하는 현대식 아악(雅樂)조의 음악, 꾀꼬리 같은 여자의 노랫소리
가 잔잔히 흐르고는 있었으나, 도무지 애시당초 걸맞지가 않았다.
그것은 그저 기계적으로 타성에 겨워 흐르고 있을 뿐이었다.

탁자에도 평양 발행의 큼직큼직 시원하게 생긴 선전 화보책자들이
아무렇게나 겹쌓여 있고, 창가 쪽으로도 선전책자들이 가득히 꽂힌
못생긴 책장 하나가 세워져 있었는데, 그 모든 것은 이미 먼 옛날부
터 그저 그렇게 기계적으로 관행화, 관례화되어 있을 뿐이었다. 매
일 매순간 공력을 들일 때만 그것들은 바로 공력 들인 만큼으로 반
짝이며 효력을 발휘할 터인데, 사람이고 물품이고 모두가 한가락으
로 회색 일변으로 맥빠져 있었고, 생동감이라곤 없이 우중충하였다.

문득 영호는 어릴 때의 일본천황 생각이 났다. 옛날의 왜놈들이 이
점에 들어서는 한수 위였던 것이다. 그들은 저들의 제왕을 이렇게도
황량한 대기실 벽에 먼지가 복닥복닥한 사진틀에 껴넣어 걸어두는

것 같은 못난 짓은 안했던 것이다. 그렇게 그들은 정체와 나태 속에다 저들 제왕을 단지 관례적으로만 벽에 붙어 있게 하질 않고, 보이지 않는 어느 깊디깊은 광 속 금고에다 늘 가둬두고 있었던 것이다.

그리하여 국경일 같은 행사날에만, 의식(儀式)을 치르는 해당 학교면 학교, 해당 기관이면 기관의 우두머리가 까만 비단예복에다 고깔모자처럼 꼭두가 삐죽이 치솟은 예모(禮帽)에 새하얀 장갑을 끼고 갖은 공손과 정성을 모아 걸음걸이도 조심조심 금고 앞으로 다가가 깊이깊이 머리를 조아리고 나서, 열쇠로 금고문을 열어 그 안의 영정(影幀)에다 다시 깊이깊이 상체 반을 꺾으며 절을 한 뒤, 칙어(勅語)만을 금쟁반이나 은쟁반에다 얹어 다시 한발짝 한발짝 정성을 담아 그 쟁반을 높이높이 받쳐들고 나와서, 비로소 회중들 앞에 황제 말씀을 대독했던 것이다.

"짐이 생각건대, 우리 조상들께서 나라를 일으켜세우기를……"
하고 대독한 뒤 다시 같은 절차를 거꾸로 밟아, 저 어느 깊은 광 속 금고에다 그 영정을 되가져다 넣는 것이었다. 그런데 김일성 주석은 이렇게 흉측한 대기실 벽에 먼지를 뒤집어쓴 채 저런 모습으로 저렇게 걸려 있었다.

오른쪽으로 조금 깊숙이 파인 곳이 카운터인가, 두툼한 파카 차림의 일흔살도 넘어 보이는 러시아 노인 하나가 멍청히 앉아 있었다. 그렇게 기계적으로만 멍히 앉아 있는 것이, 한달 내내 지정된 시간을 그렇게 그 자리에 좌정하고 있다가 소정의 월급만 타먹으면 되는 그런 노인네로 보였다. 눈길도 탁하고 표정도 묘하게 지저분했다. 멀컹하게 덩치도 큰데다 시큰둥한 얼굴을 하고 있는 아주 음험해 보이는 노인네였다.

비로소 영호도 뒤늦게 새삼스럽게 확인했다. 이 식당으로 한발 들

어서자마자 훅 끼얹혀오던 마치 마피아 소굴 같은 범죄집단 분위기
는, 이 대기실의 축축하고 음산한 분위기에서 전해져오는 것이기도
했지만, 그보다는 바로 저 두툼한 파카 차림의 러시아 늙은이에게서
풍겨져오는 것이 더 컸던 것이다. 마치 이딸리아 남쪽 씨칠리 섬에
서 그곳 마피아 소굴을 수십년 동안 단지 기계적으로만 경비해오던
노인네 한분을 저렇게 데려다놓은 것도 같았다.

영호가 식당으로 들어서서부터 그 노인네 쪽만을 줄곧 힐끔힐끔
거푸 쳐다보는 걸 이심전심 그쪽에서도 이미 눈치채고 있었다. 몇번
눈길이 정면으로 마주치자 노인네도 드디어 마음속으로 결단을 한
듯이 두 손을 파카 양 포켓에 찌른 채 뚫어져라, 영호 쪽을 맞바로
노려보았다.

영호는 평양 발행의 화보 하나를 뒤적이다가 슬그머니 그쪽으로
다가갔다. 그러곤 더듬거리는 러시아말로 인사를 청했다. 노인네도
노인네대로, 영호 쪽에서 지금 어떤 시각으로 자기를 보고 있는지를
벌써 훤히 꿰고 있었다. 그 정도로 눈치 하나는 멀쩡했다. 그렇게 시
종 시큰둥하게 퉁명하게 받았다.

"할아버지 올해 나이가 몇이십니까?"

"그까짓 내 나이는 당신이 알아서 뭐할 거요?"

"벽에 붙은 저 사진은……"

"그런 건 나하고는 상관없소."

"매일 이렇게 근무하십니까?"

"쓸데없는 것 묻지 말고 당신 일이나 챙겨."

와락 노려보는 노인네의 눈길을 피하자니까 자연스럽게 왼쪽으로
식당 홀이 들여다보였다. 아직 이른 저녁이어서 손님은 얼마 안되어
보였지만, 낮 동안에 한바탕 되게 치른 열기운이 훅 끼얹혀왔다.

바로 그때 김주석 사진 밑의 왼편 구석 벽이 통째로 뚫리듯이 또 하나의 문이 열리며, 첫눈에도 제법 세련된 지배인 비슷한 자가 나타났다.

"예약은 됐습니까?"

"네, 여섯시로."

"그럼 시간은 다 됐는데요."

"아직 한분이 안 오셨습니다."

"아, 그렇습니까."

몇마디 주고받는 동안, 상대는 날렵하게 두어 번 아래위로 영호를 훑어보았는데, 그 눈길이 만만치는 않았다. 나름대로의 혁명정신과 주체철학이 굳건하고 김일성 주석에 대한 충성도 어지간해 보였지만, 그러나 그렇다 한들, 이 사람들인들 1991년 초겨울의 이 모스끄바 거리에서는 어쩔 것인가. 그편의 그런 입장까지 이쪽에서 걱정해줄 일은 아니었지만 조금은 안쓰럽고 가련해 보였다.

그이 쪽에서 다시 물었다.

"예약은 방입니까, 홀입니까?"

"예약을 제가 하질 않아서 잘 모르겠는데요. 모스끄바 방송국의 정여사라는 분이……"

"아, 네, 알겠습니다."

하고 상대는 일순 날카로운 눈매로 다시 한번 날렵하게 아래위로 영호를 훑어보곤 눈길을 살짝 밑으로 내리깔며 물었다.

"예약 손님은 셋이지요? 그렇지요?"

"네, 그렇습니다만. 한데 선생께서는 금방 알겠다고 말씀하셨는데 뭘 알겠다는 건가요?"

너무 지나치게 짓궂지 않은가도 싶었지만, 영호는 '까짓 한번 이런 식으로 내대보는 거지 뭐' 하고 생각하며 물었다.

순간 상대는 두 눈을 가늘게 뜨고 잠시 뜸을 들이는 표정을 했다.

"그거야 세 분 예약건이 기억났다는 이야기지요. 그걸 알겠다고."

"아, 네, 죄송합니다. 전 혹시나 해서요. 가령, 그쪽에서 미리 내쪽의 신상명세나 인적사항을 깡그리 꿰고 있지나 않은가 해서요. 사실은 저는 함경도가 고향이거든요. 서울서 재야활동으로 형무소살이도 두어 번 했고."

"아, 그러시군요. 저도 고향이 함경돕니다. 함경남도 정평."

하고 그쪽도 금방 순순하게 받아넘겼다. 하지만 영호는 살짝 섭섭해지려고 했다. 재야활동으로 두어 번 형무소에도 들랑거렸다는 이쪽 말에 대해서는 반색은커녕 완전히 묵살이었다. 영호가 다시 물었다.

"그럼 선생께선 모스끄바 방송국의 정여사도 아시겠군요."

일순, 그의 입가엔 살짝 비아냥거리는 듯한 미소가 어리다가 금방 스러졌다. 그러곤 선선히 받았다.

"잘은 모르지만 대강은 압니다. 같은 조선사람으루다 이 거리에 살문서 모른다는 게 되레 이상합지요."

"허긴 그러시겠군요."

그러니까 영호 내외가 그 댁에 묵고 있는 것까지 모조리 다 꿰고 있다는 것을 이런 식으로 우회적으로 내비치는 셈인가. 사실 그쪽 나름으로 이쪽의 인적사항까지 이미 싸그리 꿰고 있는지도 모른다. 실은 이 식당에서 풍겨오는 이런 유의 마피아단 소굴 같은 분위기도 고차원의 공작 차원에서 일부러 이러는지도.

영호가 다시 범상하게 물었다.

"우리 서울 쪽 손님이 요즘 많나보지요?"

"네, 주로 서울 쪽 손님이지요. 서울서 나와 있는 상사 직원들이

주로 많이 리용허고, 그러구 이즈막엔 단체관광객도 엄청나게 늘어
납디다."

"서울 쪽 관광객이 말씀입니까?"

"고러문요. 우리 북쪽이야 아직 그럴 형편이 되나요. 오늘 점심도
서울 손님으루다 몇백명을 치렀지요. 그뿐만 아니구 서울 쪽 신문
방송 현지 주재기자들도 많이 리용헙니다. 거의 매꼬니 여기서 해결
허는 분들꺼정 있는데요, 뭐."

이 소리도, 마치 평양 쪽 사람이 서울 쪽 사람들을 두고 하는 말이
아니라, 서울 쪽 사람이 같은 남한의 여수나 진주, 포항 사람들을 두
고 말하듯이 했다. 게다가 '우리 북쪽이야 아직 그럴 형편이 되나요'
소리도 그 웃음 띤 억양과 함께 묘하게 귓가에 걸려 맴돌았다. 저게
단순한 겸사일까. 아니, 가시 돋친 비아냥거림은 아닐까. 그러나 그
렇게 보기엔 너무 자연스럽고 허심탄회하였다. 그리고 어느 구석인
가 대단히 자신만만했다. 영호는 가까운 집안사람이라도 나무라는
것처럼 조금 툴툴거리듯이 한마디했다.

"흥, 우리 기자들이 웬 돈이 그렇게나 많아서."

"아니지요. 서울에서 오신 손님들로서야 그런 정도는 문제도 안되
는가 보아요."

하고 상대는 슬렁슬렁 웃으면서 받았다.

바로 그때 문이 열리며 남색 코트 차림의 엘레나 여사가 조금 헐떡
거리듯이 들어섰다. 그리하여 우리 셋은 곧장 그 함경도 정평 사람
안내를 받아 어두컴컴한 안쪽 방 하나를 차지하여 들어갔다. 영호
내외와 엘레나 여사가 대강 좌정하자, 그 정평 사람은 그냥 엉거주
춤 선 채 다시 조금 정색을 하며 말했다.

"저는 여기 남조선식으로 말하자면 지배인입니다. 필요사항이 있

112

으시면 하시라도 부르십시오. 그러구 서울서 그런 쪽으로 활동하고 계시대서 말씀인데, 조금의 문제도 토론헐 기회를 갖고 싶거든 쾌히 응허겠습니다. 더구나 같은 함경도라서 나름대로 궁금하신 것도 있을 것이고, 저루서 가능헌 방법으로다 협조할 길이 있으면 해보겠습니다. 아무쪼록 그 점일랑 일체의 선입견을 버리시고 혹시 부탁할 사항이 있거든 기탄없이 말씀해주십시오. 개인 차원으로건 식당 차원으로건 협조할 일이 나서게 되면 기꺼이 성심껏 도와드리갔습니다."

영호는 우선 우지끈하고 뒤통수를 한대 얻어맞은 느낌이었다. 이를테면 저런 식으로 선수를 치고 나오는 셈인가. 그러니까 영호 쪽의 은밀한 엄두를 미리 꿰고 저런 식으로 선수를 치는 셈인가. 영호는 잠시 멍해졌다가 일부러 더 조용조용히 이렇게 물었다.

"말씀만이라도 정말 고맙습니다. 그렇다면 미리 한가지 묻겠는데, 방금 말씀하신 그 개인 차원이나 식당 차원이 공화국 국가 차원과 상치되는 경우에는 어떻게 되겠는지요? 그런 문제라는 건, 특히 그쪽의 경우 국가 차원으로만 엄히 가치가 정해질 텐데요. 국가 차원으로 '문제가 있다'라는 식이 될 때는 곤란해지지 않겠습니까?"

"네, 무슨 말씀인지 알겠습니다. 허지만 그런 일은 그쪽에서 미리부터 염려 안해도 좋을 겁니다. 같은 조선사람으로서 사사롭게 개인 차원으로 리득이 되는 것이면, 어차피 국가 차원으로도 리득이 될 것 아니겠습니까. 너무 그런 식으로 선입견일랑 갖지 않으시는 게 피차에 좋을 겁니다. 조국의 문제는, 곧장 직접적으로 각 개인의 문제로 연결될 테니까요. 우리 공화국은 그 점, 매우 유연하게 대처하고 있습니다. 그 점도 믿어주시지요."

그러나 저걸 어디까지 믿어야 할까. 하나, 믿건 안 믿건 저 어투나 억양은 일단 저 이상으로 지극할 수가 없었다. 아닌말로 '주체' '주체조국'이라는 것이 와락 살갗으로 와닿는 느낌이었다. 과연 만만한 상대는 아닌 것 같았다.

……그렇다면 기왕 얘기 나온 김에 솔직하게 묻겠습니다. 저는 지금 제 가족을, 북한에 살고 있을 제 가족을 찾고 싶은 욕심에서 실은 오늘 이 자리도 마련했는데, 굳이 이 러시아 여자를 통헐 것 없이 이참에 직접 선생을 통허면 가능헐 수도 있다는 말로도 들리는데, 그런 것도 가능하겠습니까? 사실 이런 문제도 우리 당사자들끼리, 조선사람들끼리 해결하려고 드는 것이 가장 합당할 터이니까요……

이 소리가 막 나오려고 하자, 지배인도 금방 무슨 낌새라도 차렸는가 정중하게,

"그럼 전 이만 물러가겠습니다. 일 있으시면 언제라도 불러주십시오."

하고 느린 뒷걸음으로 방에서 나가려고 드는 걸,

"잠깐만요."

하고 영호는 다시 불러세웠다.

"이 모스끄바에서 근무하신 지 몇년이나 되셨습니까?"

"삼년 됐습니다. 자, 그럼 전 물러갑니다아."

하고 그대로 지배인은 방에서 나갔다. 뒤이어 처음에 이 해주옥으로 들어설 때 출입구에서 눈이 마주쳤던 그 젊은 사람이 다시 들어와 식사 주문을 받았다. 그렇게 주문을 받아적는 젊은이도 아까 첫인상부터 그랬지만, 전혀 북한체제 냄새가 안 나고 그냥저냥 자연인 조선사람의 그 질박함만 두드러지게 드러났다. 순간 영호는 반짝하고 그 어떤 상서로운 빛에라도 휩싸이듯이, 이런 사람들이면 의외로 가족찾기가 쉽게 이루어질 수도 있을 것 같다는 생각이 울컥 들었다.

지금 이 젊은 사람의 거조는 서울사람, 평양사람을 굳이 가를 것 없이, 그냥 본래의 조선사람, 한국사람에 쏙 들어맞는 그런 행태였다.

대강 음식 주문이 끝난 뒤 영호는 다시 조심조심 물었다.

"고향은 어딥니까? 실례지만."

"네, 함경도 문천입네다."

"아, 문천요! 저는 원산인데. 그러니까 지금 원산은 강원도 도청, 참 그쪽에선 도인민위원회겠군요, 인민위원회 소재지지요? 그러구 문천은 여전히 함경도에 들구요."

"맞습니다."

"문천 아래 문평에는 왜정때부터 큰 시멘트공장 하나가 있었지요 왜. 어릴 때, 중학생 때 그곳까지 가본 일이 있습니다. 높은 굴뚝이 있었던 게 지금도 기억이 납니다."

"네, 그건 지금도 있습네다."

"그럼 실례지만 성씨는 어떻게 됩니까? 혹시 최씨는 아닌가요?"

"아니오, 저는 성이 김가입네다."

"그렇군요. 제가 고향서 고급중학 다닐 적에 단짝 친구 하나가 바로 문천 아이였어요. 성이 최가였구요. 물론 지금은 아이가 아니라 올해 환갑이겠습니다만. 그러구 저는 6·25때, 그러니까 1·4후퇴 시에, 아니, 이런 식의 표현은 그쪽에선 잘 모르시겠군, 50년 12월에 남쪽으로 나갔었지요."

"아, 그러셨군요. 그러면 그때 남쪽으로 나가실 때는 온가족이 함께 다아 나가셨드랬나요? 더러 단신으로 나간 분들도 많던데. 그런 분들도 여기서 여러분 만났습네다."

"저도 그렇습니다. 부모님을 비롯한 가족들은 다아 북쪽에 남겨 둔 채, 열여덟살에……"

젊은이의 얼굴에 일순 짙은 그늘이 어리다가 스러지며 순순히 받았다.

"저는 금년에 스물아홉살이어서 그 무렵 일은 더러더러 귀동냥으로만 알고 있습네다."

"이 모스끄바에는 언제 오셨나요?"

"작년에 왔습네다."

"앞으로 얼마나 더 있을 작정입니까?"

"그건 저도 모리지요. 조국에서 하시라도 소환하문 돌아가야 되니까요."

"빨리 돌아가고 싶습니까?"

"글쎄요."

하고 젊은이는 피시시 웃으며 덧붙였다.

"대개 서울서 오신 손님들은, 저 같은 사람이 이런 외지에 오래 남아 있기를 원한다고 지레짐작으로들 생각하는 모냥인데, 꼭 그렇지는 않습네다. 그야, 현재 우리 조국의 형편이 좋지 않아서 이런 외지에서 오래오래 공작에 종사하는 게 좋은 면은 있지요만, 전폭적으로 절대적으로 그렇지는 않아요. 조국이 달리 필요하야서 저 같은 사람이라도 부른다면 기꺼이 보람차게 들어가야지요. 이 점, 우리 공화국 젊은이들은 너나없이 한결같습네다. 그런 건 남반부 분들로서는 조금 상상하시기가 힘든가보아요."

"한가지 물어보겠는데, 조금 전에 이곳 지배인 동무께서 그 어떤 암시 섞인 귀띔을 해주셨는데요, 실제로 어떻습니까? 내일이라도 당신을 내가 전화로 불러내면 아무 때라도 나올 수가 있겠습니까? 물론 지배인 동무의 허락을 받거나 안 받거나, 그런 건 그쪽 형편에 따르기로 허구요. 일단 사사롭게 만날 수는 있겠습니까?"

“그야 어렵지는 않습네다. 제 쪽에서 일의 형편상 그럴 틈이 난다면 만날 수도 있습네다. 그게 뭐 그다지나 어렵겠습니까?”

“그러면 이 수첩에다 전화번호하고 이름을 적어주실 수 있겠어요? 제가 내일이나 모레쯤 전화를 걸겠는데, 대개 어느 시간이 나오시기가 편하겠습니까?”

“기거야 그때그때 제 형편에 따라 다릅네다. 아무튼 전화 주시면 제 형편이 닿는 대로 나가도록 하겠습네다.”

하고 젊은이는 순순히 전화번호와 자신의 이름을 적었다. 다만, 이름까지는 안 적고 김가라고만 쓰곤 피시시 웃으며 한마디 덧붙였다.

“젊은 김가를 찾으면 이 해주옥에서는 대강 저로 통합네다. 언제라도 전화 주시기오.”

드디어 음식상이 들어오고 있었다. 원체 전력이 약해선가, 갓 씌운 전등불이 희미하여 어두컴컴한 방은 마치 굴속 같아서 차라리 안성맞춤이었다. 두어 평이나 될까, 벽지며 넙데데한 전등갓이며 조금 촌스러운 대로 아늑하긴 하였다.

이 사이 엘레나 여사는 시종 웃음 띤 얼굴로 영호와 젊은이가 주고받는 표정만을 주의 깊게 쳐다보고 있었다. 무슨 말인지는 물론 못 알아들었다.

“고럼 즐겁게들 노슈다나. 그러구 일 있으문 저 구내전화로 불러 주시기오.”

하고 젊은이가 나가려고 하자, 영호는 와락 섭섭해져서 덮어놓고, “아니 잠깐” 하고 또 불러세웠다. 정작 불러놓고 보니 딱히 할말이 있는 것도 아니었다. 그리하여 즉흥적으로 떠오르는 대로 주절주절 지껄여대었다.

“형씨는 조금 전에 공작이라는 용어를 썼는데, 우리 남쪽에선 그런 경우 그냥 근무한다는 말로 쓰거든. 그러구 공작이라는 말은 훨씬 무겁게 쓰는 말야, 아시겠소? 가령 스파이공작, 간첩공작, 정권 전복공작, 대외공작, 대남공작, 대북공작 등등이에요. 그렇지만 그쪽 인민공화국에선 일하는 것, 노동하는 것, 사무 보는 것, 그 모두가 다아 공작이드먼. 이렇게 이 용어 하나로도 남북간에 크게 격차가 생겨 있어요. 나는 조금 전에도 깜짝 놀랐구먼. 당신 입에서 너무 쉽게 그 용어가 튀어나와서 말야. 화들짝 놀랐지. 그래서 다시 강조하겠는데, 내가 지금 당신헌테 전화하겠다는 것은 결코 그런 차원의 것이 아니라는 것만은 명심해줬으면 좋겠어. 이를테면, 우리 남쪽의 어느 정보기관에 연계되어서 당신들에게 이런 식으로 접근한다는 그런 식 말이오. 절대로 그런 유의, 남쪽 말로 공작 차원은 아니라는 사실."

벌써 영호는 슬쩍슬쩍 반말지거리 섞어 이 젊은이를 대하고 있었고, 젊은이도 히죽히죽 웃으며 머리를 끄덕였다.

"고럼요, 고로문요. 저도 무슨 말인지 대강은 짐작이 갑니다. 아무튼 선생은 벌써 오촌당숙이나 칠촌재당숙 아재비처럼 느껴지는데요, 뭐. 사실로 조국의 문제는 이런 식으로 풀어가야 하리라는 게 평상적인 저의 생각이구요."

"자, 이제 우리끼리만 오순도순하게 남았군요."
하고 그 문천 젊은이가 방에서 나간 뒤 영호는 엘레나 여사에게 우선 포도주 한잔을 따르면서 일본어로 말했다. 이렇게 말해놓고는 금방 스스로도 비아냥거림, 자조 비슷한 것이 뒤통수를 쳤다. 그렇다면 금방 전까지 우리말로 스스럼없이 나누었던 그자와의 대화는 오순도순하지 못했다는 말인가. 일단은 그렇게 된다. 그리고 이것이

동족간의 오늘의 남북관계임에 틀림없다. 그러나 가만히 차곡차곡 생각해보면, 이 자체가 얼마나 어이가 없고 황당한가. 모스끄바에 와서 불과 사흘 전에 소련작가동맹 사무실로 인사차 방문하여 명함을 내밀며 첫대면할 수 있었던, 아래턱이 각이 져 있어 동양계의 따따르 피가 섞여 있다고도 자처하던 모스끄바 대학 출신의 조금 뚱뚱한 이 러시아 아줌마와 마주앉아서, 더구나 일본말로 대화를 나누면서 "자, 이제 우리끼리만 오순도순하게 남았다"고?

아니, 그 점이 아니더라도 영호는 새삼스럽게 헷갈리며 조금 황당해졌다. 이제 이렇게 되면 이 엘레나 여사를 중간에 굳이 껴넣을 필요 없이, 이 해주옥의 평양 쪽 사람들과 직접 교섭해볼 길이 뚫린 셈이어서, 가족 찾는 일을 두고 당장 이 엘레나 여사에게 어느 만한 수준으로 이야기 허두를 꺼내야 할지부터 막막했다. 해주옥의 두 평양 쪽 사람들과 대화를 나누고 나서는, 이런 문제를 갖고 이런 형식으로 엘레나 여사를 만나고 있다는 것 자체부터 금방 김이 확 새버리며, 그 어떤 자격지심이 수울 머리를 내미는 거였다. 아니할 말로 민족의 치부를 속속들이 드러내는 셈이 아닌가. 그리고 보면 영호는 벌써 조금 전의 이 해주옥 사람들의 그 나름대로의 '주체' 분위기에 어느정도는 휘감겨들었다는 말인가?

그런 쪽으로 보자면 그렇게 볼 면도 분명히 있었다. 조금 전의 저들의 그러저러한 언설이나 행태를 사전에 계산된 심리전 수준의 전략 개념으로 받아들일 때는 다분히 그렇게 된다. 더구나 그것이, 평양권력 쪽의 강한 지시에 의한 것일 때는…… 새로운 대남공작의 일환으로서 고도의 전략 개념이 되어버린다. 막말로, 이 모스끄바 거리에 모처럼 와서 이 엘레나 여사 쪽이 더 가까운가, 조금 전에 만났던 그이들, 평양 쪽 조선사람들이 더 가까운가, 부지불식간에 조금 전의 그이들은 그 점을 영호로 하여금 새삼 일깨워주었던 것이다.

영호는 가볍게 한번 머리를 가로저어 그런 쪽의 잡생각을 걷어내곤, 조용조용히 엘레나 여사에게 일본말로 물었다.

"혹시 최근에 평양에 갔던 일은 있습니까?"

"네, 몇년 전에 초청을 받아서 한번 갔었지요. 김일성 주석하고 직접 악수도 해보구요. 일주일 정도 체류했는데 평양 거리 밖으로는 못 나가보았어요. 평양 거리는 그런대로 아름다운 도시더군요. 그렇지만 당최 정은 붙지가 않았어요. 너무너무 작위적이라고 할까요."

"평양 거리 밖으로는 못 나갔습니까, 안 나갔습니까?"

"그야 못 나갔지요. 그러구 그 평양 거리라는 것도 무척 아름답긴 했지만 괴기스러웠어요. 그로테스크했어요. 어릴 때 초등학교 적 생각이 나더군요. 초등학교 저학년 때 나는 스딸린 시대의 분위기를 경험했는데, 그때의 추억은 지금까지도 괴기스러운 것으로 남아 있어요. 뭐랄까, 한마디로 말하긴 매우 힘든데요, 부자연스럽다기보다는 더 비(非)자연스럽다고 해야 할까요, 한문자의 부(不)자와 비(非)자의 차이 같은 것. 저는 이곳 대학에서 일본문학을 전공했거든요. 아무튼 그렇게 평양 거리에서 오랜만에 정말 몇십년 만에 잠깐 그런 경험을 다시 했어요. 그랬구나, 내 어릴 때 스딸린 시대 때의 그것은 바로 이것이었구나, 하고 새삼 확인이 되더군요. 평양 거리에서 불과 며칠 동안의 경험은 그렇게 괴기한 것으로 내 머릿속에 각인되어 있어요."

"그러니까 그 뒤의 소련은 그렇지 않았다는 이야기입니까? 스딸린이 53년에 죽었는데, 그 뒤로 금방 달라졌다는 이야기입니까?"

"금방은 아니에요. 권력 쪽에 나름대로 우여곡절은 있었지만, 소련에서의 그 뒤의 사회변화는 스딸린 시대의 그것에서 완만하게 놓여나고 벗어나는 과정이었어요."

"그 완만하게 벗어나는 과정이라는 게 구체적으로 어떤 거죠? 그 점이 저는 참으로 궁금한데요. 어떻게 서서히 완만하게 벗어나면서 사회 전체가 달라져왔는지."

"그건 몇마디 말로 할 수는 없어요. 아니, 이렇게는 말할 수 있겠네요. 스딸린이 죽은 뒤의 베리아 처형, 말렌꼬프, 몰로또프, 까가노비치 등의 실각, 그러구 흐루시쵸프, 불가닌, 미꼬얀 체제, 20차 당대회에서 흐루시쵸프의 스딸린 격하 연설, 그 다음 브레즈네프, 꼬쓰이긴, 쑤슬로프…… 일단 이런 식으로밖엔 달리 말할 수가 없네요. 어쨌건 53년 이후 소련사회는 완만하게 정상 쪽으로 방향을 틀면서 서서히 회복해왔어요. 그렇게 저 스딸린 시대의 악몽에서 벗어나왔지요. 제가 대학 다닐 때가 60년대 말이었는데, 벌써 그때는 몇년 전에 가본 그 평양 거리 같지는 않았어요. 물론 이 점도 그쪽 서방 개념으로는 그게 그거로 대동소이하게 보였을 터이지만, 직접 현장을 사는 우리 같은 당사자들이 그런 건 더 잘 알지요. 사회변화는 완만하게일망정 분명 지속적으로 있어왔어요. 그러니까 85년 이후의 고르비 체제는 갑자기 별안간에 닥쳤던 것은 아니었어요. 완만한 변화의 연장선상에서만 가능한 일이었지요."

"그 완만한 변화는 그냥 자연적인 추세, 자연적인 흐름 같은 것이었습니까, 아니면 누군가의 권력 쪽의 강한 의지 같은 게 작용된 것이었습니까? 어느 쪽일까요?"

"크게 보자면 흐름이었겠지요. 모든 인민이 진정으로 원하는…… 그것을 언제까지 무한정 가로막을 수는 없는 일 아니겠습니까. 권력 쪽도 그에 좇아서 서서히 완만하게 변해왔다고 보아야겠지요."

"허지만 역사적으로 러시아는 그렇지가 못했던 것으로 알고 있는데요. 가령 이반 뇌제 같은 사람은 바실예프스끼 성당을 그렇게도 아름답게 설계한 사람을 잡아서, 그 성당보다 더 아름다운 것을 세울까봐 두 눈알을 뽑아버리기도 하지 않았습니까. 러시아 민중들은 예부터 그런 무시무시한 권력 쪽으로는 원체 길들여져 익숙해 있던 것이 아닐까요?"

"그건 아주 옛날 이야기지요."

"스딸린 시대가 그렇게도 옛날일까요?"

"허긴 그렇긴 합니다만. 그런 무시무시한 권력인간들이 줄줄이 나왔던 점이야말로 우리 러시아의 불행이었지요. 허지만 러시아가 그렇게 된 그 시초로 말할 것 같으면 그건 동양이었어요. 몽고침략, 칭기즈칸, 그 휘하에 있던 짜르들."

"그렇지만 꼭 그렇게만 볼 것도 아니지요. 뾰뜨르 대제 같은 이는 그렇게 강한 권력으로 응당 할 말한 일을 해냈지 않았나요. 따라서 강한 권력을 두고 한두 마디로 일괄해서 부정적으로만 말할 수도 없어요. 그 점으로 말한다면 러시아가 지닌 아시아적 특색이기도 하겠는데요. 엘레나 여사 자신이 스스로 따따르의 피가 섞여 있다고 의식하는 것도 바로 그만큼 아시아인이라는 걸 자인하는 게 아닐까요. 어디 그뿐이겠습니까. 저는 어제 낮에 끄렘린 궁과 박물관을 돌아보면서도 내심 대단히 놀랐어요. 통틀어서 그 분위기는 틀림없는 아시아더군요. 몽고나 청나라, 중국의 그것이더군요. 그렇지만, 며칠 뒤에 가볼 예정입니다마는, 뻬쩨르부르그의 궁전이나 에르미따쥬 박물관은 전혀 다르리라고 생각해요. 그곳은 황막한 네바 강변에 그 도시를 건설해낸 뾰뜨르 대제와, 독일서 독일 여자로 태어났던 예까쩨리나 2세의 성향을 좇아서 유럽이었지요. 뿌슈낀도 말하지 않았습니까. 뻬쩨르부르그를 '유럽을 향해 뚫어낸 창문'이라고. 과연 러시아가 아시아냐 유럽이냐 하는 건 차치하고라도, 무시무시한 권력에 관한 한 러시아는 분명히 아시아적 특색이 강했어요."

"그건 그렇겠네요. 오늘의 러시아 문학, 특히 찬란한 19세기 문화를 돌아볼 때도, 리선생 말씀대로 그 터를 만든 건 뻬쩨르부르그를 건설해낸 뾰뜨르 대제였고, 그 뒤로 독일 태생의 여황제 예까쩨리나 2세의 지성과 꿈과 경륜에 의한 것이었던 게 틀림없어요. 그렇게 유럽과의 접목에서 비로소 19세기 러시아 문화는 가능했지요. 실제로 예까쩨리나 2세는 프랑스 계몽철학자들인 디드로, 볼떼르 등과도 깊은 교우관계를 맺었더군요."

"그러구 그녀가 죽은 뒤에 아들이 즉위하지만 오년이 채 안되어 죽고 손자가 바로 알렉싼드르 1세 아닙니까. 그렇게 러시아의 19세기가 열리더군요. 스딸린이나 우리 북한의 김일성 주석도 최소한 예까쩨리나 2세 정도의 세련된 문화적 감각과 식견이 있었으면 싶어지기도 하지만, 그런 쪽으로 생각하는 것부터가 벌써 서구 지향의 취향이겠지요."

"그리고 보면 1917년의 볼셰비끼 혁명이라는 건 19세기 러시아 문화의 어느 하나와도 깊이 접목되지 못하고, 거칠고 생경한 이념으로만 기름 뜨듯이 떴다가 증발해버린 것 같아요. 19세기 러시아 문화는 그 저변에 그냥 그대로 온존된 채로 있었던 겁니다."

"정말로 그렇더군요. 이건 조금 우스갯소리로 들어주십시오만, 저는 오늘 낮에도 전철 속에서 19세기 러시아의 벨린스끼도 보았고, 라스꼴리니꼬프도, 술주정뱅이 마르메라아도프도 보았고, 19세기 러시아 인텔리겐찌야들이 옛날 모습 그대로 고스란히 남아 있는 걸 보고 대단히 놀랐지요. 다만, 마르메라아도프 노인만은 다분히 아시아인이었지만요. 그 점도 그래요. 지식인이 아니었기 때문에 그것도 가능했을 거예요."

"19세기 러시아 문화는 그냥 그대로 보존되어 있었다! 이게 대체 뭐였을까요? 볼셰비끼라는 건, 독일의 로자 룩셈부르크가 일찍이 갈파했던 대로, 오직 권력장악에만 혈안이 되었던 경박한 지식인 몇몇의 도당에 불과했나요. 금세기 초에 유럽에서 활약했던 우리 러시아 철학자 벨자예프도 일찍이 말했었지요. '정신이란 무엇인가. 불이다. 정신이 행하고 있는 창조는 심(芯)의 끝머리까지 작열하고 있다. 한데 그 정신이 객체화되면 이 창조적인 불꽃은 차갑게 사그러든다'라고요. 바로 이게 러시아 문화를 망쳐놓은 저 볼셰비끼 도당들이었지요."

"물론 그렇긴 하지만, 모든 건 좀더 세월이 지나야 제대로 판정이 나지 않을까요. 예까쩨리나 2세의 자취가 19세기 러시아 문화로 꽃피었듯이 스딸린 치세의 자취도 좀더 시간이 지나야 제대로 보이게 되지 않을까요. 그 점을 저는 모스끄바 지하전철 속에서 보았어요. 우람한 영웅시대의 자취, 그건 분명히 스딸린 시대의 것이더군요. 나름대로의 프롤레타리아 문화가 거기에 농축되어 있더라구요. 그건 구미 나라들의 지하전철들과 비교해보면 극명해지지요. 그나저나 어쨌든 이제 러시아는 그 머리 위에 들씌워졌던 아시아적 권력의 굴레를 벗고 다시 제자리로 돌아왔어요. 하긴 이 점으로 말하더라도 정말로 이게 제자리인지 어떤지는 더 좀 두고보아야겠습니다만.

아 참, 그러고 보니 문득 생각이 나는군요. 2차대전이 끝난 뒤 1946년 초에 당시 영국 점령지에서 탄생했던 독일의 기독교민주동맹 당수 아데나워는 미국의 한 친구에게 다음과 같이 씁니다. '위기는 심각합니다. 아시아가 엘베 강변까지 와 있습니다. 영국과 프랑스 관할하에 있는 경제적·정치적으로 건전한 유럽만이, 즉 필요불

가결한 부분으로서 독일의 자유지구가 속하고 있는 서방측 유럽만이 아시아의 이데올로기와 권력의 이 이상의 전진을 저지해낼 수 있을 겁니다.' 이어서 아데나워는 그 미국 친구에게 애걸을 합니다. '아무쪼록 합중국의 원조만이 유럽을 구제하게 된다는 의견을 합중국내에 널리 퍼지도록 도와주지 않으렵니까' 하고요. 이렇듯 당시부터 이미 아데나워 눈으로는, 볼셰비끼의 러시아가 서재 속의 맑스주의 따위보다는 더 깊이 칭기즈칸적 아시아였지요. 어찌 그뿐입니까. 반공산주의를 당이 표방하도록 설득했던 당시의 사회민주당 지도자 쿠르트 슈마하가 아데나워와 함께 서독에서 가장 중요한 건국의 아버지로 추앙받았던 것이 아닙니까. 그건 아무튼, 러시아가 이렇게 이제 진짜로 유럽으로 돌아오게 됐는지 여부는 저로서 아직 잘 모르겠지만, 무시무시한 아시아적 권력의 손아귀에서 놓여난 것만은 진정 축하합니다."

그러자 엘레나 여사는 포도주 잔을 높이 들어올리며 주절대었다.

"자, 그런 의미에서 우리 축배부터 듭시다. 우리 러시아가 일단 이렇게 본래의 러시아로 돌아온 것을 축하부터 해주세요. 자, 축배!"

영호도 일단 술잔을 부딪쳐 축배는 들었으나 무언지 썩 개운하지는 않았다. 그런 기척을 재빨리 눈치챈 엘레나 여사가 조금 의아해하는 눈길로 흘낏 영호 쪽을 한번 쳐다보았다. 비로소 영호도 지금 엘레나 여사를 이 해주옥에 초청하게 된 이쪽대로의 사연을 새삼 떠올리며, 그러나 어디서부터 이야기의 실마리를 풀어가야 할지 썩 난감했다. 영호가 대표적인 '이산가족'이라는 사실도 이런 외국사람에게 설명하자고 드니까 무척이나 힘들어지는 것이었다. 그리하여 영호는 우선 이야기 허두를 이렇게 꺼냈다.

"엘레나 여사, 당신은 조금 전에 내가 그다지 내키지 않듯이 축배를 드는 걸, 약간 의아해하듯이 수상쩍은 눈길로 쳐다보던데요. 사실 저로서는 그런 식의 축배는 심히 개운하지가 않아요. 옛날에 당신들은 노상 '혁명을 위하여' '세계혁명의 궁극적인 승리를 위하여' 하며, 크고 작은 모임에서 떠들썩하게 그런 축배를 들곤 하지 않았습니까. 그런 종류의 와와거리는 지식인 행태들에 대해 저는 평소에 저항을 느끼곤 했는데요. 물론 지금의 축배는 그런 종류와는 백팔십 도 다르지요. 지난 8월, 소위 삼일천하 때의 모스끄바 시민의 승리와 소련공산당의 끝장을 축하하자는 축배였으니까요. 그렇지만 웬일일까요, 저는 여기서도 지난날 스딸린 시대에 극성을 부렸던 '혁명을 위하여' '세계혁명의 궁극적인 승리를 위하여' 등의 구호와도 같은 상투성의 자취를 느낀다는 말입니다. 주로 잘난 척하기 좋아하는 지식인들의, 떼거리지어 와와거리는 행태들 말입니다. 하긴 제가 이런 식으로 반응하는 데에는 나름대로의 이유도 없지는 않아요.

저는 지금 이산가족입니다. 이런 용어는, 엘레나 여사 당신의 경우에는 알 듯 모를 듯 조금 애매하게도 들릴 텐데요. 우선은 국토가 분단된 나라들이 겪는 분단의 아픔이라고 받아들일 터이지요. 통일되기 전의 동서독이나 통일 전의 남북 베트남 같은 경우겠는데, 정작 대표적인 이산가족 당사자인 저 같은 사람은 그렇게 금방 쉽게 일반화되어 통용되는 용어에서부터 이화감이랄까, 저항을 느낀다는 말입니다. 흔히 지식인들이 와와거리면서 떠들썩하게 즐기기도 하고, 그렇게 쉽게쉽게 익숙해지면서 빠져 있는 함정이기도 하지만, 심지어 분단이란 것이 국제정치의 혹은 현대사의 연구대상으로서 나름대로 학문화되어 있는 상황도 저 같은 당사자 입장으로는 바로 그런 일환으로 보인다는 말입니다. 이런 종류의 지식인 작태들에 대해 저는 강한 저항을 느껴왔어요. 그렇게 분단이란 것이 연구 대상으로 사회

과학화되는 바로 그만큼, 생생한 현실에서는 부웅 뜨면서 멀어지고 있었지요. 제 말 짐작하시겠습니까, 엘레나 여사. 비근한 예로 제가 이산가족이다 하면, 당신은 십중팔구 '분단된 나라의 분단된 쓰라림'이라는 식으로 금방 수사적(修辭的)으로 받아들일 거란 말입니다. 그렇지만 이야기를 한번 이런 식으로 실체 자체로서 접근해보자 이거예요.

지금 당신과 마주앉아 있는 이 내가 6·25전쟁 때 열여덟살 소년으로, 어떤 과정으로서였건 단신 남한으로 나간 뒤 사십년이 넘은 오늘까지 가족들의 생사 여부를 비롯한 일체의 소식을 전혀 알지 못한 채 지내오고 있다. 그 사이 열여덟살 소년이 예순살 환갑이 됐으니, 그동안에 부모님은 필경 늙어 세상 떠났을 것이지만, 여느 형제자매들 소식도 전혀 모르는 채 지내오고 있다. 더구나 지금 내가 살고 있는 서울서 현 남북분단 경계선 너머 고향땅까지는 220킬로미터, 모스끄바에서 똘스또이네 농장 야스나야 뽈랴나가 있는 뚤라 가기만한 거리밖에 안된다. 저는 자동차로 거기도 당일치기로 다녀왔습니다만, 그와 똑같은 거리임에도 지난 사십년 동안 가족을 만나보기는커녕 전혀 소식조차 모르고 지내오고 있다. 대강 이렇게 이야기를 하면 어떻겠습니까? 지금 당신 맞은편에 앉아 있는 이 내가 바로 그런 형편에 있다……"

잠시 엘레나 여사는 미동도 않은 채 두 눈을 휘둥그렇게 뜨고 멍하니 마주 쳐다보았다.

"……그런 일이 어떻게 가능할 수가 있을까요? 이렇게 개명된 현대세계에서."

"당신 앞에 앉아 있는 제가 바로 그러합니다."

"그렇다면 이제야 아슴아슴 선생 얘기가 감이 잡혀오는군요. 그냥 이산가족이라고 했을 때와, 방금 선생이 말씀하신 그것과는 현격한 차이가 있어 보이는군요.”

“사실은 차이가 있는 건 아니지요. 한쪽은 저 같은 개개적인 처지이고, 다른 한쪽은 그렇게 보편용어화한 것이랄까요. 그렇게 표현상의 차이일 뿐인데, 보세요, 제 경우 그런 식으로 보편용어화되었을 때는 정작 개적(個的)인 절절함은 다분히 희석되어버린다는 말입니다. 그렇게 쉽사리 일반화되고 규범화되면서 더러더러 실제 당사자들로서는 어이가 없고 황당해지기도 한다는 말입니다. 개개적인 것들이 일괄해서 ‘분단된 나라의 이산가족’으로 개념화·보편화되면서 지식인 특유의 행태로 수렴될 때는, 더러 욕지기까지 나온다는 말이에요.

자, 이제 정말로 제가 하고 싶은 말을 하지요. 이러한 저 같은 처지에서는, 조금 전에 당신이 축배를 들자고 한 그, 당신의 말을 그대로 옮긴다면 ‘우리 러시아가 일단 이렇게 본래의 러시아로 돌아온 것’이 말입니다, 그런 것이 저 같은 사람에게는 무언지 겉도는 것, 풍류화(風流化)한 것 비슷이 조금은 코믹하게 느껴지기도 한다는 말입니다. 지금의 제 처지에서는 썩 개운하지 않아요. 그야 물론 그 일을 저도 진정으로 축하는 합니다만, 제 고향 쪽과 기찻길이며 우편이며 맞바로 통하며 오며가며 하는 이 모스끄바까지 모처럼 불원천리하고 온 저로서는, 심지어 황당하다는 느낌까지도 없지는 않아요. 기왕에 당신네 지식인들이 흔히 ‘혁명을 위하여’라거나 ‘세계혁명의 궁극적 승리를 위하여’라고 떠들썩하게 와와거리면서 축배를 들던 것과 대동소이, 거기서 거기라는 느낌이지요. 제 얘기 무슨 말인지 아시겠습니까.

요컨대 지금의 저로서 당장 다급한 문제는 북한에 있는 제 가족 소식을 아는 일입니다. 일단 살았는지 죽었는지 소식이라도 알고 싶다 이겁니다. 부모님은 필경 세상 떠나셨을 테지만, 누님 동생 여동생이 어떻게 살아가고 있는지 궁금하다는 말입니다. 아시겠습니까, 엘레나 여사. 실은 오늘 저녁 당신을 이 자리에 초청한 것도 저로서는 그런 간절한 소망을 풀어낼 길이나마 없을까 해서입니다. 아시겠습니까. 진정 도와주십시오. 어떤 길이 없을까요?”

엘레나 여사는 꽤나 난감해하듯이 두 손으로 두툼한 턱을 괴고 영호 쪽을 잠깐 멍하게 쳐다보았다. 그러곤 나지막한 목소리로 더듬거리듯이 말했다.

“……글쎄요, 저로서 어떤 방법이 있을지…… 선생이 서울로 돌아가신 뒤에도 저대로 노력해볼 길은 있겠습니다마는, 그렇다고 기차로 평양으로 들어가본달 수도 없고, 들어가본들, 선생도 아시다시피 그 체제에서는…… 당장은 막막하군요. 더구나 선생의 이야기가 너무 별안간이어서.”

“그러실 테지요.”

하고 영호는 일순 스스로도 묘한 것을 확인했다. 이렇듯 열을 내며 지껄이는 동안에도 영호는 마음속 한켠으로는, 조금 전에 이 해주옥 사람들과 주고받은 이야기 내용을 엘레나 여사에게도 솔직하게 털어놓고 혹 중의 협조를 구하는 편이 나을지 어떨지 혼자 가만히 계산을 하고 있었다. 그리하여 영호도 같이 억양을 낮추며 자그마한 목소리로 말했다.

“물론 엘레나 여사로서야 당연히 그러실 테지요. 허지만 제가 대단히 놀란 것은 조금 전, 이 식당 지배인과 젊은 종업원의 반응입니다. 바로 저의 그 간절한 소망을 두고 슬그머니 눈치를 떠보았는데, 두 사람 다 호의적인 반응이지 뭡니까. 저로서는 전혀 예상 밖이었

지요. '혁명' '주체' 등등으로만 온통 뭉뚱그려져서 그런 사사로운 쪽
으로는 아예 말도 못 붙여볼 줄 알았는데, 그게 그렇지는 않더라는
말입니다. 그이네들도 그이네들대로 역시 평상(平常)을 사는 조선사
람들이더라구요. 저와 한 핏줄을 타고난 동포로서 그 문제에도 허심
탄회하게 솔직하게 대응해나오는 것이 아닙니까. 저로서는 매우 고
무적이에요."

"그렇다면" 하고 엘레나 여사는 반짝 두 눈을 빛내며 말했다.

"그이네들에게 부탁을 하는 것이 빠르겠네요. 물론 제 이 말은 선
생의 그 부탁에서 제가 모면하기 위해서는 아니고요."

"네, 그런 길이 있을 수는 있겠지요. 그러나 매우 신중해야지요.
저들의 그런 반응을 섣불리 전폭적으로 믿을 수도 없고, 저들도 저
들대로 복잡한 입장이 있을 테니까요. 엄벙덤벙 경솔하게 대어들 일
도 아니에요. 어쨌든 이야기는 이 정도로 끝내고 자, 저녁을 드십시
다. 아니, 조금 전에 당신이 제의했던 그 '러시아가 일단 이렇게 본
래의 러시아로 돌아온 것'을 진정으로 축하하는 축배부터 다시 듭시
다. 자, 선창하시지요, 엘레나 여사!"

이렇게 화제를 돌리면서도 영호는, 이 해주옥 사람에게 전화를 해
서 시내에서 조용히 만나기로 한 약속은 끝내 이 자리서 발설하지
않았다. 그 문제라면 우선 정여사와 의논하는 것이 순서일 것이다.
엘레나 여사와는 지금 이 정도의 수준이 적당할 듯하였다.

정여사 아파트로 돌아와 잠자리에 들어서도 영호는 이리 뒤척 저
리 뒤척 쉽게 잠들지를 못하였다.

그렇다, 내일이라도 당장 전화를 걸자, 그렇게 일단은 단둘이 만나
보는 거다, 하고 작정은 하면서도 그러나 영호는 뭔지 앞뒤로 뒤숭숭

했다. 지난 사십여년간 누적된 남북간의 현실로 보아서는 이런 일이 그렇게 간단히 전화 한 통화로 손쉽게 이루어질 수는 없을 터였다.

전화를 건다, 그리고 당장 만나자고 한다, 그쪽에서도 마침 형편이 이만저만하여 당장 나올 수 있다며 "그럼 몇시에 어디서 만나실까요?" 하고 반색을 하며 응해온다거나, "그러니까 진짜로 선생과 단둘이만 만나는 거지요? 다른 누가 따라붙지는 않지요?"라고 물어오기라도 한다면, 영호 쪽은 금방 당황하게 되지나 않을까. "어쩜 어제 저녁에 형씨도 보았던 우리집 사람이 같이 만나게 될지도 모릅니다" 하곤 벌써 한풀 꺾이면서 쩔쩔매게 되지나 않을까.

이렇게 되면 처음부터 주도권을 그쪽에 빼앗기게 된다. 그쪽은 처음부터 자신만만 당당하게 나오는데 영호 쪽은 한풀 꺾이며 쭈뼛쭈뼛거리는 꼴이 될 것이다. 그리고 이 경우는 그냥 두 사람 사이의 사사로운 주도권이라는 차원을 넘어서, 금방 남북체제의 주도권 문제로 비약해버린다.

그야, 해주옥의 그 젊은이 생김새나 지극히 양순하고 질박하던 재래형의 조선사람 행태로 미루어서는 지금 상상하는 그런 오기 쪽과는 애당초 거리가 멀겠지만, 언제 어디서나 민족적 긍지와 자존의식이 본원적으로 굳건하게 잡혀 있는 듯한 그 당당한 태도로 보아서는, 평소에 주체철학으로 깊이 길들여졌던 대로 극히 자연스럽게 그렇게 나올 수도 있을 것이다. 그리고 그럴 경우 영호 쪽은 초장부터 폭삭 주눅이 들게 되지나 않을까.

영호는 벌써 지레짐작으로 이렇게 불안해하고 있었다. 그리하여 모처럼 모스끄바 거리에서 고향 쪽 사람 하나를 만나본다는 지극히 사사로운, 그리고 하찮기 짝이 없는 이 일도 당사자들의 본의와는 상관없이 어느새 벌써 두 체제의 경합국면으로 진입하고 있었다. 결국 종당에는 이렇게 된다. 두 사람의 만남도, 제각기 의식했건 안했건, 체제라는 덩어리를 떠메고 있는 꼴이 되는 것이다.

영호는 언젠가 남쪽의 한필성과 북쪽의 필화 남매가 일본 삿뽀로에서 동계올림픽중에 감격적으로 만나던 장면을 새삼 떠올렸다. 텔레비전 화면으로 비쳐나오던 그 정경에서도 우선 제작진까지도, 꼭 저다지나 극적일 이유가 있을까 싶어 약간은 역겹게도 느껴졌었다. 그뿐인가, 국내의 신문들마다 온통 사설로 다루고, 전세계 각국의 보도진들이 몰려들어, 그 남매의 해후가 마치 견우 직녀의 만남이기라도 한 듯 온세상이 떠들썩했던 것이다. 물론 그 남매의 그동안의 사연으로 보아 응당 그럴 만은 했다. 한집에서 태어난 친남매가 어쩌다가 저 지경이 됐을까 싶을 정도로 그건 지구촌 단위로서도 기괴했었다.

꼭 사십년 전 1950년 겨울, 불과 열여섯살과 여덟살 어린이로 타력에 의해 헤어졌던 오누이가, 그 뒤 1971년 서른일곱살과 스물아홉살의 장년으로 역시 같은 삿뽀로에서 만나려다 남북 양측 권력의 밀고 당기는 실랑이에 따라 아슬아슬하게 애만 태운 채 못 만나고, 다시 십구년이 지나 1990년, 초로에 접어든 쉰여섯살과 마흔여덟살의 중년으로 어렵게 어렵게 짧은 만남이 이루어졌으니, 한 나라, 한 핏줄, 한 가족 오누이로서 세상에 저럴 수가 있을까, 그 자체부터 너무 기괴하고 극적이었다.

가령 같은 분단국가였던 지난날의 동서독과 비교해보더라도 그렇다. 동서독의 경우는 그 남매가 만나려다 끝내 못 만났던 1971년의 2년 전, 1969년에 서독의 브란트 총리가 내세웠던 동방정책에 의해 가능한 분야부터 순차적으로 해결해간다는 동서독 양측 권력 사이의 양해가 각서 형식으로 이루어져 이미 서신왕래, 이산가족 방문 등

가장 인도적인 차원의 문제부터 부분적인 교류가 이루어지고 있었던
것이다.

　대체 권력이라는 것이 누구를 위해 존재하는가. 그 휘하의 백성,
특히 그 백성 중에서도 가장 딱하고 아픈 처지에 있는 사람들 문제
부터 감당하기 위해 존재할 터였다. 그런데 그것이 지난 사십년 동
안에 거꾸로 되어, 양측 백성이 서로 극한적으로 대치상태에 있는
두 개 권력의 볼모로 떨어져 있는 것이다. 이런 놈의 권력이 세상천
지에 어떻게 있을 수가 있는가. 그리고 그 점은 북쪽 권력이 훨씬 더
노골적이고 우심하다.

　그 남매가 극적으로 만나는 화면 속에서 남한의 한필성 오빠 쪽이
팔푼이처럼 얼뜨게 보인 것부터 그 점을 약여하게 드러내주고 있었
다. 바로 그 남매를 빌려 극한적으로 대결상태에 있던 남북의 권력
이 만나고 있었던 것이다. 그리하여 오빠의 그 팔푼이 같은 얼뜬 모
습은 자연인으로서의 그의 액면을 차라리 그만큼 더 자연스럽게 드
러내 보이고 남쪽 권력의 '느슨함'까지도 일목요연하게 내보였다.

　반면에 북의 누이동생은 앙칼지고 야멸찬 말 한마디 한마디부터
배후의 북쪽 권력이 약여했다. 모처럼 수십년 만에 만나는 자연인으
로서의 누이동생 모습은 보이지 않고 배후의 북쪽 권력만이 덕지덕
지 끼여들어 있었다. 그렇게 배후권력에 지나치게 덜미가 잡혀 있는
것은 온세계 시청자 누구에게나 훤히 보였던 것이다. 자칫 실수나
하지 않을까, 지켜보는 쪽에서 도리어 안쓰러워질 정도로 전전긍긍
하고, 모처럼 이 기회에 자신의 고장(체제)을 천하에 둘도 없는 지상
천국으로 잘 보이게끔 하려는 데에만 온 심혈을 기울이고 있었다.
그것이 차라리 안쓰러워 보였고, 배후의 권력부터가 세상을 너무 모
르고 있었다. 사람들의 마음이라는 것이 이심전심 모든 걸 얼마나

정통으로 간파해내는지, 권력 입장에서는 아무리 하찮은 미물 같은 것일망정 백성들의 마음 하나하나가 천리안을 갖고 있다는 것을 북쪽의 권력은 저렇게도 모르는 것이었다. 그 화면을 본 사람들 태반은 벌써 화면 저 너머의 더 깊숙한 것을 보아내고 있었던 것이다. 한필화가 아무리 악을 쓰며 제가 사는 고장을 상찬하더라도, 아니 그렇게 기를 쓰면 쓸수록, 사람들은 가만가만 머리를 가로저었을 것이다.

그러니까 영호는 어느새 저도 모르게 북한사람과 만난다는 것은 으레 한필성, 필화 남매가 만나던 그런 형식이 될 것이다,라고 대강 그런 쪽으로만 정식화해서 상상했던 것이었을까. 그러나 이 모스끄바의 해주옥에서 어제 저녁에 만났던 그 두 사람은 처음부터 전혀 달랐다. 그런 일정한 틀에 전혀 매여 있지가 않아 보였다. 그냥저냥 자연인 조선사람의 질박함만이 철철 넘쳐나던 지배인이나 젊은 사람의 거조는, 서울사람, 평양사람을 굳이 가를 것 없이, 그냥 본래의 조선사람, 한국사람에 쏙 들어맞는 그런 태도였다. 그리하여 그렇다, 지금 영호 쪽에서 시종 무언가 찝찝하고 개운치 않게 여겨지는 것은 바로 그 점이었다. 북쪽 사람들이니까 으레껏 그냥저냥 그러려니 하고 방심하고 있다가 어? 하고 한방 단단히 뒤통수를 당한 느낌인 것이다.

서울서 몇십년을 살아오면서도 못 보던 순종 조선사람들이 거기에는 있었다. 서울서 수십년 동안 길들여지고 익숙해진 우리네 조선사람, 한국사람이라는 게 일거에 덩어리째로 수상쩍은 무국적자 비슷이 의식하게 해주는 것이 그들에게는 분명히 있었다.

대체 그것이 정확하게 무얼까. 가령 어제도 점심에 서울서 온 몇백명의 관광객을 치러내면서, 그 하나 같은 '저속함' '야비스러움'에 그들이 얼마나 정나미가 떨어졌을 것이며, 얼마나 한심스러웠을 것인가. 저 따위로, 저런 식으로 잘살고 싶지는 않다, 저게 과연 잘사는 건가, 흥청망청 돈을 뿌리며 질탕하게 마시고 먹어대며 왁자하게 떠들어댔을 서울 쪽 관광객들의 음식시중을 들면서, 저들은 분명히 저들대로의 시각 하나씩은 갖고 있었을 것이다. 나름대로 굳건한 어떤 것 하나씩은 단단히 갖고 있었을 것이다.

그리고 그들의 그 만만치 않은 점이 해주옥 지배인이나 젊은이만의 독보적인 것인지, 아니면 북한당국의 공적인 지시에 따른 것인지, 그 점도 일단 궁금해진다. 결국 그런저런 점, 두루두루 꼭 만나보자는 쪽으로 마음을 굳혔지만, 그러나 정작 해주옥에다 전화를 걸어보자고 해도 이 모스끄바에서는 당장 일거수일투족에서 정여사를 젖혀놓고는 단 한치인들 움직일 수가 없었다.

아닌게아니라 아침을 먹는 자리에서부터 벌써 정여사의 기척은 묘했다. '무언가 있다. 나 모르게 무슨 일인가를 벌이는가보다. 그러니까 어젯밤 해주옥에서 무슨 일인가 있었나보군' 하고, 벌써 영호 마음속을 송두리째 꿰고 드는 기색이 노골적으로 풍겼다. 영호도 영호대로 정여사가 이미 대강 눈치를 채고 있는 게 희한하였지만, 일단 시치미를 뗐다.

그렇게 얼마 동안 제각기 아침밥 먹기에만 몰두하였다. 아니, 몰두하는 체했다. 그러면서 영호는 내심으로, 어차피 알 일인데 솔직하게 다 털어놓고 의논을 하는 편이 낫지 않을까, 그러니까 이런 나라들에서 기왕에 길들여져 있던 체제용어로 말한다면, 서로 '토론'을 벌이는 게 합당하지 않을까 싶기도 했으나, 토론이라는 용어가 떠오르면서 새삼 진저리가 쳐졌다. 영호 경우에서는 그건 오순도순 마주앉아서 어떤 일을 의논하자는 것이 아니라, 단둘이 앉아서도 왁왁 핏대를 내는 행태를 가리켰다. 간단하게 몇마디 말로 충분히 될 일도, 필요 이상으로 삼엄해지는 그런 논설투의 말, 말, 말이었다. 아니, 그건 말이라기보다는 처음부터 고함소리였다. 방방곡곡 어디서나 휩쓸고 있는 똑같은 내용과 어투의 동어반복식 토론들, 그건 그 나라들의 비생산성을 원천적으로 대표하고 있었다.

숱한 궐기대회, 보고대회, 열성자대회들이 그러했듯이, 그건 송두리째 어떤 특정인, 권력의 들러리 가식이었다. '정치국'이라거나 하는 권력최상부의 토론도 그럴 것이다. 끝내는 말싸움으로, 감정싸움으로, 아니면 서로의 눈치보기로 뻗어간 어떤 것이었을 터이다. 그건 누구 눈에나 자명한 것들도, 이념과 이론이라는 것으로 괜스레 껄끄럽고 어렵게 변형시키는 어떤 것이었다. 노선투쟁이라는 것의 거개가 하찮은 감정싸움에서 시작되어 험악한 권력투쟁으로까지 이른 싸움의 다른 이름에 불과했다. 이 소련이라는 나라도 그런 놀음으로만 허구한 날 소일하다가, 끝내 끝머리에 이르러 이렇게 볼장 다 보게 됐던 것이다. 흔히 토론이라는 이름의 번드르르한 논설 어투부터가 영호는 질색이었다. 그건 어떤 일을 두고 주도면밀하게 차근차근 의논하자는 자리가 아니라, 오직 자기 쪽만 옳고, 자기 편이 아니면 죄다 적이라고 소리소리 지르는, 지레 상대를 겁주고 보는 자리였다.

이 정여사로 말하더라도 아직 그런 버릇에서 못 벗어나 있다. 아잇적부터 수십년 동안 길들여져온 그런 버릇이 어찌 하루이틀에 간단히 벗겨질 것인가. 옳고 그른 것이 미리 그 어떤 당위 개념으로서 고압적으로 내리매겨져 있고, 그 전제 위에서 오직 그것을 상찬하거나 반대편을 매도하는 일도양단의 양태로만 하는 그런 종류의 토론이다. 정여사는 아직도 그런 버릇에서 못 벗어나 있다. 그러니 자칫 의논한답시고 어젯밤 해주옥에서의 일을 꺼냈다가는 일거에 삼엄한 미궁으로나 빠져들기 십상일 것이다.

'그건 매우 중요해 보이느만요. 더구나 리선생님 형편에서는 깊이 잘 생각해서 대응하시라요. 단순히 가족찾기라는 개인 차원으로만 접근해서는 안될 것이고요. 오늘의 조국이 처해 있는 복잡한 조건과 립지를 여러모로 깊이 생각하셔서 진정으로 의미있는 일을 해내셔야 할 겁니다. 물론 리선생님 경우에는 어디까지나 주안(主眼)은 가족찾기에 있겠습니다마는, 다른 분이 아니라 바로 리선생님인 까닭에 거기에만 단순히 머물러서도 안되겠다는 것이지요. 제 생각은 대강 이렇습니다만, 리선생께서는 저의 이런 생각을 어드렇게 받아들이시 겠능가요?'

조반을 먹으면서 자칫 이런 식으로 무겁고 장중한 토론이 벌어지지 말라는 법도 없을 터였다. 바로 이렇게 될 것을 미리 경계해서 영호는 일단 정여사에게는 어젯밤의 그 일은 아직 일언반구도 일절 내비치지 않았던 것이다.

그러나 정여사도 정여사대로 그 점을 벌써 눈치껏 꿰뚫어보고 있었다. 그렇게 그녀대로 영호를 약간은 수상쩍게도 보고 있는 듯하였다. 아니, 영호 쪽에서 자기라는 사람을 어떻게 보고 있는지, 그 점까지 두루뭉술하게일망정 대강은 꿰고 있는 것 같았다. '이 냥반, 진지하고 무거운 토론은 피하려고 드는구나. 내가 노상 너무 진지하게 이야기하는 걸 싫어하는구나. 역시 자본주의체제의 썩은 물을 많이 자셔서 진지한 것은 꺼리는구나. 이 냥반도 량심적인 지식인이라곤 하지만, 역시 썩은 자본주의사회의 일정한 테두리꺼정은 못 벗어나 있구나. 그 점은 내 쪽에서 관대하게 리해해드려야겠구나'라고쯤.

아침 식탁에서 조금 부자연스러울 정도로 침묵이 길어지자, 기어이 정여사 쪽에서 못 참고 한마디하였다.

"이거 좀 드셔보시라요. 사할린에 사는 안사돈이 며칠 전에 갖고 온 고사린데요, 먹을 만할 겁니다. 무친다곤 했는데 조금 슴슴하지 않은가 모르겠시요."

"아, 네, 슴슴하진 않은데요. 간장에다 버무리셨나요?"

"소금물로 초벌루다 헹궈내고 간장에다 버무렸시요."

"깨소금이나 참기름은 여기서는 안 자십니까?"

영호가 무심결에 묻자 옆의 아내가 팔굽으로 영호 옆구리를 툭 쳤다. 그러나 그것까지 정여사에게 들키고 말았다.

"그런 게 도통 없어요. 양념이라는 건 그저그저 토마토케첩이나 있을까. 그 다음, 그런저런 촛물이 있구요."

"촛물이라니요?"

"참, 남쪽 조국에선 촛물을 뭐래드라? 무슨 소스라고 하던가요. 그런 것들도 여기서는 전탕 러시아식이거나 서양식이지요. 허지만 고춧가루는 많이 써요."

"우리식의 김치는 담가 자십니까?"

"고러믄요. 고춧가루를 듬뿍 쳐설란에. 허지만 그저께 지낙에 사모님께서 깍두기 담그시는 거 보니까니 무섭드만요. 그건 고춧가루를 듬뿍 치는 정도가 아니라 아예 주종이 무가 아니고 고춧가루 같았시요. 서울서들은 다아 그렇게 담가 자시는가 보지요?"

"그럼요. 서울선 정여사식으로 담갔다가는 슴슴해서 먹을 수가 없지요. 하긴 북한 쪽 김치는 조금 슴슴하긴 한가 봅디다만."

"여기 사람들이 피양 갔을 때 먹어본 김치도 꽤나 맵고 진하던데. 남쪽 서울에선 그런 정도도 슴슴한 편에 드는가 보지요?"

"아니, 정여사는 본시 고향이 창원이라면서 어떻게 고향 쪽 맛을 그렇게 사그리 잊으셨을까요?"

“저야 사할린에서 태어났응이까 경상도 고향 쪽 맛을 알 턱이 없지요.”

“그렇드래두 그렇지, 부모님들께서는……”

“그러구 보잉까 어릴 때 사할린에서 먹던 김치 맛은 많이 달랐던 것도 같아요. 조금 아까 깨소금 이야길 하셨드랬지만, 그런 것도 있었던 것 같구요.”

“그럼 이 모스끄바에는 애당초 깨소금이란 건 없나요?”

정여사는 와락 당황하며 둘러대었다.

“아뇨, 있긴 있을 겁니다. 우리가 미처 몰라서 그렇지, 옛날 러시아 귀족들은 음식문화도 호화의 극치였을 테니까니.”

“음식 맛이야 꼭 귀족만 아나요. 일반 백성들도 잘 알지요. 물론 우리나라에서도 옛날에 토호들이 많이 살던 전라도 음식이 가장 양념이 발달됐다고들 합디다만. 음식 맛이야 별건가요, 양념 맛이지.”

“사실로 그런가 보지요. 우리나라가 음식 양념에 들어서는 세계 으뜸이라고 하드면요. 언젠가 서울서 오신 실업인들 몇분을 안내해 드렸는데, 그런 이야기들을 하더라구요. 동양에서는 흔히 중국을 친다고들 하지만, 오묘하고 아기자기한 양념 맛에 들어서는 우리나라가 한수 더 앞서 있다던데요. 일본은 아주 저급이고, 유럽에서는 프랑스가 그래도 조금 나은 편이고, 영국이나 독일은 엉망이라고 하드만요. 이태리는 그저 그렁저렁이고, 한바탕 그런 화제로 온통 꽃이 피었지요.”

“음식 양념 꽃이 만발했었구만요. 사실로 여러 사람이 함께 이야기하기는 그런 화제가 적당해요.”

순간 정여사는 입을 다물었다. 영호의 아내는 혹시 괜한 말 한마디로 정여사의 자격지심을 건드렸는가 싶어 조금스럽게 정여사의 기색을 살폈다.

"이 깨무침도 좀 드셔보시라요."

영호 아내의 그런 눈길을 눈치챈 정여사가 그 깨무침 접시라는 걸 내밀면서 말했다. 비로소 영호가 한마디했다.

"서울서는 들깨장아찌라고 하지요."

"그건 이것하고는 다른가요?"

"비슷하긴 한데."

하고 영호가 우물쭈물하며 옆의 아내 쪽을 돌아보자, 아내는 조금 께름해하듯이 덩어리져 있는 깻잎 하나를 떼어내어 밥숟가락에다 얹어 먹어보았다.

"비슷하네요 뭐. 역시 간장에다 담갔지요?"

"어떠세요, 맛은?"

"맛있는데요. 깻잎이라는 거야 원체 재료 자체가 특색이 강해놔서 어디서나 그 맛이 그 맛이지요 뭐. 서울 깻잎장아찌나 그저 비슷한데요. 그건 그렇고."

하고 영호 아내는 고사리무침 쪽으로 젓가락을 옮기면서 물었다.

"사할린에서 사돈이 갖고 오셨다고 하였는데, 사할린에는 고사리가 많이 나는가 보지요?"

"네, 엄청 많아요. 어릴 때 저도 많이 캤지요. 어마니를 뒤쫓아가설라니. 그때는 현지 러시아 사람들은 그걸 안 먹드라구요."

"요즘은 먹나요?"

"네, 더러더러 러시아 사람들도 먹던데요."

영호 아내가 다시 슬렁슬렁 웃으면서 말했다.

"고사리가 뭐 더덕이나 도라지나 냉이 같은 뿌리음식인가요. 그건 캐는 게 아니라 뜯지요."

　"참, 그렇지요. 저는 원체 옛날 일이어서 뜯었는지 캤는지도 기억이 정확치가 않아요."

하고 정여사도 싱얼싱얼 웃으면서 받았다.

　"사돈은 어떻게 되는 사돈인데요?"

　"네, 시집간 우리 딸아이 남편, 그렁이까 사위아이의 외숙모 되는 분이 오셨시요. 선물이라고, 까비아르네, 고사리네 하고 짐짝으로 가져다가 이집 저집 돌려설라니……"

　"이집 저집 할 정도로 씨갈이 엄청 많나보지요?"

　"꼭 많다기보다도 고향 떠나서 모두 외로우니까니, 휘두루마뚜루 그렇게 서로 의지하게 되나봐요. 더구나 그인 사할린에 사는 것도 아니고 현재 똠스끄 근처의 국영 신발공장 기사장 자리에 있는데, 이번에 국영에서 민영으로 바꾸려고 요소요소에다 뒷공작을 하러 오셨나봐요. 그렇게 사교력도 능하고 미인이지요. 말솜씨도 좋고, 노래도 잘하고, 춤추며 노는 데 들어서도 뛰어나구요."

　"그러니까 서울식으로 말하자면 로비하러 오셨구먼."

　"네, 아주 외교력이 풍부해서 서울에도 버얼써 다녀왔세요. 블라지보스또끄에 사는 아버님 모시고. 원체 여행을 좋아해서 유럽 여러 나라도 신발공장 견학차 다녀왔다고 해요. 아버님께선 일흔네살이라던가. 고향은 포항인데, 숙부 하나가 대구 근처 어느 시의 시장이어서, 고향 갔을 때 대접두 아주 잘 받았나 봅디다. 원래 씨비리스끄 대학 출신이어서 인텔리인데다가 손도 크고 안면도 넓어서 선심 쓰는 데도 아주 시원시원하지요.

　이번에도 모처럼 왔던 길에 큰땅의 알마아따 쪽에도 들렀던가 보아요. 친여동생 하나가 거기 어느 여자중학교 교장으로 있다나요. 달성 서씨인데, 집안도 크고 이리저리 얽힌 사돈들도 엄청 많아서

며칠 뒤엔 뻬쩨르부르그로도 간다는구먼요. 온통 까비아르네, 도라
지네, 고사리네, 연어까지 짐짝 몇 꾸러미로 싸짊어지고 왔시요. 지
금 우리 딸애 집에 묵고 있시요. 그렁이까 그이로선 시누이의 아들
인 우리 사위가 친조카가 되지요. 그렇게 그이로선 제 친조카 집에
묵고 있는데, 웬걸입쇼, 벌써 그이는 자기 집 한가지더라구요. 조카
댁인 우리 딸애더러도 애 재 하고 제 친딸 부르듯 하더라구요. 어찌
나 풍이 심하고 입담도 좋은지.

참, 우리 딸애가 내일이나 모레 지낙에 정식으루다 선생님 내외를
저녁식사 초대하겠다며, 어느 날짜가 선생님 형편이 편하신지 알려
달라고 하던데요. 조금 멀긴 허지만, 지하전철 타고 사십분쯤 가는
거리거든요. 보나마나 그 일도 그이가 나서서 우리 사위에게 강권해
서리 벌인 작품일 거예요. 암튼지 그이가 그렇다니까요. 말 나온 김
에 그것도 미리 결정하십시다. 자칫 또 잊어먹고 있다가 딸한테 혼
나기 전에 아예 전화로 미리 알려야겠군.”

영호 아내는 영호 기척부터 흘끗 살폈다. 정여사 이야기를 들으면
서도 마음 한구석으로는 어젯밤의 그 일을 골똘히 신경쓰고 있음을
그 눈길은 드러내고 있었다. 물론 영호도 마찬가지였다. 정여사 이
야기를 그런대로 재미나게 들으면서도 내심으론 해주옥의 그 젊은이
를 불러낼 건을 궁리하고 있었던 것이다. 그쪽에다 다시 전화를 거
는 문제도 그렇고, 만나는 장소도 그렇고, 결국은 정여사와 의논해
야 하는 판인 것이다.

“기왕 그렇다면 내일 저녁으로 하지요. 그 미인이라는 분도 어서
빨리 보고 싶고.”

하고 영호도 아내 쪽을 흘끗 되쳐다보며 받았다. 일순 정여사도 묘
한 얼굴이 되어 영호 내외를 날렵하게 한번 둘러보았다. 그 얼굴은

이렇게 말하고 있었다. '역시 뭔가 있어. 어제 지닥에 해주옥에서 분명히 무슨 일이 있었구먼' 하고. 그러나 금방 평상의 낯색으로 돌아오며 말했다.

"그럼 잊어버리기 전에 지금 당장 전화를 걸어야지. 우리 외손자하고도 노닐고."

그렇게 극히 일순간의 어색했던 것도 때워내는 셈으로 치는가, 정여사는 식탁에서 일어나 벌써 거실로 가 다이얼을 돌리고 있었다. 그럭저럭 그렇게 조반 자리도 끝나 있었다.

영호 아내가 먹고 난 그릇들을 눈치껏 챙겨 주방으로 들어가는 걸, 막 전화통화를 시작하던 정여사도 정여사대로 즉각 눈치채며, 수화기를 한손으로 덮고 소리를 질렀다.

"놔두시라요. 제가 설거지를 할 텐데 기냥 놔두시라요."

"글쎄 손자하고 전화로 노닥거리기나 하세요."
하고 영호 아내가 먹고 난 그릇들을 두번째로 걷어모아 내가면서 점잖게 한마디했다.

이 사이 벌써 정여사는 딸을 불러내 내일 저녁 다섯시로 약속을 하고, 다시 외손자까지 불러내 러시아말과 우리말 뒤섞어 뭐라뭐라 지껄여대고 있었다.

영호는 식탁 앞에 그냥 앉은 채 담배 한대를 피워물며 가만히 생각했다.

서로간의 대화라는 것은 모름지기 이래야 하는 것일 터였다. 이런 것이 본래적으로 대화이고, 이 연장선 위에 어떤 일을 의논하는 것, 소위 토론이라는 것도 있을 터였다.

식탁에 마주앉아 조반을 먹으면서 정여사는 단지 슬렁슬렁 이야기하고 있었는데도 전혀 부담없이 듣기가 편하고 썩 재미있질 않던가.

스적스적 본 대로 느낀 대로 수월하게 이야기하는 속에, 듣는 쪽에
선 이야기 속의 그 주인공 아주머니의 인간형까지 벌써 손에 잡힐
듯이 극명하게 와닿질 않던가. 저런 것이 본래의 이야기일 터였다.
저런 것을 토론이니 뭐니 온통 어깨에 목에 힘주는 무거운 논설투
말들에 비길 것인가.

　정여사가 통화를 끝내고 뽀르르 주방으로 뒤쫓아가 우격다짐하다
시피 영호 아내를 거실 쪽으로 들이쫓고, 잇달아 커피 마실 물을 끓
여 다시 식탁으로 와 앉으며,

　"커피도 있고 홍차도 있는데 제각기 기호대로 마시기로 하지요."
라고 하자 그 '기호'라는 무거운 용어가 우스웠던지 영호 아내가 또
풀썩 웃음을 터뜨렸다.

　"왜요? 왜 웃으시죠?"

　정여사는 두 눈이 휘둥그레지며 영호 내외를 번갈아 쳐다보았다.

　"기호라는 말이 그럼 우습지, 우습지 않으세요? 그런 무거운 단어
는 이런 경우에 서울선 안 쓸걸랑요. 그것도 일종의 사회주의체제
용어 같아서 웃었어요."

　영호 아내가 말하자, 정여사도 약간 쑥스러워하며,

　"그렇구면. 우린 거저 일상적으로 써서 모르고 있었는데요. 그럼
이런 경우 서울선 어드렇게 말하나요? 기호품이라는 단어도 서울엔
없나요?"
하고 물었다.

　"그야 있지요. 허지만 그런 용어는 박사논문 같은 데서나 쓰지요.
혹은 식품을 주제로 한 세미나나 심포지엄 같은 때나."

　"그럼 이런 경우엔 뭐라고 하나요?"

　"그야 어렵게 생각할 것 없지요. 커피도 있고 홍차도 있으니 제각

기 좋은 걸로 마시세요 하거나, 형편대로 드세요 하거나, 알아서 드세요 하지요."

"그렇구나."

하고 정여사도 슬렁슬렁 웃으면서 덧붙였다.

"저도 이미 그런 걸 나름대로 눈치채곤 있었시요. 서울분들 만나보니까 처음에는 무척 천박해 보이더라구요. 말하는 거며 행동거지 하나하나가 진지하지가 않고 허랑방탕하더라구요. 그렇지만 서울분들 많이 만나면서 익숙해지다 보니까 그동안의 저희들 말이 진짜로 진지해서 진지했었는지, 외양만 진지한 체했는지 알쏭달쏭해지더라구요. 그러고 보면 사회주의체제 용어라는 것도 있긴 한 것 같아요."

그러자 영호 아내가 다시 나섰다.

"그건 그렇구요, 조금 전에 정여사 말씀 속에 큰땅이라는 단어가 나오던데 그건 어디를 가리키는 거지요?"

"참 그러구 보잉까 그 낱말도 리선생들은 모르시겠네. 이곳의 조선사람끼리만 통용되는 용어니까요. 이 소연방에서 사는 우리 조선사람들은 대강 세 지역으로 나뉘어 있어요. 첫째가 사할린 쪽, 우리도 그곳 출신이지요. 둘째는 1930년대에 원동지역에서 강제로 이주당해서 어렵게 고생하멘서리 정착한 우즈베끼스딴의 알마아따 쪽, 그러구 나머지가 광활한 러시아 본토 쪽. 이 모스끄바도 그 하나지요. 그런데 중앙아시아의 그 알마아따 쪽을 우리 조선사람들은 큰땅이라고 하고, 거기 정착해서 사는 조선사람들을 큰땅뵈기라고들 불러요. 그런 호칭이 어떤 연유로 생겨났는지는 저도 알 수가 없고요."

커피를 묽게 타서 스푼으로 휘저으며 영호는 비시시 웃었다. 이제 이 정도면 되었다 싶었다. 이런 정도로 이야기 가닥이 풀렸으면 이제는 어젯밤 해주옥에서의 그 이야기를 끄집어내도 괜찮을 성싶었

다. 이야기 자리가 이런 식으로 이쯤 터를 잡았으면 이젠 정여사도,

  '……제 생각은 이렇습니다. 리선생께서는 저의 이런 생각을 어드렇게 받아들이시겠능가요?'

하고 무겁게 토론식의 논설투로 나오지는 않을 것이었다.

  "그건 그렇고, 정여사님."

하고 영호는 한껏 억양을 낮추어 비로소 나지막하게 불렀다. 그렇게 이때까지의 이야기 분위기와는 전혀 색다른 투로 말을 꺼냈다.

  "사실은 어젯밤에 해주옥에서 조금 묘한 일이 있었어요. 조금 있다가 해주옥으로 전화 걸어서 그곳의 젊은 김씨라는 사람을 불러내주셔야겠는데요. 그렇게 그이가 나오면 절 바꿔주기만 하면 됩니다."

  "……!?"

  정여사는 어머나, 하듯이 와락 놀라면서 영호를 쳐다볼 뿐 벌어진 입을 잠시 다물지 못했다. 그러곤 대번에 금방 숨이 막혀오는 듯한 목소리로,

  "그야 어렵지 않죠. 지금 당장에 걸어드릴까요?"

하곤 얼떨결에 자리에서 벌떡 일어서려는 것을 영호는 한손을 내저어 그대로 앉혔다. 그러곤 천천히 나지막한 목소리로 말했다.

  "아뇨, 지금은 너무 이른 시각이구요, 조금 있다가 겁시다. 너무 늦어도 이쪽의 성의가 없어 보일 게고."

  "………"

  정여사는 당장은 뭐라고 대응해야 할지 몰라 조금 얼뜬 듯이 어찌할 바를 모르고 있었다.

  "그러구……"

하고 영호는 다시 한마디 한마디 한껏 힘을 주면서, 그러나 착 가라

앉은 억양으로 또박또박 말했다.

"그 김씨라는 분과 제가 조용히 만나서 이야기를 나눌 맞춤헌 장소가 어디 없겠는지요. 그런 장소를 한군데 물색해주세요."

"그쪽에서는 그 한사람만 나오구요?"

"네, 내 쪽은 우리 두 사람이구요."

"그렇게 나올 수가 있겠다고 순순히 응해오던가요?"

"네, 맡은 일의 형편상 그럴 틈이 나면 나올 수 있겠다고 하더군요."

"맡은 일이라는 건?"

"그야 해주옥의 식당일일 터이지요."

순간 정여사의 입가에 살짝 쓴웃음이 어리다가 스러졌다. '이 순진헌 냥반이 그 소릴 곧이곧대로 믿었구면. 형편상이라고 한 건 형편이 안 닿으면 못 나온다는 소리인데' 하고 생각하는 얼굴이었다. 영호가 말했다.

"아무튼 전화를 걸어주세요. 저 나름으로 어떤 기별은 와닿았으니까요."

"그렇담 약속시간도 그 식당이 한가해지는 시간대를 잡아야겠네요. 그쪽에서 나오기 편하게 오후 세시나 네시로."

"그 점은 미리부터 우리가 걱정할 것 없이 전화 연결이 되면 제가……"

"참 그렇겠군요. 그렇담 만나는 장소인데, 그게 이 모스끄바 거리에서는 쉽지가 않아요. 천상 호텔식당을 예약해야 하는데, 기왕에 그렇다문 여기 우리집은 어떻겠어요? 제가 잠깐 자리를 피해드리지요. 아니, 굳이 피한다기보다 저도 방송국에서 일을 보면 되고, 더 좋으네요 뭐."

"아니, 이 댁에서 만나게 될 경우엔 정여사가 꼭 자릴 피해야 할 건 없습니다. 그야 그쪽에서 응락하기만 한다면야 이 댁 이상으로 맞춤헌 곳도 없지요. 그러구 만일 그렇게 되면 정여사는 꼭 같이 계셔주어야 합니다. 모양새로도 그렇고, 우리가 무슨 우리 남쪽 용어로 공작을 하려는 건 아니니까요. 정여사는 그저 지켜보아주시기만 하면 되는 겁니다. 우리 남북 당사자끼리의 이야기를."

"글쎄, 그건 그때 형편에 따르기로 허겠구요."

하고 정여사는 비로소 너무 놀라 어리삥삥하게 멍멍해졌던 상태에서 헤어나오듯이,

"그쪽에서 나올 수가 있다고 했다는 게 도무지 믿기지가 않네요. 왜 그곳 해주옥에서 저리 이야기를 하지 않고. 무슨 그럴 만헌 특별한 사유라도 있었습네까?"

"썩 합당하지는 않아 보였어요. 우선 내 쪽에서 엘레나 여사를 모신 자리였고. 제3의 장소가 나을 것 같았어요. 근데 저쪽에서 선선히 응해오지 뭡니까. 저도 내심으로 여간 놀라지 않았어요."

"그러네요. 정말 놀랍네요."

하고 정여사는 그냥저냥 미심쩍어하듯이 조금 비아냥거리는 듯한 웃음을 머금은 채 말했다.

"뒤에라도 리선생께서 실망하실까봐 귀띔해드리겠는데요, 너무 기댈랑 갖지 마세요. 정확하게 약속했던 일도 어기는 게 그쪽 사람들로서는 여반장이니까요. 그럴 틈이 나면 나올 수 있다고 한 것은 못 나온다고 받아들이는 게 나을 거예요. 그럴 틈이 나지 않으면 못 나온다는."

"네, 그 점은 저도 압니다. 허지만 밑져야 본전이니까 일단 전화는 걸어봅시다."

"알았어요. 그야 어렵지 않지요."

하고 정여사는 새삼 빠안히 영호를 쳐다보았는데, 그 눈길은 '대체 어젯밤에 그곳에서 무슨 일이 있었기에 이 냥반이 이다지도 자신만 만하지?' 하고 여전히 의아해하는 눈빛이었다.

그러나 얼마 뒤 정여사는 홀짝홀짝 뛰듯이 반색을 하며 말했다.

"됐어요. 그 냥반이 오늘 오후 네시까장 이리로 온댔어요. 우리 아파트 위치도 자세히 일러주었는데, 이 근처 지리도 아주 잘 알고 있네요."

물론 영호도 거실에 앉은 채 옆방에서 전화 거는 내용을 이미 엿들었지만 웬일인가, 스스로도 믿기지 않을 정도로 덤덤하였다.

"네시까지 온다고 합디까, 네시 정각에 온다고 하던가요?"

하고 영호는 비시시 웃으면서 물었다. 말하자면 이 정도로 마음이 착 가라앉아 있었다.

"참 그러고 보잉 나도 너무 흥분해설라니 그 점까진 정확하게 모리겠네요. 이쪽으로 혼자 찾아오겠다는 것만 너무 의외고 반가워설라니, 네시까지였는지 네시 정각이었는지는 정확히 모르갔시요. 허지만 까지나 정각이나 그게 그거 아닙네까. 원체 그쪽 사람들이다 보니까요. 그 정도로까지 리선생님께서 신경쓰시는 것도 충분히 리해는 되지만요."

정여사도 이렇게 주절주절 구시렁거리듯이 중얼댔다.

사실로 그렇긴 할 것이다. 이날 이때까지 정여사가 숱하게 겪어본 평양 쪽 사람들의 행태로 보아서는 좀체로 상상조차 안됐을 것이다. 이를테면 정여사는 정여사대로, 이 모스끄바 거리에서 이때까지 북한사람들과 관련되었던 나름대로의 풍문과 경험의 축적으로, 저도 모르게 생긴 선입견 같은 것이 있었다.

그러나 지금 영호는 당장 오늘 오후 네시에 그 문천사람이 이 댁에 나타났을 때 정여사도 합석하는 게 나을지, 아니면 정여사는 눈치껏 자리를 피해주는 게 나을지부터 벌써 한발 앞서듯이 가늠하고 있었다. 그리고 그 점에 대한 영호 입장은 처음부터 분명하였다. 정여사가 슬그머니 자리를 피해주는 것이 바람직하다. 비록 입으로는, "정여사께서 꼭 같이 계셔주어야 합니다. 모양새도 그렇고……" 어쩌고 듣기 좋은 쪽으로 말은 했지만, 이 판국에 모양새라니! 대체 그게 무슨 알량한 수작이고 팔자 좋은 소리인가. 북쪽 가족과의 서신연락이나 상봉문제를 단도직입적으로 거론하자고 들어도, 영호로서는 정여사가 그 자리에 합석을 안하는 것이 훨씬 바람직했다. 그렇다, 단도직입성. 영호가 지금 노리는 것은 바로 그것이었다. 가족 소식을 알 방법이 없겠느냐, 만날 수 있는 길은 혹시 없겠느냐 하는 걸 간명하게 타진해보자는 거였다. 그런 구체적인 실무 차원으로만 한번 이야기를 해보자는 거였다. '통일문제'니 '분단문제'니 하는 그런 무거운 당위론들은 일단 배제시켜보자는 거였다.

그런데 불과 며칠 동안이었을망정 정여사와 함께 기거하면서 느낀 바로는, 정여사가 영호에 대해 나름대로 품게 되었을 일정한 '민족적' '이념적' '인간적' 평가 같은 것이, 이 마당에서는 영호로서 무척이나 껄쩍지근한 것으로, 귀찮은 것으로 벌써 안겨져오는 것이었다. 알게 모르게 정여사는, 영호가 그 문천사람을 상대하면서 가장 바람직한 오늘 우리 조국의 지식인 모습을 보여주기를 부지불식간에 기대하고 있을 것이었다. 꼭 그런 쪽의 요구가 아니더라도, 대강 그런 쪽의 관습이나 관행에 너무 깊이 길들여져 있을 것이었다.

가령, 간단한 말 몇마디로 쉽게 할 수 있는 것도 장중한 '토론성'으로 이야기를 펼치는 버릇 같은 것. 토론, 토론, 토론. 이 점, 대국적으로는 평양에 사는 사람과 모스끄바에 사는 사람들은 지금도 크건 작건 공통점을 지니고 있을 것이다. 다시 말해서 영호와 그 문천사람과 만나는 자리에 정여사가 같이 합석했다고 할 때, 이런 자리가 마련되기까지의 앞뒤 정황으로 본다면야 응당 정여사는 영호 편이어야 마땅하고 실제로도 그렇게 처신할 터이지만, 과연 영호 입장에서 전폭적으로 그렇게 받아들이게 될까. 그 문천사람과 정여사는 저희들이 살아온 기왕의 사회주의체제 연륜만큼으로 금방 짝짜꿍이 맞아 돌아가는 대목이 반드시 있게 될 것이라는 사실을 영호는 예감하고 있었다.

아닌말로 어젯밤에 해주옥에서는 불시에 기습하듯이 '나의 방식'이자 '남한식 방식'으로 물어본 말에, 그 문천사람도 너무 별안간의 일이어서 반은 얼이 빠진 상태로 한마디 한마디 받았을지도 모르는 거고, 바로 그 연장선 위에 오늘 오후의 해후까지 이루어지게 되는 셈인지도 모르지만, 만일 이 자리에 정여사가 합석하는 경우엔 만사가 도로아미타불로 돌아갈 수도 있는 것이다. 정여사 자신은 미처 의식 못할지 모르나 그 문천사람과 짝짜꿍이 맞아, 영호가 주안을 두는 '이산가족 문제'에서 대뜸 '조국분단, 통일의 문제'로 비약하며 아연 자리가 무거워지게 될 공산도 없지 않아 있는 것이다.

정여사도 정여사대로 영호 표정이 조금 묘하게 돌아가는 것을 눈치채곤 조심하듯이 물었다.

"그럼 어떡할까요? 오후 네시니까 저녁까지 먹기는 이르고 그렇다고 대번에 술자리를 펴기도 뭣허고요."

영호는 조금 짜증 섞어 받았다.

"그런 것이 급헐 것은 없지요. 그런 것이야 아무러면 어때요. 형편 따라 합시다요. 모처럼 만나는 자린데 그런 건 신경쓰지 맙시다."

"글쎄 그렇긴 합니다만, 그래도 내 집에 오는 손님인데 나로서는 아무렇게나 대접할 수도 없지요. 게다가 그게 어드런 자립네까. 단순히 리선생님과 해주옥 그분이 만나는 자리 이상으로 커다란 의의와 의미를 두고 싶은 기야요. 남북의 분단 력사에서, 제가 아직 과문이어서 그런지 모르지만, 이런 일이 있었다는 소리 못 들어봤시요. 더구나 리선생님으로 말할 것 같으면 비록 북에 고향을 두고 계십니다만, 현재 남쪽 체제의 핵심 중에서도 핵심인사라고 할 수 있지 않겠습니까. 그동안 1970년대 초반 이후의 오랜 민주화투쟁 일선에서 말로 다 못할 고초도 여러번 치르셨고요. 그런 리선생님께서 비록 남북 당국간의 공식적 회합은 아닐지언정 남북의 인민이 모처럼 만나는 자리를 내 집으로 정하셨는데, 어찌 감히 홀홀하게 취급할 수가 있겠습니까. 나로서는 분에 겨운 영광입지요. 안 그렇습니까, 리선생님."

바로 저거다, 하고 영호는 일부러 정여사가 긴 사설을 다 늘어놓을 때까지 가만히 기다렸다. 자칫 정여사가 합석을 하게 되면 이야기 내용뿐 아니라 어투나 억양부터가 저런 식으로 흐르게 될 공산이 커질 것이다. 그건 곤란하다. 영호는 비시시 웃으며 조금 비아냥거림 섞어 물었다.

"이야기 다 끝나셨습니까?"

정여사는 눈의 초점이 갑자기 맞지 않게 되기라도 한 듯 빠안히 영호를 건너다보면서 잠시 두 눈을 깜박거렸다. 그러곤 비로소 조금 기별이 갔는가, 가벼운 너털웃음 섞어 한마디했다.

"그저 그렇다는 이야기지요 뭐. 그나저나 제 얘기가 조금 길어졌는가요."

영호도 즉각 능청으로 받아넘겼다.

"아뇨, 아뇨, 그런 이야기에 길고 짧고가 어디 있습니까. 그러구 요컨댄, 그 사람과 내가 할 이야기라는 건 원체 간명해서요. 그 이야기를 하다보면 부수적으로 그런저런 이야기들도 감자 줄기 따라 올라오듯이 올라올 것이지요. 그냥 그렇게 만나는 거지, 웬놈의 사전 준비랄 게 있겠습니까."

그렇게 오늘 오후 네시 정각, 어제 저녁 해주옥에서 만났던 그 함경도 문천이 고향이라는 젊은 사람은 생각보다 너무 쉽게도 이 정여사 댁에 나타난 것이다.

앞자리에 앉은 사람은 갑자기 상체를 약간 뒤로 젖히는 자세로 두 눈도 또랑또랑해지며 대번에 본건(本件) 핵심문제로 진입하였다.

"그령이까 선생께서는, 우리 공화국에 남아 있는 선생의 친가족 소식을 알고 싶으시다, 가능하면 만나고 싶으시다, 그러신 모양인데 응당 그러시겠지요. 충분히 리해가 됩니다. 그러구 그 점도 선생께서는 이미 정확히 꿰고 계십니다만, 그런 일은 저 같은 사람은 맡아해내기가 대단히 힘듭니다. 다만, 이런 점은 있겠습니다. 남한 쪽이 개인만능에다 무한정 개인위주의 체제라면, 우리 공화국은 위대한 수령님과 위대한 지도자 두리에 전체 인민이 커다란 바윗덩이 하나마냥 똘똘 뭉쳐 있는 체제여서, 선생께서 길들여져 있는 그 사사로운 개인단위의 거래는 쉽지가 않다는 점, 아니 쉽지가 않은 정도가 아니라 아예 있을 수가 없다는 점, 이 점부터 우선 명심하셔야 할 겁니다. 다시 말해서 지금 이 시각에도 선생 바로 앞에 앉아 있는 이 사람은, 비록 겉보기에는 선생과 마찬가지로 하나의 단독자 개인이지만, 사실은 위대한 수령님과 위대한 지도자 동지 두리에 똘똘 뭉쳐 있는 우리 공화국 전체 인민 속의 한 분자거나 세포에 불과한 것

이어서, 위대한 수령님이나 위대한 지도자 동지 뜻에 털끝만큼이라
도 어긋날 수는 없다는 점, 우선 이 점부터 깊이 료해하셔야 할 겁니
다. 그렁이까 물론 길이 전혀 없는 건 아니지요. 요컨대 선생께서 하
기 나름입니다. 선생께서 우리 공화국에 어떤 형태로든 리익을 주는
일에 흔쾌히 나선다면, 우리 공화국도 그에 합당하게 선생에게 도움
을 줄 길이 있어질 터이지요. 선생께서 큰 몫으로다 공화국에 리익
을 주시면, 우리도 우리대로 그만한 몫으로다 갚아야 되는 것은 웅
당한 일이 아니겠습니까."

아아, 저 당당한 태도와 또랑또랑한 어투. 이쪽에서 두 눈이 부셔
올 정도로 부릅뜬 눈.

잠시 영호는 얼이 빠져 상대를 멍하게 쳐다보았다. 도대체 어젯밤
해주옥에서 처음 보았을 적의 그 사람이 아니었다. 어젯밤 해주옥에
서 첫대면을 했을 때는 얼굴 표정이며 질박한 그쪽 사투리며 양순한
태도며, 그지없이 선량한 그냥저냥 자연인 조선사람의 모습만 두드
러져 있었는데, 불과 하루 사이에 이렇게까지 달라질 수가 있는 걸
까? 완전히 백팔십도로 바뀌어 당당한 독기(毒氣) 덩어리로 둔갑해
있었다.

영호는 그럴수록 그런 상대를 살살 달래듯이 침착하게 말했다.

"동무, 아니 형씨, 나도 사십여년 전 열여덟살 때는 그쪽 사람이었
소. 그래서 형씨가 지금 허는 그 이야기 속속들이 다 알아요. 모르지
는 않아요."

"그렇지만 어느 각도로 어떻게 아느냐가 관건이지요. 우리 공화국
기준으로서는 복잡하게 아는 건 제대로 아는 것이 아닙니다."

"어디까지나 단순명쾌해야 된다!"

"물론이디요. 잘 아시누만요. 언제 어디서든 본질이 문제가 아니

갔습네까. 지엽말절은 미리 잘라내고 어디까지나 본질로 육박하는
게."

"그러니까 내가 친가족을 찾고 싶은 것도 본질이 아니라 지엽말절
이다!"

"아니지요. 그거야 본질이 될지 지엽말절이 될지 끝내는 선생에게
달린 거지요."

"내가 하기에 달렸다!"

"고러믄요."

영호는, 야하 난감하구나, 결국은 이렇게 되는구나, 싶어지면서도
당장 마주앉자마자 걸려들어버린 이 가파로운 관계에서 어떻게 하면
일단 조금이라도 놓여날 수 있을까 하고 조바심 섞어 궁리를 하였
다. 영호는 그렇게 안간힘을 써, 차분하고 낮은 목소리로 우선 상대
를 불렀다.

"형씨."

"………"

"내가 재미있는 이야기 한자리 하겠는데요. 들어보시겠습니까?"

"이야기라니, 별안간에 무슨 이야길…… 지금 서로 이야길 나누
고 있지 않습니까."

"아니, 이런 식의 목에 어깨에 잔뜩 힘을 넣은 이야기말고요. 진짜
이야기요."

"……들어봅시다. 까짓 못 들을 건 없지요."

이런 정도면 일단 됐다 싶어, 영호는 차근차근 조심스럽게 이야기
를 꺼냈다.

"이건 1950년 12월, 나나 어슷비슷한 사정으로 남쪽으로 피란을
나왔던 내 고급중학 동창생 한사람에게서 직접 들은 이야기인데요.

한번 들어보시라요."

　상대는 약간 어리둥절해하며 미처 뭐라고 응대할 말을 못 찾고 꾸물꾸물하였다. 그런 틈에 영호는 스적스적 이야기를 풀어나갔다.

　"나도 그랬지만 북에서 고급중학 1, 2, 3학년 한반에 있던 내 친구 그이는 그때 북에서 남으로 나온 뒤에 유난히 고생이 심했어요. 그이도 나와 똑같이 혈혈단신으로 남으로 나왔는데요. 그렇게 고생고생하다가서리 60년대 후반에는 살 길을 찾아서 캐나다로 이민을 갔어요. 막노동꾼 모집에 응모를 했던 거지요. 그 무렵 캐나다에서는 청소부라든지, 장의사의 시체처리 인부라든지, 그런 막노동꾼 천직(賤職) 일꾼이 매우 달렸던가봐요. 아무리 겉으로 잘사는 나라도, 그런 종류의 천직에 종사하는 사람도 마땅히 있어야만 제대로 그 사회가 굴러갈 것 아닙니까. 그 무렵 캐나다에서는 써비스 업종이나 머리 쓰는 업종에만 고급인력이 몰리고, 그러그러헌 천한 일이거나 힘든 일, 육체노동들은 모두 기피했나봐요. 그래서 더러더러 해외에서 모집해다 인력을 벌충하곤 했는데, 내 동창인 그이는 그 당시 60년대에 한국에서 견디다 견디다 못해 거기에 응모를 했던 거지요. 글쎄요, 공화국 기준에서는 외국자본에 우리 선량한 민족성원을 노예로 팔아먹은 것이 될 터인데요.

　아무튼, 그렇게 처음에는 혼자서만 캐나다로 가서 이일 저일 가리지 않고, 시청 관할의 청소부, 장의사 시체처리, 그밖에도 주로 천직만 골라 휘뚜루마뚜루 몸 적셔 일을 했는데, 그런대로 벌이는 괜찮더라는 거예요. 원체 모두가 기피하는 업종이어서 정작 보수는 좋더라는 겁니다. 그래서 몇년 뒤에는 마누라에 어린 자식까지 몽땅 불러들여서 캐나다 국적까지 따냈어요. 그 사회에서 그이 나름대로 그만큼 기여했으니까, 캐나다에선들 응당 그만한 보답을 하는 건 마땅했겠지요. 더구나 캐나다는 땅덩이는 엄청 크고 인구는 희소하지 않습니까.

그래서 그 친구, 지금은 그런 천직에서 놓여나 나름대로 장삿길을 개척해서 중국의 천진으로 어디로 서울로 홍콩으로 나다니면서 골프도 즐기고 합디다만, 그게 그렇더군요. 물론 사람 나름이긴 하겠지만, 그이도 캐나다에 닿은 처음에는 청소부다, 시체처리다 천직으로만 돌았으나, 그 사회에서 나름대로 길들여지다보니까, 그리고 원체 사람이 꼼꼼허고 매사에 성실하다보니까, 이웃도 생기고 시야도 넓어지면서 저대로도 새 엄두가 나더라는 거지요. 그렇게 지금은 넓은 정원이 있는 삼층저택에다 취미삼아 개도 세 마리나 키우고, 자녀들도 모두 현지 대학들을 마치게 해서 하나같이 어엿한 직종들에 근무를 하는가봐요. 그러니까 이제부터 하는 이야기는 그 내 친구에게서 직접 들은 이야기예요."

영호는 이렇게 스적스적 이야기를 풀어나가면서 맞은편 상대의 반응을 조심스럽게 살폈다. 상대는 담배 한대를 꺼내 불을 댕기면서 그런대로 조금 다소곳해져 있었다.

"그러니까 보자아, 70년대 중엽인가요. 형씨도 혹 아실지 모르겠지만, 한때 캐나다 쪽에서 우리 동포들이 조국방문단을 무어설라니 몇차례에 걸쳐 공화국을 방문했었지요 왜. 그때 그이도 그 속에 껴서 열흘쯤 다녀왔나봐요. 그렇게 그이는 공화국에 사는 친동생도 만나보았던 모양인데요. 지금 하려는 이야기는, 그때 그이가 일행 속에 같이 껴 있던 또다른 사람에게서 들었던 이야기예요. 여남은 명이 한팀을 무어서 갔었는데, 마침 두 사람은 한방을 썼다는 거지요. 그런데 그 짝은 내 동창생 그이보다 두어 살 더 많더라는 거예요. 열흘쯤 한짝으로 지내다보니 자연히 이런저런 많은 이야기도 나누며 친숙해졌을 것 아닙니까. 바로 그렇게 열흘 동안 같이 지냈던 그 짝에게서 내 친구가 직접 들었던 이야기인데요. 이게 진짜 기구하더라구요. 가만, 이야기 서두가 너무 길어지지 않았나 모르겠네.”
하고 영호는 슬쩍 맞은편의 상대 눈치를 또 살폈다.

다소곳을 넘어 거의 고즈넉해져 있었다. 진작 그럴 일이지. 자, 더 이야기를 들어보라고.

영호는 이렇게 내심으로 쾌재를 부르며, 담배 한대를 다시 권하고 라이터로 불까지 손수 댕겨주었다. 상대도 상체를 앞으로 구부리며 순순히 응했다.

“열흘 동안 그 동창생의 짝이었던 그이는 그러니까 스물두살 때, 신혼 사개월 만에 인민군으로 동원돼서 낙동강 전선까지 나갔었더군요.”

그해 9월, 부대 통째로 철수하다가 강원도 평창 어름에서 북상하던 적, 유엔군과 조우했다고 한다. 어느 산골짜기에서 전투가 벌어졌는데, 그이는 무릎에 이미 관통상을 당한 급박한 상태로 근처의 외딴 농가를 향해 안간힘을 써서 포복해 갔다.

초가집 문지방을 막 넘어서는 찰나에 다시 연거푸 집중 난사당하는 걸 마침 같은 소대의 고향 동료 하나가 보았다. 그 동료는 저만큼의 숲 초입에 엎더 그이가 난사당하는 광경을 보면서도 원체 위급한 마당이어서 어찌 손을 써볼 길이 없어, 우선 자기부터 살고 보자고 허겁지겁 숲속으로 몸을 내던져 달아났다. 그렇게 달아나다가 동료의 생사 여부가 궁금해져 일단 전투가 소강상태로 접어들길 기다렸다. 기다렸다가 총 맞은 고향 동료를 챙겨보리라는 생각이었다. 그런데 아뿔싸, 깜빡 잠이 들어버렸다. 잠에서 깨어나자마자 와락 그 생각부터 나서 다시 숲 밖으로 나와 살금살금 그 초가집을 향해 기어갔다. 이미 해는 뉘엿뉘엿 서쪽 등성이에 가닿고 있었다. 초가집에 당도해본즉, 이게 웬 영문인가, 고향 동료는 온데간데 없었다. 총알 맞은 시체로거나, 아니면 중상을 입은 몸으로 끙끙거리고 있을 것으로 짐작했는데, 그런 자취 하나 남겨진 것 없이 감쪽같았다. 방이며 부엌이며 외양간까지 샅샅이 뒤져보았으나, 귀신이 곡할 노릇이었다.

전쟁이 끝나고, 그이는 동료의 증언에 의해 전사자로 취급이 되었다. 응당 그랬을 터였다. 그 고향 동료는 추호도 덜거나 보탬이 없이 그때 자신이 본 그대로 보고를 했을 것이니까. 안간힘을 써서 외딴 초가집으로 포복해 들어가는 것까지 분명히 두 눈으로 보았으며, 그 초가집 문지방을 넘으려다 다시 연거푸 집중 난사당하면서 벌러덩 온몸이 젖혀진 채 봉당 안으로 굴러떨어지는 것을 보았노라고, 십중 팔구 그때 그대로 즉사했을 것으로 판단된다고.

"그러구 동무는 그대로 혼자 후퇴길로 접어들었소?"
하고 관계기관의 조사관은 참고사항이라며 그렇게 묻기까지 했고, 고향 동료도 즉각 받았다.

"네, 그 동무 일이 궁금해서 당최 발길이 안 떨어지더라구요. 이미 전투는 잦아드는 판국이었구요. 그래설라니 숲속에 혼자 앉아 완전히 조용해지기를 기다렸시요. 긴데 그만 깜빡 잠이 들었댔시요. 되우 추어와서 일어나니까니 해는 뉘엿뉘엿해졌는데 사방은 바람소리뿐 조용하더라구요. 화닥닥 놀라 오던 길을 되짚어 그 초가집을 찾아갔드랬시요. 헌데, 이게 웬일입니까. 없더라구요. 감쪽같이 없어졌지 뭡니까. 자취 하나 안 남아 있더라구요."

"아니, 없어지다니? 그게 무슨 말이오?"

"글쎄 말임다. 감쪽같이 없어졌더라구요."

"그럴 리가. 대체 어떻게 된 거지? 뭐 짚이는 거라도 없었소?"

"네, 저는 대강 이런 식으로 짐작했음다. 그렁이까 그곳에서 피아에 치열한 전투가 벌어지게 되자, 그 초가집에 살던 사람들은 급하게 피난을 했을 것 아닙니까. 그렇게 저들만 아는 안전헌 곳으루다 몸들을 피했다가서리 전투가 끝나버리니까니 다시 제 집을 찾아 들어갔겠지요. 인민군도 미제 양키들도 제각기 언덕 너머로 사라져설라므니, 응당 그랬을 것 아닙니까. 그런데 집에 당도해보니 봉당 안에 피를 철철 흘리다가 금방 죽은 인민군 전사 시체 하나가 널브러져 있었다. 그렁이 어쩔 것입니까. 우선 그것부터 치우는 게 그 댁으로서는 급선무였을 터이지요. 그렇게 그 시체를 근처 숲속에라도 가매장하고스리, 피흘린 자욱 같은 것도 깨끗이 치우고 본래의 상태로 해두었다. 이런 일은 우리네 인민들은 력사적으로 조상 대대로 원체 잘해왔으니까요. 예부터 숱해 겪어오멘서리. 사실로 제가 그때 그 숲속에서 잠이 들었던 시간을 어림짐작으로 계산해보아도, 그러고도 남을 시간이었거든요. 충분히 그 동무 시체를 가매장하고도 남을 시간이었다, 이겁니다."

"그러면, 그러고 나서 동무가 갔을 땐 왜 또 비어 있었지? 집이 비어 있던 건 무슨 이유였다고 보오?"

"기거야 뻔했을 터이지요. 그이네들은 군복 입은 사람이면 이쪽 저쪽 가릴 것 없이 무서웠을 터이니까요. 내가 저만큼 내레오는 걸 보고는 다시 어디론가 급히 숨었던 거이디요. 저들끼리만 알고 있는 그런 비밀 피신장소가 있었을 거이디요."

"그게 우리 공화국 땅이었소, 이남 땅이었소?"

"대강 어림잡아 강원도 평창 근방의 어디였던 것으루 기억허누만요. 그렁이까 미제 손아귀에 잡혀 있는 이남 땅이었디요. 허긴, 그 초가집 농민들도 우리 공화국의 인민이었드라면 처음부터 그러진 않았을 것입니다. 응당 우리 인민군을 반겼을 것 아닙니까. 군복 입은 저를 질겁을 하멘서리 피하지는 않았을 겁니다."

"으음, 그렇다, 그렇게 됐다!"

결국 공화국에서는 바로 그 고향 동료의 증언에 입각, 그이를 전사자로 취급하였고, 당연히 그 유족들은 국가유공자의 유족으로서 소정의 혜택을 받게 됐다. 그렇게 그 유족들은 아파트까지 배당받아 핵심계급 대접을 받았으며, 나름대로 공화국에서는 자랑찬 긍지까지 지닐 수가 있었다. 위대한 수령님의 품안에서 남부러운 줄 모르고 살아갈 수가 있었다.

그런데 사실은 그게 아니었다.

그때 그는 중상을 당한 채 유엔군 포로로 잡혔고, 그렇게 포로상태로 급하게 후송되어 당시 부산 제1부두에 정박해두었던 스웨덴 병원선(病院船)의 장기입원 환자 신세가 되었던 것이다. 오랜 치료 끝에 정상의 몸을 되찾았을 때는 휴전이 이루어졌고, 그이는 그새 정이 흠뻑 들어버린 그 스웨덴 병원선측 의료요원들에게 애걸복걸하여 스웨덴까지 같이 갔다. 그 뒤 어찌어찌 캐나다 쪽으로 건너가 정착하게 되었더라는 것이다. 짐작컨대, 스웨덴에서는 마땅한 일자리가 없어, 영호의 그 동창생이 1950년 12월에 남쪽으로 월남했다가 고생고생 끝에 60년대 중엽 캐나다로 일자리를 찾아 이민을 갔듯이, 그이도 비슷한 경로로 스웨덴에서 다시 캐나다로 옮겨앉았을 것이다. 그리하여 70년대 말에는 그이도 오십줄을 바라보는 어엿한 장년으로 1남1녀의 처자 권속까지 거느리게 된 거였다. 캐나다에서 우리 교포 여인과 인연이 닿아 결혼까지 했던 것이다.

그러나 나이먹고 늙어갈수록 고향 생각이 궁금하고 간절해져 견딜

수가 없었다. 70년대 초부터 공화국의 그 옛날 주소지에다 혹여나
싶어 편지를 띄워보았다. 회답이 없었다. 그러나 그이는 막무가내로
연달아서 두번 세번 편지를 보냈다. 캐나다에서 결혼한 새아내도 지
난날의 그의 기박한 사연에 동정, 호기심 섞어 편지 보내기를 권장
하고 같이 답장 오기를 기다렸다. 그러나 전혀 소식이 감감하더니,
여남은 통 띄운 뒤에야 어느날 드디어 답장이 왔다. 그 답장이라는
게 또 희한했다. 그쪽 발신인이 생판 모를 여자더라는 것이다. 그나
저나 겉봉을 뜯어 읽어보던 그이는 기겁을 하며 놀라버렸다. 바로
자신의 친딸이더라는 것이다. 1950년 7월 초, 인민군으로 동원되어
나올 때 결혼한 지 사개월이었던 아내는 임신중이었는데, 그 일을
이날 이때까지 까맣게 잊어먹고 있었던 것이다. 유복녀로 태어난 그
딸도 그럭저럭 벌써 서른살이 되어 있더라는 것이다. 그때가 70년대
말이었으니까 당연하였다. 시집가서 1남 1녀 두고, 여전히 전쟁유공
자 유가족 혜택을 받으며 평양시내에서 잘살아가고 있더라는 것이
다. 그 편지 문면이라는 건 이렇게 시작되어 있었다.
　"아바지, 아바지가 살아 계시다니 꿈만 같사옵니다. 세상에, 어쩌
다가 이런 법도 있다는 말입니까. 소녀는 어머니 모시고 잘살고 있
사옵니다. 할아버지 할머니께서는 조국전쟁중에 미제국주의자들의
짐승만도 못헌 무차별 폭격에 같은 날 같은 시에 돌아가셨습니다.
그러나 우리 남은 가족들은 위대한 수령님의 품안에서 위대한 수령
님의 따뜻한 배려로, 이 세상에 부러울 것 없는 행복감에 겨워 하루
하루 잘살아가고 있습니다……"
　이렇게 서로 연락이 닿은 뒤로, 다시 십년 가까이 지나 지난 1987
년에, 영호의 그 동창생과 한짝이 되어 처음으로 친딸을 만나러 가
는 그는, 그러나 굉장히 불안해하더라는 것이다. 사실은 캐나다에서

신문에 난 공고를 보고 그 조국방문단에 응모할 적부터 그이는, 자신이 겪어온 기박한 사연을 중언부언, 이 일을 주관하는 집행기관측에 몇차례씩 거푸 털어놓으면서, 이런 경우 자신의 그 딸과 자녀들, 자신의 외손자들은 국가유공자라는 기준에서 탈락되지나 않는가, 자신이 전사자가 아닌 것이 명명백백히 밝혀진 이상에는 당연히 그렇게 되는 게 아닌가, 과연 아무런 뒤탈이 없을 것인가, 거푸거푸 다짐을 받곤 하였더라는 것이다.

"자, 제 이야기라는 건 이상인데요. 여기서 몇가지 동무에게 묻고 싶어요."

하고 영호는 다시 정색을 하였다. 웬일인지, '동무'라는 호칭도 추호나마 어색하지 않게 자연스럽게 입끝으로 미끄러져나왔다.

맞은편의 상대도 새 담배 한대를 다 태우고 나서 영호 쪽에 맞대응하려는 듯이 금방 얼굴 표정을 굳혔다. 그동안 상대는 상대대로 이 이야기 주인공의 기구한 역정에 솔깃하게 그런 듯 안 그런 듯 귀를 기울이고 있었던 것이다.

그러나 어느새 상대의 입가엔 비시시 웃음이 어리면서, 새로 벌어진 이 상황에서도 다시 주도권을 잡으려는 듯이 한마디하였다.

"제가 처음에도 이야기하지 않았습니까. 선생은 개인위주의 체제에 깊이 길들여져 있는 분이라서 그런 식으로 개인들이 부딪친 사정에다 역점을 두고서리 말씀하시는데, 그런 사사로운 이야기는 우리 공화국 공민 립장에서는 그다지 중요하지가 않지요."

"네, 무슨 말인지 알겠습니다. 그렇지만……"

하고 영호는 상대의 말을 가로막듯 하며 조금 전의 그 이야기 쪽으로 되돌렸다.

"동무가 방금 한 그 말을 십분 감안하면서도 저로서는 의문사항이 있는데요. 어떻습니까? 이런 경우, 그이는 그이가 우려했던 대로 국가유공자의 대열에서 탈락하게 되는 건가요? 물론 그이로 말할 것 같으면, 공화국의 국가유공자가 됐건 안됐건, 지금 그이가 놓여 있는 처지에서는 하등의 문제가 될 것이 없겠습니다마는, 그이의 유족들, 현재 평양에 살고 있는 그이의 따님과 그 자제들 경우에는, 새로 확인된 그 사실에 준해서, 신분상으로 지난 수십년 잘못 안 사실에 의거했던 국가혜택에서 탈락되겠느냐 어떠냐 하는 겁니다. 물론 이 점도 조금 전에 동무가 이야기한 지나치게 개인이 부딪친 사정에다 역점을 두고서 문제를 제기하는 거겠습니다만."

그러나 상대는 금방 받아넘겼다.

"그 결과는 이미 선생께서도 익히 아실 텐데요. 거꾸로 제 쪽에서 묻지요. 캐나다에 현재 살고 있는 그이는 그렇게 우리 공화국 수도 평양으로 들어가서 따님을 만나본 뒤에 어떻게 됐다고 하던가요? 그 따님이나 따님의 자제, 그이의 외손자들은 그 뒤로 이때까지 받아오던 국가유공자 유족 대우를 못 받게 됐다던가요?"

"정확하게는 모른다고 하더군요. 그런 쪽으로는 아무런 이야기도 비치지 않더라는 거예요. 만났을 때도 그랬고, 그 뒤 서신을 주고받는 과정에서도 그렇더라는 거예요. 단지 '공화국에 대한 아버지의 변함없는 충성을 믿습니다'라고만 구구절절 강조하더라는 거예요."

"알겠습니다. 이 문제에 대한 저의 립장을 말한다면 이렇습니다." 하고 상대는 상체를 한번 뒤쪽으로 양껏 펴며 자세를 가다듬곤 또박또박 말했다.

"우리 공화국에서는 사사로운 개인의 의견, 즉 사견이라는 건 애당초 있을 수가 없지요. 용납도 안되고요. 선생 립장에서는 도저히 리해하시기가 힘들 터이지만, 만일에 그이가 평양을 다녀온 뒤에,

다시 말해서 그 따님과 사위, 그리고 외손자 외손녀를 만나보고 캐나다로 돌아가신 뒤에, 그들이 이때까지 몇십년 동안 부당하게 받았던 국가혜택에서 벗어나 응당한 본래의 처지로 되돌아갔다면, 바로 응당 그럴 만하야서 그렇게 됐을 것이고, 반대로 그 뒤로도 그전과 똑같이 국가유공자 유족 혜택을 계속해서 받고 있다면, 그것 또한 응당 그럴 만하야서 공화국 정부는 그렇게 조치했을 것입니다. 이 점으로는 사사로운 개인의견이라는 게 따로 있을 수가 없지요. 오직 우리 인민은 전폭적으로 공화국 정부를 믿고 있을 뿐이지요. 그 어느 쪽이건 말입니다."

"아, 알겠습니다. 그렇게 되겠군요. 위대한 수령님께서 이끄시는 공화국 정부가 잘못 판단할 리가 없다, 그런 말씀이군요."

"바로 그렇지요. 그러니까 바로 조금 전에 선생께서 제기하신 문제와도 맥락이 가닿게 되는데요. 제 이야기를 다시 한번 선명히 부각시킬 필요가 있겠군요. 무슨 말이냐 하면, 그이가 그렇게 캐나다로 돌아간 뒤에 평양의 유자녀들에게 사회적 신분상으로나 국가유공자 자녀 혜택에서 모종의 변화가 있었다면, 그건 선생께서도 이미 짐작하시겠지만, 그 당사자의 우리 공화국에 대한 태도, 충성도가 우리 공화국의 기대치에 미치지 못한 점이 있었을 겁니다. 선생께서도 조금 전에 이야기하셨지요 왜. 그 따님은 현재 캐나다 국적인 친아버지가 캐나다로 되돌아간 뒤의 서신 속에서도 누누이 '공화국에 대한 아버지의 변함없는 충성을 믿는다'라고 썼더라면서요. 바로 이거지요. 몇십년 전의 그런 착오가 오늘에 와서 구태여 문제가 될 리는 없겠지요. 이미 그런 착오에 립각해서 그들 삶의 터전이 공화국 안에 그런 정도로 굳건히 잡혀 있는 마당에야, 그 옛날의 그런 착오 하나가 뭐 그다지나 중요하겠습니까. 문제는 오늘이지요. 오늘 이

시점에, 비록 몸은 캐나다에 멀리 있으면서 국적까지 달라진망정 핏줄이야 어딜 가겠습니까. 현재 처해 있는 그의 조건 속에서 나름대로 공화국에 성심성의 기여할 몫이 있느냐 없느냐, 그런 판정기준이 나설 겁니다. 그리고 그 판정은 우리 공화국 정부가 내릴 것입니다."

"그것이 제가 어젯밤부터 제기한 저의 문제와도 같은 맥락이라는 것, 아슴아슴 알 만합니다. 참으로 어렵군요."

하고 영호는 살짝 큰숨을 내쉬었다.

그러자 상대는 비로소 이야기 가닥이 제대로 잡혀가는 것을 요행스럽게 여기듯 대번에 낯색이 환하게 밝아지면서 단호하게 말했다.

"천만에, 추호도 어렵지 않아요. 문제는 마음먹기에 달린 거 아니겠습니까. 캐나다에 산다는 그이도 그럴 겁니다. 그이 나름의 눈치로 벌써 문제의 핵심을 꿰뚫어보았을 겁니다. 뭐냐, 공화국 정부는 계속해서 일관하게 그이의 거취와 살아가는 자세를 공화국 기준으로 다 면밀하게 지속적으로 지켜보고 있다는 사실을 말입니다. 이 점, 그이도 그이대로 이미 감을 잡고 있을 터이지요."

"그렇다문 괜스레 덧들여서 스스로 볼모로 잡힌 꼴이구면. 차라리 피차에 모르고 사는 게 나을 뻔했구면. 평양의 그 자녀들도 자녀들대로 없던 새 짐 하나 더 짊어진 꼴이고. 아버지를 공화국 사람으로 돌려놓을 엄중한 과업을 떠안은 셈이구면."

"………"

상대는 원체 영호가 혼잣소리로 짜증 섞어 꿍얼거리듯이 지껄여 잠시 멍하게 쳐다보기만 하였다. 영호는 잇대어서 말했다.

"그러구, 우리 쪽 상식으로서는 도무지 납득이 안되는 것이, 위대한 수령님이 이끄시는 정부는 절대로 잘못하는 일, 사소한 실수도 있을 수 없다는 그 믿음 말이오. 어떻게 그렇게 될 수가 있을까요?

사실은 지금 이 문제도 그렇지요. 전사자로 취급되었던 그이가 삼십 년 가까이나 지난 뒤에 엄연히 캐나다에 살고 있는 것이 뒤늦게 확인됐다! 그이가 그렇게 살아 있게 된 저간의 기구한 사연은 어디까지나 그쪽의 사정이고, 전후에 어떤 증거로써였건간에 공화국 정부가 공식적으로 전사자로 공포하고, 그에 합당한 법적 사회적 조치를 취한 것은 원천적으로 잘못된 처사임이 밝혀지지 않았습니까. 아무리 불가피한 실수였을망정 명명백백히 실수는 실수였지요. 저는 지금 그 실수를, 흔히 법치주의를 지상으로 여기는 나라들에서처럼 법적 차원으로 시시콜콜 물고늘어지는 것이 아니에요. 단지 일반론으로, 그렇게 정부도 더러더러 실수가 있게 마련인 것이 실제로 사람 사는 세상이 아닐까요. 그렇다면 정부의 하는 일이나 정부를 이끄는 특정인도, 항상 어떤 식으로건 국민의, 주권자의 감시를 받아야 마땅한 것 아닙니까. 위대한 수령님께서는 절대로 그런 실수를 범하지 않는다고 칩시다. 위대한 수령님을 보좌하는 일꾼들도 하나같이 어떻게 그렇게 완벽한 사람일 수가 있다는 말입니까. 이것도 지금 동무를 보고 굳이 이의제기를 하려는 것이기보다는 나 혼자서 꿍얼거리는 푸념 정도로 이야기하는 겁니다마는, 그렇군요, 그러니까 공화국과의 관계에서는 볼모, 볼모, 일단 어떤 형태로든 관계를 지닌다고 하는 것은 그 관계만큼의 볼모로 떨어진다는 뜻이겠군요. 그렇다면 저도 별수없이 그 점을 받아들이기로 허고, 자, 과연 오늘의 제 조건 속에서 공화국에 기여할 몫은 대체 무얼까요? 공화국 쪽에다 어떤 식으로건 리득을 주어야만 제 쪽으로도 공화국에서 선심을 써서 차례올 몫이 있게 될 터이니까……"

영호는 이 정도로 대강 이야기를 마무리지으면서 조용히 물었다.

"어떻습니까? 제 이야기가 재미있었습니까?"

상대는 화들짝 놀라면서 금방 비아냥대는 듯한 미소를 입가에 띄
웠다.

"글쎄요, 재미있었다고 해야 할지, 없었다고 해야 할지……"

"단순명쾌하지가 않고 쓸데없이 복잡했나요?"

"잘 아시는구면요."

"공화국 입장이 미리 정해지지 않은 것이면 아무리 사소헌 이런
문제라도 자신의 의견을 섣불리 발설할 수가 없다, 그렇게 되겠군
요. 그렇지 않습니까?"

상대 쪽에서 패뜩 하듯이 뭐라고 응수해오려는 것을 한팔까지 들
어 가로막으면서 영호가 잇대어서 말했다.

"사람이 산다는 건 바로 이런 거 아닙니까. 이렇게들 살아가는 겁
니다, 실은. 개개 나름의 이런 자잘한 것의 누적이야말로 사람들이
살아가는 제대로 생긴 모습일 겁니다. 개개적으로 깊디깊고, 무한량
하게 다양하고…… 한사람 한사람의 삶은 그것 자체로서 절대의 무
게를 지니고 있는……"

갑자기 상대는 와락 역정을 내듯이 큰 소리로 내쏘았다.

"기딴 소리 그만 하구서리, 처음에 제기했던 그 용건 말씀이나 계
속하시라요. 첫째 건은 선생께서 우리 공화국에 남아 있는 친가족의
소식이라도 알 길이 없을까, 그리고 가능하다면 상면할 길이라도 없
을까,라는 점인 모양이었는데, 그러면 둘째는 뭐였나요? 셋째 넷째
는?"

"아, 네."

하고 영호도, 참 그렇지, 이 자를 붙들고 씨도 먹혀들지 않을 이런
소리를 지껄이느니 애당초의 용건으로 어서 돌아오는 게 첩경이겠다
싶어지며 말했다.

"바로 그 둘째 용건인데요. 형씨는 고향이 함경남도 문천이라고
하였지요?"

"네, 그 점은 이미 밝힌 대로지요."

"그렇게 문천 출신으로 성은 최씨가 아니라 김씨다."

"그렇대두요. 대체 그런 게 어째서 문제가 됩니까요?"

또 와락 역정을 내려는 것을 묵살한 채 영호는 다시 나지막한 목소
리로 말했다.

"실은 내 고급중학교 동창생으로 최춘만이라고 있었는데, 그 아이
의 출생지가 문천이었거든요. 올해 꼭 환갑이 되겠습니다만. 나보다
한살 더 많았지요. 그 친구의 생사 여부도 알고 싶다는 것이 두번째
용건입니다."

"그 다음, 또 셋째 넷째는 없습니까?"

"없습니다. 그야 없기야 하겠습니까마는 당장 궁금한 것은 이상
두 가지입니다. 더구나 형씨께선 조상 대대로 문천에서 살아오셨다
면 그 최춘만하고는 집안끼리 어떤 식으로건 걸리기도 했을 테고요.
어때요, 이참에 내 그 어릴 적 친구 이야기도 자세히 한번 들으시렵
니까?"

"그 성함이 최자, 춘자, 만자라고요? 최춘만?"

하고 상대는 갑자기 파랗게 질리는 낯색이 되었다. 그러곤 들릴 듯
말 듯 거의 사그라드는 목소리로 말했다.

"그렇다면 외삼촌이 아닌가 모르겠네요. 동명이인일 수도 있겠습
니다만, 제 그 외삼촌이라면 세상 떠났지요. 벌써 오래 전에."

그리고 이게 웬 영문인가, 상대는 이때까지의 거조와는 생판 다르
게 머리를 앞으로 푹 수그리고, 그 다음은 조용해졌다. 그 모습으로
미루어 그쪽도 그쪽대로 어릴 적에 그 외삼촌을 무척이나 따르고 좋

아했을 것이 틀림없어 보였다.

"그렇다면 중학교 고등학교 적의 그 외삼촌 이야기를 듣고 싶지 않습니까. 1945년부터 50년까지 불과 오년간이었지요만, 우리는 아주 단짝이었거든요, 아주아주."

"………"

드디어 영호는 단안을 내리듯이 말했다.

"좋시다. 형씨 쪽에서 그다지나 저엉 원하신다면 지금의 내 형편으로 가능한 한도에서 그쪽의 볼모가 될게요. 어차피 오늘과 같이 경색될 대로 경색된 남북 국면에서 바늘구멍만큼이라도 관계의 틀을 이루면서 뚫어내자면, 일단 그 길밖에는 없어 보여서 말씀인데, 어떻습니까. 다음 만날 때 형씨는 그 옛날의 외삼촌 이야기를 나헌테서 듣고, 그 대신에 형씨는 내 가족 소식을 나한테 알려주시면…… 그러구 참, 그쪽 사회 속의 형씨 입장이 또 있겠구먼. 오늘 나를 이렇게 만난 일로도, 형씨로선 그 어떤 공적 비스름한 것이 우선 있어야 할 테니까. 자, 바로 그 점, 위대한 수령님이나 위대한 지도자 동지께서 이 나헌테 떠맡기고 싶은 과업이 뭡니까? 남쪽에 사는 내 형편으로 가능한 한도내에서, 그 일까지 흔쾌히 맡아 해내지요. 말하자면 그만한 정도의 수준으로 그쪽의 볼모가 되겠다, 이거예요. 왜냐하면 그렇지 않고서는 우리 둘이 다음에 이런 식으로는 만날 수조차 없을 것 아닙니까. 원천적으로 불가능하지요. 그러니 우선에, 우리의 이만한 정도의 만남을 지속시키기 위해서라도, 위대한 수령 김일성 주석님과 위대한 지도자 동지께서 환하게 웃으시며 좋아하실 일을 이 내가 해내겠다, 이거예요. 그런 일이라는 게 대체 뭐지요? 자, 서슴지 말고 말씀해보세요. 그런 일이라는 게 뭔지……"

상대는 입을 조금 벌린 채 멍하게 이쪽을 쳐다보기만 하였다. 시간

가는 줄도 모르고 언제까지나 그렇게 멍하게 앉아 있었다. 영호가
잠깐 화장실에 다녀왔을 때까지도 그냥 그 모습으로 상대는 정신 빠
진 사람 한가지였다.

〔21세기문학 1997년 상반기호〕

아버지 초

아버지 초(抄)

　1950년 12월, 열아홉살인 내가 단신 월남해올 때, 아버지는 1905년생으로 마흔여섯살이었다. 다시 말해서 올해의 내 나이보다도 꼭 이십년 아래였던 것이다. 아버지 얘기를 쓰자고 드니까 우선 그 점이 무척 기이하게 느껴진다. 서로 헤어지던 그때의 아버지 나이보다 이십년이나 더 살고 있으면서도 내 이미지 속의 아버지는 마흔여섯살 이상을 넘지 못한다. 응당 그럴 것임에도 올해 예순여섯살의 나는 마치 아버지를 연하 취급이라도 하는 듯한 일말의 당혹감을 금할 수 없다. 이런 생각이 드는 것은 사실 아버지가 남달리 유난스러웠기 때문이다.

　나에게 있어서 아버지의 가장 대표적인 특색은 '과묵'이었다. 과묵한 사람이라는 쪽으로 나는 이날 이때까지 아버지 이상 가는 사람을 아직 만나본 일이 없다. 하루종일 같이 집에 있으면서도 아버지 목소리를 못 듣는 경우가 비일비재하였다. 따라서 아버지에게 칭얼거리며 응석을 부린다든가 하는 것은 거의 상상도 할 수 없었으며 어쩌다가 아버지가 잔심부름이라도 시키는 경우엔 그 자체만으로도 와락 흥분을 맛보며 신바람을 내곤 했던 것이다.

내가 남쪽으로 떠나온 뒤에 바로 이 점은, 북쪽 고향 하늘을 우러러 아버지를 떠올릴 적마다 짜릿한 아픔으로 다가오곤 하는 것이지만, 내가 나온 뒤의 늘그막의 아버지도 그 점은 혼자서 가만히 후회하지 않았을까. 여느 부자간처럼 스스럼없이 어울리지 못했던 것을 가만히 회한으로 곱씹지 않았을까.

사실 이 점은 아버지의 타고난 천성이기도 했지만, 그보다는 다분히 의도적이었다. 젊었을 적의 자신의 향학열을 결연하게 짓뭉개버린 조부에 대한 깊은 원망과 끈질긴 저항이 그런 식으로 집요하게 아버지의 안자락에 깔려 있었던 것이다. 한편으론 자식들을 버르장머리없게는 절대로 기르지 않겠다는 아버지 나름대로의 생각도 있었던 것 같다. 그리고 그 점으로 말한다면 아버지의 그 뜻에 합당할 만큼 효험은 보고도 남았다. 우리 오남매 누구 할 것 없이 철들고 나서는 저만큼 아버지의 기척만 들려도 하나같이 일거에 삼엄해지곤 했으니까. 집안에서의 아버지의 그 지나칠 정도의 과묵을, 육십대하고도 중반으로 들어선 지금의 이 나이에 차근차근 곱씹어볼라치면, 그 아버지한테도 과연 우리가 평상적으로 알고 있는 유년, 소년시대가 있었을까 하고 의아해지기조차 한다. 그 정도로 과묵 일변도의 근엄한 아버지였다. 그리고 그런 사람들이 대체로 그렇듯이 속이 깊었다.

아무튼 나는 어릴 적에 아버지가 그렇게도 어려울 수가 없었고 두려울 수가 없었다. 세상의 아버지라는 것은 으레 죄다 저렇겠거니 하고 알았다. 뒤에, 세상의 아버지들이 반드시 다 그렇지는 않다는 것을 알고 나서 나는 대단히 놀라고 기이했었다. 그러나 지금 이 나이에 이르러 가만가만 혼자서 되씹어보면, 바로 그런 아버지였기 때문에 사람 살아가는 법도 같은 것은 남달리 일찌감치 배워낼 수가 있지 않았을까.

실제로 아버지는 깊은 달관을 더러더러 흘낏 드러내 보이곤 했는데, 가령 배꽃이 만발한 과수원 한가운데 당꼬즈봉 작업복 차림으로 두 무릎에 팔깍지를 낀 채 가만히 혼자 앉아 한 시간이고 두 시간이고 항구 너머 바다를 멍히 내려다보고 있는 모습 같은 것이 그러했다. 한 시간, 두 시간이라는 것은 지나친 과장일 터이지만, 그런 아버지를 일정한 거리를 두고 이쪽에서 가만가만히 지켜보던 예닐곱살적의 내 감각으로는 능히 그렇게 느낄 만한 시간이기도 했다.

거리를 가로질러 성냥갑 같은 기차가 뽀르르 지나가며 기적을 울리고 있었으나 원체 먼 거리라 기적소리는 바람결에 들릴 듯 말 듯 아스라하였고 기관차 연통에서는 석탄연기가 몰몰 기차 뒤꽁무니 쪽으로 흘러가고 있었다. 석유제련소의 우람한 높은 굴뚝에서도 시커먼 연기가 솟아나오고 있었다. 그 이쪽은 갈마 들판이어서 들판 초입에 갈마초등학교가 뾰조록하게 자리해 있었다. 갈마 들판도 한가운데로 긴 방죽이 가로막으면서 방죽 저쪽은 차츰차츰 발랑 까진 거리 쪽으로 녹아들고, 방죽 이편은 소슬한 우리네 농촌 풍정 그대로였다. 그리고 거리 너머는 파란 영흥만 바다였다.

도대체 아버지는 거기에 무엇이 있기에 혼자서 저다지도 골똘하게 저 바다 쪽을 내려다보는 것일까? 예닐곱살의 나는 이쪽 배 저장하는 움막 곁에 혼자 숨어서 아버지 몰래 가만가만히, 그런 아버지와 아버지의 눈길이 가닿은 먼 바다 쪽을 번갈아 오래오래 쳐다보기도 했던 것이다. 그리고 무언지 모르게 서글펐다.

우리 부자간은 어떻게 생각하면 그렇게 그로테스크했는데, 이건 이 나이가 되고 난 지금의 생각이거니와, 아버지께선 그런 식으로 나에게 인생을 생각하는 첫싹을 틔워주었고, 문학과 만나게 해주었던 것도 같다. 물론 이런 일은 아버지로서 추호나마 의도적으로 그랬던 것은 아니었고, 의도한다고 해서 될 일도 아니었다. 그냥저냥 아버지는 그렇게 늘 무료하였고 외로웠고 바다 너머 먼 곳 어딘가를 사무치게 그리워하였던 것이다.

우리집은 가훈이라는 게 없었지만, 나이 먹어가면서 그 점은 거듭 요행으로 생각된다. 먹물기 섞인 폼부터 잡고 보는 그런 유의 작위성 가훈이 없었던 것은 얼마나 다행이었는가, 하고.

아버지는 그 점을 그이다운 모습으로 일찍부터 자식들에게 깊이 각인시켜주었던 것이다. 그러나 그것은 결과론일 뿐, 정작 아버지가 그토록 그리워하고 뜨겁게 지향했던 것은 서울 같은 대처의 그 먹물 동네가 아니었을까?

초등학교 이삼학년쯤이었을 것이다. 나는 이때까지 내가 알던 아버지가 아닌 아버지를 접하고 대단히 놀란 일이 있다.

마늘 고추 호박 같은 것을 심어먹는 우리집 텃밭은 집에서 조금 떨어져 동네 한가운데 뒷방집 별채 울바자와 바싹 붙어 있었는데, 어느날 한낮에 조부의 점심상에 올리려고 고추 몇개를 따오라는 어머니 심부름으로 텃밭에 나왔다가 우연히 아버지의 목소리를 들었다. 아니, 그냥 목소리 정도가 아니라 도도한 '장광설'이었다. 뒷방집 별채의 빼끔히 열린 뒤창문으로 아버지의 목소리가 장강유수로 텃밭으로 넘어오고 있었다. 나는 대단히 놀라, 혹여 아버지가 볼까보아 즉각 몸을 숨겼다. 온몸이 와들와들 떨려올 만큼 기이하고 그리고 부끄러웠다. 아니, 말인즉 바로 해야겠다. 이런 경우를 자식에게 들킨 아버지 쪽에서 더 부끄러워할 것 같았다. 저런 아버지는 난생 처음

보는 거였다. 더러 밖에서 술기운이 얼근해서 들어오면 여느 때와 달리 우리 자식들 앞에서 표정이며 입이며 조금 게게 풀리는 경우가 전혀 없지는 않았지만, 저렇게 당당한 아버지는 처음 보는 거였다. 그 방에 그때 한동네의 아버지 또래가 몇이나 같이 앉아 있었는지는 모르겠으되, 아버지의 목소리는 매우 도도하였다. 태반이 농투성이들인 저들은 지금 아버지의 저 장광설에 흠뻑들 취해 경청하고 있는 것이 손에 잡힐 듯이 알려졌다. 그리고 바로 그 점이 나로서는 몸둘 바를 모르게 무언지 대단히 부끄럽고 쑥스러웠다.

　이건 그때로부터 수십년이 지난 지금의 내 생각이거니와, 그 무렵 아버지는 우리 동네에서는 드물게도 일간신문 하나와 월간지 하나를 구독하고 있었는데, 그렇게 신문이나 잡지 같은 것에서 주워 읽은 그런저런 시사성 이야기들을 자못 신바람이 나서 그렇게 털어놓고 있었을 것이다. 그러고 보면 그렇다! 아버지는 일간지와 월간지 하나씩만 구독했던 것이 아니라, 안재홍의 서문이 있는, 재미(在美) 이승만의 '2천만 고국동포에게 주는' 연설문 책자 하나도 책장 속 깊이 간수하고 있었고, 이상재니 여운형이니 안창호니 하는 이름들도 마치 친당숙 부르듯이 할 수 있을 정도로 익숙한 것을 어린 나도 나름의 낌새로 벌써 꿰고 있었던 것이다. 그뿐만 아니었다. 일제말기 당시로서는 제1급의 불온서적으로 낙인이 찍혀 있던 다섯 권짜리 일어판 『자본론』이라는 것까지 오동나무로 짠 책장 한구석 깊숙이 한질 고이 모셔져 있었던 것이다. 해방되고 나서 북한체제가 막 들어서던 중1때 우연히 그것을 발견한 나는, 하루종일 혼자 흥분하여 이 엄연한 사실을 누구에게라도 자랑하고 싶어 여간만 좀이 쑤셨던 것이 아니다. 그러나 그런 나도, 더 자라고 철이 들면서는 아버지가 그런 불온서적들을 구입하게 된 나름대로의 사연들까지 죄다 짐작이 되면서, 아버지로서는 그런 책들을 도저히 읽어낼 수 없었을 터이고, 단지 우리 집안 어느 은밀한 구석에 저런 책을 모셔두고 있다는 것만으로 보람을 삼았을 것이라는 점까지 두루두루 짐작되던 것이다.

아무튼 아버지는 대강 이런 사람이어서 농사꾼이 태반인 우리 동네에서는 그런대로 드물게 먹물깨나 들어 있어, 한 문중 동네 사람들 중에서는 그 누구보다도 바깥세상 돌아가는 것을 대강 꿰고 있는 유식자로 대접을 받았다. 그리하여 그날도 뒷방집 별채에 모인 몇몇은, 한 문중의 같은 또래라곤 하지만 문자나 활자 동네와는 애당초 인연이 없이 살아가는 태반의 그 농투성이들은, 아버지의 도도한 장광설에 하나같이 솔깃하게 귀들을 모으고 있었던 것이다.

그리고 나는 저런 아버지가 누구에겐가 대단히 몸둘 바를 모르게 부끄러웠는데, 도대체 그 부끄러움의 정체는 무엇이었을까? 지금 이 나이로 생각을 해보아도 그 점은 안개 속처럼 아리송해진다. 대체 그런 아버지의 어떤 점이 그 어린 나이에 그다지나 부끄러웠을까? 그것을 한번 극명하게 밝혀보자는 것이 이 글을 쓰게 된 부수적인 계기이기도 하다.

그러니까 대강 일은 그렇게 됐던 것 같다. 뒷방집의 그 별채는 사시사철 아버지 또래의 마실방이어서 아버지도 과수원 일이 뜸할 때면 집에서 혼자 무료하게 지내느니 뒷방집 그 방으로 마실을 가서 또래들과 어울리곤 하였는데, 마침 그날은 단골 마실꾼 누군가가 어디에서 개평술이라도 얻어왔던 것 같았다. 그렇게 아버지를 비롯 이웃 몇몇에 급히 기별을 하여 뒷방집 그 별채에서 조촐하게 술자리를 벌였던 것이다. 더러더러 그런 일이 벌어지고 있다는 것은 이미 나도 나대로의 낌새로 알고는 있었지만, 그저 그런가보다 정도로만 여겼지, 그런 자리에서의 아버지의 구체적인 행태나 언동까지는 미처 짐작조차 못하고 있었던 것이다.

그런데 그날 텃밭에서 우연히 맞닥뜨렸던 그 일로 하여 나는 평상시 뒷방집 마실방에서의 아버지 거취를 죄다 미루어 짐작해낼 수가 있었다. 이를테면 아버지 또래 그 마실꾼들 속에서 늘 좌중을 좌지우지하곤 하는 농촌지도자 비스름한 아버지를. 아버지는 그 마실방이라는 한정된 공간 속에서는 으뜸가는 현인(賢人) 노릇을 하며 아버지대로 그런 듯 안 그런 듯 재미를 보고 있었던 것이다. 그야 불과 백여호가 될까말까 한 농촌마을이었으니 몇몇이 단골로 드나드는 그 마실방에서 아버지가 그런 위치를 지니고 있었다고 해서 특별히 어색할 것은 없었다. 그러나 무슨 연유일까, 나는 나대로 집안에서의 아버지의 그 고집스러운 과묵과 도무지 걸맞지 않은 그 마실방에서의 아버지 행태가 무언지 겉도는 것으로 도저히 용납이 안되는 느낌이었다.

아버지의 그 과묵은, 내가 태어나기도 훨씬 전 젊었을 적 원근에 소문이 날 정도로 머리가 좋다고 알려졌던 아버지의 뜨거운 향학열을 무참히도 가로막았던 조부에 대한 끈질긴 저항이었을 것이다. 아버지로서 그 저항의 표징인즉 바로 과묵으로의 응대였다. 아버지는 본시 타고난 성격도 자발머리없이 말이 많은 쪽이기보다는 매사 행동거지도 진중한 편이어서 나는 어릴 적부터 아버지의 그런 쪽의 삽화를 어머니의 이야기 끄트머리 같은 것에서 슬그머니 엿듣기도 했다.

아버지는 열세살에 장가를 들었는데, 내 외갓집 어른들은 처갓집 초행길의 사위가 열세살치고는 매우 숙성하고 의젓하여, 두고 두고 칭찬이 자자했다고 한다. 절골집의 큰집, 작은집들 사위들 통틀어 우리 아버지만한 인품이 없다고들 하나같이 입을 모았다던가. 내가

알던 아버지로 미루어서도 그 점은 충분히 짐작이 되었다. 우리집에
마실온 동네 아주머니들을 상대로 하던 어머니의 무슨 이야기 끝엔
가, 그런 소리를 곁에서 듣는 듯 마는 듯 그러나 가만히 엿들으며, 어
렸던 나도 가위 그랬겠다고 혼자서 가만가만 머리를 주억거렸으니까.
  결국 아버지는 시내에 새로 생긴 신식 학교에서도 맡아놓고 일등
을 하여 더러는 서울 YMCA 주최 청년모임에도 이 지방 대표로 뽑혀
상경하기도 하였다. 여름철이었던 것 같다. 하얀 셔츠 바람으로 스
무남은 명이 함께 찍은 기념사진 한장을 아버지는 오래오래 고이 모
셔두고 있었는데, 그 사진 속 맨 앞줄 한가운데 앉아 있는 사람은 당
시 그 기관 일을 맡아했던 이상재 선생이었을 터이다. 그 사진을 처
음 접하던 무렵의 어린 나는 이상재 선생을 알 턱이 없었고, 단지 섭
섭했던 것은 아버지가 그 여럿 속에서 맨 뒷줄의 오른편에서 두번째
자리에 답답하게 끼여 서 있는 점이었다. 조금 삐딱하게 모로 서 있
는 얼굴이었는데 그런대로 표정은 도무지 아버지 같지 않게 봄바람
감돌듯이 싱그럽게 환하고 밝았다.
  나는 지금 이 나이에도 일말의 감회 섞어 새삼 떠오르거니와, 초등
학교 삼사학년 적에 우연히 어쩌다가 그 사진을 처음 접했을 때 나
는 종일토록 골똘히 그 사진을 들여다보았던 것이다. 아버지에게도
이런 시절이 있었다는 것이 좀처럼 믿기지가 않았고 대단히 낯설고
기이하게 여겨졌다.
  그렁저렁 커가면서 나도 꼭 알자고 마음먹어서 알았다기보다 스름
스름 어머니랑의 이야기 끄트머리에서, 혹은 집안 분위기 같은 것으
로, 젊었을 적 아버지의 초상(肖像) 하나를 나름으로 간수하게 되었
다. 처음에는 기본구도부터가 엉성하고 세부도 멀겋게 단조로웠으
나, 나대로도 변성기를 거치면서는 단편적으로 얻어들은 삽화성 디

테일들이 덧칠해지고 부가되면서 내 안에서 젊었을 적의 아버지도 차츰 또렷하고 알맹이가 찬 형상으로 다듬어져갔던 것이다.

　그러니까 그렇게 지방 청년대표로 뽑혀 서울을 다녀오기도 하면서 바깥세계의 새바람을 접한 아버지는 딱 한번 가출을 단행했던가보았다. 아니, 딱히 가출이라기보다는 조부의 단호한 반대를 무릅쓰고 종조부의 은밀한 양해하에 어느 해 한학기 동안 서울의 보성중학교에 만(晩)학생으로 들어갔던 것 같다. 그때 아버지가 서울의 어디에서 하숙을 했는지 자취를 했는지, 고학생으로 신문배달 같은 것이라도 했는지 어쨌는지 나로서는 들은 바도 없고, 아버지에게 감히 물어볼 엄두를 낸 일도 없다. 원체 약골이었던 아버지가 신문배달 정도라면 모를까, 그 이상의 험한 일을 감당해냈을 것 같지도 않다. 그런 쪽은 뿌연 안개 속으로 짐작할 뿐인데, 그 짐작이라는 것도 도통 어떤 그림으로 떠올릴 만한 건더기조차 잡히지 않는다. 단지 조부와 육촌뻘 되는 종갓집 한동갑이 그 무렵 서울 계동에도 터를 잡고, 아편에 깊이 빠진 아들에 정나미가 떨어진 판에 설상가상으로 맹장염으로 손자까지 잃은 뒤의 과수 손자며느리와 젖먹이 증손자 하나만은 일찌감치 서울로 끌어올려 두 집 살림으로 수시로 서울과 시골을 번갈아 오르내리고 있었다. 나도 어릴 적에는 동네 안에서 모처럼 시골로 내려온 그이와 맞닥뜨리면 동네 다른 분들과는 분위기가 생판 다른 그이에게 무언지 예쁘게 보이고 싶어 선망 섞어 꾸벅 절을 하기도 했지만, 번번이 그이 쪽에서는 어느 집의 누구 손자인지 알 턱도 없었고 숫제 그런 쪽으로는 관심조차 갖지 않았다. 나도 그때마다 번번이 가벼운 실망을 맛보곤 했는데, 이건 이 나이가 된 지금의 생각이거니와, 그때 환갑을 지났을까말까 했던 그이도 그이대로 비록 호의호식은 하고 있었지만, 아들이라는 게 아편쟁이가 되어버리고 떡대 같은 손자는 맹장염으로 죽고 했으니, 하루하루 살아가는 일에 이미 어지간히 지쳐 있었을 것이다.

아무튼 젊었을 적 아버지가 그때 서울 체류시에 정 못 견딜 정도로 허기가 지거나 했을 땐 당신의 칠촌 조카뻘이던 한동갑 망자(亡者)의 과수 모녀와 재당숙인 그이가 있는 계동댁에 들러서 저녁 한끼라도 축내지 않았을까, 대강 짐작을 할 뿐이다.

한편으로 그런 점 저런 점, 내 조부는 심히 못마땅했을 것이다. 그 점은 어렸던 나에게도 훤히 보였는데, 남달리 강직하고 기가 세며 매사에 심통 사나웠던 조부는 평소에 그 종가 한동갑과도 전혀 상종을 않고 지냈던 것이다. 하긴 그 점은 내 조부 쪽보다도 그때 이미 서울 같은 대처에서 각계의 제제다사(濟濟多士)들과 호형호제로 호언장담도 일삼던 그이 쪽에서 더 그랬을 것이다. 아무리 육촌간이라곤 하지만 무지랭이 촌것들과 너나들이로 어울리려 들었을 리가 없고 안중에도 없었을 것이다. 다만, 그 어간을 눈치껏 감당했던 것이 내 조부와는 달리 매사에 사과 씹는 맛으로 사근사근했던 종조부였을 터이다. 종조부는 당신들의 당숙 되는 그이의 선친이 살아 있을 적에도 백리 안짝으로 그 댁 땅을 안 밟고는 운신할 수 없다고 할 정도로 재산을 끌어모으고 호쾌하고 기력이 충천하며 원근에 욕심꾸러기로 소문이 나 있던 그 당숙의 마름 비슷이 그 댁의 안팎 살림을 맡아 헌신했던 것이지만, 똑같은 오촌조카인 내 조부에게만은 그이도 함부로 어쩔 수 없이 노상 꺼림칙하게 여기지 않았을까. 그런저런 점들은 나대로의 낌새로도 대강은 짐작되던 것이다.

이런 틈새에서 아버지의 그 청운의 꿈은 어찌되었을까. 보성중학까지는 어찌어찌 들어갈 수 있었지만 뒷감당이 막막했을 것이다. 막무가내로 서울의 그런 하꾸라이(舶來) 쪽과는 결연하고도 단호하게 담을 쌓고 지내는 조부가 호락호락 허락했을 리도 만무하고, 다만 중간에 종조부가 들어서서 서울까지 가는 것은 그럭저럭 양해가 되었겠지만, 아버지로서는 앞길이 절벽이었을 것이다. 끝내, 한학기를 마치고 초췌한 몰골로 내려온 아버지에게 조부의 불호령이 내렸을 것은 불문가지, 그때 삭발한 빡빡머리 모습으로 대문 안으로 들어선 조카를 끌어안으며 종조부부터가 대성통곡을 터뜨렸다는 것인데, 그 무렵의 조부나 종조부로서는 나라 망한 것은 별 실감이 없었겠지만 댕기머리로 집을 떠났던 외아들이며 친조카가 삭발한 채로 들어선 모습을 보고는 비로소 세상이 망해간다는 실감을 살갗 가까이 느꼈을 것이다. 그렇게 아버지는 보성중학 한학기만 근근이 다녔을 뿐, 그 뒤로 다시는 서울 쪽으로 얼씬도 못했던 것이다.

아버지의 유별난 과묵은 그때부터 비롯되지 않았을까. 천성적으로 말이 많은 편은 아니었지만, 아버지는 그때부터 더 의도적으로 과묵 일변도로만 굳어지지 않았을까.

언젠가, 1960년대 말이나 70년대 초 한때 영운 모윤숙 댁에서 한 달에 한번씩 가지는 문인모임이 있었는데, 그때 소천 이헌구 선생도 빠지지 않고 나와서 나는 그런저런 이야기 끝에 당신의 보성중학 다닐 적의 이야기를 미주알고주알 물어본 일이 있다. 당신 생년도 내 선친과 같은 1905년 을사생이고 게다가 태생도 같은 함경도의 북청이어서 혹여나 싶었던 것이다. 그러나 알 턱이 없었다. 나도 그러려니 짐작은 하고 있었지만 자신도 모르게 가볍게 한숨이 나오던 것이다. 이야기 끝에, 이상(李箱)과 임화(林和)도 한 클래스에 있었는데 둘 다 자기하고는 나이 차이가 있어 자신은 뒤쪽에 앉아 있었고 이상은 맨 앞에 조무래기 틈에 앉아 언제나 쉬임없이 조잘대더라는 것이었고, 임화는 중간자리쯤 앉아 그때부터 심한 장난꾸러기더라고도 하였는데, 그 세 사람이 한 클래스에 있었다는 소리도 어쩐지 곧이 들리지가 않아 그대로 귓등으로만 흘려들었던 것이다.

하지만 만에 하나, 그 옛날 그때 아버지의 뜻대로 모든 일이 풀려, 북청에서 불원천리 상경했던 소천처럼 서울생활이 순조로웠더라면 그 뒤의 아버지도 그 세 사람, 소천이나 이상, 임화가 더듬어갔던 길에서 대동소이, 거기서 거기나 아니었을까 하는 생각에 이르자 다시 한번 후유 하고 큰숨이 저절로 나왔는데, 그 숨 속에는 이번에는 웬 안도의 기색이 묻어 있는 데에 나 자신부터가 가볍게 놀랐다. 다만 그랬을 경우, 이 점 한가지는 장담하고 싶다. 그 뒤 이상이 「날개」라는 명품 하나를 남겼듯이 아버지도 그런 수준의, 아니 그것을 훨씬 뛰어넘는 명품 두셋은 남기지 않았을까 하는 아쉬움이다.

서울 보성중학에서 겨우 한학기만 지내고 시골로 되돌아온 아버지는 종조부의 자상하고도 따뜻한 배려와 뒷받침으로 천평 정도의 과수원을 맡아 경영하였으나 청운의 꿈이 꺾인 원한은 안자락으로 더 깊이 가라앉으며 집안에서는 애오라지 과묵 일변도로만 대응하곤 하였던 것이고, 『비판』이니 『개벽』이니 그런 쪽의 잡지를 구독하는 것으로 자신을 달래야 했는데 그런 정도로 성이 찼을 리가 없었다.

그 무렵의 아버지에게 가장 영향을 많이 주었던 사람은 처사촌 되는 동갑내기였다. 아버지 열세살 때 어머니는 열일곱살로 시집을 왔는데 어머니와 네살 터울이던 사촌 남동생 하나가 아버지와 한동갑이었고, 그 무렵 함남중학에 다니면서 일찍부터 독립운동 쪽으로 가닥을 잡고 특히나 당시 풍미하던 아나키즘과 공산주의 서적을 탐독, 아버지에게 다대한 영향을 주었던 것 같다. 이태조의 후비도 그 문중의 태생이었다는 강씨(康氏)와, 밀양 박씨가 반반쯤으로 나뉘어 있던 당모루라는 그 마을은 원근에서 다 한몫 놓아줄 정도로 그런 쪽의 투사와 인물들이 속출하였고, 그러다보니 박씨 문중과 강씨 문중 간에도 그런 쪽의 인물경쟁, 사상경쟁이 일찍부터 치열했던 것이다. 내 어머니는 박씨였지만 내 증조모도 그 마을에서 시집온 강씨였고, 내 그 증조모의 오촌조카가 바로 3·1운동 때의 보성전문 대표로 그 뒤에도 수없이 감옥을 들랑거리며 모진 독립운동에 투신했던 강기덕(康基德) 선생이어서, 내 조부와 외육촌간인 그이가 우리집 사랑방으로 왔을 적의 일은 내 기억에도 인상적인 것으로 여태 남아 있다. 대강 그런 식이어서 당모루의 박씨 문중과 강씨 문중은 그러저러한 독립운동이나 사상운동을 두고도 문중간에 인물경쟁이랄까, 먹물경쟁이랄까 하는 것이 치열하여, 일찍부터 민족주의니 사회주의니 공산주의니 개량주의니 하는 요상한 어휘들이 들끓으며 사상논쟁이라나 뭐라나 그런 쪽으로 온 마을이 조금 이상한 국면으로까지 뻗어갔던 것이다.

아무튼 대강 그러그러한 처갓집 연줄로 젊었을 적의 아버지는 『자본론』이라는 붉은 커버로 된 다섯 권짜리 극한 불온서적 한질도 구득해둘 수가 있었고, 역시 내 어머니의 사촌동생이자 아버지와 동갑내기인 그이의 영향으로, 아버지도 일찍부터 소설이나 시 같은 연문(軟文) 쪽을 지향하는 축들은 죄다 되지 않게 연애질이나 일삼으려고 드는 바람둥이들이거나 세상 양속(良俗)을 해치는 쪽으로 주로 이끄는 시정잡배만도 못한 패거리들로 얕보고 있었다.

그러나 1920년대도 그럭저럭 지나 30년대로 들어서면서 사회 분위기는 백팔십도로 홱 뒤바뀌었다. 내가 태어나던 1932년을 전후해서는 아버지에게 그동안 가장 큰 영향을 주었던 동갑내기 처사촌 되는 그이가 일본에 유학을 갔다가 그런 조직에 깊이 얽혀들어 재판

사태가 벌어졌는데, 재판정에서의 피고의 대응이 시종일관 당당했다는 점으로 당시의 세간에 나름대로 충격을 주어 1931년 10월 8일자의 묵은 『조선일보』를 뒤져보아도 2면 3단 제목기사로 다음과 같이 크게 보도되기도 하였다.

"재작년 6월 동경에서 검거된 제2차 조선 고려공산청년회 사건의 박문병(27) 등 아홉 사람에 대한 치안유지법 피고사건의 제1회 공판이 7일 오전 동경지방재판소에서 개정되었는데 개정 벽두에 피고 일동은 이구동성으로 '암흑재판 절대반대' 등을 연거푸 부르짖고 소동을 극하게 되어 재판장은 일반공개를 금지하고 피고들 개별로 분리하야 심리하기로 하고 11시경에 폐정하였다. 동 사건은 전기 박문병(朴文秉) 등이 ○○적 수단으로 조선○○을 목적하고 조선공산당 일본총국을 설치하자는 목적 수행을 위하야 활동하다가 재작년 6월에 검거되어 지난 31일에 예심이 종결되었던 것이다"라고.

그리고 같은 해 12월 2일자 『조선일보』에도 2단 기사로 '고려공청, 최고에 5년, 박문병 등 피고 8명, 동경재판소서 언도'라는 속보가 나와 있다. 그러니까 그이는 약관 스물다섯살에 그렇게 동경에서 검거되어 스물일곱살에 5년의 징역 언도를 받는데, 그때 같은 나이 스물일곱살에 우리 시골마을에서 이 신문기사를 골똘하게 들여다보았을 내 아버지는 과연 어떤 심정이었을까. 아버지의 그 속내를 알 듯도 하고 모를 듯도 하지만, 끝내는 잘 모르겠다. 틀림없이 착잡하였을 것이다. 그때가 바로 내가 태어나기 사개월 전, 그렇게 형이 확정되어 일년 더 복역하다가 1933년, 지금의 일본 평성(平成) 천황이 황태자로 태어나는 데 맞춰 스물아홉살의 나이로 그이는 기념특사로 풀려났던 것이다. 그러나 그렇게 풀려났다고는 하지만 그동안의 심한 고문과 옥고로 이미 불치의 병을 얻어 고향에 돌아와 요양을 하지만 몇년 뒤에 간암으로 세상을 하직한다.

물론 그때 어머니는 물론이고 아버지도 문상을 가, 출상날까지 지극정성으로 상가일을 거들었고, 아직 사진촬영이 희귀한 그때 출상(出喪)장면을 찍었던 사진 한장을 용케 어머니가 갖고 와서 나도 대여섯살 적, 그리고 그 뒤 초등학교 적에도 심심한 때면 싯누렇게 바랜 그 사진을 꺼내 아련한 감회 섞어 한참씩 들여다보곤 했던 것이다. 분명히 이 사진 속에는 무언가 만만치만은 않은 나름대로의 뜻이 담겨 있을 것 같은 낌새까지는 대강 챙겨졌지만, 그것이 딱히 무엇인지는 그때의 어린 나로서는 짐작조차 할 수 없었다.

그리고 그때로부터 육십년이 지난 지금 이 나이에 와서야 비로소 나도, 지나온 내 세월과 아버지의 세월을 통틀어 관통했던 핵심국면 하나를 지금의 내 기준으로 대강 가늠이라도 하며 이렇게 이런 글이나마 끼적거리고 있는 것이다.

그 핵심국면이라는 것인즉 대충 이렇게 이야기될 수 있을 것 같다.

본시 우리네 민중이라나 백성이라나 하는 쪽의 중요한 덕목으로는 참을성과 절제말고도 인간 품격의 근간의 하나로 볼 수 있는 순종(順從)이라는 미덕도 끼여 있었던 것이다. 그리고 이 순종이라는 덕목에는 본시 '힘세고 큰 것'에 기대어서 그 비호 밑에 저들대로의 조촐한 자유와 안정된 생활을 누려보자는 나름대로의 지혜가 숨겨져 있었다. 그뿐인가, 이 세상의 모든 불가해한 것, 전통적인 것에 대한 막연한 외경도 스며져 있었다. 그런 종류의 순종이라는 덕목으로서도 너끈히 인간의 인간다운 품격을 지닐 수가 있었다.

그런데 서양 쪽에서 들어온 민주주의라나 뭐라나 하는 박래(舶來)사상은 바로 그 큰 것, 강한 것에서 자립하여, 그렇게 의식화된 사람들만의 '시민연대'라는 것을 통해 제각기의 인생을 '쟁취'해내자는 뉘앙스가 있다. 그리고 이들은 어디까지나 ‘합리성’을 존중한다. 그리하여 어느 지점에서부터 그 ‘박래파’들은, 저저꿈 저 잘난 맛으로 우쭐렁거리면서 본시 인간의 인간다운 품격의 근간에 자리해 있던 민중들, 백성들의 그 공통덕목이었던 ‘순종’이라는 미덕을 새로운 ‘시민’주의를 저해하는 ‘봉건적’ 혹은 ‘노예적’인 것으로 거리를 둘 뿐 아니라 타기하기 시작했다. 실은 그 ‘봉건성’이라고 보여졌던 그 것이야말로 우리 동양에서는 민중의, 백성의 순종이라는 덕목에 의한 힘센 것의 비호하에 저들대로의 조촐한 자유와 생활안정을 기하려는 지혜였음에도 말이다.

한편, 그 힘센 것에서부터 자립을 하고 시민연대를 통해 자기인생을 획득해내자는 다분히 서양적 합리주의에 입각한 민주 개념이라는 것도 더 ‘먹물’ 쪽으로 발전해나가면서, 투쟁, 투쟁, 오로지 투쟁 일변도로 ‘계급투쟁’ 이론으로까지 치닫게 됨으로써 온세상은 일거에 삼엄, 살벌해지기 시작하고 야멸차고 강팔라지기 시작한다. 계급적 ‘철저항쟁’ 주장만이 그 패거리들간에서는 오로지 숭상되고, 뜨뜻미지근한 것들은 모조리 타기되면서 ‘맹독성’만이 온통 휘감는다.

자립한 개인이 자신의 인생을 쟁취해내고 그런 쪽을 지향하는 이웃과의 연대와 공생을 도모해간다는 본래의 민주주의이념도, 이 남쪽 대한민국에서는 대표적으로 정치권에서 보듯이 저들 힘세고 잘난 사람들끼리 누가 더 잘났나 하는 데만 주로 다툼이 벌어지고, 그렇게 틈이 생기며, 애당초 민중, 백성들이 바랐던 비호를 해줄 만한 정치력의 결집을 이루기는커녕, 저희들 끼리끼리 싸움박질하는 데만 여념이 없게 된다. 그렇게 순종이라는 본래적인 동양적 덕목은 소위 정치권이라는 곳에서부터 가장 먼저 소멸해가고, 그렇게 온세상이 아수라장이 되어가고 있다. 온사회가 오늘 보는 바처럼 이렇게 되기까지에는 소위 '지식인 사회'라고 하는 먹물 동네까지도 그 태반이 송두리째 그쪽, 박래 쪽으로만 주로 지향을 해갔던 데에 주된 탈이 있었고, 지난 백년 어간에 그 폐해는 이루 말할 수 없이 컸다. 그 폐해는 여부없이 아버지에게까지도 나름대로 침윤되어 있었던 것이다.

그때 아버지는 그 처사촌 동갑내기의 장례식에 서울서 모모하다는 두어 명의 명사(名士)들도 내려왔었다고 한번뿐 아니라 두세 번에 걸쳐 문중사람 두셋에게 자랑삼아 이야기하는 것을 나도 들었거니와, 그 두 명사가 정확히 누구였는지는 지금의 내 기억에 남아 있지 않다. 아버지가 그토록 존경해 마지않던 이상재나 안도산, 여운형, 안재홍 급이 아니었던 것만은 지금 확실하게 장담할 수 있다. 혹여 그 처사촌의 동경재판 때 변호를 맡았던 그 무렵 제법 이름깨나 알려졌던 변호사 중의 한사람, 가령, 정구영이나 허헌 정도가 아니었는지 모르겠다.

아무튼 1990년대 중엽을 지나는 지금만 시대가 급변해가는 것이 아니라 1930년대 중엽 그때도 나름대로 급변해가고 있기는 매한가지였다.

몇년 어간에 아버지는 이미 생리화되어버린 그 과묵 성격은 여전한 채로 시세 따라 스름스름 순응되어가면서, 이건 조금 엉뚱하게도 이 지방의 소위 유지급 인사로 떠오르고 있었다. 우선 그러저러한 잡지나마 구독할 수 있다는 점과 일간신문 하나를 정기구독하고 있다는 점부터가 아버지를 주위 태반의 농투성이들과는 차별화시키고 있었고, 게다가 그러저러한 공공모임에서 어쩌다가 두어 번 발언을 한 것이 인상적으로 만사람의 눈뿐 아니라 이 지방 요소요소의 요인들 눈에도 강하게 아로새겨졌던 모양이다.

그리하여 내가 초등학교에 들어갈 무렵인 1939년에 아버지는 그

학교의 후원회 부회장이라는 감투까지 쓰게 되어 6년 동안의 내 담임선생들도 하나같이 응당 나에게는 그에 맞먹을 만한 대우를 해주어 나는 더러 예기치 않은 아버지의 오해에 휘말리기도 했다.

예를 들어 내가 속한 학급에서 내가 일등을 해도 아버지는 곧이곧대로 믿어주지를 않고 학교 후원회 부회장인 자신을 의식한 담임선생들의 야료가 껴들어 있겠거니 하고만 철석같이 믿곤 해서 그런 때마다 나는 나대로 애를 태우기도 했던 것이다.

초등학교 3학년 적이었다. 공주여자사범을 갓 나온 담임선생이 나를 무척 예뻐해주었는데, 그해 여름이면 태평양전쟁이 일어나기 직전이어서 석유나 고무의 수입길이 막혀 우리 아동들 운동화도 처음으로 배급제가 시작되었다. 한데 그 운동화 숫자가 모자라 제비뽑기를 해야 했다. 그렇게 제비뽑기를 앞두고 모두가 전전긍긍해 있을 때 선생이 드나드는 앞쪽 문이 살그머니 열리더니 아버지가 손짓으로 나를 부르는 것이 아닌가. 손에는 운동화 한켤레를 들고 있었다. 나는 얼굴이 빨개지며 아버지 쪽으로 다가갔고 담임선생도 선생대로 얼굴이 홍당무가 되면서, 그러실 것까지 없는데요. 어련히 제가 알아서…… 하고 뒤를 채 아물리지 못하고 있었다. 그러니까 아버지는 그 어떤 일로 교장선생 방에 들렀다가 운동화 배급이 나온 것을 뒤늦게 알고는 미리 나에게 맞을 만한 운동화 한켤레를 챙겨들고 직접 나에게 신겨보려고 우리 학급까지 손수 찾아왔던 것이다. 이 정도로 아버지는 당신에게 차례진 그 학교 후원회 부회장이라는 자리를 어느정도 누리기도 했던 거였다. 부패니 어쩌니 노상 악악대지만, 실제로 태반의 사람들은 대강 이 정도의 수준과 기준으로 사는 데에 대체로 길들여져 있는 것이 아닐까.

아버지와 우리집이 당시의 시세 돌아가는 것을 좇아 그렇게 대강 안존의 길로 접어든 것과는 달리, 외가 쪽은 당연히 그랬을 터이지만, 거꾸로 일제 식민당국의 감시에 시달리며 날로 형극의 길을 치달았다. 젊었을 적 한때 아버지에게 그렇게도 휘황한 존재였고 선망의 대상이었던 그 열렬했던 지사(志士) 처사촌이 그런 모양으로 세상을 떠난 다음에는, 아버지도 아버지대로 언제 그런 사람이 살아 있었으며 그런 일이 있었더냐 싶을 정도로 금세 싸그리 잊어버리고, 불과 몇년 어간에 어이없을 정도로 어영부영 그날그날의 일상에 안주해갔다.

아버지는 우리 학교의 후원회 부회장부터 시작해서 쏠쏠한 요직 비스름한 것을 자의 반 타의 반 안겨주는 대로 맡더니 1941년에는 행정개편에 따라 인근 농촌마을들이 몽땅 시(市)에 편입되며 윗마을 두 동네가 합쳐 우리 동네도 정회(町會)로 새로 확대개편이 될 때에는 동네 문중의 강권에 못 이기듯이 정회장으로 출마, 당선이 되기까지 했던 것이다. 하지만 아버지는 본시 위인이 그런 자리를 탐하는 쪽과는 애시당초 거리가 멀어서 문중에서 환호 일색으로 떠들썩한 데 비해서는 차라리 심드렁해하곤 하였다. 하긴 또 모른다. 이때도 아버지는 몇년 전 비명에 세상 떠난 그 처사촌을 가만히 떠올리며 자신 앞에 벌어지는 이런 모든 일을 뜬세상 놀음으로 덧없이 여겼는지도. 필경은 그랬을 것이 확실해 보인다. 왜냐하면 이듬해 1942년에는 일제 식민당국의 마지막 발악도 극도에 이르러 외갓집의 나머지 장성한 남정네인 내 외삼촌 둘과 외육촌(바로 동경서 재판받았던 그이의 외아들)이 예비검속에 걸려 함흥형무소에 수감되었으니까. 또 한분, 비명에 세상 떠난 그이의 친동생 하나는 그이가 세상 떠나기 전후해서 독립운동부대를 찾아 만주 쪽으로 들어갔다가 소식이 묘연해졌는데, 일경에 잡혀 죽었다기도 하고 그냥 변사하였다고도 하고 그 뒤끝이 어쩐지 애매모호하였는데, 이건 지금의 내 생각이거니와 혹시 그 무렵 한때 흥성했던 일본군의 위장조직 '민생단원'으로 오인되어 독립군에게 피살되었는지도 모른다. 아무튼 세 사람이 한꺼번에 검거되는 이때도 급한 기별을 받고 친정을 다녀온 어머니 말이 치안당국에서 압수해간 불온서적더미가 소달구지로 세 바리였다던가 어쨌다던가.

한데 그 무렵 주목할 만한 한사람이 와락 내 눈에 뜨인다. 이건 특히 지금 육십대 중반을 넘어선 내 이 나이에서 특히 두드러지게 눈에 뜨이거니와, 바로 초등학교 후원회 부회장을 맡았던 아버지의 바로 윗자리, 회장자리에 있던 개뚜루 마을의 노(盧)씨라는 분이다. 아버지보다 예닐곱살쯤 위인 그이는 안변평야 북쪽 개뚜루 사람으로, 훤하게 생긴 얼굴에 유난히 풍채가 뛰어났고, 늘 슈바이처모자에 기름이 자르르 흐르는 잘생긴 말을 타고 다니던 모습이 어린 나에게도 꽤나 인상적이었다. 특히 언젠가 아버지가, "제 자식입니다" 하며 인사를 시켜 딱 한번 가까이서 뵐 기회가 있었는데, 잘생긴 훤한 풍채에 비해 어린애들 손처럼 포동포동하고 조그맣게 생긴 그이의 손이 매우 기이하게 여겨졌었다. 초등학교 적 어릴 때였음에도 그이의 손을 보면서 막연히 선망 비슷한 것을 느꼈던 것을 지금도 나는 또렷이 기억한다. 이이는 틀림없이 '사주팔자가 좋은 사람이다' 하고 딱히 이렇게 생각했던 것은 아니지만, 그때의 어린이 수준만큼으로 대강 그런 쪽의 인상은 분명히 받았다. 그때 그이는 내 어린 머리를 그 포동포동한 손으로 한번 쓰다듬어주기도 했는데, 그이 손의 감촉을 접하면서 아버지와는 근본적으로 다른 것이 있는 그이의 그 분위기에 나는 홀딱 반하며, 내 아버지도 이이 같은 이런 것을 지니고 있으면 얼마나 좋을까, 하고 부러워하는 마음까지 분명히 가졌었다. 뒤에 아버지가 행정개편에 따라 우리 정회의 정회장으로 뽑힐 때는 그이도 그이가 사는 개뚜루 쪽의 정회장이 되어 있었고, 저만한 풍채와 저만한 인품을 가졌으니 응당 그러려니 싶어지던 것이다.

그런데 1945년 8월 해방이 되어 다시 사세가 급격히 뒤바뀌는 속에서 불과 일이년 사이에 아버지는 일제 식민당국에 협조했던 반동으로 몰리고 있던 데 반하여, 개뚜루의 그 양반은 일제 식민치하에서 아버지보다 더했으면 더했지 못하지는 않았는데도, 해방 뒤에도 여전히 그 마을의 새 인민위원장 자리를 지키고 있었다. 단지 다른 점이 있다면 늘 쓰고 다니던 슈바이처모자를 쓰지 않았고 말을 타지 않았으며 안조끼 받쳐입은 신사복 차림이 아니라 새 인민복 차림이었다는 것이다. 그 인민복 차림도 인민복 차림대로 그이에게는 퍽이나 어울렸다. 물론 아버지도 아버지 나름의 타고난 인품과 능력과 인근에서의 영향력을 고려, 새 북한체제 당국으로부터 같이 나와서 일을 하자는 권고를 받지 않은 바는 아니었으나, 아버지는 아버지답게 분수를 차린답시고 완곡하게 사양을 했던 것이다. 아버지는 백번 죽었다가 다시 태어나도 도저히 그러지는 못할 사람이었다. 그것이 아버지 나름의 염치를 챙기는 처신이었을 것이지만, 지금의 내 나이로 더 천착해 들어가면, 바로 그 점이야말로 당시 아버지 나름대로의 먹물기 같은 것이 아니었나 싶다. 대강 먹물기 동네에 그런 식의 상투성 같은 것으로 떠돌아다니던 부화뇌동성(附和雷同性).

그 뒤 2년 어간에 그 개뚜루 사람과 아버지 사이에는 천리만리의 거리가 생겨나고 있었다. 어쨌든 그 개뚜루 사람은 그 마을의 인민위원장 자리를 뒤탈없이 잘 지켜낸 것으로 보아 새 북한체제에서 대강 열성분자 노릇까지 했던 것 같지만, 그 정도로 인품있게 생긴 그이가 어떤 양태로 열성분자 노릇까지 했는지는 지금의 이 나이로서도 나는 좀처럼 가늠이 되지 않는다. 아무튼 아버지의 그런 행태로 하여 우리집은 1948년에 숙청바람을 맞는 속에서도 개뚜루의 그이는 아무 탈 없이 인민위원장 자리를 잘 지켜냈다.

다시 5년이 지나 1950년 10월 국군이 진격해 올라오는 가운데 우리집은 새롭게 다시 뒤집어지는 세상 사세를 좇아, 1948년에 무지막지하게 쫓겨났던 원래의 집을 2년여 만에 되찾아 들어갔는데, 그때 개뚜루의 그이는 갓 수복해 올라온 이쪽 헌병대에 호출을 당하였다. 응당 그랬을 터이다. 그이는 장롱 속에 깊숙이 넣어두었던 신사복을 되끄집어내 입고 호출장소인 헌병대로 찾아갔다. 그이대로도 당연히 그런 정도의 눈치는 있어 슈바이처모자까지는 쓰지 않았다고 한다. 헌병대위 견장을 단 국군장교가 신문실로 들어서는 그이에게 앉으라고 권하고는 혼잣소리처럼 한마디 중얼거렸다던가 어쨌다던가.

"생긴 것이나 차림으로 보아서는 죽었다가 깨어나도 빨갱이 할 사람 같지는 않은데 도대체 알다가도 모르겠군."

그러고는 일견 서류를 들여다보며 비아냥거리듯이 말했다.

"당신, 일제말에는 정회장도 했구먼. 아주 그런 것 해먹는 데는 도가 튼 모냥이구먼."

그 말이 떨어지자마자 그이는 양어깨까지 뒤로 쓰윽 젖히며 당당하게 받아넘겼다고 한다.

"그게 어째서 나쁘다는 말입니까. 나는 지금 일본사람이 다시 온대도 그쪽에 붙어 일을 할 것이고, 당신들이 날 써주셔도 기꺼이 협조를 할 것입니다만, 만에 하나 다시 공산당 세상이 되어도 다시 거기 붙을 겁니다. 우리 마을에선 이 나말고는 그런 일을 맡아 해낼 사람이 없으니까요. 그래서 내 생각엔, 내가 그러는 게, 내가 나서서 그렇게 바깥쪽의 풍파를 막아내는 방패막이가 되어주는 게 진정으로 우리 마을을 위허는 일이 될 것이기에……"

신문하던 헌병대위는 꿈틀하며 흘낏 한번 마주 쳐다보곤 한참 숙
연하게 입을 다물고 있더니 나직하게 말했다는 것이다.

"돌아가 계슈. 다시 부를 때까지."

그러나 그이를 다시 부르기 전에 후퇴바람이 불어, 그 국군들도 그
대로 남하길로 들어섰거니와, 그 개뚜루 사람 노씨는 그때에도 수다
한 피란민 대열에 휩쓸려 월남하지 않은 것은 물론, 자신이 말했던
대로 북쪽 체제하에서 다시 그 개뚜루 마을의 인민위원장 자리에 복
귀하였는데, 참으로 희한한 일 한가지는 그때 인근 농촌마다 수다한
사람들이 피란민 떼거리로 월남해오는 속에서, 그 개뚜루 마을에서
만은 월남자가 단 한사람도 없었다는 사실이다.

이 삽화 한토막은 그 뒤 그 인근에서 월남해온 사람들 사이에서 두
고두고 이야기되어오면서 이젠 일종의 신화(神話) 비슷이 격상되고
있는데, 그렇게 되었던 것은 바로 그이의 힘이었을 것이다. 그렇지
만 그이가 그렇게 한 것이 과연 공산체제를 추호나마 찬성해서였을
까? 나름대로의 흔한, 그리고 천박한 먹물성 이념 같은 것에 입각했
던 것일까? 그야 깊이 따져든다면 그이의 그것이야말로 제대로 생긴
이념에 해당할 터이지만, 요컨대 그이는 자기 고장 사람들로 하여금
난세에 휩쓸려 들떠서 꼴사나운 모습일랑 보이지 말고 의젓하게 뿌
리깊게 제 고장을 같이 지키자는 쪽으로 그 마을 사람들을 묶어냈던
것이 아니었을까. 그 뒤 현 북한체제 속에서 그이가 어떤 길을 더듬
어갔는지 지금 알 길은 없지만……

이 점을 곰곰 되씹어보며 그이가 그때 헌병대위 앞에서 했던 그 말
을 다시 떠올릴 때, 그이 나름의 깊은 생각과 인간상이 새삼 선연하
게 떠오른다. 그런 그이가 평소에 먹물 동네를 어떤 눈으로 바라보

고 있었을까? 혹여, 흔한 그리고 천박한 박래품들 보듯이 보고 있지
나 않았을까? 독립이니, 혁명이니, 진보니, 보수니, 개량주의니, 투
항주의니 하며 우쭐거리기나 하고, 그 무슨 서양귀신 하나에 잡혀
오로지 투철과 선명성만을 첫째가는 덕목으로 내세우며 과격 일변도
로만 나갈수록 치하해주고 영웅으로 대접받는 행태들 모두를, '저게
대체 뭣하는 짓들인가, 철딱서니없는 것들!' 하고 그이 혼자속으로
끌끌 혀를 차지나 않았을지.

　조금 엉뚱하게 들릴지는 모르지만, 살았을 적 한때 중화인민공화
국의 국가주석이던 유소기(劉少奇)의 사진을 볼 적마다 나는 어딘가
분위기가 아버지와 비슷한 것을 느끼곤 했다. 아버지는 그이보다 체
수가 작고 생긴 것도 자세히 뜯어보면 많이 달랐지만 어딘가 비슷하
게 느껴지는 그것이 대체 무엇이었을까 하고 혼자 의아해하기도 했
는데, 1966년부터 휘몰아친 소위 문화대혁명 때 그이가 심한 고초를
겪으며 홍위병들에게 거의 맞아죽다시피 하는 것을 보았을 때야 비
로소 나도 아슴아슴 무언가 기별이 와닿는 느낌이었다.
　그렇다, 1950년 12월 내가 월남한 뒤의 아버지도 현 북한체제하에
서 대강 저런 모양으로 혹독하게 당했을 것이다, 하고. 그러니까 살
아생전의 한창때도 유소기나 아버지에게서는 미리부터 그 어떤 분위
기로 먼 훗날의 그런 점이 풍겨져나왔었다는 말인가. 본인들도 미처
의식 못하는 양태로, 자신들에게 앞으로 닥치게 될 먼 훗날의 '혹독
한 어둠'이 두 분 다 늘 그 어떤 예감으로 그렇게 감돌았을까? 이런
영역은 필경 '운명'이라고밖에 달리는 말할 길이 없고 그 이상은 흔
한 '말'의 세계를 넘어서게 될 터이지만, '감각'으로 선연하게 와닿
는 이것을 나로서는 그냥 간과해버릴 수만도 없었던 것이다. 유소기

가 문화대혁명 와중에 그렇게 당하는 것을 보고서야 나는 혼자서, "응 그랬었구나, 응 그랬었구나. 유소기 그이와 아버지는 그런 점이 비슷했었구나" 하고 비로소 그 깊은 속내를 무언가 알 것 같았다.

아버지가 그렇게 당할 때, 해방 뒤 금방 함흥형무소에서 풀려나와 그쪽 체제에서 행세를 하게 되었던 외갓집 쪽이나, 혹은 왜정말기 한때 내가 다니던 초등학교의 후원회장과 부회장 자리에 나란히 같이 있었던 그 개뚜루 사람 노씨의 도움이라도 받을 길은 혹시 없었을까. 하지만 외갓집 쪽에서 감당한다는 것도 아버지로 하여 하루아침에 나락으로 떨어졌던 내 동생들 같은 철부지 아이들이라면 도울 수도 있었겠지만, 당사자인 아버지는 이미 어찌해볼 길이 없었을 것이고, 그 개뚜루 사람도 자신의 분수를 넘는 그런 데까지 함부로 끼여들기는 꺼려했을 것이다. 그리고 정작 당사자인 아버지도 고개를 가로저으며 끌끌 혀라도 차고, 구명을 부탁한다든가 애걸한다든가 그런 짓거리 일체를 필경은 구차하고 부질없게 여겼을 것이다.

그런 점에 들어서 아버지는 천성적으로 모름지기 사람의, 사람다움의 근간으로서 깊이 품격이 있는 사람이었다. 아버지의 그 타고난 품격은 독특한 글씨체에도 극명하게 드러나곤 하였는데, 사실 나는 이때까지 간단한 펜글씨에서나 붓글씨에서나 아버지 이상으로 귀품 있는 글씨를 이 세상에서 본 일이 없다. 아버지의 글씨는 원근에서 알아줄 만한 사람들은 그때에도 다 알아주었거니와, 실제로 아버지 의 젊었을 적 포부가 뜻대로 펴졌다면 끝내는 서예 쪽으로 일가를 이루지 않았을까, 이건 지금의 내 생각이다.

유소기나 아버지나 정말로 그렇게 당할 만한 뚜렷한 무엇이 있어 서 당한 것이었을까? 세상에 회자된 그런저런 어설픈 언설들은 말짱 천박하고 부박한 뜬구름일 뿐, 두 사람 다 제각기 처지만큼으로 당대의 권력이라는 칼에 휘둘리었던 것이다. 그리고 그 점으로 말한다면 구경적으로는 각자의 운명이었다.

결국 그 개뚜루 사람 노씨는 바로 그러한 권력 일반에 대응하는 슬기를 나름대로 깊이 터득하고 있었던 데 비해서, 아버지는 그런 쪽으로는 평소에 옅게 안이했고 아예 관심조차 갖지 않았다.

그 개뚜루 사람 노씨는 바깥에서 압박해오는 이 권력 저 권력에 맞서서 오직 그 마을의 방패막이가 되는 것이야말로 자신의 몫으로 깊이 알았다. 그이는 그리하여 태반이 천박한 박래품들인 먹물 쪽 동네하고는 애당초 상관을 안했던 것이다. 하지만 아버지는 젊었을 적부터 그 먹물 동네 쪽으로 어정쩡히 한발을 들이민 채 지내다가, 끝내 해방 3년 뒤에는 한 문중의 새파란 애송이에게 반동이라며 고발을 당하는 수모까지 겪게 되는 것이다.

연전에 어느 지면에서도 이미 털어놓았거니와 지난 1980년 소위 내란음모사건에 얽혀 서대문구치소 9사 상37방에 독거수로 갇혀 있을 때였다. 꿈에, 아버지가 매우 당혹해하는 얼굴로 갇혀 있는 나를 만나보려고 허위허위 구치소 마당을 걸어들어오는 게 아닌가. 그 순간 막 기상나팔이 불어 꿈에서 깨어났는데, 방금 전 꿈에 본 아버지의 표정이 그 이상 선명할 수가 없었다. 못내 아쉬운 마음으로 일어나 자리를 개는데 무언가 흘끗 눈에 띄어 쳐다보니 커다란 주황색 나비 한마리가 방안의 세탁물 널어놓는 줄에 앉아 천천히 날개를 퍼덕이고 있질 않은가. 나는 그때까지 내 평생에 그렇게 큰 나비를 본 일이 없었다. 순간 나는 아, 아버지가 오셨구나, 하고 지극히 정중한 마음으로 한참 동안 쳐다보았다. 잠시 뒤 아침점호 구령이 울려서야 그 큰 주황색 나비는 방안을 한바퀴 휘휘 돌고 열려 있던 창문 바깥으로 휘적휘적 날아갔다. 그 나비의 뒷모습은 꽤나 개운해하고 후련

해하는 모습이었다. 그리고 그날로 육군본부에서 군사재판 통지가
날아왔는데, 그 몇년 뒤 우연한 자리에서 주황색의 큰 나비가 '저승
사자'라는 소리를 누군가에게서 들었다. 그때도 나는 화닥닥 놀라며,
역시 틀림없이 그때 아버지가 오셨었구나 싶었고, 그 점에 들어서는
지금도 변함이 없다. 틀림없이 그때 아버지가 오셨다고 믿고 있다.
  지금 이 글을 쓰는 중에도 마찬가지다. 아버지가 오셔서, 같이 의
논해가며, 살아생전에 미처 다 못하신 말씀까지 아버지는 죄다 털어
놓고 계신다.

〔아버지의 빈자리, 신원문화사 1997〕

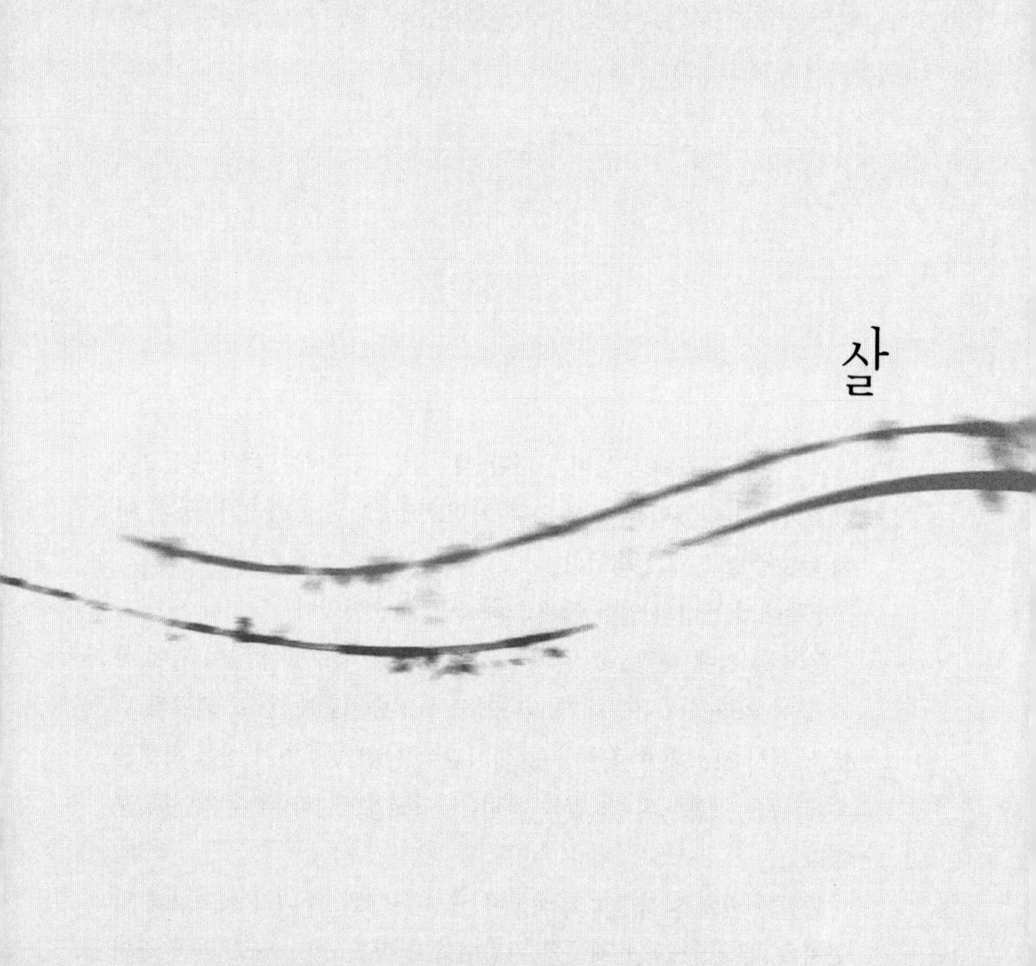

살

살(煞)

　덕발재집 학골댁의 상여가 나갈 때, 남편 재훈씨는 밤색 중절모에 안조끼까지 받쳐입은 감색 양복 차림으로 그 뒤를 따라가, 동네 안에 두고두고 화제가 되었다.

　만주에서 돌아와 얼마 안된 그해 섣달 초순이었다.

　두어 달 전에 개뚜루로 혼처가 정해진 외딸 덕주만이 상여 뒤에 바싹 붙어 따라가며 온동네가 떠나가도록 청승스럽게 울고, 몇발짝 뒤로 처져서 사촌네며 육촌네 등 하나같이 삼베 두루마기 상복 차림들 속에 유독 재훈씨의 그 양복 차림은, 아닌게아니라 꽤나 기이해 보였다.

　훤칠한 키에 넓적한 허우대하며 체수 큰 것도 부녀가 빼어나게 닮았지만, 무거운 굴건 제복에 지팡이까지 짚고 상여 뒤로 바싹 붙어 따라가는 외딸 덕주로 하여서도, 재훈씨의 그 의젓한 양복 차림은 더더욱 두드러져 보였다.

　"세상에, 저럴 수가. 보다보다 저런 꼴은 또 처음 보우다."

"글쎄나 말유. 저 아즈바니가 본시 무지막지하긴 했지만 설마 저 지경인 줄은 몰랐시요."

"초상 치르는 동안 줄곧 저렇게 양복 차림이더래요. 장례절차 격식도 일체 무시허고설랑에, 문상객이 그다지 많지 않은 게 그나마……"

영식이가 어머니와 새골집 봉당에 들어섰을 때는 벌써 몇몇 이웃 아낙네들이 먼저 와서 이렇게 수군거리고들 있었는데, 심지어 절골집 여든일곱살 된 노할머니는 두 눈을 부릅뜨며 와락 역정을 내었다.

"니가, 지금은 그리 잘난 척해도, 급살을 맞을 기다. 니 끝이 무사허거들랑 내 손가락에 장을 지져. 내가 이렇게 늙어 니 끝은 못 보고 죽을 것이다만, 죽어, 혼백으로도, 니 끝은 기어이 눈여겨볼 것이다. 이놈아, 이 세상 천지에 승악헌 놈아. 이놈아, 이 급살을 맞을 놈아, 페페페."

카랑카랑한 그 목소리에는 꼭 노망기만도 아닌 강한 악이 받쳐 있었다.

"저 할마이, 귀가 벽창혼데, 우리가 지금 덕발재집 저 아즈바니 타박질하는 건 어떻게 알았으까."

"꼭 이바구를 들어서만 안다든가. 본시 마음 자리에 닿는 기별이 더 빠르답디다. 귀신들 이바구허는 것이 저런 식인갑드먼."

"허긴, 저 절골집 할마인 이제 산 귀신이나 진배없당이."

망자의 살(煞) 가는 향(向)이 동북방이라 하여, 영식이네를 비롯 절골집, 송골집, 벌말집, 내평집, 왜꼴집 등 가까운 그쪽 집들 아낙네들은 이미 학골댁의 상여가 나서기 전 이른 아침부터 어린것들을 들쳐업고 혹은 이끌고 초상집의 바로 서편 옆댕이 집인 이 새골집으로 몰려와 있었다. 살을 피하자는 것이 주목적이었지만, 상여 나가는 구경도 할 겸, 겸사겸사였다.

원체 망자의 원(怨)이 뻗쳤는가. 내리 따뜻하던 겨울날씨도 학골 댁이 눈감던 그저께 저녁부터 곤두박질치듯 추워졌던 것이어서, 누구 하나 마당에는 나서지도 못하고 봉당 안에들 몰려 서 있었다. 북향에 조금 높직하게 앉은 일자집이어서 마주 불어오는 바람도 여간 맵지 않았다.

"어이구야, 말도 마오. 연전에 석국집 아즈바니 돌아가셨을 때, 그때처럼 추웠을라고. 그러구, 무섭기는 또. 정말 그이 땐 유난했시요. 나만 그렁가 했덩이 뒤에 듣자 허니까 다아들 그랬등면. 아무튼 밤 되면 뒷간엘 혼자 못 갔당이까. 석국집 쪽이 어찌나 무섭든지."

"맞어. 보름밤이어서 더더구나 더했수다. 겨울 보름달이 좀만 차고 무서버야 말이지. 정말 유난했시요, 그이 적엔. 대낮에도 석국집 기와집 용마루가 그렇게 무서블 수가 없고."

저번때 광골집 큰아들이 별안간에 죽은 것도 세간난집 며느리의 살을 맞아 그리 됐다더라고 뒷소문이 자자했던 터라, 세간난집 며느리 못지않게 팔자가 기박했던 학골댁도 살이 어지간히 셀 것으로들 지레짐작하고 있었던 것이다.

광골집 큰아들은 신식 양학(洋學)깨나 들었다고 고집을 피워, 혼자서 집을 지키다가, 하필이면 이마 한가운데에 문창호지를 뚫고 들어온 살이 꽂혔더라는 거였다. 대번에 시퍼렇게 멍이 들었더라는 것이다.

그날부터 시름시름 앓아누워, 부랴부랴 아랫말 무당을 데려다가 굿을 하기도 하였으나 효험이라곤 없이 여드레 만에 세상을 떠났다.

그때 잠깐 피했다가 집에 돌아와보니까, 송골집 부엌의 간장종지 하나도 직방으로 살을 맞아 반으로 짝 갈라져 있더란다. 본시 입술이 얇은 그 집 댁네는 한동안 그 일로 입에서 거품을 뿜었다.

바야흐로 상여는 새집 텃밭가로 돌아나가는데, 덕주의 통곡소리는 온동네가 떠나갈 듯 여간만 처절하지가 않았다. 오죽하면 왜꼴집 가래나무 가지 끝의 까치둥지에서 까치 두 마리까지 놀라서 나와 날아갔을 것인가. 그 까치 두 마리는 앞서거니 뒤서거니, 막 동네 안에 아침햇살이 퍼지기 시작하는 좁은 하늘을 가로질러, 상여가 가닿을 호양 두메 쪽으로 천천히 날아가고 있었다.

외양간의 소들이며 우리 속의 돼지들, 집집의 개들까지도 하나같이 기웃이 내다보며 숨을 죽이고 있었다. 아닌게아니라 그날 송골집 외양간의 황소 한마리는 하루종일 두 눈만 끔벅거릴 뿐 콩깍지 삶은 여물을 퍼주어도 안 먹는다고 점잖게 고개를 내젓더라는 거였고, 두 마리 누렁이도 종일을 꿍얼꿍얼거리며 칭얼대었고, 여느 때 허발하고 달려들던 우리의 돼지까지 여물을 퍼주어도 본체만체 내처 잠만 처자더라고, 그 댁네는 한동안 특유의 자발머리없는 입놀림으로 쑤군대었다.

"아이구야, 산천도 무심허지."

"팔자 드세다, 드세다, 학골댁 저이만큼 기박한 이도 드물 거우다. 그렁이까나 저 아즈바니 돌아오고 두달이나 됐능가."

"지난 초가을잉이까나 얼추 두달이야 넘었지."

"난 그날 친정엘 들렀다가 방하산 돌다리께서 저 아즈반과 딱 마주쳤댔시오. 벌써 술이 취했더구면. 바루 저 양복 차림으루다가 저만큼 는적는적 걸어오기에 웬 사람인가 했덩이 바루 저 아즈바니더라구. 글쎄, 웬일이겠소. 보자마자 가슴이 철렁헙디다."

"원, 벨일이오. 가슴꺼정 철렁할 건 또 뭐겠누."

"글쎄나 말유. 철렁하기만 했으면 괜찮았게요. 가슴이 온통 벌렁

벌렁 뛰더라니까."

"허기사, 원체 기가 센 저 아즈바니가 돼놓응니까나."

"암튼, 그렇게 저 아즈바니 돌아오고 나서 저 댁은 단 하루도 조용
헌 날 없었다구요. 마당 건너 울바자로 붙어 있는 귀틀집은 당최 견
딜 수가 없더라던데. 밤낮이 없이 노상 저 아즈바니 독판으로 소리
소리 질러대서. 원체 목소리도 좀만 커야지. 더러 울음 섞인 할마이
목소리가 대거리할 뿐, 나머지는 온통 쥐죽은 듯이 조용허고."

"나머지래야 늙은 할바이에다 저이 학골댁에다 덕준데, 그중에 누
가 맞대거리헐 엄두라도 냈을라구."

"할바이는 아예 새벽에 눈만 뜨면 아들 꼴 안 보려고 논밭으로 나
가든가, 요즘은 겨울철이어서 큰새집 사랑방으루다 마실가서는 죙일
죽치고 앉았다던데 뭐."

"이럴 줄 알았음 숫제 안 돌아오는 게 나았는지 몰라. 생으루 집안
에다 풍파만 일으키고설란에."

"그렇잖아도 그 할마이가 늘 그 소리였당이. 아들 하나 있다는 것
이 숫제 원수라고. 아예 안 돌아오니만 못하다고, 대놓고 그러더라
구요."

"허지만 저 아즈바니가 누구 닮았는데. 그 할마이를 고대로 빼어
났다구. 그렁이까나 저 댁은 할마이와 저 아즈바니와 덕주가 한통속
으로 이어져 있더라구."

"그러구 보잉 그러네. 저 아즈바닌 외탁을 했나비네."

"학골댁이 병난 것도 달리 났을라고. 살아 있는 저이 살에 치었었
더랑이까. 죽은 사람만 살이 무섭답디까. 산 사람 살도 어딘데."

"암튼, 참 안됐다. 덕주 하나 달랑 낳고 시부모 모시멘서 안팎 일
로 저리 고생만 허다가. 덕주가 저다지나 서럽게 울 만두 허지, 쯔

쯔."

"아닌말로 사람이야 학골댁이 얌전했지. 이웃간에 경우 바르고 속 깊고."

"고럼요, 고럼요. 그렁이까 덕주 두살인가 때 저 아즈바니가 집을 떠났응이까나, 이럭저럭 십오년은 됐을 거우다."

"그 어디간에도 잠깐잠깐씩 두세 번 다녀가긴 했수다. 연전에 언젠가는 작은댁네꺼정 하나 달고 들어왔었지 왜. 그때도 좀만 우스웠겠소. 큰댁 작은댁, 두 댁네가 한방을 쓰고설란에, 할마이와 덕주는 할바이 방 같이 쓰고, 딴 방 차지할래도 방이 있어야 말이지. 객줏집 주모였다던 작은댁은 결국은 며칠 못 있고 보따리를 쌉디다만. 허기사 보따리나 있었나 뭐. 들어올 적 나갈 적 몸 하나만 달랑허니."

"맞아, 그때도 동네 안에 뒷공론이 들끓었수다. 연놈을 쳐죽여야 한다고."

"그나저나 저 아즈바닌 그새 어딜 그렇게 싸돌아다녔다더라나요?"

"만주로, 상해로, 해삼위로, 온통 안 돌아다닌 데 없이 돌아다닌 모냥이드먼. 곳곳에 작은댁네도 여럿이고."

"그 뒷감당은 뭘루 했다나?"

"그 속을 누가 안답뎌. 뒷감당이야 꼭 저 아즈바니가 하랄 법도 없는 것이, 유유상종으루다가 뜨내기 놀음으루 만나고 헤어지고 했을 테지."

"허긴, 그렇게 길들여서 한세상 살아도 괜찮겠네."

"암튼간에, 아무리 세상이 달라졌다곤 하지만, 원근 백리 안짝으루 저런 꼴은 아직 없었을 거우다. 제 여편네 상여 뒤로 저렇게 양복 차림으루다 뒤따라간 이가 저이말고야 누가 또 있을라고."

"그럴 거우다."

장례 행렬은 어느새 세거릿길을 지나 큰내로 접어들고, 덕주의 자지러진 울음소리도 이깔나무숲 너머로 잠시 아득해졌는데, 절골집 노할머니는 다시 눈곱 낀 깊숙한 두 눈을 뒤룩거리며 악을 썼다.

"저놈이 급살을 안 맞거들랑, 내 시신을 끄집어내서라도 손가락에다 장을 지지랑이. 저놈 끝이 무사허거들랑, 내가 죽어서도 눈을 못 감을 것이다. 저놈, 세상천지에도 숭악헌 저놈, 저 급살을 맞을 놈, 저놈, 페페페."

그때, 이웃 아낙네들의 이야기를 옆에서 엿들으면서 영식은 작금에 가장 자기 속을 끓이던 한반 아이, 타까다(高田)를 떠올리며 가만가만 생각했다.

그래, 맞어, 타까다가 급살을 맞어야 해. 그애 이마 한가운데에 급살이 박히면 난 당장에 춤을 출 거야. 어찌 나뿐이겠남. 우리 반 아이들 죄다 그럴걸, 하고.

두어 달 전 2학기 때 갓 전학해온 타까다는 여든명 전 반원이 치를 떨 정도로 말썽꾸러기였고 기이한 아이였다.

첫날 담임선생 따라 교실로 들어설 때 그 옷차림부터 그러했다. 금빛 장식단추가 여러 개 달린 검정 외투 차림이 여간 날씬하고 세련되어 보이지가 않아, 한반의 남녀 여든명 어린이가 일거에 주눅이 들었던 것이다. 갓 전학해온 아이치곤 고개를 빳빳하게 세우고 숫기 좋은 것도 유난히 돋보였다.

처음부터 전혀 별난 종자 하나가 느닷없이 틈입자로 들어온 격으로 이웃 여섯 마을 농촌아이들인 한반 아이들 쪽이 도리어 당혹해 마지않았던 것이다.

첫인사로,

"나는 타까다입니다. 앞으로 사이좋게 지냅시다."

하고 왜말로 또박또박 말하였는데, 이 고을 생긴 이래 초유의 거창
한 공사라던 갈마 철도차량공장 건설공사를 맡은 우찌무라(內村) 조
(組)의 현장감독, 십장 아들이었다. 본시 서울 가까운 의정부 사람이
라고 하였다.

그 공사는 갈대숲으로 우거진 해변 쪽 습지대를 돋워올리는 일로
부터 시작되었는데, 방대하게 소요되는 그 흙을 대체 어디서 장만할
것인가. 결국은 방하산 끝의 볼품없이 삐죽이 내밀어진 야산 끝머리
를 몽땅 뭉개기로, 당시로서는 우람한 개발계획이 세워졌다.

우선 그 야산에 산재한 묘지 이장부터 어렵게 어렵게 손을 대어 터
잡이를 한 뒤, 몇달이 지나서는 곳곳에 남포 소리가 진동하고 짙은
황토먼지가 주변 마을을 싯누렇게 뒤덮으며 그 야산은 뭉청뭉청 공
룡이 무 베어먹듯이 줄어들어갔다. 다행히 돌산이라곤 하나 태반이
푸슬푸슬한 바윗덩이들이어서 일은 생각보다 미끄럽게 진척되었다.

협궤철로가 임시로 가설되고 코끼리 같은 기동차 하나가 통통거리
며 여남은 개의 도로꼬 칸을 매달고 장난감 뱀 기어다니듯이 3킬로
미터 남짓 되는 습지대와 방하산 어간을 오르내릴 무렵에는 누구보
다도 영식이 또래 아이들이 신명을 냈다.

더러 마음씨 좋은 기관사 아저씨는 빈 도로꼬 칸에다, 소달구지밖
에는 아직 타본 일이 없는 코흘리개 아이들을 하나 가득 채우고 뛰
뛰빵빵거리며 방하산 쪽으로 올라가기도 했던 것이다.

더구나 본격적인 공사는 가을에 시작되어, 김장거리 거둬들인 빈
밭에다 북어 말리는, 해마다 관례적으로 벌어지던 일까지 겹쳐져,
명태 실은 소달구지와 화물트럭들까지 드나들면서 기름내와 비린내

가 범벅으로 뒤섞여지고, 원근이 여간 시끌벅적하지 않았다.

까만 가죽점퍼에 당꼬바지 차림의 타까다 십장은 훤칠한 키에다 거무튀튀한 얼굴에 시커먼 콧수염까지 길러, 첫인상부터 꽤나 불량하고 고약하게 생겼고, 게다가 거쉰 목소리로 노상 노기 띤 고함을 내지르는 사람이었다. 일 현장에서나 술자리 같은 음식 먹는 자리에서나, 단둘이 있을 때나 여럿이 있을 때나, 노기 띤 소리가 아니고는 도무지 말을 못하는 사람이었다.

조용하게 바람소리만 휑휑하고, 대낮에도 밭갈이하는 황소 방귀소리만 더러 들리던 이 농촌지역에 별안간 이게 웬 북새인가 싶게, 좁은 들판은 겨울이 깊어지면서 날로 더욱 난해져갔다.

들판 한가운데 일꾼 숙소 바라크가 임시로 가설되고, 방죽 밑으로 거적 두른 취사장이 생기고, 심지어 간이음식점이며 간판 내단 색줏집까지 들어서고, 얼마 지나서는 노상 그 가죽점퍼 차림의 타까다 십장은 대낮임에도 벌거우리하게 취하여 술집 작부와 팔을 끼고 얼쩡거리기도 하며, 그런 꼴 보기 민망해서 눈을 가리고 곁을 지나가는 이웃마을 아낙네들 앞을 일부러 가로막고 서서 뚱하게 노려보기도 하였다.

타까다 십장은 그때까지의 이 고을 풍속으로 쳐서는 너무나 무지막지하게 제멋대로 생겨먹은 사람이었고, 안하무인, 세상에 마음먹어서 안되는 일이 없고 무서운 것이 없는 사람 같았다.

어린 타까다는 그 십장 첩의 아들로, 공사가 어느정도 진척되어 야산덩이가 통째로 없어지고 그 빈자리에다 마흔남은 채의 사택 건설 공사가 막 착수될 무렵에야 전학해왔다.

제 아비를 닮아 체대는 우람하였지만, 얼굴은 엄마를 닮았는가, 살갗도 제법 흰 편이고 곱상하게 생겼는데, 그러나 생긴 것과는 달리 여간 엉뚱하고 무잡스럽지가 않았다.

타까다는 그렇게 사흘이 채 안 가 본색을 드러내기 시작하였고, 영식이랑이 더더구나 기겁을 하도록 놀란 것은 바로 담임선생의 반응이었다. 여느 때는 그다지나 엄하던 약간 애꾸눈인 총각 담임선생은 도리어 싱글싱글 웃으며 사사건건 타까다를 싸고돌고, 심지어 은근히 부추기기까지 하였다.

이때 이미 영식이랑은 뒷구석으로 단단히 야로가 있음을 나름대로 눈치챘고, 어쩌면 이미 그 아비, 타까다 십장의, 겉으론 얼렁뚱땅하면서도 고도로 치밀하게 계산된 속셈이 깔려 있음을 아이들대로의 직감으로도 알 수 있었다.

날이 갈수록 타까다는 안하무인, 학급의 새 왕초로 군림하였다. 곱상하게 생긴 데 비해서는 갖가지로 무지막지한 짓을 벌였다.

도화지건, 습자지건, 크레파스건, 그밖에도 제 마음에 드는 것이면 마구잡이로 빼앗았고, 더러 성이 내키면 제값보다도 엄청나게 비싼 값으로 쳐서 돈을 주기도 하며, 그때그때 기분나는 대로 움직였다.

또래의 아이로 쳐서는 엄청날 만큼 많은 돈을 늘 갖고 다녔고, 쯔바라던가, 싸울 때 소용된다는, 쇠고리에다 붕대 감은 것을 꺼내 보이며 겁을 주기도 했다. 묘하게 생긴 손칼도 보여주었다. 연필 깎는 칼이 아니라, 여차하면 금방 뾰족한 송곳이 튀어나오는 싸움용 칼이었다.

아버지 타까다 십장이 걸핏하면 학교로 들러, 교장을 비롯 담임선생이랑 골고루 인사를 챙기는 것도, 태반의 농촌아이들을 주눅들게 하였다. 그때까지 이 학교 아이들의 상식으로는, 해마다 한번 정도 있는 담임선생의 가정방문말고, 학부형이 스스로 학교로 찾아온다는 일은 생각도 못하는 것이었고, 실제로 눈을 씻고 보자 해도 없는 일이었다.

타까다는 날로 더 무잡스러워져갔다. 잠시도 가만히 있질 못하고, 한반 계집아이들에게 손찌검을 하여 울리기 일쑤였고, 체조시간에는 혼자 교실에 남아 남의 도시락 훔쳐먹고 바꿔치기를 해놓는다든지, 먹고 난 빈 도시락에 산 개구리를 집어넣어둔다든지, 그밖에도 갖가지로 기괴한 일을 벌여놓곤 혼자 재미있어했다.

아비 타까다 십장이 그러하듯이, 아들 타까다도 제 마음에 내키는 일이면 마다하는 법 없이 어떤 무지막지한 일도 서슴지 않았고, 개의하지 않았다. 그 부자 앞에는 불가능이 없었다.

반은 차츰차츰 공포의 도가니로 떨어져갔으나, 담임선생조차도 음으로 양으로 타까다 쪽에 붙어 그 아이의 그런 짓을 은근히 부추기는 정도가 되어 있었고, 더욱더 그런 쪽으로만 길들여져가고 있었다.

작금에 와서 타까다의 그런 행패는 거의 극도에 달해, 심지어 한반 아이들 몇몇을 지정해서, 아무 날까지 얼마얼마의 돈을 갖고 오도록 강요하기까지에 이르러 있었다. 방과후 교실 구석에 남아서 벌일 산치기 투전자금이었다.

태반의 농촌아이들로서는 그런 일이야말로 감당하기 힘든 막막한 일이었다. 대체 어디서 돈을 구한단 말인가.

이튿날 영식은 틈을 엿보고 있다가 타까다에게 조심조심 말을 붙였다.

"너, 살이라는 게 뭔지 아니?"

타까다는 뚱하게 되쳐다보면서 천천히 받았다.

"뭐? 살? 살이 살〔肉〕이지 뭐야. 꼬집으면 아야 하고 아픈 살 말이야?"

"아니야, 그런 살말고 더 좋은 살이 있다더라. 그건 사람이 죽은 직후에야 날아다니는갑드라. 그걸 쐬면 기가 막히게 좋대. 앞으루 커서 잘산대. 부자가 된다더라. 근데, 상여 나갈 때 그게 그중 많이 나온다더라. 넌 충청리에 사니까 그런 거 많이 볼 거 아니니. 거기 공동메지가 있응이까나."

"그으래?"

하고 타까다는 굵은 눈알을 한번 아래위로 크게 굴리면서 한껏 흥미있어하는 얼굴을 하였다. 영식은 뒤탈이 있을 것도 생각해서 목소리를 조금 낮추면서 방패막이로 가만히 덧붙였다.

"그런데 이건 누구헌테도 말허면 안된다더라. 엄마헌테도 이야기하면 절대로 안된대. 그러면 되레 안 좋은 일이 생긴다더라. 그렁이까나 절대로 혼자서만 그래야 한대. 혼자서만 알고 그런 걸 많이 쐬면 앞으로 큰 부자가 된다더라. 이건 진짜래."

"너, 그런 소린 누구헌테 들었니?"

타까다는 더욱 솔깃해하면서 가만히 물었다.

"우리 동네에 도사(道師) 할바이 한분이 계셔. 그분이 나헌테만 알려줬어. 아무에게도 절대로 말하지 말라면서 가만히 알려줬어."

"그 할바이, 나 좀 만나게 할 수 없니? 만나게 해도오."

"안돼, 절대 안돼. 누구 경치는 것 볼려구. 그건, 절대 안돼."

그러나 타까다의 극성을 어떻게 견딜 것인가. 결국 영식은 혼자 궁리 궁리 끝에, 며칠 뒤에는 동네 초입 물방앗간 옆에 방 하나를 들여 혼자 사는 작은석집 늙은 일꾼, 반편이 영감을 먼발치로 보여주는 것으로 타까다의 궁금증을 풀어주었던 것이다.

타까다는 감쪽같이 속아넘어갔다. 사실 그런 쪽으로 보자고 들면, 그 반편이 영감은 하고 사는 거며, 누더기옷이며, 수염이며 도사로 보이기에 꼭 알맞았다. 평소에 그다지나 배짱좋고 매사에 거리낌이 없던 타까다도, 먼발치에서만 건너다보고는 시큰둥한 얼굴로 그냥 가자며 돌아섰던 것이다.

그 뒤로 타까다의 장난은 많이 줄어들었다. 그의 새 관심이 그쪽으로 쏠렸음이 틀림없었다. 심지어 학교를 자주 빠지기까지 하였던 것으로 보아, 타까다는 남의 초상집 상여 뒤를 쫓아다니는 것이 거의 일과처럼 되어가고 있었던 것이다. 그러나 타까다는 그런 말은 일절 입끝에도 올리지 않았다.

일년 남짓 지나 갈마 차량공장 공사가 드디어 완공되어, 동쪽 해변 습지대에 우람한 공장건물이 우뚝 서고, 한편 방하산의 그 야산덩이 밀어낸 자리에도 아담한 양옥으로 공장 사택 마흔댓 채가 서고 나자, 공사를 맡았던 우찌무라 조는 몽땅 새 일거리를 찾아 만주 쪽으로 들어갔고, 타까다는 곧 아버지를 따라 신경(지금의 장춘)으로 다시 전학해갔다.

학골댁 장사지내고 사십구재나 겨우 넘겼을까, 덕발재집에서는 닷새 어간으로 두 잔치를 치렀다. 덕주를 개뚜루로 시집 보내는 큰 잔치와, 뒤이어 금방 나이 지긋한 과수댁 하나를 별로 표나지 않게 맞아들였던 것이다. 이때까지의 재훈씨로 쳐서는 제법 어리수굿하고 음전한 과수댁이었다.

그렇게 전쟁말기 한동안 마음잡고 별탈 없이 지내는 듯하였는데, 이태 뒤 해방이 되자 다시 슬금슬금 재훈씨의 고질이 발동했다.

처음 며칠은 장롱 속 깊숙이 넣어두었던 중절모에 그 양복 차림으로 뻔질나게 거리를 들랑거렸으나, 어느새 금방 세상 돌아가는 데 눈치껏 대응, 그것들을 다시 장롱 속 깊숙이 넣어두곤 삼베 적삼에 고무신을 직직 끌고 새로 리인민위원장이 된 동갑내기 육촌네, 개뚜루집 사랑채에서만 죽치고 지냈다.

이듬해 봄 토지개혁 때는 일곱명으로 구성된 마을의 토지분배 선정위원으로 뽑히려고 갖가지로 손을 쓰며 안간힘을 썼으나 끝내 이루어지지 않자 크게 토라져, 그 육촌네 사랑채에도 발을 끊었다.

그때부터 다시 특유의 심통을 부리며 마구잡이로 엇나가기 시작했다. 그러나 조상 대대로 남의 땅만 부쳐먹고 살아온 농투성이 빈농인데다, 칭얼거리는 아이 달래는 셈으로, 옜다 먹어라 하듯 동네 바로 앞의 알토란 같은 하루갈이 천오백평짜리 논에 밭 오백평을 배당받았던 것이다.

그러나 한번 엇나가기 시작하는 재훈씨를 그 누구도 제어해낼 수는 없었다. 그는 갖가지로 말썽을 피우며 시비를 일삼고, 심지어 새로 노동당 리당위원장으로 뽑혀 민주개혁이라든가 뭐라든가, 그 모든 일을 주관해가던 문중 먼 조카뻘인 평산집 사람을, 왜정말기의 행적을 낱낱이 들어 시당에 투서로 고발, 끝내는 그 자리서 쫓아내는 일마저 서슴지 않았다.

그러고 나서도, 막무가내로 동네 대소사에 트집을 잡기 일쑤이다가, 이미 삼팔선이 삼엄하게 굳어진 뒤에는 동해안 육로로 속초까지 가서 배편으로 오징어짝을 싣고 남쪽으로 갔다가, 돌아올 때는 전곡, 연천으로 해서 페니실린이며 마이신이며, 희귀한 미국 약품을 가져와 톡톡히 재미를 보았다.

그러나 원체 허황하고 헤퍼서 돈이 모아지지는 않았다. 사람이 약지 못하고 돈 귀한 줄도 몰라, 벌면 버는 대로 엉뚱한 데다 물쓰듯이 쏟아붓는 사람이었다. 더러는 연천에서 잡혀와 재판에 회부되기도 했으나, 빈농 성분인데다 입담까지 좋아 몇자 끼적거리기만 하고 쉽게 풀려나오곤 하였다. 개뚜루 사위가 시정치보위부에 들어가 있어 그 덕도 조금은 보았을 거라고 했다.

그러나 재훈씨로서는 애당초 북쪽 세상은 체질에 맞지 않아, 집안 끼리(래봤자 사위와 딸이었지만) 의논 끝에, 양주(兩主)만 달랑 월남해버렸다. 1948년 초여름, 어언 재훈씨의 나이 쉰두살.

1·4후퇴로 영식이랑이 월남해왔을 때만 해도 재훈씨는 부산 영도 남쪽 끄트머리에 방 한칸이라도 얻어, 저녁 한끼니를 먹여주며 고향 동네 형편을 미주알고주알 밑두리콧두리 캐어물었는데, 이제 나이만 큼 착 가라앉은 그 모습 어딘가, 중절모에 양복 차림으로 학골댁 상 여 뒤를 따라가던 편린이 아직은 남아 있었다.

조금 엉뚱하게도 조소앙, 신익희를 거론하여 나름대로의 정치적 성향을 내비쳤고, 무자년(1948년) 3월 '단정반대 7인성명'을 낼 때 그 명단 속에 껴 있던 벽초 홍명희와 조소앙이, 불과 한달 뒤 4월 19 일에는 같이 북으로 올라가, 한쪽(벽초)은 그대로 그곳에 주저앉아 북쪽 인민공화국의 부수상이 되고, 한쪽(조소앙)은 백범, 우사와 함 께 도로 남으로 돌아와, 무소속 국회의원 백여명으로부터 국무총리 추대결의를 통고받지만, 그에 불응하고 '한독당 결별성명서'를 발표 했다면서, 그 구절 일부를 달달 외워내기까지 하였다.

"그러므로 대한민국 건국강령에도 복국(復國)과 건국을 여섯 단계 로 나누었으며, 중경시대의 대한민국으로서 해외 임무의 결속과 국내 건국의 단계적 교량과 통일정권의 방식 문제까지를 14개조 당면정책 가운데 명백히 표현하였던 것이다. 현재 서울에 있는 대한민국은 그 전신이 피의 두루마기를 입은 3·1운동의 골격이며, 오천년의 독립운 동의 적자(嫡子)이며, 장래 통일정권으로 돌진하는 발동기가 되고, 가교가 되고, 민족진영의 최고 조직체임을 이에 천명한다" 운운.

보아하니, 그 옛날 한창 젊었을 적에 중국 상해로, 노령땅 해삼위

로 떠돌아다닐 때 가다오다 주막 같은 데서 하룻밤 익혔던 안면을
좇아, 몇달 전의 제2대 총선거 때는 성북구에서 출마하여 전국 최고
득표로 차점자 조병옥을 압도하며 당선한 조소앙의 득표운동원 노릇
도, 그이 특유의 열과 성으로 양껏 뛰었던 것 같다.
  아직도 그 여열(餘熱)이 쩡쩡한 목소리 한구석에 남아 있었다. 그
런저런 연줄로, 영도 남쪽 끄트머리의 이 단칸방이나마 얻어걸렸을
것이다. 이때 안댁은 영도다리께까지 나가, 한데다 떡함지 하나를
놓고 떡장사를 하고 있었다.
  환도 직후에도 그렇게 야당 쪽 끄트머리에 붙어 원남동에다 방 한
칸이라도 얻어쓰고 있었으나, 신익희에 이어 조병옥이 대통령후보로
출마했을 무렵에는, 재훈씨대로도 뭐가 뭔지 착잡해지며 골머리가
쑤시고 차츰 정치판 돌아가는 데 흥미를 잃었지만, 매일 상종하는 축
들은 여전히 그 떨거지들, 주로 정가(政街) 주위의 날건달들이었다.
  그 뒤 재훈씨 부부가 더듬어간 길은 간단명료하게 말하는 편이 도
리어 분명해질 것이다. 오로지 안댁의 그 떡장사로 양주가 연명을
해갔던 것이다.
  춘하추동, 비가 오나 눈이 오나였다. 물론 비도 비 나름이었지만,
웬만큼 지척지척 내리는 빗속에서는 안댁이 얇은 우의 하나를 뒤집
어쓰고 하루종일 떡함지 앞에 죽치고 앉아 있는 거였다.
  낙원동 파고다공원 담장 밑의 한데에 떡함지 하나 달랑 앞에 놓고
종일 앉아 있는 것, 오로지 그것이 두 사람의 호구를 지탱해주었다.
그 길밖에 달리 방도가 없었다.
  한겨울에는 두툼한 솜저고리 차림으로, 여름에는 홑저고리 바람으
로, 오로지 떡함지 하나를 앞에 놓고 낚시꾼 의자에 종일을 앉아 있
는 거였다. 그리고 그 떡장사조차 연년세세, 변두리로 밀려나가지

않을 수 없었던 것이 그 뒤 재훈씨의 인생행로였다.

원남동에서 남산 밑 바라크촌으로, 답십리로, 면목동으로, 그리고 성남으로 거처가 밀려나가는 데 따라서, 그 안댁도 동대문시장 초입에서 청량리 굴다리 밑으로, 면목시장 끄트머리로, 성남의 후미진 골목 구석으로 밀려나가야 했던 것이다.

날로 재훈씨는 눈길이 그늘지게 깊숙해져가고, 과묵해져갔다. 옮겨앉을 때마다 심심파적할 만한 복덕방 하나씩을 정해 소일을 하면서, 비로소 뒤늦게 세상과 사람 사는 이치를 나름대로 안 것 같았으나 이미 늦어 있었다. 이 이상 억울할 데가 없었다.

날로 더 말수가 적어져가던 재훈씨는 1970년대로 들어 일흔서너 살이 되면서 엉뚱한 버릇 하나가 생겨 있었다. 김일성씨를 꼭 만나보아야겠다는 것이다. 전혀 거리낌이라곤 없이 그런 말을 하여 주위 사람들은 실성해가는 사람 쳐다보듯이 멍히 쳐다보기만 하였다.

도무지 말 같아야 듣고 자시고 할 것이 아닌가, '김일성'도 아니고 '김일성씨'라니, 저게 어찌 온전한 정신이겠는가 싶었을 것이다. 그 소리만 나오면, 한자리에 앉았던 사람들은 하나같이 겁에 질린 얼굴로 히뜩 한번 쳐다보곤 자리를 차고 일어나거나 슬그머니 없어지곤 하였다.

그러나 재훈씨는 막무가내였다. 김일성씨를 기어이 만나보아야겠노라고 하였다. 꼭 누군가에 의해 고발을 당해서가 아니라, 한입 두입 건너 자연스럽게 유관기관에 알려지게 됐고, 두어 번에 걸쳐 조사를 받았다. 이 경우의 문답도 늘 간단했다.

"영감님께서 김일성'씨'를 만나보아야겠다고 하셨소?"

"네, 그랬소이다."

"함자에다 존대어까지는 아니겠지만, '씨'자를 받쳐 부른 이유는 대체 뭐요?"

"그 사람에게 긴절히 부탁할 말이 있는데, 뉘 집 아이 이름 부르듯 이야 할 수 없었소이다. 그이 나이도 임자(壬子)생이라 이제 예순살 됐은즉."

"긴절히 부탁할 말이라는 건 뭐요?"

"딸 덕주를 만나야겠다는 것이오. 그리고 사위와 외손자도. 외손자가 있는지 없는지는 모르겠소만, 틀림없이 있을 것이오. 일언이폐지하여, 나는 이제 이렇게 늙었으니 고향 돌아가서 죽게 해달라는 것이오."

"김일성씨를 만나면 그이가 그 부탁을 들어줄 것 같습니까?"

"암은, 응당 들어주어야지. 지가 뭔데, 지가 뭔데, 안 들어줘? 저는 제 자식과 손자들과 같이 살질 않소. 저는 그렇게 살면서 무슨 권리로 내 이 부탁을 못 들어줘."

"………"

상대는 펜을 놓고 잠시 멍히 쳐다보았다. 이 영감이 제정신으로 이런 소리를 하는가 하고.

"영감님 담배 태시던가요? 한대 태시지요."

하고 상대는 담배를 권하고 불까지 붙여주곤 저도 한대 피워물며,

"영감님, 노망으로 이러시거나 혹 실성하신 건 아니시겠지요? 실례 말씀입니다만."

"실성한 것으로 치면 내 쪽이 아니라……"

"영감님은 국가보안법이 있다는 것 아십니까?"

"그런 거 난 모르오. 알고 싶지도 않소. 단지, 난 내 피붙이를 만나야겠다는 것뿐이오."

"우선 순서가 박정희 대통령부터 만나야겠다고 하시면 모르되."

"그럴 생각도 했소. 허지만 그쪽으론 더더욱 힘들 것이오. 김일성씨가 가장 미워하는 것이 현재 박정희씨일 터이니까. 그렇지만 나는 개인적으로나 공적으로나 김일성씨와 원수진 일 없소. 그래서 김일성씨가 내 부탁을 받아들이거든, 그 다음에 박정희씨를 만날 생각이오. 이만저만해서 나는 고향으로 돌아가겠다, 그동안 어쨌건간에 남쪽에서 신세졌다, 마누라 떡장사 해주게 해서 고맙다, 입끝으로 허는 소리가 아니라 진정으로 고맙다."

"………"

"난 나름대로 혼자서 조사도 해봤소. 초대 대통령 이승만씨는 자식이 없고, 2대 대통령 윤보선씨는 치나마나고, 현대통령 박정희씨는 1남 2녀로, 그런대로 가족끼리 단란허게 살드먼. 김일성씨는 자식을 몇이나 두었는지도 알고 싶고, 내 눈으로 직접 확인도 허고 싶소. 저는 그렇게 살멘서 나더러는 안된다고 허면, 그 당장에 귀싸대기를 갈길 거요. 지가 뭔데, 무슨 권리로 인류의 기본을 막아. 그러고 나서 괜헌 딴소릴랑 말라고 할 거요. 통일? 그런 건 난 모르오. 인류의 기본을 어기면서, 통일은 무슨 놈의 통일이고, 무슨 딴소리가 있어?"

"……영감님 말씀이 천번만번 지당합니다만."

하곤 담배를 재떨이에 비벼끄며,

"어이 김형사, 이걸 어째. 살다가 원, 별꼴 다 보눈."

하고 갑자기 옆 동료 쪽으로 돌아앉아 끼들끼들 웃어가며 몇마디 수작을 했다. 재훈씨는 말없이 깊숙한 눈길로 그 모습을 쳐다보았다.

"암튼, 막걸리 반공법거리도 못되고, 괜스레 바쁜 검사님이나 판사님, 헛수고허게 할 수도 없는 거고, 일단 조서나 작성합시다. 여기다 주소하고 이름하고 나이, 생년생시부터나 쓰시우."

결국 재훈씨는 1978년 가을인가 혼자서 길을 걷다가 쓰러져, 별로 손써볼 새도 없이 면목동의 적십자병원에서 세상을 떠났다. 일단 행려병자로 취급되었던 거다.

병원측에서는 망자의 신상을 입증해줄 만한 증명 쪼가리 한장도 없어 난감해하던 중에, 이게 웬일인가, 별 희한한 일도 다 있더라는 것이다. 마침 그 안댁도 업혀서 우연히 같은 그 병원으로 들어와 운명을 하여, 양주가 한 시신(屍身) 칸에 나란히 들었더라는 것이다.

실은 그 안댁은, 바깥양반이 말없이 훌쩍 집을 나가고 난 뒤 이틀이나 지나도록 아무 소식도 없어 혼자서만 안달하며 속을 태우던 끝에, 음력설 같은 때에 더러 세배 오던 바깥양반의 십일촌 조카뻘이 된다는 택시기사 집에 전화로 기별을 했더란다.

면목동 사는 그 택시기사가 점심 먹으러 잠깐 집에 들렀던 길에 마침 그 소식을 듣곤, 부랴부랴 빈 택시를 몰아 득달같이 그 댁에 닿으니, 이게 웬일인가, 마침 그 안댁이 뒷간에 앉았다가 조카 오는 기척을 듣자마자 급하게 문을 열고 나오던 길에, "아이구, 내 정신이 왜 이래. 조카, 내가 왜 이래" 하면서 스르르 쓰러져, 그 길로 들쳐업혀 택시 뒷자리에 누인 채 면목동 적십자병원으로 실려왔더라는 것이다.

병원측에서도 자초지종 이야기를 대강 다 듣곤 혹여나 싶어, 그러지 않아도 남정네 노인 한분이 길에 쓰러져 있어 예비군훈련을 마치고 돌아가던 젊은이들 두엇이 업어왔는데 이미 숨이 끊어진 뒤였다, 그래서 지금도 아래 지하실 시신 칸에 모셔두고 연고가족을 찾던 판인데 혹시 그 노인이 이 분의 바깥양반일지도 모르니 한번 들여다보겠느냐고 하여, 십일촌 조카뻘 되는 그 택시기사가 병원측에서 이끄는 대로 지하실 시신 칸으로 내려가 관 속을 들여다본즉, 바로 재훈씨더라는 거였다.

세상에 이런 일도 있는가. 일천만 인구가 개미 끓듯이 들끓는 이 서울 천지에서, 늙은 양주가 운명한 상태로 이렇게 하필이면 병원 지하실 시신 칸에서 우연히 다시 만났다는 것이다. 세상에 이런 일도 있는가.

그리하여 그 십일촌 조카뻘 되는 택시기사가 두 분을 합장으로 장사지내고, 매년 꼬박꼬박 제사까지 모시고 있다는 것이다.

그런데 그때 영식은 숫제 기별도 못 받았었다. 그 택시기사는 열살도 되기 전에 이미 선친 따라 마을을 떠나 거리로 나가 있어 고향 적부터 피차에 상면조차 없었으니, 그런 큰일을 치르면서도 영식에게 기별할 엄두조차 났을 리가 없었다.

훨씬 뒤늦게야 저간의 사정을 들어 알게 된 영식은, 서울에서의 사람살이라는 게 대체로 이런 거구나, 그야말로 아수라장, 쌕쌕이판이로구나 싶어지며, 가만히 혼자 생각했다.

그 옛날, 학골댁의 상여 나갈 때 영식은 어머니 손에 이끌려 새골집 봉당으로 피했지만, 정작 그로부터 이십오년 남짓 뒤에, 학골댁의 살(煞)은 이런 식으로 재훈씨와 그 두번째 댁네에게 꼬나박히지나 않았을까 하고. 절골집 노할머니의 끌끌 혀를 차던 소리도.

1980년 봄 5·17이 나던 바로 이틀 전, 월남한 지 삼십년이 지난 터에 엉뚱하게도 초등학교 동창회 모임 통고가 와서, 영식은 의아하게 여기며 나갔다가 뜻밖에 타까다를 만났다.

초등학교 동창이라지만 그와 영식이 단둘이었다. 원체 농촌 변두리 초등학교라 월남한 사람이 거의 없었던 것이다.

고석만이라는 본이름으로 돌아온 타까다는, 기사 달린 외제 승용차에 머리끝에서 발끝까지 참기름을 처바른 듯이 미끈하였다.

그 옛날의 개구쟁이 태는 찾아볼 수 없었지만, 자세히 뜯어보면 어느 구석인가 어릴 적 모습은 남아 있었다. 6·25 직후 미국으로 유학, 지금은 선친께서 회장으로 물러나 있는 준재벌급 모그룹의 부사장이 되어 있었다.

그의 말인즉, 현재의 중국 동북쪽말고 북한에서만도 문천, 웅기, 초산까지 초등학교를 네 군데나 다녔어서, 어렵게 사방으로 수소문해서 근근이 세 동창회는 모을 수 있었는데, 며칠 전에야 우연히 자네 소식을 듣고 연락을 취했노라고 하며, "맞어, 자네 어릴 때 공부를 썩 잘했었지. 아슴아슴 생각이 나는군" 하고 한마디하였다.

그러나 고석만은 옛날의 그 일 같은 것은 까맣게 잊고 있었다. 그런 구질구질한 일을 여태 기억하고 있을 리가 없었다. 다만, 두어 시간 동안 시종 혼자서만 떠벌리는 속에, 이 나이 들어보니까 주위의 관혼상제를 잘 챙겨야겠더라고, 특히 상(喪)을 신경써서 챙겨야 하겠더라고 한마디하며, 다행히 자기는 어릴 적부터 초상난 집을 유난히 좋아하고 상여 뒤를 쫓아다니는 묘한 취미를 가졌었노라고 껄껄 웃었는데, 순간 영식은 화들짝 놀라며 그를 빤히 쳐다보았다.

그렇지, 이런 사람은 그때나 지금이나 살 같은 것이 먹혀들 리 없지, 별난 종자지, 별난 종자야, 하고 가만가만히 혼자 생각했다.

〔우정반세기, 창작과비평사 1991〕.

탈각

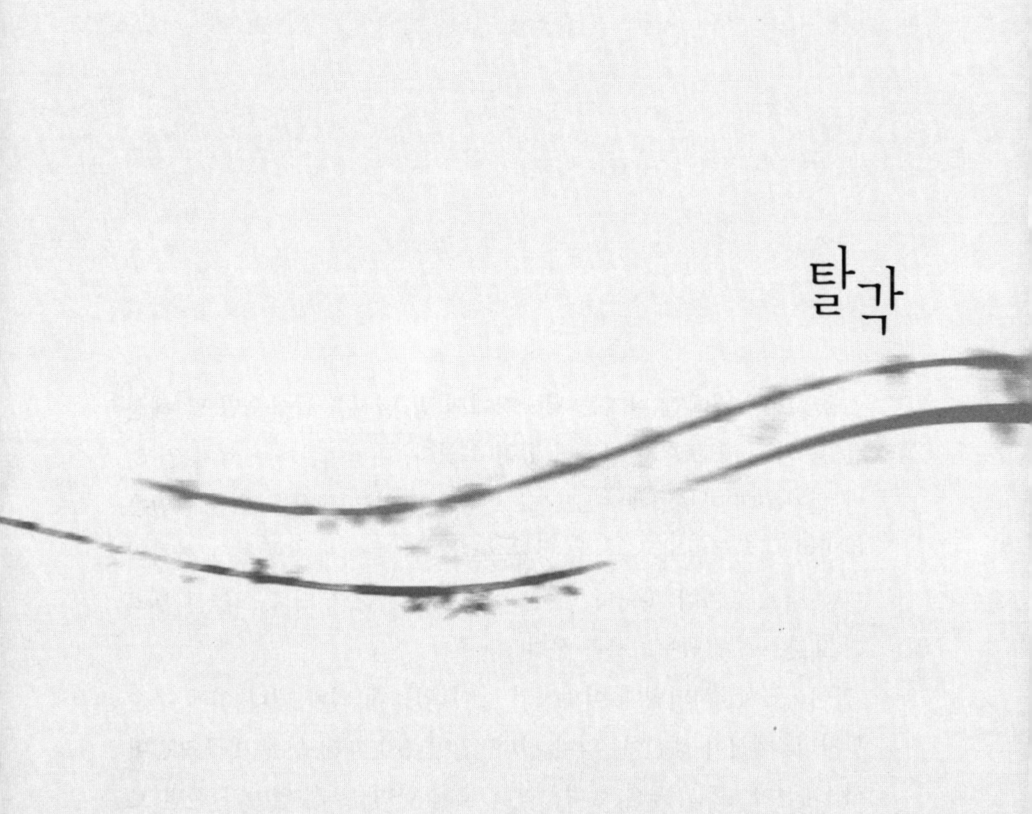

탈각

　동연이 저녁에만 나가는 당구장에서 밤 열시쯤 돌아오면 딸 혜선은 옷 입은 채로 혼자 잠들어 있곤 하였다. 미닫이문을 드르륵 열고, 방 한가운데 아무렇게나 오그리고 잠들어 있는 혜선을 보면 동연은 번번이 애처로워지곤 한다. 방안으로 성큼 들어서지 못하고 한참씩 그냥 서 있다가야 화닥닥 뛰어들어 우선 라디오부터 틀어놓곤 부러 더 요란스럽게 넋두리하곤 한다.

　"어이구야, 시퍼렇게 아버지가 살아 있는데 너나 내나 이게 무슨 팔자니. 혜선아 혜선아, 엄마 왔다. 일어나서 제대로 옷 벗구 자. 어서, 혜선아. 오늘 숙젠 했니? 어디 숙제 한번 보구, 엄마가 한번 보구."

　하긴, 아무리 저들 처지가 딱해지더라도 청승맞지는 말자는 것이 평소 동연의 철칙이긴 하다. 그렇게 늘 활달하고 환하고 요란스러운 동연이다. 하지만 "모두 좀 건강해져야겠어" 하고 특히 요즈막에 와서 노상 입버릇이 되다시피 지껄여대는 동연의 그 상투어에는 어거지스러움, 차라리 그 어떤 역설적인 여운도 풍기곤 한다. 그 옛날엔 나도 건강했다. 하지만 지금은…… 이런 투의 여운이……

그러나 바로 이런 모습에 유머러스한 표정이 가미되어 있다는 것은 옆에서 보기에도 민망하고 딱해 보인다. 아닌게아니라 동연의 입에서 단골로 이런 용어가 나올 때마다 형석은 대놓고,

"건강해지다니. 그렇게 피둥피둥 살이 찌구두 밤낮 건강만 찾는 건 무슨 취미야."

하고 비아냥거리곤 한다. 그러면 동연도 즉각,

"글쎄, 내니 아우. 하지만 바싹 마른 여자보다는 살찐 여자 쪽이 난 좋드라."

하고는 으레껏 번번이 필구 쪽을 흘낏 쳐다보며,

"안 그렇수?"

하곤 빤히 필구 얼굴을 살피며 조금 묘한 표정이 되곤 한다.

아직 우리 필구씨라고까지는 차마 못하지만, 필구는 그 조금 익살맞은 투이기는 하나 은밀한 여운이 담겨 있는 동연의 눈짓 속에서 번번이 그런 억양을 느낀다.

이런 때일수록 형석은 금방 눈 가장자리가 거칠어지며 홍, 하고 코방귀를 한번 뀌고는 알아들을 듯 말 듯, "자알들 노눈!" 한다.

이러면 동연은 여느 때의 그녀답지 않게 약간 얼굴이 붉어지면서도 발끈해서,

"도대체 형석오빤 왜 그렇게 노상 날 잡아먹지 못해 안달인지 몰라. 글쎄 내가 뭘 어쨌다구, 얼씬 말 한마디만 하면 말꼬리를 붙들고 늘어지는지 모르겠어."

한다.

형석도 같이 덩달아 벌끈해지는 흉내를 내며,

“쩌쩌, 뭘 이래. 농담 한마디도 못하나 원.”

하면, 동연도 금방 환한 얼굴로 돌아와 까댁까댁 웃으며,

“한번 나도 나대본 거지 뭘 또…… 하지만 정말이우, 모두 건강해졌음 좋겠어. 적어두 우리 세 가족이 살고 있는 요 집채 안이나마 말이야.”

하고 또 기어이 건강타령을 한마디 하고서는, 다시 한번 힐끗 필구 쪽을 쳐다보는 것이다. 이런 경우일수록 필구는 웬일인지 동연을 정면으로 쳐다보지 못하고 쩔쩔맨다. 그렇게 동연의 이 말뜻을 필구대로 십분 이해를 한다. 비록 건강이라는 단어가 알쏭달쏭하게 분간키 어려운 면도 없지는 않지만, 작금의 필구에게는 분명 간절하게 우벼드는 것이 있다.

ㄷ자로 꺾인 안채, 형석네가 쓰고 있는 방들은 벌써 조용하다. 돌부처처럼 말이라곤 없는 형석의 아내를 닮아서 애들도 하나같이 여간 순하지가 않다.

선잠을 깨서 칭얼거리는 혜선의 울음소리가 그 왼쪽 동연의 방에서 들린다. 옷을 벗기고 뉘는 듯 서성거리는 동연의 그림자가 그쪽 방 미닫이문에 어린다. 잠시 후엔 라디오 소리가 꺼지고, ‘요루와 쯔메따이 코꼬로모 사무이(밤은 차고 마음도 추워)’ 싸느다란 동연의 일본 유행가 소리가 잠깐 흘러나온다.

바깥 세탁가게에서 바로 안뜰 건너의 동연의 방 기척을 낱낱이 삭여 듣는 필구의 얼굴엔 비로소 비아냥 섞인 웃음이 잠시 떠오른다.

사실은 이즈음 와서 더욱 간절해지는 동연이다. 그러나 딱히 어쩌자는 배포가 선 것은 아니었다. 동연의 전남편 강준장이 이따금씩 클랙슨 소리도 요란하게 지프차를 몰고 찾아오는 것이 께름해서가 아니라, 우선은 형석부터가 개운치 않은 어떤 것으로 당장은 떡하니

가로막고 있는 것이다.

바로 어제였다.

제당회사인가를 설립한다고 요즘 들어 으레 아침 일찍 나가면 밤이 어지간해서야 들어오는 형석이, 웬일인가 낮이 조금 기울어서 잠깐 세탁가게에 들렀다. 그렇게 들어서자마자 모자를 벗어들고 손수건을 꺼내 이마를 문지르며 꽤나 신바람이 나서,

"이제 겨우 한숨 돌렸네그려. 회사가 구성됐어."

했다.

필구가 미처 뭐라고 대꾸하기도 전에 또 안뜨락 건너 그쪽 문이 드르륵 열리더니 쩌렁쩌렁한 목소리로 동연이,

"아이, 오늘은 어쩐 일이우. 대낮에 집엘 다 들르고. 그나저나 기분이 좋으시군. 암튼 회사가 구성됐다니 잘됐구면. 정말 오늘 이 집에 무슨 길(吉)자가 붙었나. 나도요, 오늘부로 그 당구장을 사기로 작정했다눈."

하고는 또 안뜨락 건너 필구 가게 쪽으로 먼 눈길을 돌리며 약간 짜증 섞인 채근조로,

"그나저나 아이, 필구오빠 대체 어쩔 셈이우? 일년 열두달 늘 그저 이러구만 있을 참이우?"

하고 또 한마디하였다.

이러는 동연의 어투와 억양에서 필구도 필구대로 또 즉각적으로 뭔가를 감득하며 적이 외면을 하는데, 별안간에 형석이 우락부락해지면서,

"여자가 뭐 그렇게 입이 싸누? 웬 걱정이야, 걱정은."

하였다.

동연도 맞받아 단호하게 발끈해지며,

“흥, 우스워라. 형석오빠 대체 무슨 참견이우? 그러구 웬 역정이우? 필구오빨 나대로 그만큼 아끼니까 하는 소리우. 왜? 내 이 소리가 못마땅하우? 하긴 형석오빠로서야 평생 필구오빨 제 밑에서 부리는 게 좋긴 하겠수.”

이러자 형석은 급소라도 찔린 듯 한순간 멍하게 있다가, 다음 순간 한손을 내흔들며 와락 무슨 소리를 내지를 듯 내지를 듯하더니, 피워물었던 담배꽁초를 획 문밖으로 내던지며 우락부락 모자를 들곤,

“오오냐, 오냐, 자알들 노눈! 이젠 당구장도 샀으니 배짱이다 그거군. 에이, 꼴사나워서.”

하곤 곧장 밖으로 도로 나가는 것이 아닌가.

물론 이것을 평소 형석의 단순하고 직정적인 성격 탓으로 돌려버릴 수는 있었다. 동연 말마따나, “형석오빠 늘 너무 직선적이구 속이 빤드름해서 탈이야.” 대강 이런 정도의 수준으로 넘겨버릴 수도 있었다. 그러나 여느 때는 그렇게 수월하게 넘겼던 동연도 오늘만은 웬일인가 얼굴색이 파래지며 입술까지 지그시 깨물고 섰다가,

“흥, 누구 무서워서 할 짓 못하겠네. 무슨 권리루? 도대체 무슨 권리루 참견이야? 참견이……”

하곤 덜커덕 제 방문을 열고 도로 들어갔다.

이러는 동연의 반응에서 와닿는 착잡한 여운만큼 또다른 여운을 형석의 그 양태에서도 필구는 번번이 느끼곤 하는 것이다.

한달에 한번만큼씩 오는 강준장을 얼씬 이 집채 안으로 들이지 않는 그 동연의 외고집, 뭐랄까 동연의 그 성지(聖地)의식 같은 것, 한 고향이랍신 필구와 형석네까지를 포함한 한 울타리 의식, 그런 것이라면 동연 못지않게 형석도 십분 지니고 있다고 자처해오는 터이다.

그렇다면 언제부터 동연이 뜰 건너 아랫방을 전세로 얻어든 것인

지, 이 집으로 들어온 지 일년 내외밖에 안된 필구로서는 딱히 알지는 못하지만, 아무튼 강준장과 헤어질 때 위자료조로 백만환인가 받은 것을 살곰살곰 늘리며, 그날그날 모녀가 제법 넉넉하게 지내는 듯하였고, 제 말은 심심파적이라 하지만 저녁에만 나가는 당구장에서도 매달 삼만환 가웃은 들어오는 눈치였는데, 어느새 그 당구장을 통째로 사게 됐다니 그거야말로 가상하달 일이 아니겠는가. 더구나 아녀자 몸으로. 그렇다면 형석의 그 우락부락은 대체 뭐냐.

하기야 형석네 일가와 동연 모녀와 필구, 한 고향이라는 연줄로 오붓하게 한 집안 같은 분위기로 지내오는 터이기는 하나, 따지고 보면 여기에 뭐 꼭 불가피하게 절체절명의 근거라고 할 만한 것이 실은 없었다. 더구나 고향이 같다는 것을 두고 도리니 뭐니 자발 떨 것까지는 없는 것이다. 동연 말마따나 도대체 무슨 권리로? 형석이 대체 무슨 권리로 이 일에 끼여든다는 말인가.

그러나 필구로서는 또 반드시 그렇지만은 않았다. 한 고향이라는 연줄로서 형석의 은혜를 현실적으로 입어온 것이 엄연한 사실인 바엔 매사에 형석 앞에 자기 생각대로만 떳떳하게 나댈 형편이 아닌 것도 사실이었다. 동연하고는 월남한 뒤 몇년이 지나서야 피차 만난 터이지만, 1·4후퇴 때 북에서 한 배를 타고 나와 두어 달간 부두노동을 하는 둥 마는 둥 하다가 굶어죽으면 죽었지 더이상 이 노릇은 못하겠다고 형석 혼자서만 휑하니 어디론가 떠나갈 때, 네 그 주책도 고향산천이니까 그런대로 통했지 여기가 어디라구, 흥, 이 판국에 부두 일거리 있는 것만 해두 고맙고 대견하지, 뭐가 어쩌구 어째 이놈아, 하고 마음속으로 생각은 하면서도 필구는, "어디 가건 기별이나 하려무나" 하고 은근한 한마디를 건네긴 했고, 그러나 이미 서로를 잇고 있던 연줄이 끊어지기라도 하는 것 같은 허전함과 함께

'어디 누가 잘되나 두고보자'는 경쟁의식 같은 것이 형석은 몰라도 이미 필구의 마음속엔 첫싹을 틔우듯이 자리해 있던 것도 틀림없는 사실이었다.

얼마 뒤에는 필구도 초장동의 어느 제면소에 잠깐 취직이 되어 있었는데, 그 무렵에는 형석도 서면에 있는 모 미군부대 식당에 있다는 기별이었다. 아롱아롱한 남방셔츠에 남색 운동모자를 쓰고 제법 자전거까지 타고 오락가락하더니 몇달 뒤엔 그 미군부대에서도 나와 모퉁이에 세탁소 하나를 차렸다기에 또 웬 허풍인가 했다. 아닌게아니라 어느날 가본즉, 초라하기 짝이 없는 판자 바라크집이긴 했으나 간판만은 짙은 남색 바탕에 붉은 글자로 VICTORY LAUNDRY DRY CLEANING Welcome 어쩌고 요란하게 써붙여 얼핏 보면 간판만 보이는 집이긴 했으되, 홍 제법이다 싶었다. 겉으로 보기보다는 꽤 재미를 보는 눈치였다. 물론 간판이야 세탁소지만 다른 꿍꿍이속도 있는 모양으로, 세탁소다운 풍모보다는 무슨 노변 여인숙 같은 뒤숭숭한 분위기가 감돌고 있었다. 그리고 이 무렵부터 형석은 꽤나 자신만만했다. 게다가 임신 사개월이라는 정체를 알 수 없는 이남 여자까지 하나 벌써 얹혀 있어 본격적으로 이 바닥에 눌러앉을 태세인 것도 필구로선 심히 못마땅했다.

"어느새 장가까지 들었군 그래. 그러니까 아주 여기 눌러앉을 참이야?"

하고 필구 쪽에서 항변조로 대들자, 그때만 해도 형석은 적이 얼굴을 붉히며,

"장가랄 게 있니, 그냥저냥 이렇게 됐다. 까짓 거 다 그렇고 그런 거 아냐. 이럭저럭 지내다가 돌아갈 때가 되면 돌아가는 거지 뭐."

하고 우물쩍주물쩍 말끝을 얼버무렸다. 그러나 비록 말은 그렇게 하

면서도 그때만 해도 형석은, 임시건 어쨌건 나 하나만이라도 이만큼 자리가 잡혀가고 있으니, 필구 너도 형편이 그럴 만하거든 여기서 한데 어울려 지내다가 돌아갈 때가 되면 같이 가자는 배포였고, 실제로 그렇게 내색도 했으나, 필구는 외고집으로라도, 괘씸하다, 이런 법이 없느니라, 고향이 지척이야, 아비 어미가 시퍼렇게 고향에 살아 계셔, 이런 생각이었지만, 한편으로 차근차근 따지고 보면, 고향이 지척이라지만 돌아갈 길이 도무지 아득한 바에야 자신의 그 고집도 딱히 현실적 근거가 있는 것은 아니었다. 다만, 덮어놓고 이런 형석에게 울뚝 반발을 느끼며 그후로는 한동안 아예 발을 끊어버리고 말았다. 그 뒤로 휴전선이 더욱 굳어지고, 환도바람이 불고……

군대에 들어갔다가 몇년이 지나서 필구도 남들처럼 제대를 했을 때는, 이미 위치가 훨씬 달라진 형석을 찾아볼 체모가 자기에게는 없는 것처럼 여겨졌고, 결국은 청계천변에서 하루하루 품일로 트럭 짐을 부리는 뜨내기 막일꾼으로 떨어져 있었다. 그렇게 바로 일년 전 저녁답에 중절모자를 척 쓴 형석과 우연히 딱 마주쳤을 때, 필구는 반갑다기보다 우선은 자신의 꼬락서니가 창피했다. 언제나 단도직입적이고 그런저런 눈치 가리지 않는 형석이기도 했지만(이것이 고향에서는 주책머리없고 천박한 것으로 여겨졌으나 이 남쪽에서는 제법 기민성과 순발력으로 벌써 통하고 있었다), 얼근히 술기운이 있는 얼굴로,

"야아, 대체 넌 왜 여직 그 꼴이냐. 월남 오년에 억대를 번 사람도 수두룩한데 도대체 넌 뭘 하구 자빠졌기에 여태 이 모냥이야? 한 고향이랍시구 아무리 수소문을 해봐두 어디 알겠더나."
하고 슬쩍 경상도 사투리까지 섞어 한마디하곤,

"아무튼 어디 가서 막걸리라도 한잔 하자마. 넌 소학교 때 한 학급

에서 나보다 늘 성적이 몇째 앞섰다는 것을 쥐뿔나게 의식하멘서리,
그런 쥐뿔 겉은 자존심으루다 날 만나는 것을 꺼려한 모냥인데 그것
부터가 틀려먹었어. 이런 타향 바닥에서야 피차 고향 낯짝만 해도
그게 어딘데."
하였다.

형석의 이런 행태가 새삼스러울 것은 없었지만, 그때 주제꼴부터
가 말이 아니던 필구로서는 형석의 그 태에서 압도적으로 덮쳐오는
박력 같은 것을 느끼지 않을 수 없었고, 그렇게 결국 필구는 고분고
분 형석의 권고를 좇아 그날로 그의 세탁가게 일을 맡아하게 되었던
것이다.

여기서 동연을 만났다. 동연은 필구 목소리를 듣자마자 건너채 제
방 앞 툇마루를 건너뛰다시피 안뜨락으로 달려나오면서,

"아이, 이게 뉘기요! 뉘기요! 필구오빠 앙이요. 앙이, 죽은 사람 만
나도 이렇진 않겠수. 형석오빠 통해서 필구오빠도 월남해 나왔다는
소린 들었지만, 앙이, 대관절 언제 제대는 했수?"
하고 호들갑스럽게 법석을 떠는 것이 아닌가. 그제야 필구도 얼근한
술김이긴 했으나 곧장 감격의 울음부터 터뜨렸던 것이다.

그러저러한 연줄이나 어릴 적부터의 정의(情誼)를 생각하더라도
형석, 동연, 필구 셋이 다 고작 서로의 얼굴에서 느끼는 고향이라고
는 하나, 환도 후에 장만한 형석의 집채를 같이 쓰고 있으면서, 제법
성지의식이랄까, 그 어떤 고향 테두리랄까, 아무튼 그런 '고향의식'
(이런 개념이 있을 수 있다면)을 서로 지니고 있다는 것은 그런대로
가상하고 귀한 것임에는 틀림없었다. 그리고 그런 종류의 고향의식
이라면 형석이나 동연 못지않게, 아니 그 둘보다 몇갑절 더 필구도
지녀왔다고 자처해오는 터이다.

　그러나 이즈음에 와서는 더러 필구 혼자서만 곰곰 씹듯이 뇌기도 하는 것이다.

　"이젠 어차피다. 임시변통도 유만부득이지, 말이 되나. 무한정하고 림시루야 살 수 없는 거 아닌가. 돌아갈 때를 예상하구, 그렁이까 림시루! 도대체 어느 장날꺼정 림시냐 이 말이야. 요는 이젠 나도 좀 제대로 살아봐야겠다아 이 말이지. 고향이래봤자 형석이나 나나 동연이나 피차의 상판때기에서 겨우 느낄까말까 아닌가. 고작 피차의 상판때기에서…… 도대체 어이가 없고 우스운 노릇이 아닌가. 고향을 빗대서 서로 구애를 받아야 하구, 나름대로 경우를 따져야 하구, 슬슬 눈치를 살펴야 하구, 막연히 말이지, 그러구 석연치 않게 답답해야 하구. 도대체 뭐 말라죽은 고향이난 말이야. 이럴 바엔 차라리 그까짓 군더더기 같은 고향일랑 깨끗이 걷어치우자, 깨끗이. 그러구 새로 시작이다! 새출발! 동연이 말마따나 그렇게 건강해져야 해, 건강해져야. 우선 이렇게 땡겨드는 단어가 아닌가, 건강이라는 단어부터가."

　이렇게 제멋대로 결론을 내리려 들면 우선 그 '새출발'이라는 단어가 풍겨주는 참신한 어감과 더불어 형석의 존재는 저만큼 멀어지고 동연만이 더한 질감으로서 마음속 깊이 당겨드는 것이다.

　요컨대 형석의 우락부락은 이 점으로 귀착되는 것일 터였다.

　실제로 금방 한길에 나온 형석은 덮어놓고 "고래로 기집년이 입이 싸면 집안이 망하는 법이라고 했어" 하고 혼자 악을 쓰듯이 되뇌었다. 그리고 적어도 이렇게 형석이 지금 '집안'이라고 쓰는 용어에는, 정확히 의식했건 안했건 저들 셋의 그 소위 '성지의식' '고향의식' 같은 것이 밑자락에 깔려 있는 것은 물론이었다. 셋의 이 고향의식이 지속되는 한에서는 고향으로 돌아갈 여지가 아직 남아 있으나,

그것이 깨부서지는 날에는 지금의 이 고향과의 아슬아슬한 연줄도 마지막으로 끊기면서 물설고 낯선 이 타향에 주저앉게 될밖에 길은 달리 없을 것이라고, 단순하고 직정적인 성격인 형석이 셋 중에서 그런 의식이라면 누구보다도 강했을지도 모른다.

그러나 당장의 형석으로서는 사사건건 필구를 은근히 두둔하고 나서는 동연이 밉살스러운 것이다. 더러는 자신만 슬그머니 따돌려진 그런 느낌인 것이다. 스스로도 더러는 하도 어처구니가 없어 피시시 웃기도 하였거니와, 어차피 자기는 결혼한 몸이로되, 형석의 진짜 마음은 가능하다면 셋이 다 요대로 늙어버리거나, 아니면 고향으로 돌아가는 날까지 고냥 요대로 있고 싶은 것이다. 그야, 이미 처자 권속을 거느린 형석으로서 추호나마 동연에게 딴마음을 품을 리는 없다. 다만 요즈음에 와서 부쩍 눈치가 달라져가는 필구와 동연의 사이가 여간만 마음에 걸리지 않는 것이다. 더구나 아닌밤중에 홍두깨 격으로 당구장까지 사게 됐다는 동연의 말도 필구와 미리 작정된 꿍꿍이속으로 대뜸 다가드는 것이다.

바로 며칠 전만 해도 그렇다. 형석이 느지막이 들어오자 동연이 으레 그녀 특유의 그 장난스러운 익살조로,

"가령 이 집에서 세대주가 된다면 누가 될까잉? 그거야 당연히 형석오빠겠지잉?"

하곤, 잇대어서 또 필구 쪽을 쳐다보며,

"참 필구오빠 대체 어떡헐 참이우?"

하는데, 그 억양에도 형석 앞에 필구와 자기는 이미 여간 사이가 아니다, 하는 걸 은근히 내비치려는 듯한 저의가 깔려 있어 보였다. 적어도 그런 쪽으로 과민한 형석에겐 그렇게 비쳐졌다.

뿐만 아니라 요즘 들어서 부쩍 더해진 동연의 초조감 같은 것도.

아무튼 형석 자신은 이미 장가도 들었으니, 필구의 장가 걱정이나 동연의 재가 걱정도 전혀 나몰라라 할 수는 없는 일이어서, 더러는 필구더러도 "아니, 대체 장가갈 생각은 허구는 있는 거야"라거나, 동연더러도 "이젠 혜선 엄마도 슬슬 제 임자 만날 생각을 해야지" 정도로 나대보긴 하지만, 어쩐지 그런 면에 들어서는 솔직히 적극적인 관심이 내키지 않았던 것이다. 단지 형석은, 이제 새로 시작하는 제 당회사만 잘돼봐라, 필구에겐 종로 복판이나 명동 어귀에 큰 세탁소를 차려주고, 동연에게도 집 한채쯤 사주지 않으리, 하고 괜스레 뻑적지근한 욕심만으로, 고작 이런 것이 이즈음 들어서의 형석의 고향의식이라는 것의 속알맹이였다.

그러나 일언이폐지하고 형석으로서는 동연이 독자적으로 당구장을 샀다는 그 사실을, 이제까지 셋이서 귀하게 가누어온 이 성지를 깨부숴버리게 되는 첫 실마리로 외고집으로라도 되새김질하며, 세상에 이런 법이 없느니라, 고향이 지척이다, 고향이 지척이야, 하고 악을 쓰듯이 뇌곤 하는 것이다.

바로 사흘 전에는 강준장이 다녀갔다. 혜선의 교육비를 매달 대는 터여서 한달에 한번은 다녀가는 것이다. 그러나 준장이 아니라 준장 할애비라도 얼씬 이 집채 안으로는 들이지 않는 것이 또 동연이었다. 그리고 그러한 동연의 외고집엔 만만치 않은 위엄도 위엄이려니와 제법 성지라도 지키려는 듯한 고향의식이 짙게 드러나 있곤 하였다. "얻다 대구 이 집엘 들어와? 어림없어. 난 비록 멋모르고 저한텐 당했다 치구, 함부루, 이 집이 감히 어느 집이라고" 하는 악착스러운 이런 투가.

강준장은 으레 세탁가게 앞에 지프차를 세우고 차 안에 버티고 앉은 채 운전병만 들여보낸다. 그러면 동연은 아예 방문까지 처닫고 평소 때보다 더 활달한 얼굴로 여덟살난 혜선을 차려입히는 것이다.
이런 경우 동연의 그 어느 때보다도 아른아른 윤기가 돌게 색감조차
풍기는 거조가 필구 눈에는 위태위태하게 더 안쓰러워 보였다.

"아바지가 왔다, 혜선이 아바지가. 너를 아바지 못 보게 한다는 건
말도 안되지, 그렇지? 그건 죄받을 일이지, 안 그렇소? 우리 혜선씨,
어이구 무뚝뚝해라, 기집애가 뭐 이렇소? 좀 해죽해죽 웃구, 애교두
떨구 하질 않구, 제 아바질 그대로 닮았다니까 앤. 자, 어서 일어서
봐. 어디 보자아, 우리 혜선씨."

그러면 혜선은 운전병과 어머니를 번갈아 쳐다보며 어리벙벙해서
울먹울먹한다. 동연은 윗니로 아랫입술을 질끈 깨물고는 혜선을 앞
으로 끌어안으며,

"뭐 이렇소? 우리 공주님이. 아바지가 준장나리가 왔다는데두 뭐
이렇소? 한달에 고작 한번 보는 아바진데, 안타깝게 보고 싶어서 온
아바지에게 실례가 되게스리, 뭐 이러우? 자, 우리 혜선씨, 기특하게
두 아바지를 닮은 우리 혜선씨."

하며 드디어는 동연의 목소리도 차츰 목이 메어 거쉬어져가곤 하는
것이다. 운전병도 차마 동연을 정면으로 마주보지 못하고 적이 외면
한 채 혜선만 댈롱 안고 나간다. 이러면 동연은 방 한가운데 멍히 서
서 바깥채 세탁가게 구석으로 한 모서리 보이는 지프차를 독기서린
눈길로 흘낏 내다본다. 더욱 아른아른해 보이는 그 얼굴은 바야흐로
하얗게 질리고 턱이 덜덜 떨리는 것이다. 야아 열녀다, 역시 북쪽 여
자다! 소리는 오리뜰 사람들이 함부로 하는 소리고, 세탁가게에서
이런 정경을 속속들이 들여다보는 필구는 지그시 혼자서 입술이나
깨무는 것이다. 그렇게 웬 보람 같은 것을 느끼곤 한다. 뭐 강준장에
대한 동연의 쌀쌀맞음을 저 나름의 타산으로 받아들여서가 아니라,

그런 것들을 넘어선 그 어떤 보람 같은 것, 소위 강렬한 고향의식 같은 것.

혜선을 태운 지프차가 모퉁이를 돌아가면 동연은 비로소 까칠까칠하게 탄 입술을 제 혓바닥으로 돌려 축이며 세탁가게로 나온다. 웃음인지 울음인지 분간키 어려운 요란한 목소리로 지껄여댄다.

"아이 속상해, 어느 장날까지 이 꼴이우 글쎄. 하지만 난 창피하진 않아. 안 그렇소, 필구오빠. 이래봬두, 나, 속알머리 하나는 짱짱하게 살아 있다우. 우리 아바지나 우리 고향 채신 깎일 일은 안했어요. 정말이우. 흥, 얻다 대구! 누구 앞이라도 난 떳떳할 수 있어요. 안 그렇소? 필구오빠. 글쎄 생각 좀 해보구려. 후닥닥 입성해 들어와설랑 요란하게 지프차를 몰고 다니는 연대장이래서 딸 달랜다구 덜컥 내준 우리 아바지가 죄지, 내야 무슨 상관이람? 그러구선 금방 후퇴바람이 일자 고지식하시기만 한 우리 아바지 왈, 한문자 섞인, 뭐래드라? 암튼 나 혼자서만 따라가라는구먼 글쎄. 그래그래 맞어,·출가외인이래나 뭐래나. 저저끔 정신들을 못 차리는 속에 딸부자였던 우리 아바지루서야 이참에 하나라도 처치하는 것이 후련하시기야 했을 테지. 참 생각할수록 이가 갈려. 그렇게 후퇴하는 지프차에 올라타서 뒤돌아보았을 땐, 늙으신 엄마는 두 손으로 얼굴을 싸쥐고설랑 떠나는 딸을 제대로 보지도 못하시더라구. 배에 오르자 고향이랍신 항구는 자욱이 안개에 가려 있구, 중천엔 달이 떠 있구 그렇습디다. 흥, 지나놓고 보면 우습지도 않아요. 여하간에 나야 신줏단지 모시듯이 그이를 따를 수밖에요. 그런대로 그인 날 끔찍이도 아껴주긴 했시요. 지금도 제 속이야 한결같을 테지만, 흥, 얻다 대구, 이 내가 뉘긴데. 한길에 널려 있는 그런 쓸개빠진 계집인 줄 알구? 어림 반푼어치도 없지…… 혜선이 낳고 이년이나 지났을까, 그땐 이 내 세도도 요란했구먼. 세상에 그런 귀부인이 어디 있었겠소. 손끝에 물 한방울 묻히지 않구, 열 발짝 거리도 꼭꼭 지프차를 타구, 그렇게 지내고 있는데, 어느 하루는 초라하고 까무잡잡하게 생긴 전라도 사투리를 쓰는 여편네 하나가 사내아이들을 하나는 업구 하나는 걸리구 찾아와 설랑 사모님을 찾는데, 보자마자 뒷골이 아찔합디다. 대뜸 알겠더먼. 허지만 그때 내가 어쨌는지 아우? 글쎄 들어보라구요. 그 여편네를 공손하게 모셔들이구설란에 한 무릎을 세우고 앉아서 딱부러지게 선언을 했시요. 오늘부로 난 물러서겠다고, 정말 이럴 줄은 꿈에도 몰랐노라고, 이 내가 누구 첩질 해먹을 년 같으냐고, 어림없다고. 그러군 갓난아기 혜선이를 등에 업구설랑 처음으루 부엌에 들어서질 않았겠수. 그렇게 손수 밥을 하면서리 그제서야 콧물 눈물이 범벅으루다 쏟아지는데 당최 걷잡을 수가 있어야지. 그때 내가 아래윗니를 악물구 무얼 생각했는지 아우? 애오라지 '고향과 아바지 채신 깎일 일을 해서는 안된다. 천하없어도 그것만은 지켜내야 한다'였시요. 그렇게 공손하게 진지상을 가져다 바치는데, 그 여편네두 그렇지, 그 밥이 어찌 목구멍으루 넘어갈 것이요. 한다는 소리가 이러는 내가 그저 무섭다는 거라요, 북쪽 여자라, 다르다고! 난 그러고 나서야 그이에게 전화를 했시요. 급한 일이 생겼으니 잠깐 들어왔다 가시라고만 했는데, 남편은 멋모르고 집에 들어서다가 제 본 여편네를 보고는 얼굴이 새까매집디다. 그러거나 말거나 그 길로 난 짐을 쌌시요. 그이는 별 단 주제에 의젓지 못하게 눈물까지 흘리멘서리 애걸애걸을 합디다. 당자가 번연히 앞에 앉아 있는데도 본처와 이혼을 하겠다는 둥, 돼먹지 않은 소리를 지껄입디다만, 어림이나 있겠수. 아, 이 내가 뉘긴데. 그 본처라는 사람도 뭐가 그렇게 서러운지 펑펑 웁디다만, 난 눈물 한방울 안 흘리구 깨끗이 물러나왔시요. 자, 어때

요, 이만하면 북쪽 여자 자격이 있나 없나, 고향 채신 깎일 일을 했
나 안했나.”

이렇게 주워대곤 천지가 떠나가게 한바탕 또 웃어젖히는 것이다.

두어 시간이 지나서야 지프차가 다시 혜선을 태우고 돌아온다. 으
레 운전병은 이것저것 한아름 안고 들어선다. 물론 혜선의 한달 교
육비라는 명목으로 두둑한 봉투 하나도. 혜선도 나갈 때와는 달리
동연 앞에서 아버지 자랑을 해쌓는다. 으레 필구는 세탁가게에 멍하
게 서서 속속들이 그 정경을 건너다볼 뿐이다.

일요일 해질녘이었다.

필구는, 짙은 초록색 저고리에 까만 비로드 치마 차림으로 오늘따
라 조금 이르다 싶게 나서는 동연을 문득 불러세웠다.

“잠깐, 오늘은 하루 쉬지 그래” 하고.

동연도 화들짝 놀라듯이 “왜애?” 하고 힐끔 돌아보고서는 다시 빙
그르르 돌아서며,

“흥, 무슨 권리루?”
하고 한마디 쏘는데 노골적으로 비아냥거리는 투였다.

순간 필구는 또 울컥 우락부락한 것이 솟구쳤다. 하지만 입술 끝을
지그시 물며 일단 참으려고 들었다. 사실 필구는 이즈음의 형석에게
심히 못마땅한 것을 느끼듯이 동연에게도 괜스레 매사에 우락부락해
지고 싶곤 한다. 형석이나 동연에게 평상적으로 노상 열등의식 같은
것을 지니고 있는 필구라, 아무튼 현실 생활면에 있어 제 처지가 그
렇고 그런 바엔 매사에 제 밸대로만 나갈 수도 없지 않으냐, 그러니
까 자기보다는 동연이 좀더 적극적으로 나올 수도 있지 않느냐는 쪽
으로 불만이었다. 하지만 오늘은 필구가 여느 때 없이 단호하게 아

주 강경하게 명령조로, "글쎄 오늘은 하루 쉬어, 상의할 일이 있어" 하였다.

그제야 동연도 두 눈을 말끄럼하게 뜨고 필구를 빤히 건너다보다가, 그냥 안으로 획 달려들어가더니 공들여 차려입었던 옷을 홀홀 벗고는 느닷없이 주절주절거리며 대성통곡을 하질 않는가.

"어림없다, 어림없어, 우리 혜선일 두고 내가 어딜 가니? 어림없어. 어허허허, 엄마가 말야, 엄마가, 요즘 무서운 유혹을 많이 받는단다. 어허허허, 하지만 그런 유혹에 홀홀히 넘어갈 줄 알구? 어림없어, 혜선아. 홍, 얻다 대구?"

드디어 혜선도 영문이라곤 모르고 울음을 터뜨리자, 동연은 또 와락 혜선을 끌어안으며 씻은 듯이 가라앉은 목소리로,

"아니야 아니야, 괜찮아, 엄마가 조금 미쳤었구나. 참 우스워죽겠네. 자, 어서 그치고, 딱 그치고, 우리 국수 삶아먹을까. 우리 혜선씨가 좋아하는 밀국수 삶아먹을까?"
하고 아닌게아니라 잠시 뒤에는 머리에 수건까지 질끈 동여매고 풍로에 불을 지핀다, 국수를 내서 삶는다, 꼭 미친년 널뛰듯 돌아갔다.

필구의 입가에도 어느새 야유 섞인 미소가 비어져나온다. 역시 별수없는 여자다, 싶어진다. 여느 때는 그렇게나 매사에 단호하고 앞뒤가 명쾌하게 처신해왔으면서도 이런 일에 들어서는 저렇게 갈팡질팡이로구나 싶어지며, 제법 측은한 생각까지 든다. 그러나 저렇게 대성통곡까지 하는 것을 처음 보는 필구로서도 내심 흐뭇한 한편으로, 문제가 새삼 착잡해지는 것을 느끼지 않을 수 없었다. 적어도 강준장 문제라면 이미 해결이 지어진 것으로 생각해왔다. 하기야 더러는 동연이 딸자랑을 한답시고, "우리 혜선인 제 아바지를 꼭 빼닮았시요. 공부 잘하는 거며, 글씨 잘 쓰는 거며, 분명히 날 닮지는 않았

시요. 제 아바지를 꼭 빼닮았다니까요" 하고 무심결에라도 지껄이는
것을 접할 때면 필구는 번번이 혜선이 자랑을 빗댄 전남편 자랑처럼
들렸던 것이다. 그러나 평상시에 더러 자기가 새시집을 가게 되면
혜선이는 당연히 제 친아빠가 맡게 되어 있노라고, 그동안만 자기가
맡아 기르노라고 동네방네 떠들어온 것으로 보더라도, 전남편 강준
장에 대한 동연의 자세에 추호나마 요동은 없었다.

그나저나 필구로서 역시 문제는 형석이었다. 뭔지 분명치는 않고
뚜렷하게 잡히는 것은 없으나, 형석을 생각하면 끈끈하게 들러붙어
오는 것이 도무지 아리송하게 간단치가 않은 것이다. 당장의 필구로
서는 셋이 지금 이 정도로나마 꾸려내어 살고 있는 이 어중간한 대
로의 성지의식을 깨끗이 끝장내면서 동연과 단둘의 신혼생활로 들어
가기에는 뭔지 형석이 걸리고 께름해지는 것이다. 그동안 자기가 형
석에게서 입은 은혜로 보거나 뭘로 보거나 형석에게 그런 야박한 짓
은 할 수 없다는 쪽의 생각이 집요하게 남아 있는 것이다.

어둑어둑해지자 동연은 다시 외출복으로 차려입고 새침한 얼굴 속
에 결연한 것이 잠겨 있는 얼굴로 세탁가게에 나타났다. 아까 한바
탕 대성통곡을 했던 것이 제딴에도 부끄럽다는 셈인지 한손으로 입
을 가리며 킬킬 조금 웃고는, "저 나가요" 하였다. 필구도 대강 급하
게 웃도리를 걸치고 뒤따라나섰다. 동연은 힐끔 돌아보곤 또 피시시
웃으며 한마디했다.

"딴은, 내 재가 걱정 때문에 이러는 거군? 고맙지 뭐유."

"뿐만 아니라 내 장가 걱정도……"

"흥, 그래요? 하긴 그렇긴 하겠수."

하고 동연은 심상하게 받는다. 필구는 조금 전의 동연처럼 피시시
한번 웃고는,

"그나저나 단둘이 얘기 한번 나누기가 원 이렇게도 어려울까. 한 집 울타리에 산다면서리."

"………"

동연은 아무 대꾸도 없다.

그러자 필구는 또 엉뚱하게도, 자기와 동연과의 이것은 이미 십수 년 전부터 죽 이어져온 듯한 감미로운 착각에 저도 모르게 잠시 혼곤하게 빠져들려고 하였다.

여학교에서 돌아오면 언제나 날아갈 듯한 한복으로 갈아입고 동네 방네 쏘다니던 동연이었다. 그렇게 감색 교복을 노상 원수처럼 여기곤 하였다. 여학생 적부터 어디서나 동연이 있는 곳이면 왁자하게 시끄러웠다. "필구오빠, 나 영화 하나 보여주면 안 잡아먹지" 하고 걸핏하면 필구 팔에 매달리던 동연이었다. "이 왈가닥아, 대체 넌 언제나 제대로 철이 들라니?" 하면 "나? 난 평생 철 안 들래. 철 안 들면 되레 편할 것 같아. 이렇게 때없이 떼나 쓰고 좀 좋아요?" 하고 받곤 했다. 더러는 "딸부자인 우리 아바지는 넷째딸인 날 골칫덩어리로 알고 있지만, 보슈, 난 언제나 자신 하나는 만만하다눈. 내 인생 내가 살지, 남이 살아주나 뭐. 어서어, 필구오빠, 나 영화 하나 보여줘어" 하고 조잘대기도 했다. 윗동네로 가는 달구지 무리 속에 교복 차림으로 떡 앉아서는 하나같이 입들이 험한 그 달구지꾼들과도 한마딘들 지지 않고 익살을 떨곤 하던 동연이었다. 도무지 감당하기가 힘들던 이 어릴 적부터의 동연은 필구 입장에서 지금이라고 추호도 다르지 않다. 하지만 오늘은 천하없어도 딱부러지게 얘기를 나누리라고 필구는 굳게굳게 마음을 다진 터였다. 그렇게 필구는 동연의 걸음에 맞추듯이 발걸음 내딛는 속도를 조금 늦추며 스적스적 얘기 허두를 떼었다.

"동연이도 우리 피차의 현 처지는 익히 알 만할 테니 머리말은 생략하기루 하고, 요컨대 앞으로의 나와 동연이 문젠데, 물론 난 대강 각오가 돼 있으니까 지금 이렇게 동연이를 불러낸 거구, 어차피 이런 일이라는 게, 이런 일이라는 게, 피차간에 이것저것 걸려 있어 그닥 간단치가 않게 마련인데 말이지."

"웬걸, 머리말은 생략한다면서 온통 머리말투성이구먼."

대번에 동연은 또 이렇게 퉁기듯이 쏘아붙이곤 잇대어서,

"아암, 그닥 간단치 않구말구요. 이런 일이라는 게, 이런 일이라는 게, 그런 말부터 아이 지겨워라. 그러구저러구 난 아직 각오가 서 있지 않은데 어쩌지요? 각오, 각오, 각오. 이 판국에 뭐 말라죽은 각오 타령이람. 도대체 필구오빤 왜 그렇게도 답답하눈? 정말 답답해죽겠어. 누가 뭐 내 시집 걱정 해달랬나? 난 내 볼일 있으니 이대로 갈래. 뒤에 다시 얘기를 하든지 말든지 하십시다."

하곤 마침 옆으로 막 와닿은 합승을 잡아타고 휭 가버리는 것이 아닌가. 보나마나 당구장으로 가는 것일 터였다. 언뜻 보았지만 그렇게 합승에 올라타서는 혼자서 쿨쩍쿨쩍 우는 것 같았다.

필구는 도무지 어이가 없었으나 그냥 털럭털럭 돌아와 조금 이르다 하게 세탁가게 문도 닫고 제 방으로 들어가 벌렁 누워버리고 말았다. 또 피시시 웃음부터 나왔다. 도대체 난 왜 이렇게 생겨먹었을까 싶기도 했지만, 가만히 생각해보면 조금도 섭섭하지는 않았다. 동연 쪽은 평소 동연 생긴 대로 당연히 저러려니 싶었고, 자기도 자기대로 전혀 아무렇지 않았다. 단지 피식피식 계속해서 웃음만 비어져나올 뿐이었고, 자기의 이런 모습을 어느 구석에선가 동연이 훔쳐보기라도 한다면 또 그 성깔에 얼마나 안달복달할까 싶어지며, 그 점이 또 우스워졌다. 그런 식으로 멍멍하게 웃다가 말다가 천장만

멀뚱멀뚱 쳐다보다가 그대로 설핏 잠이 들었던 모양이다. 잠결에 문득 형석의 기척이 들렸다. 술에 조금 취한 듯한 형석의 목소리가 짜증 섞어 제 방에서 마누라와 몇마디 주거니 받거니 하는 것 같았다. 대강 짐작에 형석의 마누라는, 아까 동연과 필구가 잠깐 같이 나갔던 일을 조금 수상쩍다는 쪽으로 고자질이라도 하는 것 같았다. 그러거나 말거나 필구는 그냥 그대로 벌러덩 누워 있었다.

한데 아니나다를까, 잠시 뒤에는 필구 방문이 덜컥 열리며 중절모자를 삐뚜름하게 쓴 형석이 제 얼굴을 방안으로 삐죽이 들이밀었다. 비트적비트적 한손으로 문설주를 잡곤 헤벌짜하게 웃으면서 주절주절 지껄여댔다.

"흥, 대강 알겠다, 알겠어. 끝내는 일이 벌어지는군 그래. 드디어 시작이 됐다아! 그나저나 어이 필구, 가게 문꺼정 제 마음대로 아예 일찌감치 닫아버리구, 아주 상팔자다잉. 어디 여기가 누구 뉘어두구 밥 먹여주는 데루 아니? 번지수를 잘못 알아도 유분수지."

비로소 필구도 엉겁결에 벌떡 일어나 앉았다. 그러자 형석은 한 다리만 필구 방안에 들이밀고 두 팔을 걷어올리고 삿대질까지 하며 와르르 주위가 온통 떠나가는 소리로 내질렀다.

"이런 법은 없느니라. 청계천에서 빌어먹을 제가 언젠데. 흥, 그러구 보잉 그동안에 제법 멀끔해지셨군. 나 모르게 슬금슬금, 도대체 사람을 어떻게 알고 이러능 거지? 고향이 지척이다! 그 고향땅엔 아바지 오마니가 아직 시퍼렇게들 살아 계셔. 이 집이 흔한 뚜쟁이집이 아닌 다음에야 난 그 꼴 몬 보겠어. 몬 본다아 이 말이야. 붙어먹으려거든 이 집을 나가서 붙어먹든지 말든지, 그 점일랑 난 상관 않겠어. 상관할 입장도 아닐 테고. 하지만 이 집에 살면서는 안될걸. 그러니까 일언이폐지해서 헐 테면 이 집에서 나가서 얼마든지 하란

말야. 이 집에서 나가서. 그렇게 나가서야 년놈들 붙어먹든지 말든
지 내가 무신 아랑곳이야, 아랑곳이."

"………"

"어잉? 알겠어? 내 말 알아듣겠느냔 말이다. 어이 필구, 딱히 내
말 알아들었느냔 말이야."

필구는 그냥저냥 방안에 앉은 채 멍하게 형석을 건너다보기만 하
였다. 그러곤 언젠가 부산 피란시절에 자기도 형석을 두고 이런 허
황한 소리를 속으로 내질렀다는 기억이 익살 섞여 떠오르는 것이었
다. 신통하게도 똑같았다. 왈, '고향이 지척이다'라, 도대체 그래서
어쨌다는 말인가? 그렇다, 걸핏하면 그렇게 내지르는 수작일 뿐 그
속알맹이는 이미 맹탕이 되어 있었던 것이다. 생어거지일 때가 많았
다. 동연의 말대로 도대체 무슨 권리루? 형석이 제가 무슨 권리루?
이미 유행가 가사처럼 변해가고 있는 고향을 빗대어서 남의 혼인길
까지 막으려고 든다는 말인가. 그러자 엉뚱하게도 필구의 눈앞엔,
고향에 있을 때도 노상 어처구니없게 돌아가던 형석의 편린들이 새
삼 어른거렸다. 제 분수에 안 맞게 여기저기 삐치기 좋아하고, 그러
다가는 더러 주위의 눈총을 받거나 놀림을 당하고도 그 한순간만 머
쓱해할 뿐, 불과 오분 뒤면 다시 제 생긴 대로 되살아나서 갖은 주책
을 떨곤 하던 형석이, 거리에서 써커스단이라도 오면 맡아놓고 자청
해 나서서 서툴게 못나게 진행을 보곤 하여 동네사람들을 어이없게
웃기곤 하던 형석이, 학급 안에서도 쥐뿔도 모르는 주제에 손을 들
었다가는 번번이 망신만 당했던 형석이…… 하지만 고향 적에 형석
이 이러했대서 대체 지금에 와서 어쨌다는 말인가. 고향에서 어릴
때는 그렇게 갖은 못난이 노릇을 했다는 것이 지금 이 남쪽 바닥에
와서는 대관절 어쨌다는 말인가.

형석은 드디어 필구 방안으로까지 들어와서 문까지 처닫고 계속 악악댄다.

"자고로 매사에 엄연히 사리라는 게 있는 법이다. 사리, 사리. 이 한문자 단어는 니도 익히 알지? 한데 감히 될 소리냔 말이다. 차라리 종로3가엘 가지. 아, 동연이가 누군데, 응, 어림이나 있는 소리냔 말이다. 동연이가 왕년에 유부녀였고, 기집아이까지 하나 달린 애어멈 이래서가 아니라, 그러구 니도 엄연히 총각이래서가 아니라, 그보다 더 깊은, 깊은…… 그 다음 말까지는 이 자리서 하질 않으마. 암튼 일언이폐지하고, 나가, 당장 나가. 내 집을 나가서야 무슨 지랄을 하 건 내가 쫓아다니멘서리 아랑곳할 바 아니구, 우선은 당장 나가란 말이다. 이 집에선, 나로선, 그 꼴 몬 보겠응이까."

바로 그때였다. 또 덜컥 문이 열렸다. 그리고 조금 상기된 동연이 얼굴을 삐죽 들이밀었다. 순간 형석은 흠칫 놀라 뒤를 돌아다보곤 금방 입이 굳어졌다. 한팔만 그쪽으로 내밀며 무슨 말을 할 듯 할 듯 하기만 했다. 그러자 놀란 필구도 얼결에 화닥닥 일어서버렸다. 동 연은 문설주를 잡고 형석과 필구를 번갈아 휘둘러보다가,

"왜 이러우? 아, 왜들 이러우?"

하고 여느 때 없이 지극히 억제된 나지막한 목소리로 한마디 내뱉곤 다짜고짜 방안으로 달려들어왔다.

"아니, 형석오빠, 대관절 왜 이러우? 나 말이오, 딱히 듣소이. 필구 오빠하구 결혼하기로 했어. 그렇게 마음을 굳혔수. 왜요? 어쨌수? 우리가 결혼 못할 이유가 대체 뭐유? 한 동네 살았다지만 형석오빠 나 필구오빠나 나나 한 문중은 아니지 않수! 난 엄연히 김가구, 필구 오빠 박가유. 우리 엄마가 필구오빠와 같은 문중의 박가라지만 그거 야 무슨 상관거리가 되겠수? 그렇다면 우리 둘이 결혼 못할 이유가

대체 뭐유? 왜? 그래도 형석오빠 그냥저냥 못마땅하우? 못마땅하기
만 하우? 그렇다면 그거야 할 수 없지요. 이 집에서 나가라면 나가겠
으니까. 도대체 필구오빠와 내가 결혼하겠대서 형석오빠가 그다지나
역정을 낼 거야 없잖우. 도대체 무슨 권리루? 집칸이나 장만한 것이
그렇게나 대단하신 줄 아시나본데, 우리도 조만간 장만할 테니까 그
런 염려일랑 놓으시라요. 흥, 억대를 벌었다간 사람 잡겠수. 필구오
빠, 자, 어서 나가요."

　형석은 이 사이 우뚝 선 채 대꾸 한마디 못하고 두 눈만 커다랗게
뜨고 동연을 노려보기만 했다.

　그때 마침 문밖에 또 사람 기척이 들렸다. 안채에서 이쪽 움직임
눈치를 차린 형석의 아내가 살그머니 나왔다가 동연이 소리소리 지
르는 것을 엿듣곤 너무 충격을 받아 쿨쩍쿨쩍 울고 있는 소리였다.
마침 아이들은 죄다 잠들어 있었다. 동연이 왈칵 쏟아놓듯이 한 한
마디 한마디에 충격이고 자시고도 없이 어찌할 바를 모르고 섰던 형
석은 그제야 제 아내 쪽에다 대고 뻐락 소리를 질렀다.

　"이 등신아, 등신아, 왜 울어? 대체 왜 울어, 엉? 왜 우느냔 말이
다, 이 등신아."

하곤 형석은 다시 만만한 필구 쪽으로 돌아섰다.

　"뱃가죽이 이제 두꺼워졌으니, 음, 이제 딴 수작들이다 이거지. 낯
짝 하나 뻔뻔허다. 흥, 가경(佳景)이군 그래, 가경이야."

　동연도 즉각 마주받았다.

　"아암, 가경이구말구요. 우리라구 가경 없으란 법이야 없지. 그야
아직은 형석오빠만은 못하겠지만 말야. 허지만 어디 두고보자구요.
우리도 내로라고 떵떵거리며 살 날이 있을 테니까, 형석오빠도 너무
그러질랑 말아요. 뒤에 가서 무안이나 당하지 않으려거든 말이지."

그러자 형석은 침까지 퉤퉤 뱉으며 아예 펄찌간히 방바닥에 주저앉았다. 그러곤 애꿎은 제 아내를 붙들고 주절거렸다.

"야, 이 등신아아, 등신아, 너 지금 저 소리 듣지? 어잉? 이 등신아, 정신차려야 한다아. 정신차려야 해. 뭐니뭐니, 이젠 믿을 것은 우리 서로밖에는 없다는 것 알아야 된다는 말이다."

다시 두 주먹으로 번갈아 방바닥을 내리치며 허황하게 넋두리하기 시작했다.

"이런 법이 없느니라아, 이런 법이. 우리나라 역대루 이런 법이 없느니라아. 홍, 필구, 동연이 니들 둘만 고향 돌아간 턱이로군, 고향. 나 혼자만 남겨두구, 둘이 손잡고 고향 돌아가는 턱이로군, 나 혼자만 남겨두구. 나는 타향 나와서 완전한 타향사람 되어버리구, 니들 둘만 나란히 고향 돌아가는 턱이로군. 오붓허게 고향 냄새 나게 알뜰하게 고향 모습 보이게 자알 살아라, 자알 살아, 이 년놈들아. 하늘이 내려다본다, 하늘이. 내 소린 다른 게 아니다. 억울하다는 소리다, 억울하다는 소리야, 천만번 억울하다는 소리다."

이미 필구를 앞세우고 문밖으로 나서던 동연도 형석의 꺼이꺼이 울음 섞인 넋두리를 듣자 콧대가 씨잉해오며 지그시 입술을 깨물었다. 필구도 문밖으로 나서자 기어이 참지를 못하고 울먹울먹했다.

한길까지 나와 동연이 지나가는 시발택시 한대를 잡았을 때에야 필구도 사방을 휘휘 둘러보며 제정신을 차렸다. 그렇게 필구는 마음속으로 웅얼댔다.

'그렇다, 이렇게 시작하구 보능 거다. 우선 저지르듯이 시작하구 보능 거야. 우물쭈물하질랑 말고.'

동연도 그런 필구 목소리를 듣기라도 한 듯 뒤따라서 종알대었다.

"아이, 혜선이가 그냥 오그리구 누웠겠는데, 북새통에 제대로 덮어주지도 못하고 나왔네."

하고는 다시 필구를 향해 왈왈거리듯이 떠들어댔다.

"따지구 보면야 대체 고향이라는 게 뭐요? 뭐냔 말이에요? 한번 필구오빠도 딱부러지게 분명하게 말해보세요. 대체 고향이라는 게 뭣인지. 글쎄 뭐 말라죽은 고향이우? 걸핏하면 '고향이 지척이다' 하는데, 그런 쓸개빠진 데나 써잡수시라는 고향인가요? 허지만 굳이 따져보지 않드래도, 고향이라는 건 저 깊이깊이, 말로 다 못하게 귀한 것이 있잖우? 우리 피차의 낯짝만 해두, 안 그래요? 우리 서로 낯짝만 보아두 뭔가는 분명히 있잖우. 필구오빠, 내가 이렇게도 아등바등 악을 쓰는 것이 뭔데? 사실 따져보면 아무것도 아닌지 몰라두, 천만의 말씀, 이런 것을 그런 식으루 천박하게 따져서야 될 일이겠수? 아바지 엄마 채신 깎일 일일랑 세상에 없어두 하질 말자, 이거 아니겠수? 서글프드래두 힘들드래두 으등브등 이를 악물면서라두…… 적어두 난 그러우. 언젠 우리 조상들이 뭐 그다지나 잘나고 화려했던가요. 고작 이 정도였지. 하지만 이 정도가 어딘데, 그 점, 나는 늘 긍지를 갖고 있시요."

별안간에 일이 이 지경까지 왔으면 이미 필구로서도 딱히 저딴으로의 다른 엄두를 낼 수 없었다. 본시 이런 일에 들어서는 전혀 맹물이나 매한가지였지만, 단지 거듭거듭 생각해도 요행, 요행이었다. 별안간에 일거에 자연적으로 일이 이렇게 진척될 줄이야 누가 알았겠는가. 그러자 필구는 느닷없이 웃음이 복받쳐나올 것 같았다. 그러곤 갑자기 술생각이 간절해졌다. 그렇게 우쭐우쭐 덮어놓고 꽉찬 자신감 같은 것이 덮쳐오며, 그렇게 호텔에 닿아서 방 하나를 잡고 나서야 필구는 비로소 제대로 머리를 쳐들고 옆에 앉은 동연을 와락 끌어안으며,

"진작 이렇게 됐어야지, 안 그래? 진작 말야. 진작 이리 될 일이었
어."
하고 정말로 술이라도 한잔 마신 사람처럼 넋두리하고 있었다.

이튿날 꼭두새벽이었다. 여느 때보다 조금 이르게 눈이 뜨인 형석
은 곧장 안뜨락으로 나갔다. 동연의 방에 불이 환하였다. '어느새 벌
써 들어왔었나?' 하고 생각하며 문틈으로 슬쩍 들여다보니 혜선만이
그냥 옷 입은 채로 오그리고 누워 있는 것이 아닌가. 순간 문득 서러
운 것이 뒷덜미를 쳤다. 혜선의 저 모습과 자신의 지금 처지가 어슷
비슷하게 여겨지는 것이 아닌가. 싸아하게 가슴이 아려왔다. 다음
순간 형석은 조심스럽게 미닫이문을 열고 들어가 담요 하나를 내려
혜선이를 덮어주고 불을 끄고 다시 나왔다. 세수를 하고 마침 와닿
은 조간신문을 받아들고 다시 안으로 들어왔다. 신문을 펼쳐들긴 하
였으나 읽힐 리가 없었다. 부스럭부스럭 옆에서 아내가 일어나더니
아무 말 없이 부엌으로 나갔다.
형석은 지난밤에 자기가 한 짓을 하나하나 반추해보며 심히 면구
스러웠다. 아무리 술김이었다고 하더라도 필구와 동연 앞에 어느 모
로 따져보더라도 도무지 면목이 서지 않았다.
얼마쯤 지났을까. 밖에 문 두드리는 소리가 들렸다. 이제 들어오는
구나, 싶으며 괜스레 가슴이 철렁했다. 들었던 신문을 내던지고 벌
떡 일어나 앉았다. 마침 부엌에 있던 아내가 나가서 문빗장을 따주
는 눈치였고, 소곤소곤한 목소리로 동연이 뭐라고 아내에게 물어보
는 눈치였다. 그러고는 곧장 바깥채 필구 방문부터 열리는 소리가
들렸다. 다음 동연의 방 미닫이문이 드르륵 열렸다. 동연은 옷 입은
채로 잠들어 있는 혜선을 부르며 복받쳐오르는 눈물이라도 참는 것

같았다. "혜선아 혜선아, 이제 일어나서 어서 준비하고 학교 가야지. 어이구, 담요꺼정 내려서 덮었네" 하였다. 잠시 뒤엔 바깥채 필구 방문이 또 열리는 소리가 들렸다. 필구가 평상시대로 세탁가게로 나서는 모양이었다. 잇대어, 마침 한길로 지나가는 두부장수를 부르는 동연의 목소리가 이어졌다. 그리고 곧 안뜨락의 펌프 물을 길면서 아내를 향해 지껄이는 동연의 목소리가 들렸다. "난 혜선이가 직접 담요를 내려서 덮었는가 했덩이, 불이 꺼져 있는 걸 보니까 형석오빠가 들어왔었나부지요." 등신 아내는 전혀 말대답이 없고, 동연도 매우 예사로운 심상한 목소리였다. 한바탕 동연의 웃는 소리가 이어졌다. 그러고는 풍로에다 불을 지피는 듯 부채질하는 소리가 들렸다. 마른 솔잎 타는 냄새가 연기와 함께 이쪽 방안으로까지 들어왔다. 어느덧 바깥채로 필구의 조반상을 내가는 아내의 기척이 들렸다. 이것을 본 동연 역시 그녀 특유의 익살을 섞어 "오늘 아침엔 반찬도 아주 특별하시네" 하고 한마디하는 것이 들렸다. 형석은 꼼짝 않고 방안에 들어박혀 이렇게 건너채, 바깥채의 움직임 하나하나를 속속들이 꿰고 있었다.

어느새 해가 안뜨락까지 들어서야 형석은 외출복으로 차려입고 방을 나섰다. 순간 건너채 미닫이문이 드르륵 열리며, 타월을 머리에 동여매고 앞치마를 두른 동연이 문설주에 한쪽 볼을 갸웃이 기댄채, "아니, 벌써 나가시나보네" 하곤 조금 겸연쩍은 듯이 비쭉 웃었다. "오늘은 하루 쉬어요. 상의할 일두 있구."

형석은 그러는 동연을 히뜩 돌아다보곤 조금 민망한 듯이 외면을 하며 엎드려서 구두끈을 맸다.

"남의 집 시집 장가보다는 난 내 사업이 바쁘구먼."

하곤 일어서서 양복 먼지를 탁탁 터는 시늉을 하며 중절모를 눌러

썼다. 이미 노여움은 풀린 그러나 여전히 퉁명한 어투였다.

"아무렴, 어련히 애초부터 그랬어야지. 암튼 건강하신 생각이지 뭐유. 허지만 오늘은 강준장도 불러들일 판인걸."

순간 막 집밖으로 나서던 형석은 멈칫 돌아섰다.

"그래애? 그렇다문 바야흐로 성지가 속지로 떨어지는 날이겠네."

동연도 지지 않고 즉각 받아넘겼다.

"아무렴, 속지다뿐이겠수. 온세상 사람들, 삼천만 사람들을 모여들이구, 활짝 문들을 열구, 지붕도 벗겨버릴 수 있으면 오죽 좋을라구요. 그렇게 일제히들 합창이라도 하문서리, 이 곰팡이 낀 성지 냄새는 깨끗이 씻어낸대나. 어차피 이 바닥에서 사는 바에야 떳떳이 살아야지, 안 그래요? 자, 어때요, 이만하문 이 동연이가 어때요."

"………"

형석은 그냥 문밖으로 나섰다. 동연은 그 형석의 등뒤에다 대고,

"두시까진 천하없어두 들어와야 허유, 알아들었수?"

그러나 형석은 가타부타 대꾸 한마디 없이 그냥 가버렸다.

이미 세탁가게 문도 닫고 '오늘은 휴일'이라는 쪽지까지 하나 내달았다.

동연의 방에서는 벌써 혜선을 차려입히고 있었다. 필구가 바깥채에서 힐끗 건너다보니, 동연의 얼굴은 여느 때 없이 착 가라앉아 있었다. 계집아이답지 않게 무뚝뚝한 혜선은 눈이 휘둥그레서 도대체 무슨 영문인지 몰라하는 모양이었다. "오늘은 우리 혜선씨부터 시집을 간대나." 이렇게 지껄이기도 하였다.

얼마 뒤 동연은 잠깐 밖에 나갔다가 들어오는 길에 필구 방문을 덜컥 열고,

"강준장에게 전화를 했시요. 웬 영문인지 몰라하면서 펄쩍 뛰디

다. 이따가 두시에 온대요."

필구는 단지 머리만 끄덕끄덕했다.

두시가 조금 못되자 형석은 말끔하게 이발까지 하고 돌아왔다. 건 너채 방문을 드르륵 열고는 화장대 앞에 앉은 동연의 등뒤에 대고, "필구는?" 하고 물었다.

순간 동연은 기어이 참지를 못하고 두 볼로는 눈물이 주르르 흐르 는 대로 닦을 염도 않고, 흐느낄 듯 흐느낄 듯 그냥 한손만 들어 가 게 옆 필구 방을 가리켰다. 그러곤 "아이, 이걸 어찌. 공들여 화장한 거 다 망쳤네" 하고 비명을 질렀다.

비로소 형석도 뭔지 뿌듯한 것이 등뒤로 치받쳐오르며 눈시울이 뜨거워왔다. 휘청휘청 건너가 필구 방문을 열었다. 필구가 흠칫 놀 라며 돌아다보았을 때는 방안으로 달려들어와 필구 두 손을 끌어쥐 었다.

"잘됐다, 정말 잘됐어. 나도 이젠 믿음직한 얼굴들을 보게 됐구." 하곤 다시 문을 왈칵 열어젖히곤 안뜨락으로 도로 나오며 커다란 소 리를 질렀다.

"이 집이 왜 이리 조용하누, 이젠 이방 저방 왁자한 소리가 들릴 법도 한데. 인부를 사서 지붕을 활딱 벗기나 어쩌나, 문짝도 모두 떼 버리나 어쩌나."

순간 건너채에서는 끝내 동연이 왈칵 울음을 터뜨렸다. 그렇게 동 연은 화장이고 뭐고 일단은 아예 포기해버리고 드르륵 미닫이문을 열곤 눈물범벅의 얼굴을 그대로 내밀며,

"필구오빠두 어서 나와요, 어서요. 그렁이까 오날부터 이 집은 바 로 세계로 통한대나. 형석오빠, 안 그렇수? 참 그나저나, 혜선이 애 가 어딜 갔나? 혜선아, 혜선아."

마침 그때 가게 앞에 지프차가 와서 멎었다.

강준장이 내리더니 바로 한길에서 놀고 있는 혜선을 끌어안는 듯했다. 그러자 곧 혜선의 목소리가 "엄마아, 엄마, 아바지가 왔다아, 아바지가, 아바지가" 하며 곧장 달려들어왔다.

순간 안뜨락에 나와 섰던 세 사람은 얼어붙은 듯이 멍히 서로 마주 쳐다보았다. 이어 동연이 맞받아 달려나갔다.

강준장이 본시 딸이 없는 터였고, 게다가 피차 암묵의 약속이 그렇기도 했지만, 혜선은 강준장이 데려가기로 되어 있었다. 그러나 대번에 그렇게 될 수는 없는 것이고, 당분간은 양가를 왔다갔다하게 하면서 자연스럽게 어머니와의 정을 떼기로 되어 있었다.

그렇게 지프차에 올라탄 혜선은 오늘따라 아버지와 어머니가 당당하게 마주 대하는 것이 신기해서인가, 영문도 모르면서 꽤나 신명이 나 있었다. 한달 동안만 아버지 집에 가 있는 것으로 혜선은 알고 있는 것이다.

형석, 동연, 필구 셋은 한길에 세워둔 지프차 옆에 나란히 서서 배웅했다. 강준장은 시종 군인다운 냉연한 표정을 견지하고 있었다.

동연은 혜선의 얼굴보다도 강준장의 얼굴을 뚫어질 듯이 들여다보면서 까칠까칠하게 메마른 입술을 악다물고 새까맣게 질린 얼굴을 하고 있었다. 지프차가 발동을 걸자, 동연은 기어이 참지를 못하고 부엌으로 달려들어가 냉수 한그릇을 켜고 냉큼 다시 나왔다. 그러나 지프차는 이미 막 떠나는 참이 아닌가. 지프차 뒤꽁무니에서 푸른 연기가 일고, 혜선은 지프차 뒤창문에 얼굴을 찰싹 대고 덮어놓고 손을 내흔들고 있었다. 동연은 그 모습을 멍히 바라보고 섰다가 지프차가 커브를 돌아가버리자 그 자리에 털썩 주저앉고 말았다.

이 이야기는 이 정도로 해두자. 어차피 동연과 혜선 간의 문제는 간단치 않은 것이다. 그건 또하나 다른 얘깃거리다. 모녀가 서로 자연스럽게 정을 떼도록 하자고 미리 이야기는 되어 있었지만, 그건 어른들의 횡포에 가까운 제멋대로의 작정일 뿐, 당사자인 혜선의 경우로서는 그냥 간단한 문제일 리 없는 것이다. 그렇다곤 하더라도 어차피 인생의 매사는 어느 경우든 한번에 완전한 해결을 볼 수 없는 법이니까. 동연으로서야 당장은 이렇게밖에 다른 길이 없었을 것이다.

얼마 뒤 형석의 집은 날아갈 듯이 새로 치장을 했다. 기둥마다 새로 페인트칠을 하고 지붕도 새 기와로 고쳐 이었다. 세탁가게도 없어지고 그 자리에는 새로 큰 대문이 육중하게 섰다. 제당회사의 중역자리에 앉은 형석은 여전히 허풍기는 있으나 제법 위풍당당했다.

필구와 동연도 예식장에서 정식으로 결혼식을 올리고 따로 전셋집을 얻어 새살림을 차려 나갔다. 동연은 당구장을 경영하고 필구도 돈암교 쪽에 독자적으로 새 세탁소 하나를 차렸다.

이러던 어느날 밤, 필구와 동연은 단둘이 마주앉아 두런두런 지껄이고 있었다.

"형석오빠의 제당회사도 그렇구, 내 당구장도 그렇구, 세탁소도 그렇구(아직 동연은 필구를 당신이라고 부르길 서먹서먹해한다) 직업이 모두 건강하지는 못해요, 그렇죠? 생산적인 건 못되지 않우? 그렇죠? 모두가 소비성이 아니냔 말이에요. 허지만 이건 꼭 우리 탓은 아니지요. 세상 흐름이 그렇고, 이 바닥이 그렇게 생겨먹어 있는 걸. 그러니 우리도 앞으로 살아가자니 어쩔 수 없는 거구요. 허지만 적어두, 우린 마음속으로라도, 최소한 마음속으로라도 건강한 것만은 견지하고 있어야 해요. 최소한 마음속만으로라도 굳건하게. 돌아가는 날까지요."

그렇다! 돌아가는 날까지, 하고 필구도 덩달아 받으려다가 문득, '돌아가다니, 돌아가다니, 대체 어디로 돌아가?' 하고 생각하며 '이미 이렇게 돌아와 있는 것이 아닌가. 여기 이 방이, 동연과 단둘이 있는 이 방이 바로 고향이 아닌가. 그러구 따로 떨어져 살긴 할망정 형석이랑 모두 함께 법석대며 돌아와버린 것이 아닌가' 이런 감미한 생각에 잠깐 빠져들다가,

"아암, 돌아가야지, 돌아가야 하구말구, 돌아가야 하구말구."

하고 받곤 앉은 채 동연을 와락 끌어안았다.

그런 필구의 눈앞엔 오늘따라 고향산천의 풍물 하나하나가 환하게 펼쳐지며 절절하게 손에 잡힐 듯이 다가들었다.

〔한국문학 1998년 가을호: 사상계 1959년 2월호〕

타인의 땅

타인의 땅

안변(安邊)부사 남홍우의 장손 남규일은 원산포에 처음 왜인들이
들어오고 어언 스무 해 남짓 지나서 원산 거리가 엄청 번창해가자,
안변읍에서 소달구지를 타고 깜장 두루마기 바람으로 곧잘 거리 구
경을 나가곤 하였다. 열예닐곱살 나이였지만 그러는 그의 행태 하나
하나는 어딘가 괴이한 구석이 있었다. 고무신을 사 신고, 또는 석유
등잔, 성냥통을 사들고 돌아오곤 하였다.

"희한하지? 희한하지 않니? 보란 말야. 이 유황불 켜지는 걸 보란
말이다!"

뒤따르는 한 문중 아이들을 돌아보며 소달구지 위에 엉거주춤하게
서서 그 또래의 여느 아이들 같지 않게 다혈질적인 웃음을 터뜨리며
성냥을 드윽드윽 그어대곤 하였다.

"어때, 희한하지 않니? 이 멍추들아, 이 유황불 켜지는 것 봐. 저
햇덩이도 처음에 켜질 때는 이렇게 켜졌어, 알아들어? 알아듣겠느냔
말야!"

"햇덩이가 커지능가 뭐. 아침이면 떴다가 저녁이면 지지."

"뭣이 어째, 이 멍추들아, 햇덩이두 본시는 저게 유황불이란 말야. 이것을 자꾸자꾸 켜서 저렇게 커진 거란 말이다."

"………"

"이제 너들도 두 눈 똑똑히 뜨고 보란 말이다. 이제부터 엄청 새세상이 열려. 이 유황불처럼 희한한 새세상이 열린단 말야."

남규일은 소달구지 위에서 기우뚱거리며 선 채 이렇게 신명이 나서 왈강왈강 떠들어대었다.

남규일의 아비 되는 사람은, 철종 5년(1854년) 4월에 러시아 이양선 한척이 함경도 덕원(德源)과 영흥(永興) 연안에 느닷없이 나타나 구름처럼 모여든 우리 백성들에게 함부로 총포를 쏘아대며 날탕질을 할 때 맨 앞장에 서서 앙앙(怏怏)하다가 끝내 그 일이 빌미가 된 화병으로 세상을 떠난 제 할아비를 닮아 비슷하게 깡다구가 세고 열이 많은 사내였다. 그렇게 그이도 역시 어릴 때부터 친할배를 닮아 벌써 척사(斥邪) 쪽으로 앙앙하다가 끝내 동학이 온 나라를 휩쓸 무렵 단신 집을 나가 객사하여 소식이 끊겼으나, 원체 때가 때인지라 온 문중이 쉬쉬하고 덮어두고 말았다고 한다.

남규일은 그 유복자였다. 어릴 때부터 제 증조부와 아비를 닮아 여러 면으로 벌써 유난한 행태를 드러냈지만, 타고난 그 핏기와 열기는 증조부나 친아비와는 정반대 국면으로, 말하자면 척사 쪽이 아니라 개화 쪽으로 벌써 싹을 드러내고 있었다. 그리하여 그 조부 안변 부사는 일찍부터 별나게 노는 이 장손을 두고는, "참 별일이다, 별일이다! 지 아비는 척사 쪽으로 만판 속을 썩이더니, 저놈은 거꾸로 저짓거리로 내 속을 뒤집어놓누만. 암튼 저놈이 종당에는 이 집안을 끝장내면서 통째로 들어먹을 것이야" 하고 혼자서만 구시렁거리곤 했다고 한다.

아닌게아니라 남규일은 조부의 예언에 쏙 들어맞게 한치의 어긋남이 없이 행동하더니, 드디어 열여덟살 되던 해 어느 가을날은 개항된 지 어언 이십여년이 지나 제법 현대도시로 탈바꿈해가며 왜인 장사치들이 북적대는 원산포로 모처럼 나갔던 길에 상투를 자르고 조끼 달린 신식 양복에 서양 벙거지까지 하나 쓰고는 엉망으로 술이 취해 소달구지 위에서 덩실덩실 춤을 추며 동네 안으로 들어왔다.

"냇골집 장손이 상투를 잘랐다아."

"서양 양복을 입었다아."

"서양 벙거지도 하나 썼다아."

소문은 순식간에 온동네에 퍼졌고, 어른 어린애 할 것 없이 부사댁 아흔아홉칸 대궐집 바깥마당으로 몰려들었을 때, 남규일은 부사인 조부 앞으로 나아가 술 취한 두 눈을 희번덕이며 원산 포구에 어물상 하나를 차렸노라고 아뢰고 있었다. 조부 안변부사는 들은 척도 않고 골패만 놓고 있었다.

"우리 문중에 이 어인 해괴한 일이 생긴다는 말이오."

두꺼운 눈썹에 우람한 허우대를 지닌 남규일의 숙부 되는 사람은 큰집 대문을 들어서 안마당을 지나 대청마루에 한손을 짚고 머리의 상투를 휘 떨면서 한바탕 대성통곡을 하였다.

그 무렵은 나라라는 것이 일단은 한 집안 문중의 단위로서만 그 윤곽이 잡혀지던 때였다. 이완용을 비롯한 오적이 나라를 통째로 왜놈들에게 떠넘겼다는 것은 먼 서울 안, 조정의 일로만 여겨졌을 뿐 도무지 살갗에 실감으로 와닿지 않았으나, 문중 장손이 조상 대대로 터잡고 살아온 고토를 내동댕이친 채, 원산 거리에 어물포를 차리고 나간다는 것이야말로 하늘이 무너지는 듯한 와해감으로서 와닿던 시절이었다.

남규일의 어미가 복받쳐오르는 울음을 끄며 시아버지 앞으로 나아가 엎드려 사죄를 하였다. 제 덕이 미진해서 이 문중에 저런 못된 종자를 태어나게 했다는 것일 터였다.

"며늘아이 자네야 무슨 잘못이 있능가. 다아 세월 탓인 것을……"
하고 히뜩 쳐다보는 부사의 두 눈썹이 비로소 한번 희번덕였다. 이 집안에서 자네가 청상으로 지내는 것만 해도 이편에서 감지덕지, 목불인견, 가슴이 미어진다는 낯색이었다. 며느리는 시아버지의 그 깊은 속까지 나름대로 헤아리며 다시 새로운 울음이 끓어올랐다.

그 뒤 부사는 사흘 밤낮 식음을 끊었다.

그러거나 말거나 그야말로 망나니 새끼 뛰듯 하던 남규일은 며칠 뒤, 서양 양복에다 서양 벙거지를 쓰고 원산포에 새로 차렸다는 그 어물점포로 나갔다. 하지만 원체 이 장손의 사람됨을 아는 터이라, 이 남씨 문중 어른 가운데 누구 하나 만류할 엄두조차 내지 못했다.

그 이틀 뒤, 억수로 가을비가 쏟아지는 속에 부사는 일꾼 두엇을 데리고 선산으로 올라가 12대 선조가 이곳에다 터를 잡으면서 심었다는 아름드리 소나무를 종일 걸려 도끼로 찍어내고 있었고, 부사의 작은아들은 벌겋게 술 취한 얼굴로 큰집 아흔아홉칸 대궐집으로 들어와 "형님만 살아 계셨어도 이렇지는 않았을 것인데, 이 지경은 안 되었을 터인데, 저 동학바람이 골수까지 들었던 형님만 살아 계셨어도" 하고 구시렁거리며 또다시 대성통곡을 하였다. 원체 골고루 피가 억센 집안이라, 이 문중의 그 누구 하나, 부사의 저 하는 짓을 만류할 엄두조차 내지 못했다.

그날 밤, 하늘도 무심치 않은 듯 엄청 소나기가 쏟아지는 속을 두 눈에 괴이한 광채까지 보이며 안마당으로 들어서던 부사는 어금니로 울음을 삼키는 과수 며느리의 부축을 받으며 문지방을 넘어서자 그대로 피를 토하고 운명하였다.

이튿날 기별을 듣고 달려온 남규일은 양복 차림에 서양 벙거지에 처음 보는 서양 우산까지 하나 쓰고는 있었으나, 내장을 온통 후벼내듯이 서럽게 서럽게 울기는 하더라는 거였다. 그리고 칠일장으로 이레 뒤에 상여가 나갔다. 칠십여장의 만장이 앞장선 속에 일가 문중이 늘어선 그 장례 행렬은 그런대로 위의(威儀)가 있었다고 한다.

그리고 그날 밤, 숙부와 마주앉아 술이 거나하여 핏발이 선 눈을 번들거리며 남규일은 꿍얼꿍얼 주절대더라는 거였다.

"내가 할바이를 생으로 잡았소다, 내가…… 나만 아니었음, 더 오래 사셨을 긴데."

"………"

대꾸 한마디 없이 외면을 하는 숙부도 제법 우람한 체대였으나, 이 무지막지한 망나니 조카 앞에서는 사람이 훨씬 매가리라곤 없게 물러 보이더라는 거였다.

"하지만 난 나대로, 한번 본때있게 시원하게 살아보겠시요. 삼촌께서도 미리부터 그렇게 알고 계시우다나."

"………"

"나야 조상 덕 안 보문 되지 않나요. 난 내일 아침에 다시 떠나겠소다."

감히 누구도 그 떠나겠다는 남규일 앞을 막아설 수는 없었다. 문중의 층층시하로 늙은 나인 젊은 나인들은 집안 남정네들 돌아가는 눈치만 슬금슬금 살필 뿐이었다.

이튿날 이른 아침, 선산의 그 아름드리 소나무가 없어진 마을부터가 외방바람이 그대로 밀려들어와 되바라지게 들떠 보이는 가운데,

남규일은 양복 차림에 한손에는 접힌 우산을 든 채 마을 어귀를 나서고 있었다.

그렇게 결국 남규일의 숙부는 본의야 어찌됐든 외양으로는 이 문중의 마지막을 장식하는 사람이 된 셈이었다. 부친 안변부사의 삼년상을 정성껏 치렀으나, 그 뒤로는 시름시름 앓기 시작하고 그 좋던 허우대도 기름기가 빠지며 날로 쇠잔해갔다. 다시 몇해가 지나 어느새 숙부는 옥양목 두루마기에 갓을 쓴 초췌하게 어깨가 꺼부러진 모습으로 곧잘 조카의 어물점포를 찾아 원산 거리로 나가곤 하였다. 불과 몇년 사이에 몰라볼 정도로 잔뜩 추슬이 들어 있었고, 게다가 슬금슬금 눈치나 살피며 친조카와 정면으로 마주앉기를 꺼려하곤 하였다. 어두운 뒷방에서 혼자 며칠씩 묵다가 간다온다는 말 한마디 없이 슬그머니 없어지곤 하였다.

그리하여 불과 몇년 전의 그 일, 안변부사 남홍우가 극적으로 이승을 하직하던 그 일 같은 것은 날로 번창해가는 새 항구도시에 가려 어느덧 아주 먼 전설 속 이야기처럼 되어갔다.

한편, 남규일의 점포는 신흥 항구도시와 함께 나날이 다달이 번창해갔다. 평양, 서울 쪽으로 어획물을 공급하는 독점권을 차지하며 떵떵거리는 거상(巨商)이 되어갔고, 흔히 하원산(下元山)으로 일컬어지던 시내 아래쪽 한복판에 덩다랗게 왜식 목조 이층건물까지 새로 지었다. 그렇게 어느덧 중년 고비로 들어서던 남규일은 몸 근수가 늘어나면서 나름대로 위인도 날로 무게를 지니며 안정되어갔고, 친숙하게 지내는 왜인 지기도 많아, 그러저러한 연줄로 부회의원(府會議員)이라는 자리까지 하나 차지하게 되었다.

그렇게 원산시내에서 왜인 두엇을 빼놓고 4구형 라디오를 맨 처음 장만한 것도 바로 남규일이어서, 그 라디오가 설치되던 첫날 저녁에는 시내 원근에서 사람들이 몰려들어 "참말로 희한도 해라. 조 쬐끄만 속에 워떻게 사람이 들어갈 수 있을까잉" "그러기 말요잉. 나 참, 별일 다 보네" "별일이나마나 사람도 하나둘입니까. 장구와 꽹과리 치는 사람들꺼정 조 좁은 속에 워떻게 들어갔을까?" 하고들 주고받아 밤늦도록 한바탕 생난리를 겪었다던 것이다.

이제는 부쩍 늙어버린 숙부도 땟국이 긴 두루마기 차림에 여전히 갓을 쓴 돋보이게 촌스러운 모습으로 조카가 새로 장만하였다는 그 라디오 구경을 하러 와 뒷방에서 며칠 묵고 있었다. 새로 커가는 남규일의 아들녀석들, 상섭 상운 상국이 번갈아 그 방을 드나들며 저들에게는 종조부가 되는 노인을 슬금슬금 놀리곤 하였다.

"시골 할아버지 내려왔다아!"

"갓 쓰고 내려왔다아!"

노인도 애들 눈치를 보며 오만상을 찡그리고 쩔쩔매었다.

이 무렵 어느날 저녁은, 그 노인 입장에서는 참으로 괴이한 일 한 가지를 겪어내야 하였다.

노인은 종일 햇볕이라곤 들지 않는 북향의 어두무레한 뒷방 구석에서 혼자 상투를 푼 채 머리를 빗고 있었다. 종조부의 그 머리 빗는 광경을 남규일의 둘째아들 상운이가 문틈으로 가만가만 들여다보다가 살그머니 방안으로 들어섰다. 그러곤 나지막한 목소리로 물었다.

"할바이, 그게 뭐야?"

"………"

노인은 제 머리 빗는 데만 정신이 팔려 미처 대답할 틈이 없었다.

"그게 뭐야? 할바이."

"넌 몰라두 된다."

노인은 그냥저냥 머리 빗는 데만 오직 용심(用心)을 하며 무심하게 받았다.

그러자 여섯살밖에 안된 상운은 슬그머니 다가오더니 문득 노인의 상투머리 끝을 잡고 뒤로 홱 잡아당겼다. 그러니 노인이야 얼결에 벌렁 뒤로 넘어지며 방 한가운데 네활개를 펴고 널브러질밖에 없었다. 그러나 어릴 적의 지 아비를 판박이로 닮은 상운은 깔깔 웃으면서 그냥 노인의 상투 끝을 잡고는 "이랴, 이랴" 하며 복도 쪽으로 이끌지를 않는가.

마침 복도 이쪽에서 그 광경을 저만큼 건너다보던 맏아들 상섭은 울음을 터뜨렸다. 뒤에 두고두고 생각해도 그때 그 울음이 대체 어떤 내력의 울음이었는지 상섭이 스스로도 딱히 몰라하였지만, 그러나 그때 그 광경을 보던 느낌만은 뇌리 속에 깊이 박혀 오래오래 잊혀지지 않았다.

상섭의 울음소리를 듣고 부랴부랴 달려들어온 제 어멈이 재빨리 몸을 날려 상운을 노인에게서 뜯어놓았다. 그런 속에서도 상운은 여섯살 어린애 같지 않게 히죽히죽 웃고만 서 있더란다.

노인은 상투머리가 온통 곤두선 채로 조카며느리를 물끄러미 건너다보며 들릴 듯 말 듯 낮은 목소리로 한마디하더라는 것이다.

"이제는 정말로 피차에 아주 남남이 되었구나. 불과 얼마 동안에 원, 피차에 이 지경으로까지 멀어져버리다니. 참으로 믿을 수가 없구나. 저 아이의 할아비와 이 내가 한 엄마의 소생인데, 어쩌다가 이 지경까지……"

그날 저녁으로 남규일의 숙부는 시골로 다시 들어가 그 뒤로 원산 거리의 조카 집에는 이승을 하직할 때까지 단 한번도 얼씬하지 않았다고 한다.

이 둘째아들 상운은 남규일의 처 되는 친어머니부터가 거의 몸서리를 칠 정도로 싫어하여, 서로 속을 터놓고 지내는 이웃 아낙들에게 곧잘 귓속말을 하더라는 거였다.

"참 별일이지요. 갓 낳자마자 힐끗 보았더니 새까만 것이 꼭 개구리 엎어놓은 것 같지 않겠수. 금방 닭살이 돋으면서 몸서리가 쳐지더라구요. 그 뒤로 당최 정이 안 붙어요. 참 별일이지요."

"원, 아무리 그럴라구요. 그래도 제 자식인데."

"글쎄, 내 말이 그 말이우. 아무리 정을 붙이려구 애를 써두 그게 그렇게 마음대루 안되는구려. 원, 별일 다 보지."

하고는 한결 목소리를 낮추며 들릴 듯 말 듯 소곤거리더라는 거였다.

"애어른 같은 데가 있어요. 왜 그 애무당 있지 않수. 그렇게 더러는 섬뜩하게 깜짝깜짝 놀란다니까요."

"어머, 웬일이우. 그래도 제 소생의 친자식인데."

"그러기 말이우. 살다가 원, 이게 웬 업보인지, 도무지 영문을 모르겠다니까요."

더이상은 말을 안하고 입을 다물었지만, 사실 이 점은 둘째아들 문제에만 한한 것이 아니었다. 남규일의 처 되는 사람이 시집이라고 와서 그 첫날부터 이 댁에서 느낀 이 위화감, 휭휭하게 겉도는 분위기는 당자로서는 여간 곤혹스러운 것이 아니었다. 허투루 말을 안해서 그렇지, 그야말로 죽을 맛이더라는 거였다.

첫날 시집올 때부터 그랬다.

남규일은 애당초 영세를 받지 않았고 예수도 믿지 않았음에도, 오직 신식으로 한다는 욕심만으로 그 당시 원산에 와 있던 조선말 잘하는 서양 목사에게 손을 써, 결혼식도 하얀 신식 예배당에서 올렸다. 물론 신부도 이 거리에서는 드물게 치마저고리 차림이 아니라

하얀 웨딩드레스라나 뭐라나 하는 것을 머리서부터 통째로 뒤집어썼
다. 이것도 물론 신랑 남규일의 강권으로서였다.

그러니 신부가 보기에는 도무지 피가 도는 사람 같지 않은 석고처
럼 하얀 신식 남자무당, 서양 목사가 경을 읽고 더러는 흡사 미친 사
람처럼 두 팔을 경중 들고 휘젓는 것이 여간만 징글징글하지 않았
다. 남규일은 그 무렵치고는 꽤나 늦장가를 갔던 것이다. 그 예배당
의 양회가루 하얀 천장에 쩌렁쩌렁 울리던 듣기 좋게 맑고 엄숙한
찬송가 소리도 신부는 어찌나 을씨년스럽던지……

그 예배당 홀 한가운데에는 시골에서 모처럼 행차한 남규일의 숙
부도 옥색 옥양목 두루마기에 갓을 쓰고 의젓하게 앉아 있었다. 물
론 그 차림은 조금도 어색하지 않았다. 홀 안의 축하객 태반은 아직
은 바지저고리나 치마저고리 차림이었으니 응당 그랬을 터이다.

아무튼 그 뒤로, 새 안주인으로 들어온 이 시댁에 감도는 횡횡하게
겉도는 것의 정체가 도대체 무엇에 연유하는지는 딱히 알 수 없었지
만, 다만 뭣인가 본원적으로 설익어 있는 것만은 남규일의 처로서도
여자들 특유의 직감으로 이미 감득하고 있었던 것이다.

그렇게 시류를 좇아 새로 일떠서는 원산 거리에서 시집살이를 시
작해 내리닫이로 아들 셋을 그야말로 눈 깜짝할 사이에 빼낳았지만,
남규일의 처는 좀해서는 남편이라는 사람의 그 유난스러운 행태와
그로 말미암은 이 집의 괴이한 분위기에는 안존하게 젖어들 수가 없
었다. 단지, 그나마 요행인 것은, 야드러운 살결에 눈썹이 가늘게 길
고 계집애처럼 화사하게 생긴 맏아들 상섭 하나만은 외탁을 했는가,
그런대로 자신의 피붙이로 느껴지곤 하여, 어린 상섭을 끌어안고 남
몰래 혼자 울기도 많이 울었다.

그러나 제 처라는 사람이 그러거나 말거나 아랑곳없이 남규일은,

차츰 커가면서 어깨가 조금 앞으로 휘어지고 살결도 거무죽죽한 어린아이 냄새가 도무지 안 나는 둘째아들 상운만을 옥이야 금이야 애지중지 편애하였다. 이 둘째아들에게서 자신의 어린 시절을 보는 것이었다.

그 무렵 어느날은, 남규일이 원산시내에서 제법 행세깨나 한다는 왜인들 예닐곱명을 집에 초대하였다. 그렇게 모두가 술이 거나해져서 자리가 차츰 농익어갈 즈음, 상운은 변소 옆에 숨어서 기다리다가 평소의 그 아이답게 엉뚱한 장난을 하였다.

왜인 하나가 술에 취해 비트적이며 변소 안으로 들어가자 밖에서 곧장 문고리를 잠가버리고는 혼자서 킬킬 웃으며 한참을 서 있었다. 얼마 만에야 변소 안에서 그 왜인이 나오려고 문을 밀었으나 열릴 턱이 없었다. 다급해진 그는 탕탕탕 맨손바닥으로 문을 두드려댔다. 그러자 상운은 문밖에서 장난감총을 들이대고는 덮어놓고 "오까네(돈), 오까네" 하였다. 할 수 없이 왜인은 변소 문틈으로 일전짜리 동전을 내밀었다. 그러나 상운은 머리를 설레설레 저으며 퇴짜를 놓았다. 오전짜리 십전짜리도 퇴짜를 놓고, 끝내 오십전짜리 은전을 내밀어서야 비로소 문고리를 벗겨주었다. 왜인은 변소에서 나오자마자 한껏 눈을 부라리고 노려보는 것이 고만한 나이의 어린애를 보는 눈길이 아니라, 같은 또래의 상거래 상대자를 노려보는 눈길이더라는 것이다.

어쩌다가 마침맞게도 그 광경을 이쪽 주방 창문을 통해 먼발치로 내다보며 그 아이의 친어머니, 남규일의 처는 그 뒤 어느 누구에게도 이 일을 발설하지 않았지만, 그 순간의 그 왜인의 얼굴 표정이나 눈길에 얼마나 공감을 했는지 몰랐다. 그 왜인도 자신의 둘째아들을 기겁할 정도로 싫어하는 것이 차라리 공감이 되면서 후련한 느낌마

저 들던 것이었다.

왜인이 방으로 들어가 금방 당했던 일을 제법 의젓하게 어른다운 여유 섞어 씨부렁거리자 모두가 슬렁슬렁 웃는 속에서, 정작 주인 남규일은 추호나마 미안해하기는커녕 무릎까지 치면서 시뻘겋게 그 특유의 다혈질적인 웃음을 한바탕 터뜨리며 좋아라 하고 있었다. 그러고는,

"두고보세요. 저 아이가 보통아이는 아니니까요. 제가 여러 자식이 있지만 그중 탐탁하게 여기는 게 바로 저 아이지요."
하고 서투른 일본말로 한마디하곤 안방 쪽에다 대고 커다란 목소리로 그 아이를 불러들이기까지 하였다.

상운도 두 손으로 뒷짐을 척 지고 들어가, 조금 전의 그 왜인을 향해 혀부터 한번 날름하였다. 그러고는 제 아비가 시키는 대로 턱을 잔뜩 치켜올리고 어른들이 술자리 같은 데서 흔히 부르는 구성지고 외설스런 유행가 한자락을 그 어린 나이치고는 우렁우렁한 바리톤 목소리로 불러대는 것이 아닌가. 한방 가득한 손님들은 건성으로 손뼉은 치면서도 볼썽사나운 것을 보는 듯이 하나같이 미간을 찡그리고들 있었다. 그러나 주인 남규일은 손님들의 그러저러한 눈치엔 전혀 아랑곳없이 또 한바탕 호걸풍으로 웃곤, 저 옛날 자신이 시골을 벗어나오던 이야기를 자랑삼아 떠벌리더라는 것이다. 그 목소리나 서투른 일본말에는, 이미 저 옛날 원산 거리에다 어물상을 차리던 무렵의 서슬 기운은 많이 바래져 있었다. 그러고 보면 어언 중년으로 접어들어 볼품없게 뚱뚱해져 있기도 하였다. 흥청망청 뻗어가던 장사와 돈이라는 것이 그의 위인을 둔중하게 하면서 겉가죽으로 안정시키기는 하였으나, 사람을 아주 천덕스럽게 희멀겋게 만들어놓았더라는 것이다.

둘째아들 상운도 어언 초등학교 4학년이 되었고, 그 아이답게 벌써 골방 구석에서 어른들의 담배를 낱개로 훔쳐다가 피워보는 장난을 하였다. 남규일의 처도 이 아이에게만은 저 생긴 대로 놀도록 매사에 거의 외면을 하다시피 하였는데, 어느날은 그렇게 골방 구석에서 혼자 담배를 피우다가 어머니가 벌컥 문을 열자, 그냥 어머니를 빤히 올려다보며 히죽이 웃고는 계속 담배를 뽀끔뽀끔 빨면서,

"엄마, 왜 아무 말도 안해?"

하고 물었다. 어머니 쪽에서 아무 기척이 없이 묵살을 하자,

"응? 왜 아무 말도 안해? 왜 나한텐 야단 한번 안 치지?"

하며 거무접접한 얼굴로 또 히죽이 한번 웃고는 그냥 담배만 뽀끔뽀끔 빨고 있더라는 것이다. 다시 나지막한 목소리로,

"엄만 날 싫어하지. 나, 다 알어. 상섭이형하구 상국이만 좋아하는 거 다 알어."

하더라는 것이다. 이런 소리도 당사자인 어머니로서는 조금 뜨끔할 법도 하련만, 원체 상대가 이 아이여선가, 그냥 심상하게만 들리더라는 것이다.

그 무렵 어느 늦가을 저녁 상운은 기어이 일을 저지르고야 말았다. 또래 아이들을 모아놓고 고방에 있던 석유초롱에서 석유를 훔쳐내다 집 주위에 뿌리고는 아이들이 지켜보는 가운데 성냥개비를 그어댄 것이다. 불이야, 소리에 집안식구들이 달려나왔을 때는 이미 집은 거지반 불더미 속에 휘감겨 있었다.

상운은 안마당 끝에서 처음에는 달려나오는 가족들을 건너다보며 실실 웃고 서 있었다. 그러나 순식간에 불길이 제 방을 휘어감자 비로소 울기 시작했고, 뭐라뭐라 혼잣소리를 쭝얼거리며 그 불더미 속으로 뛰어들어가 제 란도셀 하나만 댈룽 들고 나왔다. 그렇게 달려

나오는 바짓가랑이에 불길이 댕겨 있었다. 그제야 상운은 엄마 소리를 지르며 안마당을 대굴대굴 두어 바퀴 뒹굴었다. 정작 엄마 되는 사람은 그때 그 엄마 소리도 뭔지 끔찍스럽게만 느껴졌다던 것이다. 경황이 없는 속이었음에도 그 느낌만은 그로부터 꽤나 세월이 흐른 뒤에까지 쌔록쌔록하더란다.

상운은 그렇게 어느 누구의 도움도 없이 혼자서 바짓가랑이의 불을 껐다. 그러곤 앉은 채 물끄러미 어머니를 올려다보는 눈길은 원망은커녕 그 이상 담담할 수가 없더라는 것이다. 비로소 양 무릎 사이에 머리를 처박고 혼자 쿨쩍쿨쩍 울기 시작하더라는 것이다.

결국 집은 완전히 잿더미로 변해버렸는데, 마침 정어리공장 일로 함경북도 청진으로 들어갔다가 기별을 듣고 부랴부랴 돌아온 남규일은 그다지 놀라는 기색도 아니었다. 까만 잿더미 앞에 한참을 멍하게 먼산 쳐다보듯이 서 있다가 문득 제정신이 돌아오기라도 한 듯 두리번두리번, 마침 눈길에 잡힌 둘째아들 뒷덜미를 비틀어 움켜쥐듯이 달랑 들어 맨바닥에 패대기를 치곤 장작 패듯이 무섭게 두드려 패더라는 것이다. 말 한마디 없이 그렇게 무작정하고 두드려패는 것이었는데, 맞는 쪽 상운도 비명 한번 지르지 않고 고스란히 맞아 주더라는 것이다. 다만 연거푸 무섭게 주어맞으면서도 다시 앞으로 나아가 아버지의 두 무릎을 끌어안으려고 두 팔을 들어 허우적거리는 게 보기에 따라서는 여간 안쓰럽지가 않더라는 것이다.

어머니와 친형인 상섭, 그리고 막내 상국은 부자지간의 그 광경을 마치 생판 남남끼리 벌이는 어떤 일이기라도 하듯이 바라보며 제각기 울고는 있었으나, 정작 본인들은 울기는커녕 시익시익거리며 억수로 홍건하게 땀만 흘리고 있는 것이 꼭 두 마리의 짐승 같았다.

끝내 아버지 남규일 쪽이 먼저 지쳐서 오른팔을 들어 이마의 땀을

닦으려고 하자 상운은 엉금엉금 기어가 아버지의 두 무릎을 끌어안고 비로소 으앙 하고 울기 시작하더라는 것이다.

물론 곧 잇대어 먼젓집보다 더 큰 이층으로 새로 살림집을 짓긴 하였지만, 그런 일이 있은 뒤로 집안일이 매사 신통치가 않고, 청진 쪽에 새로 벌였던 정어리공장도 송두리째 경중 헛일이 되고 말았다. 해류가 바뀌었는가, 그렇게나 많이 잡히던 정어리가 어느 해부터는 거의 한마리도 잡히지 않는 데야 별 용빼는 수가 없었다. 천지운항의 기류는 그렇게 어느덧 이 집안을 비껴가기 시작하는 것 같았다. 한때는 그다지나 기가 나서 승승장구하던 남규일 집안도 잠시잠깐뿐, 그때를 고비로 해서 시름시름 기울어지기 시작했다.

세월은 유수와 같아 어느덧 1940년대도 중반에 접어들고 있었다.

맏아들 상섭이 소위 왈 학병을 피하여 동경에서 집으로 돌아왔을 때는 둘째 상운도 이것저것 죄다 중도포기하고 형보다 한발 앞서 먼저 돌아와 있었다. 그 상운도 어머니가 보기에, 그전 어릴 적보다 뭔지 모르게 헐렁해져 있었다. 상운은 초등학교를 졸업하자 내리 3년 동안을 원근의 중학교, 상업학교, 심지어 농업학교까지 시험을 치렀으나 죄다 불합격으로 미끄러졌다. 그렇게 3년이 지나서는 일본의 저 동북쪽 끝, 어느 시골 사립중학교에 어렵사리 적(籍)을 두고 있던 것이다.

상섭이야 학병이라도 피해서 돌아왔다지만, 상운은 무슨 평계로 한발 앞서 돌아왔는지 알쏭달쏭하였다. 그렇게 먼저 돌아와 있던 상운은 사전 기별 한마디도 없이 어느날 느닷없이 현관으로 들어서는 형을 보자 그 독특하게 넉살기 좋은 웃음을 웃으며 "성, 성은 어째 이제야 오니?" 하고 가당치 않게 한마디 묻곤 괜스레 신명이 나서 지껄여대었다.

"난 달포 전에 버얼써 왔다. 싹수가 노랗다누만, 얼마 안 남았대야. 이제 일본이 이 전쟁에 져서 금방 망한대야. 대관절 그렇게 일본이 망하문 우리집은 어떻게 되지? 응야 성, 성은 그런 거 생각 안해 봤니?"

"………"

"가만히 그걸 생각하문 아바지가 불쌍해져. 불쌍한 생각이 들어. 하지만 어쩔 수 없는 건 어쩔 수 없지 머, 안 그래? 성, 어쩔 길이 없는 거야 어떡허겠어, 그지? 그지?"

아닌게아니라 불과 몇년 사이에 이 집안 분위기는 표가 나게 삭막해져 있었고 잿빛 일색이었다. 일본땅에 유학가 있다가 오랜만에 돌아와서 더 그렇게 느껴지는가, 도무지 그전 같지가 않았다. 어디가 어떻다고 꼭 집어낼 수는 없었지만, 안팎의 막일꾼들이나 식모들, 그밖에도 넥타이 차림의 어물상 직원들 등 아랫것들도 죄다 예외없이 그전하고는 달리 활기가 있는 반면에, 이방 저방, 집안 구석구석은 마치도 구렁이나 뱀이 똬리를 틀고 있지나 않은가 싶어 괜스레 깜짝깜짝 놀라게 되던 것이다. 그렇게 노상 좌불안석으로 서먹서먹해 있던 차에 마침 형도 돌아왔으니 상운으로서야 모처럼 신명을 낼 만도 하였을 것이다.

그새 아버지도 생각보다 초췌해져 있었고, 그 겉모습에 어울리게 혼자서 술을 마시는 버릇이 붙어 있었다. 불과 몇년 동안에 집안 분위기는 이렇게도 착 가라앉아 있었다. 더러는 맏아들인 상섭이 마주앉아 아버지와 대작을 해드렸다. 그러나 그런 때도 아버지는 이렇다 저렇다 한마디 없었다. 이즈음에 와서는 아버지도 둘째아들 상운을 슬슬 싫어하는 것 같았다. 그것도 무슨 특별한 까닭이 있어서라기보다는, 그저 어느 순간부터 그 아이가 싫어지기 시작했다는 것인가 보았다. 이렇게 나이가 들어가면서 아버지가 보이게 보이지 않게 변해가자, 어머니도 어머니대로 아버지 대하는 눈길이 그전 같지 않게 꽤나 자상해져 있었다. 그것은 어차피 종당에는 그렇게 주저앉을 수밖에 없는 이 댁 안주인의 어딘가 눈물겨운 서러운 냄새와 결부되어 있었다.

"집에 있는 동안만이라도 아무쪼록 아버지 위로해드려라!"

어머니는 곧잘 이렇게 맏이 상섭에게 조용히 귀띔을 하곤 하였다.

둘째 상운은 본시 저 생긴 대로 긴긴 여름날 하루종일 좁은 장판방에 멍청히 혼자 앉아 있거나 가로세로 자빠져서 뒹굴거나 하였다. 맏이 상섭은 책이며 이불짐이며 큰 트렁크 몇개는 짐표로 미리 부치고 돌아왔지만, 둘째 상운은 하다못해 쓰던 치약, 칫솔까지도 고스란히 일본땅에 남겨둔 채 달랑 알몸만 돌아왔다. 그러고는 한다는 소리가, 이제부터 독립운동에 가담하련다고, 백두산이나 간도 쪽으로 가보련다고, 어물상 일을 보는 넥타이깨나 맨 아랫것들에게 더러 흰나발을 불기도 하는 모양이었다.

실제로 어쩌다가 열흘, 보름씩 집을 비우기도 하였다. 그렇게 얼마쯤 지나서는 독립투사들을 못 찾아 되돌아왔다며 잔뜩 먼지 낀 모습으로 현관문을 들어섰다. 그렇게 안마당으로 들어설 때마다 다리에 친 각반이 헤실헤실 풀려 있곤 하였다. 일본 전투모에 국방복에 각반까지 치고 독립군을 찾아다니는 꼴이었다.

그렇게 며칠 동안이나마 둘째가 집을 비우면 어머니는 말할 것도 없고 아버지까지도 후련해하다가도, 둘째가 다시 들어오면 그 무슨 구린내나는 것이 집안에 틈입이라도 한 듯 온 상판을 찡그리곤 하였다. 하지만 정작 본인은 그러저러한 눈치를 아는지 모르는지 노상 덤덤하고 천하태평이었다. 제 방에 틀어박혀 어색한 모습으로 담배꽁초에 불을 댕겨 뻐끔뻐끔 빨고는 하였다. 그러곤 일본서 귀국할 적에 엉뚱하게도 헌 바이올린 하나만을 달랑 들고 들어서더니, 낮밤이 따로 없이 노상 깽깽 깽깽 혼자서 켜대곤 하였다. 바이올린 켜는 모습도 상운답게 매우 독특하였다. 우선 베개 두어 개를 방바닥에다 포개어놓고, 그 베개 위에 바이올린 끝이 닿게 하고, 왼손은 방바닥을 짚고, 두 무릎도 바닥에 붙이고, 그렇게 엉거주춤하게 엉덩이를 들고 켜는 것이었다. 그러니 그 꼴인즉 어떠했겠는가. 켜는 곡도 일본군가 나부랭이 첫절 몇가지만을 죽으나 사나 노상 되풀이하곤 하였다. 그런 때 어쩌다가 그 방으로 들어서던 어머니는 무슨 대낮 도깨비라도 본 듯이 그만 기겁을 하고 도로 나오곤 하였다. 저런 괴물인지 악마 하나가 제 뱃속에 열달 가량이나 체류해 있었다는 것이 스스로도 새삼 징글징글해지곤 하였다.

외탁을 한 셋째 상국도 어언 초등학교 6학년이 되어 있었다. 어릴 때는 심약하고 특징이라곤 별로 없이 왜놈집 아이들과만 주로 어울려 놀더니, 커가면서는 그런대로 친가 쪽의 거친 행태가 더러 드러나곤 하였다.

바야흐로 태평양전쟁은 마지막 고비를 넘어서고 있었다.

그 무렵 어느날 시골에서 사람 하나가 내려와, 몇년 동안 자리보전하고 누워지내던 숙부가 마침내 끝머리에 왔는지, 한번 틈내서 다녀갔으면 한다고 전하였다. 이 소식은 어언 오십대도 중반으로 들어선 남규일로 하여금 오랜만에 아득한 옛날 일들을 새삼 일깨워주었다. 며칠을 연달아 자작으로 술을 마시고 여느 때 없이 두 눈에 핏발이 서서 조바심을 피웠다.

그렇게 사나흘이 지나자 난데없이 조선 바지저고리에 두루마기를 내놓으라고 이르고는 바로 그런 차림으로 혼자서 시골을 다녀왔다.

　허우대와 목소리가 그다지나 좋던 옛날의 숙부는 몰라보게 쪼그라들고 작아져 있었다. 오랜만에 조카를 본 당신도 누운 채로 눈물이 그렁그렁해지며,

　"조카도 그새 늙었구먼. 하기야 별 용빼는 수가 있을라고."
하고 한숨쉬며 한마디하였다.

　남규일도 누운 그 숙부의 매가리없이 가늘해진 한손을 잡으며 목구멍으로 울음을 삼켰다.

　"난 발붙일 곳 없이 한평생을 살았네만, 하기사 조카도 허황했지. 세상사, 지내놓고 보면 다아 덧없기는 매일반일 터이지만."

　"………"

　"우린 피차에 아주 남남끼리가 되었구먼. 서로가 제각기 모습으루 다 남의 땅에서 살았어. 남의 땅에서."

　"………"

　"어디 한번 물어봄세. 자네, 자네 이때까지 평생에 한번이라도 친고조부님 생각해본 일 있능가? 그이께선, 지금은 통째로 원산 거리에 먹혀들어 고을째로 없어져버렸네만, 철종 연간에 이양선이 덕원 인근에까지 와서 날탕질을 할 때 우리 백성들 맨 앞장에 서서 앙앙하시다가 끝내 그것이 빌미가 되어 화병을 얻어 돌아가셨네. 그러구, 그뿐인가. 자네 부친, 내 친형님 그이도 자네 고조부를 닮아 척사 쪽으로 앙앙, 끝내 집을 나가 비명횡사하셨어. 때가 때였는지라 문중에서들은 모두가 쉬쉬하고 덮어두었네만. 알겠능가. 그나저나 앞으로 저 아이들은 모두가 어떻게 될 것인고, 생각하면 도무지 막막허고 더럭 무서워지기부터 하네. 이 세월 변해가는 것이 말일세."

　숙부는 그 이틀 뒤에 운명하였다.

장사는 그 옛날 할아버짓적과는 비교가 안되게 약식으로 치렀다.

만장도 없고 이렇다 할 곡소리도 없는 상여 하나가 나갔다. 남규일만은 그래도 삼베 두루마기 차림이었지만, 그 아들 삼형제는 국민복차림에 벙거지 같은 삼베 두건 하나씩을 얻어쓰고, 오촌당숙이나 육촌들 틈에 서서 종조부의 상여를 따르고 있었다. 마을 모습도 그 옛날하고는 판판 달랐다. 언덕 위 공회당에서는 일본기가 휘날리고, 보국대의 소집을 알리는 종소리가 뎅겅뎅겅 울리고 있었다.

이렇게 숙부의 상을 치르고 나서부터 남규일은 더욱 하루가 다르게 늙어가고 시름시름 앓기 시작하였다.

1943년, 일본이 망하기 2년 전에 맏아들 상섭이 장가를 들었다. 신부는 키가 훤칠하고 덕성스럽게 생긴 통칭 루씨고녀(樓氏高女) 출신이었다. 서양사람 루씨가 창립하였다고 해서 루씨고녀였는데, 태평양전쟁이 일어나면서 그 서양사람도 강제 퇴거당하여 몇년 전부터는 학교 이름에서 그의 이름이 빠져 있었다.

맏아들 상섭은 본시 외탁을 하여 위인이 다정다감한데다가 한창 젊은 나이에 일본서 갓 돌아와 딱히 할일도 없어, 낮이나 밤이나 신방에서 떠나지를 않았다. 기껏해서 방공연습 싸이렌 같은 것이 울려야 더러 창백한 얼굴로 밖에 나가보곤 하였다. 둘째 상운은 이런 형을 두고 노상 저 병신, 병신, 겨우 여자 하나에 사족을 못 쓰는 저 벼엉신, 하고 쫑얼거리고 투덜댔다.

드디어 1945년 8월, 별안간에 일본이 전쟁에 패하면서 해방이 되었다. 그날 상섭과 상운은 덮어놓고 뿌듯한 감격을 안고 거리로 뛰쳐나갔다. 우선은 둘 다 일본군대에 끌려나갈 일에서 모면되었다는 점이 그 이상 요행스러울 수가 없었다.

그러나 이튿날부터 벌써 거리에는 '높이 들어라 붉은 깃발을, 그 밑에서 굳게 맹서해, 비겁한 자여 갈 테면 가라, 우리들은 붉은 기를 지킨다' 하는 전혀 생소한 처음 들어보는 붉은 노래들이 골목골목을 누비고 있었다. 금방 잇대어서 농촌에서부터 거센 혁명의 바람이 일기 시작했다. 시골의 작은댁이 송두리째 재산몰수를 당하면서 쫓겨나 거리로 나오는 바람에 남규일은 그 조카에게 당장 잡화상 하나부터 차려주어야 하였다.

이 무렵부터 맏이 상섭의 하얀 얼굴에서는 노상 겁먹은 기운이 가시지 않았으나, 거꾸로 둘째 상운의 두 눈엔 핏발이 서며 매일매일 활기가 넘쳤다. 그렇게 둘째의 반강제적인 청에 못 이겨 상섭도 노동당이라는 것에 입당하였다. 한발 앞서서 입당해 있던 상운은 어느새 그 지방 신문사의 기자가 되어 낮이고 밤이고 푸른색 완장 하나를 팔뚝에다 차고 있었다.

몇해가 다시 휘딱 지나가고, 기어이 6·25전쟁이 터졌고, 처음에는 인민군이 눈 깜짝할 사이에 서울을 함락시키며 물밀듯이 남쪽으로 쓸어내려갔다. 그러나 그것은 잠깐, 그해 10월 초에 거꾸로 남쪽의 국방군이 거리에 입성했을 때는 상섭과 상운이 또 나란히 태극기를 펼쳐들고 거리 한가운데의 환영인파 속에 껴 있었다. 그 뒤 형제는 현지 주둔 CIC라나 하는 기관에 호출을 당해 조사도 받았으나, 출신으로 보나 성분으로 보나 공산당에 동조할 사람들은 아니라고 평가되어 금방 쉽게 풀려나왔다. 그 사나흘 뒤에 상섭은 외가 켠으로 친척이 되는 주둔군 국군 대위의 알선으로 군정보기관의 문관자리 하나를 얻어 날씬한 미군복 차림으로 나다녔다.

그러나 다시 곧 후퇴.

가족들과 한번 대면할 틈도 없이 삼형제만 용케 그 정보기관의 스리쿼터 하나를 얻어타고 거리를 빠져나온 건 그해 12월 초의 밤 열시였다. 처음에 상운은 남쪽으로 안 가겠다고 고집을 피웠으나, 상섭이 끝끝내 우겨 기신기신 같이 떠났다. 상운의 말인즉 일주일만 피해 있으면 되돌아올 것이라는 거였다. 안변평야 남쪽 끝머리에 붙은 황룡산 자락 밑의 오계(梧溪)를 거쳐 상음(桑陰)을 지날 무렵에는 적으로 오인되어 유엔군의 공중 기총소사까지 당하였다. 스리쿼터는 소이탄 한방을 직통으로 맞아 통째로 뒤집어져 불타버렸고, 상운과 상국이 바로 옆 논둑에 엎드렸다가 나왔을 때는 상섭이 하필이면 발목에 관통상을 입고 있었다. 그 상섭이만 잇대어 내려오는 국군 스리쿼터에 애걸하다시피 태워 먼저 보내고, 상운과 상국은 터덜터덜 걷기 시작하였다. 장전(長箭)까지 근근이 걸어와 겨우 만원 쪽배에 낑겨들어 포항까지 내려왔을 때 이미 중공군은 강릉 근처까지 와닿아 있었다. 결국 상운과 상국은 지친 모습으로 부산에 닿아 미리 약속해두었던 대로 부산역전에서 상섭과 만나 다시 합류하였다. 그렇게 북에서 내려온 피란민들 태반이 그러했듯이 셋은 같이 부두노동을 하였다.

그러나 불과 몇달 어간에 그 세 형제 처지는 백팔십도로 다시 확 바뀌어 있었다. 상국이 미군 관할하의 통칭 켈로 낙하산부대에서 훈련을 받다가 휴가를 얻어 부산 자갈치로 들렀을 때, 어느새 맏형 상섭은 허연 떨거지가 되어 이상한 여자 하나와 동거를 하고 있었다. 몇달 어간에 볼썽사납게 더욱 초췌해져 있었고 사람이 겉가죽만 남은 그 무슨 검불처럼 되어 있었다. 새로 동거하는 여자는 고향에 두고 온 형수와 어느 구석인가 닮아 있었는데, 상섭형은 낮이고 밤이고 방구석에 틀어박혀서 시를 쓴다나, 일기를 쓴다나, 혼자 정신빠진 짓에만 골몰하고 있었다.

그 시라는 물건과 일기 나부랭이라는 것도 거개가 고향에 두고 온

아내와 자식들 타령이었고, 온통 소녀적인 감상으로만 채워져 있었다. 동거녀도 애당초 상국에게 시동생 대접은커녕 아주 쌀쌀맞게 대하는 것이, 두 사이도 그다지 오래갈 것 같지는 않았다. 서로간에 인연 닿는 구석이라곤 전혀 없어 보였고, 제각기 지칠 대로 지쳐서 찌들고 비뚤어져 있었다. 여자도 노상 방안에서 뒹굴며 낮잠이나 자고, 상섭도 그 곁에 누워서 자다가 말다가 시나 일기 같은 것을 끼적거리다가 하는 것 같았다.

이미 부산 거리는 송두리째 밑빠진 수렁, 삼천리 방방곡곡에서 숱한 인간 쓰레기들만 모여든 오물더미로 낙하산 머플러 차림의 상국의 눈에는 보였다. 하기야 켈로 낙하산부대로 자원을 했을 때부터 상국으로서는 두 형들의 그런 꼴 저런 꼴 일절 안 보겠다는 나름대로의 비장한 각오는 되어 있던 터이다. 이런 상국 앞에 큰형 상섭은 철딱서니없는 어린애 칭얼거리듯이,

"상운이는 죽일 놈이다. 그런 놈을 어떻게 같은 핏줄이라고 할 수 있겠니. 엄마가 잘 보긴 했었다. 그 아인 본시 그런 악마였어."

하고 도무지 세상물정이라곤 모르는 푸념만 해대고 있었다. 그런 되잖은 푸념들을 일일이 죄다 듣고 있을 상국도 이미 아니었다. 수중에 있는 돈을 몽땅 털어내놓고는 그 길로 곧장 토성동에 있다는 상운의 직장으로 찾아갔다. 상운은 애당초 악마건 어쨌건 타고난 기력이라도 있어, 제 힘으로 어느 카톨릭계 출판사에 교정원으로 취직하고 있었다. 그 상운은 검정색 물들인 미군 작업복 차림으로 나오자마자 대뜸,

"왜 왔니? 나 지금 바쁘다."

하고 우락부락하게 낙하산복 차림의 상국에게 한마디하고는, 이쪽에서 뭐라고 대꾸할 틈도 안 주고 뽀르르 그냥 되들어가버렸다.

　퇴근 무렵이고 더이상 가볼 곳도 없어 상국은 그냥 밖에서 얼쩡얼쩡 기다렸다.

　상운은 퇴근해 나오자 또 화부터 내었다.

　"대관절 어쩌자는 거야? 대체 나 만나서는 어쩌자는 거야? 어쩌자는 거야?"

하고는 그나마 낙하산부대 옷차림에서 풍기는 그 어떤 색다른 냄새라도 맡았는가, 금방 목소리가 누그러들었다.

　"큰성헌텐 들렀니?"

　"응, 거기서 곧장 이렇게 작은성헌테 오는 길이야."

　"개새끼, 그게 미친 새끼지, 사람의 탈을 썼으니 사람새끼지. 누가 알까보아 겁난다. 챙피해서 원. 어떻게 그따위를 같은 핏줄이라고 할 수 있겠니."

　희한하게도 조금 전의 큰형과 똑같은 소리를 하였다. 상국도 비시시 씁쓸하게 웃으며 나지막하게 받았다.

　"핏줄은 무슨 놈의 핏줄. 스무 해 동안이나마 같은 집에서 그저 같이 살았다는 정분으로 찾아갔던 거지요."

　지금 작은성헌테 이렇게 찾아온 것도 역시 그렇구요, 하는 소리는 차마 내뱉지 않고 그대로 목구멍 너머로 삼켜버렸다.

　"정분은 또 무슨 놈의 정분. 그런 미친 새끼 찾아가서는 뭣허니. 챙피하기만 하지. 정말 알다가도 모르겠다. 어떻게 사람이 고 사이에 그 지경까지 될 수 있는지."

　상국이 두번째로 휴가를 나왔을 때 상섭은 이미 그 동거녀와 헤어져 있었고 다시 부두노동을 하고 있었다.

　희한한 것은 그새 둘째형 상운은 아주 독실한 카톨릭 신자가 되어 있었다. 같이 길을 걸어가면서도 노상 중얼중얼 무언가를 외곤 하였다. 몸가짐이나 언행도 독실한 신자에 어울리게 착 가라앉아 있었으나, 살 욕심은 더 강해진 사람처럼 닉닉한 기운이 속으로 잠겨 있어 보였다. 뒤에 자세히 알았지만, 상운은 같은 직장에 근무하는 노처녀 하나와 열애에 빠져 있었다. 그 여자가 바로 카톨릭 신자였던 것이다. 매일 아침 출근할 때면 여자 집 앞에서 기다리고 서 있다가 같이 출판사로 나오고, 퇴근 때도 꼭 여자를 집에다가 데려다주곤 하였다. 비가 오나 눈이 오나 여섯달 동안을 하루같이 그랬다고 한다. 드디어 여자도 감격하여 상운을 그야말로 이 세상에 둘을 찾아볼 수 없는 성실한 남자로 보았다는 것이다. 그런 이야기도 상운은 친동생 앞에 제 입으로 자랑삼아 떠벌렸다. 본시부터 그런 사람이었지만, 그 상운은 전보다 말솜씨 하나는 차분해졌으나 친형제간으로 쳐서는 어느 구석 더 냉랭해져 있기도 하였다.

"상국아, 너도 이참에 영세 받아라. 천주님 곁에 있으면 마음이 든든해진다. 고집 피우지 말고 내 말 들어라."
하고 말하기도 하여, 이때는 상국도 대놓고 받았다.

"난 그런 거 안 믿겠으니 성이나 열심히 믿어서 천당 가우. 도대체 할바이들은 옛날 한국사람, 아바이는 왜놈 것이 껴묻은 어중간한 조선사람, 맏성은 이것도 저것도 아닌 희멀건 허수아비, 그런데 작은성은 이제 서양귀신꺼정 끌어들였구먼. 불과 일년 남짓 전에는 북에서 노동당원이었다가 지금은 천주교인? 꼴 허구는…… 엄마 아바지도 그걸 알문 기겁을 하고 까무러치겠소."

상운은 일순 울컥 하고 화를 내려다가 지그시 참았다. 그러곤,

"글쎄 그렇게 고집 피우지 말고 내 말대로 영세를 받으라니까, 받어."
하였다.

"난 미국 낙하산 타구 고향땅에 떨어져서 지금 이 모양대로 죽겠
으니 성이나 많이 믿으시우."
하고 상국은 멍하게 서 있는 상운 곁을 떠나 그 길로 부대로 돌아갔
다.

그 뒤 상국이 세번째 휴가로 후방에 나왔을 때는 상운은 이미 그
여자에게 흥미를 잃고 있었다. 연애를 중도에 포기하고 그 성당에도
나가다가 말다가 하였다. 변죽좋게도 상국 앞에서 지껄이는 말인즉,
이 남한 세상에서는 뭐니뭐니 돈이 첫째인데, 그 여자는 돈이 없다
는 거였다. 뿐만 아니라 너무 못생겼다는 거였다.

"별수 있니. 이 바닥에서 우리 집안을 되일구려면 너나 나나 돈을
벌든지, 그게 아니문 하다못해 돈있는 집 딸을 색시로 얻든지 양단
간에 어느 한길밖에 없다. 안 그렇니?"
하였다.

"차라리 성, 미치시오, 미쳐. 발가벗고 한길을 뛰는 귀경을 했으면
했지, 성의 그 꼴은 정말 더이상은 못 보겠소."
하고 상국이 받자, 상운은 스스로 생각해도 자기 모습이 우스웠던지
어릴 적부터 그 특유의 괴팍하고 독특한 웃음을 한바탕 시원하게 터
뜨렸다. 그러는 모습에서 차라리 본래의 둘째형다운 여운이나마 느
껴졌다.

1953년 7월 휴전이 되자 상국은 미국 관할하의 그 낙하산부대에서
곧바로 한국군 공병대 장교로 편입되었다.

상운도 환도바람을 타고 서울로 올라와 부산에서 안면 정도 익혔
던 또 한분의 신부님 알선으로 카톨릭 계통의 출판사에 취직을 하
고, 그 신부님의 성당으로 다시 열심히 나가곤 하였다. 그렇게 이를

테면 카톨릭이 밥줄이 되어 있었다.

이 무렵 어느날 상섭이 사전 기별 한마디 없이 문득 상운을 찾아왔다. 햇볕이 쨍쨍한 8월 말 한여름에 목 긴 깜장색 짝짝이 장화를 신고 몇달째 세수도 못한 듯, 잔뜩 땟국이 낀 얼굴에 웬 이상한 벙거지 하나를 쓰고 있었다. 거지도 그런 상거지가 없었지만, 어느 구석인가 평소의 그답지 않게 아주 낯가죽이 두꺼워져 있었다.

"상운아, 제발 마지막 부탁이다. 돈 좀 있음 한번 배가 터지도록 양껏 먹여나 다우. 사흘이나 굶었구나."

하였다.

"성 먹여줄 돈이 난들 어딨어, 없어."

하고 상운은 대뜸 빼락 소리를 질렀다. 그러자 상섭은 이상하게 씽긋 한번 웃고는 그냥 얌전하게 돌아서서 털럭털럭 나갔다. 그 뒷모습이 웬일인지 머리끝에 남아서 지워지지가 않았다. 8월 끝더위가 그날따라 유난히 기승을 부리는 속에 짝짝이로 신었던 그 목 긴 깜장 장화짝이 두고두고 묘하게도 머리 한구석에 남았다. 그리고 그게 바로 그 상섭형과의 마지막이 될 줄이야.

이틀 뒤였다. 순경 하나가 물에 흠뻑 분 듯한 시민증 쪽지를 갖고 찾아와 혹시 이 사람을 아느냐고 물었다. 상운은 대번에 철렁해지며 가슴이 벌렁벌렁하였다. 상섭은 그렇게 한강에 빠져죽었다. 곧장 순경을 따라 한강으로 달려나갔다. 건져올린 시체는 팅팅 불어 제대로 알아볼 수조차 없었다. 어두워오는 저녁 강물을 멍히 내려다보며 상운은 정신빠진 사람마냥 그냥 한참을 앉아 있었다.

국군에 편입된 뒤 첫 휴가를 나왔던 상국은 뒤늦게 그 사실을 전해 듣곤 정신없이 깡술을 퍼마시고 둘째형을 찾아가 당장 죽일란다고 권총을 뽑아들며 한바탕 난리를 피웠다.

"개새끼지, 성이 사람새끼야. 사람 탈을 썼으면 다 사람인 줄 알아. 생사람 한강에 빠뜨려 죽인 성이 사람이냔 말이야."

그러는 상국의 행패를 고스란히 지켜보며 상운은 대꾸 한마디 없이 한손을 놀려 가슴에다 성호를 그을 뿐이었다. 그렇게 고향에 계신 아버지를 찾는 것이 아니라 하늘나라에 계신 하나님 아버지를 찾는 것이었다.

얼마 뒤, 상운은 신부님 소개로 다시 독실한 카톨릭 신자 처녀와 사귀기 시작하였다. 수원 사는 여자로 이웃간에 그런대로 부잣집 소리를 듣는 댁 규수였다. 얼굴은 못생긴 편이었고 나이도 피장파장, 서른살 노처녀였다. 하지만 원체 그 사람이라, 이 일도 순조롭게 진행될 리가 없었다. 처음 한동안은 죽자살자 정신없이 좋아하더니, 약혼식도 올리고 달포쯤 지났을까, 또 특유의 미친 기운이 발작, 어느날 느닷없이 결혼을 못하겠다고 뒤로 나자빠졌다. 이유인즉 여자가 너무 못생기고 늙었다는 거였다. 남녀간에 최소한 다섯살 터울은 져야 정상이라고 평소의 그다운 해괴한 설을 주장, 신랑인 자기 쪽에서 너무 손해를 본다며 절대로 못하겠다는 거였다.

여자 집에서는 그야말로 청천의 벽력이어서 생난리가 났을밖에. 장인 될 사람은 그 충격으로 중풍으로 쓰러져 그대로 급사하였다.

이 일이 소개자인 신부님에게도 알려져 상운은 당장에 직장에서 쫓겨나고, 동시에 그 알량한 카톨릭도 집어치우고 말았다. 그렇게 다시 무신론자가 되었다. 그러나 퀴퀴한 하숙방에서 며칠을 혼자서 뒹굴자니 또다시 암담해졌다. 때마침 상국이 막 찾아와 있었다. 상운은 상국에게 제법 의논조로 가만가만 말했다.

"상국아, 곰곰 생각해보니 아무래도 그 처녀허구 결혼을 해야겠구나. 책임상으로도 그렇고."

“………”

상국은 하 입이 써서 벌어졌던 입이 다물어지지가 않았다.

“별수없겠어. 우선 살구 봐야 할 거 아냐.”

“아니, 성, 대체 지금 제정신 갖구 하는 소리야, 그게?”

“그렇지 않음 별수가 있어야 말이지.”

아닌게아니라 이튿날 상운은 고래 심줄 낯짝을 하고 수원 교외에 있는 그 여자 집으로 기신기신 찾아갔다. 여자 집에서는 백주에 나타난 도깨비 보듯 처음에는 떠름해하더니, 상운이 편에서 애걸복걸하자 기왕 버려진 딸이라 여기고 응낙을 하였다. 그렇게 부랴부랴 결혼식이 올려지고 상운은 다시 독실한 신자로 되돌아갔다.

몇년이 또 후딱 지나 상국이 제대를 하고 보니, 그새 상운은 사람이 또 여간 야박해져 있지가 않았다.

“살아봐서 너도 잘 알겠지만 이 남한사회에서는 핏줄이라는 게 무슨 의미가 있니. 그런 소리, 말짱 헛방귀 뀌는 소리다. 그렁이까 내 말 잘 들어. 넌 너 갈 데루 가능 거구, 나도 나 갈 데로 가능 거다. 그렇게 알아둬라. 그게 서로 편키도 할 거다.”

하고 딱 잘라 말했다.

그리고 벌써 상운은 제 집안에서도 아주 횡포한 남편이 되어 있었다. 처갓집에서 살림을 보태주지 않는다고 마누라를 들볶아대며 악을 쓰곤 하는 모양이었다. 대놓고,

“내가 너 보구 장가 든 줄 아니. 너네 집 재산 보구 했지. 그러니까 응당 알아서 해야 되잖아, 응잉? 내 말 알아듣겠어?”

하곤 자기가 기대했던 그 수준을 감당 못하겠거든 당장 이혼을 하자고 밤이고 낮이고 악을 써대는 모양이었다. 그러니 그 형수로서야 하루하루 지옥이 따로 없었다.

상국은 상국대로 낙하산부대에서 뜨내기 영어를 서툴게나마 구사하고, 한국군 공병대에서 주먹구구로나마 토목기술을 배워두었던 덕에, 그러저러한 연줄로 한 미국 토목회사의 현장감독으로 취직해 있었다. 겉으로 보기보다는 돈푼이나 주무를 수 있는 괜찮은 자리였다. 그러자 상운은 다시 보이게, 혹은 보이지 않게 상국에게 여러모로 고분고분해졌다.

"너도 종교를 믿어라. 믿어두면 여러가지로 좋다. 이런 세상에서는 그런 것이라도 하나 갖고 있어야 살아가기가 편하다."

이런 소리를 지껄이기도 하였는데, 그러나 말은 이렇게 하면서도 실제로는 성당 나가는 일에 게을러져 있었다. 비단 성당 나가는 일뿐만 아니라, 험악하게 돌아가는 이 바닥에서 앞으로 살아나갈 자신을 잃고 있어 보였고 매사에 게을러져 있었다. 그렇게 상운은 원체 늦장가를 들어 내리닫이로 아들 형제를 낳으며 어영부영 지아비로 주저앉아 밤이고 낮이고 파자마 바람으로 방안에서만 뒹굴었다. 형수하고도 노상 싸우다 말다, 사네 못 사네 하면서도 딱부러지게 헤어지지는 못하였다.

그럭저럭 다시 60년대도 몇년이 지나는 동안에, 어느덧 상운에게 있어 상국은 절대로 없어서는 안될 사람이 되어가고 있었다. 형네 생활비 태반을 상국 쪽에서 도맡다시피 하게 된 것이었다. 어쩌다 보니 피차간에 그렇게 되어 있었다. 상국도 어언 서른살이 넘어서고 차츰 표가 나게 뚱뚱해지기 시작하였다. 투실투실 살이 찌고 아랫배가 나오고, 그런 식으로 겉보기로만 펑퍼짐해갈 뿐, 그밖에는 애오라지 돈, 돈, 돈에만 더 환장을 하고 기갈이 들어갔다.

60년대도 중엽으로 들어선 어느날, 상국은 그렇게 그달치 생활비를 건네려고 형 집을 찾아갔다. 형은 대낮임에도 커가는 아들 둘을

양 무릎에 앉혀놓고 장난을 하고 있었다. 상국이 막 들어서자,

"응, 너 오니. 어서 들어오나."

하고는 또 들입다 엄살부터 떨었다.

"쌀값은 사천원으로 오르구, 야단났구나. 생활비가 그전 곱이 들어. 너두 서둘러서 장가를 가야 할 것인데, 여러가지로 미안하고 낯이 없다."

그런 소리는 들은 척 만 척 상국은 미군 피엑스에서 구입한 초콜릿이랑 껌이랑 두 조카에게 나누어 쥐여주곤,

"나두 더이상 이젠 모르겠으니 알아서 하세요."

하고 퉁명하게 한마디하였다.

"어떻게 우리 이애들 어미가 장사라도 할 거리가 없을까. 양키 계통으루다 그런 길이 많은 모냥이던데. 그런 거리나 하나 알선해주구, 밑천이나 조금 대주렴."

자기는 그냥 그렇게 세월아 네월아 하면서, 형수에게 장사를 시켜 거기 얹혀서 하루하루 뜯어먹겠다는 배짱인 모양이었다.

며칠 뒤 상국은 장사 밑천으로 돈 사만원과 양키 물건 장삿길을 알선해주었다. 그렇게 당분간 발을 끊어보기로 작정을 하였다. 실은 그새 상국도 여자를 사귀어, 약혼이며 결혼이며 몽땅 생략한 채 곧바로 동거생활에 들어가 있었다.

60년대도 중엽으로 들어서 본즉, 상국으로서는 지나간 십여년간에 이렇게 살아남았다는 것만도 이젠 그 무슨 덤으로 여겨지는 것이었다. 그리고 앞으로는 자기도 이 바닥에 뿌리를 내리고 제대로 살아가자면, 우선은 당분간이라도 상운형네와 연을 끊어보겠다는 결심을 하고 있었다.

상국의 그런 결심은 아랑곳없이, 상운은 밤낮이 따로 없이 방구석

에서 뒹굴면서 팔자 늘어지게 홍얼조로 지껄이고 있기나 하였다.

"상국이 삼촌이 이제 초콜릿 가지고 온다아, 너들 좋아하는 나마까시(생과자) 사갖구 온다아, 서양 도넛 사갖구 온다아."

그러나 기다리는 상국은 좀체로 나타나지 않고, 저녁이면 먼지를 뒤집어쓰고 새까맣게 그을린 낯으로 아내가 들어섰다. 그렇게 백원이 남는 날도 있고 제법 이백원이 남는 날도 있었다. 상운도 그날그날 저녁마다 돌아앉아 돈계산을 하고 있는 아내를 희한한 듯이 건너다보며,

"야하, 알구 보잉 이렇게 사는 방법도 있긴 있구나."
하고 감탄, 감탄하기도 하였다.

그러던 어느날 저녁은 반주로 혼자 술 한잔을 마시곤,

"이 바닥, 이 땅이 분명히 우리 땅은 우리 땅인데, 무언지 희한꼴랑하다이. 생각할수록 희한꼴랑해. 그러구, 왜 이렇게 근지럽지? 온몸뚱이가 무슨 벌레 기어가듯이 근질근질 근지러운가 이 말이다."

시뻘겋게 그 특유의 다혈질적인 웃음을 흘리고 있었고, 아이들은 아이들대로 아버지의 술 취한 얼굴이 무서워서 울음을 터뜨리고 있었다.

그러자 문득 술 취한 상운의 눈앞에는 저 옛날 자신이 어릴 때, 시골 종조부의 상투를 잡아끌며, 이랴, 이랴, 하던 일이 떠올랐다. 엉뚱하게도 그 광경이 멀겋게 떠올라 상운은 순간 갑자기 멍해지고 있었다.

〔작가연구 2000년 상반기호; 문학춘추 1964년 4월호〕

용암류

용암류

동훈은 수경과의 약속을 어기면서까지 석주 하숙방으로 갈 엄두는 아직 나지 않았다. 그러나 애매하긴 할망정 자책감 같은 것은 벌써 들어앉아 있었다. 물론 그것은 작금의 단호한 석주를 두고서였다. 다시 말해서 수경과의 약속을 지키느냐, 아니면 석주와의 약속을 좇느냐 하는 그 어느 하나의 결단을 두고서였다. 그리고 그 결단의 성질을 두고서 말한다면, 실은 그 속에는 좀더 원천적인 문제가 도사려 있었다. 그런데 정작 그 원천적인 문제에는 자꾸만 외면을 하고 싶은 것이다. 어느 힘들고 곤란한 틈새에 스스로 끼여들고 싶지는 않았다.

"물론 나는 수경을 사랑해. 아무렴, 사랑하구말구. 수경과의 약속을 어기면서까지 그쪽으로 갈 필요는 없는 거야."

이렇게 혼자 중얼거려보지만, 그러나 어쩐지 금방 공소해지며 피시시 웃음이 나오곤 한다. 그리고 이런 경우의 웃음은 내용이 텅 비어 있어서 그런대로 홀가분했다.

사랑이라는 말로 수경을 생각하면 어쩐지 스스로도 쑥스러워지며 실소부터 머금어진다. 수경의 실감이 꽤나 상투화되어버리고 부당하게 왜곡당하는 것도 같다.

버스는 어느덧 커브를 돌아 큰길에 나와 있었다. 승객들이 설핏해서 붐비지는 않지만, 엔진소리도 오늘따라 어쩐지 훨씬 단조롭고 따분하게 들린다. 바로 이 따분함은 동훈으로 하여금 새삼 익숙함을 안겨주었다. 작금 얼마 동안 줄곧 이렇게 산란한 것에만 기대어서 살아온 것 같은 느낌이었다.

"아이, 요즘 세상이 왜 이렇게 뒤숭숭하다지. 내일 저녁 우리 택시 타고 인천 드라이브나 해, 응? 그래."

어제 저녁답에 다방에서 수경이 임신했다는 것을 심드렁하게 자못 귀찮은 문젯거리나 생긴 듯이 털어놓은 뒤 (사실로 귀찮은 문제이긴 했다) 한참을 그냥 말없이 마주앉았다가, 불현듯이 꽤나 차분한 억양으로 이렇게 말했을 때도 동훈은 차라리 이상한 놀라움 같은 적막함을 느꼈던 터였다. "정말이야. 세상이 왜 이렇게도 뒤숭숭하지?" 하고 마치 딴청이라도 부리듯이.

밖에는 초봄의 가랑비가 흩뿌리고 있었다. 한길 대로를 오고 가는 자동차들의 헤드라이트 불빛이 뿌옇게 부풀어오를 때마다 다방의 창 너머로 제법 빗줄기가 선명하게 돋아 보이곤 하였다.

"생겼으면 낳으면 될 것 아냐."

"그렇게 간단한가 뭐. 남의 일같이 말하게."

"생소하긴 너도 마찬가지 아냐."

"그러니까 누가 뭐랬나 뭐. 누가 자기보고 책임져 달랬어?"

"어쨌거나 소홀히 취급할 문제는 아니지 않아."

"그렇다구 죽구 살구 할 대단한 문제두 아니지 뭐. 애당초 난 이런

일 따위에 구질구질하게 매이고 싶지는 않어. 무슨 큰일이나 난 것
처럼 지레 법석을 떨구 그러구 싶지는 않어. 요즘 세상에 매달릴 게
없기로서니 그런 따위에 매달릴까 뭐."
　"무서운 여자로군."
　"이제 알았어? 나, 무서운 여잔 거."
　수경은 비쭉 입 한 모서리를 살짝 올리며 웃기까지 한다. 하지만
낳고 싶다는 생각이 문득 들었다. 너와 나를 골고루 닮을 것이 아니
냐, 그렇게 우리 사이도 더한층 육중해질 것이 아니냐, 우리 둘 사이
에 깊은 뿌리가 내릴 것이 아니냐, 이런 경우에는 좀 평범해지는 게
어떻겠어, 평상을 살아가는 보통사람의 규범으로 돌아오자, 적어도
무서운 여자는 되지 말자꾸나, 어느 보편적인 규범에다 뿌리를 박자
꾸나 싶지만, 그러나 정작 그 보편적인 규범이라는 게 수경을 두고
생각할 때는 처음부터 어느 구석인가 썩 생소하게 느껴지는 것이다.
낳자고 우겨대기가 저렇게 잔뜩 서슬이 서 있는 그녀 앞에 조금 창
피한 생각마저 든다. 왜 못 낳아, 수경에게 와락 대어들듯이 이렇게
거푸 생각은 하면서도, 도대체가 그녀 배 안에 자기 애가 들어 있다
는 사실이 그녀의 생태와는 본래적으로 어긋나 있는 듯이만 생각된
다. 게다가 정작 낳는다는 일도 차곡차곡 곱씹어볼수록 스스로도 우
선은 두 볼부터 근질근질해오고, 뭔지 비린 냄새부터 풍겨온다. 흔
한 시정(市井) 속 현실의 표피들이 온통 비리듯이 그렇게 비린 냄새
가……
　마침 다방의 출입문이 요란하게 열리면서 비를 맞은 둥 만 둥한 사
람들 서넛이 한 덩어리로 들어서고 있었다. 카운터에 앉았던 레지가
발딱 일어서서 헬쭉 웃고는,
　"비 와요? 오늘은 왜들 늦으셨어어."

하고 매우 익숙하게 인사를 건넨다.

"응, 오늘은 좀 그렇게 됐다. 근데 왜 이리 삭막하지? 다방 안이."

뒷대가 시원하게 생긴, 자잘한 흰 알 박힌 밤색 코르덴 윗도리 차림 하나가 넉넉히 다방 안을 둘러보며 앉는다. 그렇게 후덕후덕들 앉는다.

"혹시 김꺽다리 안 왔어?"

"아직요."

"왜?"

"아이 참, 그걸 제가 어떻게 알아요."

잠시 그렇게 쓸데없는 소리 몇마디가 또 오고 가고, 무엇이라고 지껄이며 싱겁게들 웃는다.

동훈은 담배를 피워문 채 '그래 맞어. 대관절 왜 이리 삭막하지?' 하고 그 사람의 흉내라도 내듯, 그러나 새삼스러운 듯이 마음속으로 한번 되씹어보았다. 도대체 우리 하늘 위를 뒤덮은 이 짙은 페이소스 같은 정체는 무엇일까. 이렇게들 누구나가 조바심을 피우며 못 견뎌하는 것은 대체 무엇일까.

앞자리에 앉은 수경은 금방 우르르 들어온 그 패거리들의 모습이 나름대로 꽤나 재미있다는 셈인지, 삐죽이 웃음을 머금은 채 옆의 들창유리를 손으로 문지르곤 하다가,

"요 창유리 차가운 촉감 있잖어. 재밌어, 요러구 있으니까. 아이, 쏟아지려면 아주 카악 쏟아지든지, 아니믄 활짝 개든지. 아이, 안 그래?"

언제나처럼 와락 가슴 안으로 달겨들 듯이 급하게 종알거리곤 동훈을 건너다보며 동의라도 구하듯이 웃는다.

"정말이야. 쏟아지려거든 본때있게 쏟아지든지, 아니거든 활짝 개

든지."

동훈도 비시시 웃으며 이렇게 건성으로 선하품 섞어 받긴 받았다. 그러나 도대체 이런 분위기, 수경의 저 피로해하는 표정이 우선 동훈으로 하여금 안절부절 못하게 만드는 것이었다.

바깥에 종일을 비답지도 않게 지척지척 가랑비가 흩뿌리고 있기 때문일까. '요즘 왜 이렇게 세상이 뒤숭숭하다지?' 하는 따위의 건방진 이유 때문은 애초에 아니었다. 단지 이렇게 피로한 분위기, 지독한 무위와 권태, 그리고 이 지독한 무위와 권태 속에서의 막연한 대기상태, 그저 그런 것들이었다. 실제로 수경과 마주앉아 언제 한번인들 세상일에 관해 제대로 운위해본 일이 없다. 그런 건 우선은 성가셨다. 차라리 세상이라는 것은 피차에 그 무슨 체념의 구실로서만 저 먼 밖에 널브러져 있었다. 사회가 복잡해서, 그러니까 우리도 우리 자신의 누릴 몫을 이 사회 속에서 남 못지않게 우리대로 찾아야 한다는 식으로만 영악스러우려고 했다.

피차에 지탱해온 것은, 차라리 사랑한다든가 하는 그런 따위의 달콤한 것이 아니라, 바로 그 악착스러움, 피로의 표정, 피차에 상대방을 깊은 나락으로라도 떠미는 듯이 못 견디게 만드는 조바심 같은 것이었다. 그는 다탁 위에다 얼굴을 얹듯이 하고 두 손으로 턱을 괴며 수경의 얼굴 쪽으로 가까이 다가가 속삭이듯이 말했다.

"대관절 왜 그렇게 피로한 얼굴이야?"

"누가?"

하고 수경도 멍한 상태에서 문득 제정신으로 돌아오듯 화닥닥 놀라며 동훈을 쳐다보았다. 그러고는 수경도 아예 다탁 위에다 두 팔을 얹고 두 손으로 얼굴 양옆을 싸쥐었다.

"우리가……"

하고 동훈은 힐끗 새로 들어온 그 패거리들을 곁눈질로 한번 건너다
보는 둥 마는 둥 하였다. 그렇게 지금 자신이 말하는 이 '우리' 속에
는 어쩌면 저 녀석들까지도 포함시키고 있다고 생각했다. 그러자 생
판 낯선 그들에게 차라리 자조 비슷하기도 한 묘한 친근감이 들었다.
　조금 전의 레지는 어느새 그이들 속에 숫제 끼여들어 앉아 있다.
"아이, 능글맞어, 왜들 이러실까" 하고 짜증을 내며 카운터로 당장
도망칠 듯한 몸짓을 하면서도 그러나 선뜻 일어나지는 않는다. "껵
다리가 말씀이야, 미스 김에게 말씀이야." 이런 소리가 마치 먼 기적
소리처럼 들려왔다.
　"자기 표정이 자기 눈에 보이나 뭐."
　앞자리의 수경이 갑자기 상체를 발딱 일으키며 말했다. 목소리가
놀랍도록 또렷또렷해서 동훈은 잠시 어리벙벙했다.
　"뭣이?"
　"자기도 피로한 얼굴이라문서."
　"응, 그거."
하고 동훈은 비로소 무슨 소린지 알아들었다는 듯이 애매하게 머리
를 두어 번 끄덕였다. 그러나 어느새 그것도 조금 전만큼은 실감이
덜 나고 금방 시들해져 있었다. 여전히 두 팔을 다탁 위에다 얹고 두
손으로 턱을 괸 채, 비스듬히 그 레지의 옆모습만 째려보듯이 넘겨
다보았다.
　"아이, 왜 그러구 있어."
　그제야 동훈도 깜짝 놀라듯이 제대로 허리를 펴고 앉으며,
　"알 수는 있잖어."
하고 조금 멍청한 목소리로 조금 전의 수경의 물음에 응답했다.
　"피이……"

“이 모두, 우리 말이야. 이 분위기로 와닿는 우리 모두의……”

“그거야 세상 탓 아니겠어.”

“그렇지만도 않어. 그건 비겁한 소리야.”

“어이구, 또 잘난 체.”

수경은 새초롬히 외면을 하면서 다시 들창유리를 손가락끝으로 문지르기 시작하며,

“대관절 무엇이 우리를 이다지도 못 견디게 만들지? 정말 미치겠어, 안 그래?”

“………”

“아이, 안 그래?”

“그래, 내일 저녁 인천에나 가자. 네 말대루 여기서 만나. 일곱시에.”

동훈은 거의 강다짐으로 결정하듯이 이렇게 말했다.

순간 수경은 아이 멋있어라, 하듯이 두 손을 가슴에 대면서 마주 잡았다. 동훈이 나지막하게 말했다.

“지금 넌 임신을 하구 있어.”

“그야 알아.”

“알기만 해선 안돼.”

“지금은 그런 얘기 할 때가 아니야. 인천 얘기나 해.”

“그렇기만 해선 안돼.”

“그렇다구 어떤 길이 있겠어. 그냥 뱃속에서 애가 크든지 말든지 내버려둘밖에는.”

“그건 비겁한 짓이야.”

“비겁 여부를 따지고 있는 게 차라리 비겁하지 않아?”

“이러구 있으니까 우린 자꾸 피로하기만 해.”

"진력이 났으면 그만두면 되잖아."

"이미 그렇게 간단하진 않아."

"왜애, 얼마든지 간단하지. 우선은 그렇게 구질구질하지 말아야 돼. 그런 따윈 말끔히 씻어내고 알짜만 닦아두어야 해."

"어차피 산다는 건 비린내야."

"그렇게 전제부터 세우니까 더 골치 아프구 따분하지."

마침 '글루미 선데이'가 흘러나왔다.

조금 전에 들어온 그 패거리들이 한데 얼려 나직나직한 목소리로 합창을 시작했다. 그렇게 움찔움찔한 거친 기운이 다방 안에 금방 꽉찼다. "아이, 엉망진창이야." 그들의 노래 틈으로 이렇게 짜디짠 소리를 내어지르는 레지의 표정은, 그러나 짜디짠 표정이기는커녕 같이 어울려 노래라도 부르고 싶은 얼굴이었다.

"정말 엉망진창이로군."

동훈도 이렇게 중얼거리며 찻값을 치르고 다방을 나섰다. 수경의 어깨 위에 익숙한 솜씨로 한손을 얹으며 자기 볼을 그녀 볼에 살짝 갖다대고는,

"그렇지? 엉망진창이지?"

하고 묻자,

"그래 동감이야."

하고 수경도 즉각 속삭이듯이 받았다.

물론 태규의 그 놀라운 고백은 평상시 그들간에 축적되었던 의리와 신의를 두고서의 것이었을 터이다. 태규가 그렇게 당국의 끄나풀 짓을 하고 있다는 것은, 본인이 은밀하게 동훈이나 석주에게만은 이미 수차례 귀띔을 했던 터여서 태규로서는 동훈이나 석주에 한해서

는 새삼스럽게 신경이 쓰일 일도 아니었을 것이다. 처음에 태규가 자신이 그렇게 모기관의 끄나풀 노릇을 하고 있다고 둘 앞에서 솔직하게 밝혔을 때도 차라리 미안한 얼굴을 했던 것은 동훈이나 석주 쪽이었다.

"난 끝내 이 꼴 됐다. 허지만 학교를 그만두지 않으려면 딴 방법이 없었다. 너들 둘만은 지금의 딱한 내 입장을 부디 이해해다오. 석주야, 동훈아, 석주야, 동훈아, 내 목표는 단지 학비조달이다. 그러니 너들 둘만은 내 이 입장을 부디 이해해주라, 제발 제발."

……그리고 그 순간 석주는 바로 앞에 선 태규가 아니라, 그 태규 뒤편의 어느 놈에다 대고 두 눈을 부릅뜨듯이 핏기 선 눈으로 태규를 한참 동안이나 노려보았다. 그 옆에서 동훈이 가만히 물었다.

"그러니까 주된 일이라는 건 뭐지? 우리 학생들 동태에 대해 매일 적어 바치냐?"

"제발이다. 그런 것까지는 자세히 묻지 말어. 그러구, 너들 둘만은 날 믿어줘."

믿을 수 있었다. 믿을 수 있었기 때문에, 그 소리를 듣는 즉시 태규 뺨을 후려갈긴 것이 아니라 석주는 목줄기에서 다시 한번 어거지 가래침을 긁어올려 내뱉었다. 역시 눈앞의 태규를 떠받들고 있는 어느 뒤편에 대고 그러듯이. 묘한 일이었지만, 그 뒤 석주와 동훈은 도리어 태규와의 관계가 감정적으로 그전보다 더 긴밀해진 것을 느꼈다. 둘에게만은 그렇게 솔직하게 자신의 모든 것을 토로해온 태규를 믿을 수 있었다.

"그렇게 학비나 뜯는 거다. 학비 이상으로 술값까지 뜯은들 어느 누가 뭐래, 씨팔. 가래침을 내뱉으며 용돈까지 뜯어 흥청망청 쓰는 거다. 가능하다면 그자들의 밑창까지 훌렁 빠지도록 뜯을 수 있는 한 난장판으로 뜯어 쓰는 거야. 어차피 현 정치권이 저렇고, 우리 사회 전반이 이 지경이 되어 있는 바이면, 난들 이런다고 어느 누가 뭐래, 응? 대관절 어느 누가 이 날 보고 잔소리 까느냔 말이야.”

그런 돈으로 둘에게 번번이 질탕하게 고급 술이라도 사면서 본인부터가 사지를 가누지 못할 정도로 엉망으로 취하여 이렇게 호기만만하게 지껄이는 태규 앞에, 동훈과 석주도 번번이 고급 양주나 얻어 마시는 판국이었으니 마주 장단을 맞출밖에 없었고, 어느새 그렇게 어영부영한 수렁으로 빠져들고 있었다. 사세가 이렇게 되면 웬만하게 독한 결단 없이는 그 수렁에서 빠져나오기가 힘들게 된다.

“맞어, 맞어. 고까짓 학비 정도로 되냐. 왕창 왕창 씨팔, 어차피 오늘 우리 사회가 이렇게 생겨 있는 바이면 못 뜯는 게 병신이지, 안 그래?”

이렇게 동훈과 석주도 술에 취한 호기 섞어 평소 셋 사이의 그 남다른 친구지간의 의리와 신의를 두고 왈강왈강대곤 했던 것이다.

한데 오늘 아침 학교에서의 태규 말은 꽤나 충격적이었다.

간밤에 반도호텔에서 잤다는 거였다. 그렇게 자신이 잔 그 방이 이런이런 거물 외국손님들이 묵었던 방이라더군, 하고 무심결처럼 태규는 말하면서 여느 때처럼 히죽히죽 웃다가 문득 웃음을 거두었다. 일순 석주의 얼굴에 찬 서리가 껴 있었던 것이다.

‘듣자 듣자 하니 이건 너무하잖니. 이럴 수까진 없지 않니.’

석주와 동훈이 그 순간 이렇게 똑같이 느끼면서 눈이 마주쳤던 것이다.

그러나 동훈은 곧장 석주의 눈길을 피해 외면하였다.

금세 수경과의 인천행 계획을 자랑삼아 떠벌렸던 참이라, 태규의 경우와 자기 경우가 물론 똑같을 수는 없겠지만, 이런 태규를 앞장

서서 규탄해나설 면목까지는 자기에게 없는 것처럼 여겨졌다. 그것
도 분명한 의식으로서가 아니라 아주 날렵한 느낌으로였다. 그렇게
저도 모르게 벌써 석주 쪽의 눈치부터 슬쩍 살피게 되던 것이다.

그리하여 끝내는, 간밤에 반도호텔에서 잤다고 자랑삼아 떠벌린
태규에게 와락 맞바로 강한 혐오감을 드러낸 석주의 반응이 빌미가
되어 셋 다 애매한 대로 다시 어느 원점으로 돌아오고 있었다. 숱한
나날을 흥청거리며 이 술집 저 요릿집으로 밀려다녔던 셋 사이의 그
친숙했던 열도(熱度)가 별안간에 어느 빙점 이하로 곤두박질쳤다.
그리고 이 경우도 동훈의 솔직한 심정으로는, 대번에 저렇게 얼음장
처럼 차가워지는 석주에게 공감이 가느니보다는 차라리 태규 쪽에
일말의 미안한 마음부터 들던 것이다. 물론 태규에게서 그 소리를
듣자마자 조금 전까지 자신의 헤실헤실 풀려 있던 행태까지 일순간
에 칼로 도려내듯이 싸늘한 얼굴이 되며 삼엄하게 단호해지는 석주
에게 동훈도 '이애가 별안간에 왜 이러지?' 하고 그 어떤 외경이 깃
들인 생소함을 느낀 것도 사실이었다. 그리고 그렇게 순간적으로 싹
안면을 바꾸는 석주로 하여 대번에 보기 민망할 정도로 풀이 꺾이며
두 사람에게 애걸하는 것 같은 태규의 얼굴이 동훈으로서는 못내 안
쓰럽고 뭉클하기까지 하던 것이다. 동훈의 이런 감정은 당연히 곧장
석주에 대한 적의 같은 것으로 연장되던 것이다.

'동훈이 애인과 인천 드라이브하는 것까지는 보아준다 치더라도
태규는 뭐가 어쨌어? 어젯밤 반도호텔에서 잠을 잤다구? 물론 여자
까지 하나 끼고 잤을 테지.'

태규에게서 그 말을 듣는 순간, 분명히 날렵하게 동훈과 태규를 번
갈아 둘러보던 석주의 눈길에는 이런 의사가 잠겨 있었다.

'그러면, 그렇다면, 석주 너만 혼자 아무 흠 없이 깨끗하다는 말씀

이군. 허지만 너도 그 한발짝 전까지는 우리 둘과 같이 신명나서 한데 어울려들었잖니. 차라리 넌 더러더러 나나 태규를 부러워하기까지 했어. 너도 사실은 나처럼 애인이 있었으면, 그리고 태규처럼 저렇게 흥청망청 돈을 쓸 수 있었으면 얼마나 좋을까, 하고 더러는 생각했어. 적어도 태규만큼은 아니더라도, 애인이 있는 나만큼은 되기를 내심 바라고 있었어. 그러구 이 경우 말은 똑바로 하자. 이 경우 나만큼이라는 거나 태규만큼이라는 그 차이는 결국은 별 차이가 아니야. 난 그걸 어슷비슷하게 본다. 그렇다면 네가 지금 혼자서만 잘난 척하는 것은 대체 뭐지? 평소 때 자기비하에 시달렸던 감정이 갑자기 쓸모가 생겼다는 거야 뭐야. 넌 지금 내 이런 문제제기까지 싸그리 거부할래? 그야 거부하고 싶을 테지. 그렇지는 않았다고 말이지. 그런 쓸개빠진 쏘피스티케이션일랑 나불거리지 말라고 말이지.'

동훈은 석주 앞에 이런 식으로 물고늘어지고 싶었던 것이다.

요컨대 그들 셋 사이의 연대감이라는 것의 진면목인즉, 이제까지 그런 식으로 축적되어왔던 것이 숨김없는 사실이기도 하였다.

태규가 누가 보더라도 떳떳지 못한 그런 일로 뜯어온 돈을 흥청망청 같이 쓰며 돌아가고, 동훈과 석주는 그 흥청거리는 맛에 돈의 출처에는 굳이 아랑곳없이 어울리고, 그렇게 우정을 다져오면서 서로 부지불식간에 생긴 그 공통의 장이 있지 않았던가. 태규가 소박하고 소탈하게 자신의 그 일까지를 둘 앞에 털어놓을 수 있었던 것은 그런 식으로 서로간에 생긴 신의를 두고서가 아니었겠는가. 그렇다면 태규의 신상에 불거져나온 그런 문제도 응당 공동으로 감당해야 할 것이었다. 그러나 실은 동훈도 그 점은 익히 알고 있었다. 저러는 석주 쪽에도 추호의 사심이나 사욕이 없다는 것을. 평상시 석주의 담담했던 행태로 미루어서도 그 점은 틀림없이 그렇다.

  사실을 말하면 동훈도 석주 못지않게 태규의 그 토로는 매우 꺼림
칙하고 불쾌했다. 그러나 당장은 외면을 하고 싶었다.

  아닌게아니라 그날 오정때쯤 학교 구내에서 석주가 여느 때 같지
않게 조금 생소한 얼굴로 조심스럽게 다가와 오늘 저녁 아홉시 약속
건을 거푸 채근했을 때만 해도, 동훈은 시종 가부간의 대답은 없이
어느 편이냐 하면 약간 무관심을 가장했다. '태규 일로 모인다고?
그렇게 모여서는 어쩌자는 거야? 그러잖아도 이미 태규대로도 괴로
워할 만큼 하고 있어. 네가 그렇게 서둘지 않아도 태규대로도 이미
감당하고 있어. 내가 보기엔 차라리 네 쪽이 피상적이다. 정말로 네
가 우정이라는 것을 생각하고 성의가 있다면, 제각기의 길로 자신의
원래 자리를 되찾도록 내버려두어야 할 거야. 구태여 태규의 그것을
공공연하게 문제화하면서 네가 신명을 낼 까닭은 없지 않니' 하고 혼
자 마음속으로 생각했다. 하지만 석주의 말도 평소의 그답게 한마디
한마디 송곳처럼 가슴속으로 와 박히던 것이다.

  "덮어놓고 우정 여부만을 따지는 것은 차라리 감상적 형태이다.
주어진 좁은 울안에서 타성의 노예가 되느니, 조금은 대담해지고 단
호해져야 한다. 어차피 모든 사회운동의 적극적인 마당은 조금은 상
투적인 것도 끼여들게 마련 아니냐. 그렇기 때문에 다소간 억울한
사람도 있게 되는 거다. 냉엄한 현실의 회피는 어떤 의미에서는 숱
하게 상투적인 것으로 온통 감싸여 있다. 태규의 건은 일단 차치하
고라도 우리들 사이에 곪아터지듯이 누적된 게 있지 않으냐"라는.

  이상한 것은, 석주와 그렇게 마주섰을 때의 마치 서리라도 긴 듯한
자신의 방어태세, 한마디 한마디 송곳처럼 와 박히는 그 석주 말들
을 일단 거부태세로 받아들이려는 것, 이런 것이 알맹이 없는 고집
에 불과하다고 스스로 시인하면서도, 그리고 석주와 그렇게 마주섰

306

을 때 자신 속의 태규에 대한 친구로서의 배려나 연민도 결국은 얍
삽한 이기주의에 지나지 않다는 것을 스스로 시인하면서도, 그럴수
록 더 옹고집으로라도 자신의 그 표정을 어거지스럽게 다지려 든 것
은 무슨 까닭이었을까. 사실은 동훈 자신도 작금 태규의 일련의 행
태에 대해서는 석주와 매한가지로 불결하고 혐오스럽게 여기면서도,
되도록 당장은 그것은 그것대로 덮어두고 되레 석주 쪽을 못마땅하
게 여기려는 데만 안간힘을 쓰고 있었던 것이다. 그야말로 비겁한
자기합리화의 수단이었던 것이다. 태규가 그 어떤 표본처럼 자기 앞
에 서서 자신의 치부를 막아주고 있었던 것이다. 그리고 이렇게까지
하며 스스로 빠져나가려고 하는 것은, 그렇다, 수경이 때문이었다.
요컨대 자기는 그 시각에 수경과 같이 인천 드라이브를 즐기고 싶은
것이다.

조금 전 저녁답에 교문을 나서면서도 다시 한번 채근하듯이 다짐
을 하던 석주의 서슬푸른 얼굴이며 억양은 이미 아침이나 오정때보
다도 훨씬 더 자신에 차 있고 단호하였다.

'자식, 저렇게 갑자기 혼자서만 애국자연하는 거냐 뭐냐' 하고 한
마디 비아냥거리고도 싶었으나, 동훈으로서도 어쩐지 그냥 그렇게
허술하게만 넘겨버릴 수는 없었다. '계집아이와 사랑이나 할 때냐,
지금이? 우리 모두는 그 이전에 자리해 있어. 도대체 지금이 어느 때
냔 말이다. 그런 사랑놀음이나 하고 있을 때냐.' 이렇게 거의 강다짐
으로 강제해오는 듯한 무쇠판 같은 것이 석주의 얼굴에는 벌써 짙게
번뜩이고 있었다.

동훈도 '흥, 그 점으로 말한다면야 누군 너만큼 몰라서' 하고 생각
했으나, 도대체 저러는 석주에게 자기는 뭐가 이토록 못마땅하기만
할까. '지금이 어느 때냔 말야' 하고 대어들듯 하는 마치 고압전기와

도 같은 석주의 얼굴에는, 기실 애매모호하고 막연한 분위기만의 세상이 아니라, 빤들빤들한 실체로서의 드라이한 세상이 거기 번뜩이는 것이다.

"그래, 대강 연락들은 했니?"

하고 일단 동훈은 물었다.

"준비 다 돼 있다. 오늘 저녁에 너, 나오기만 하면 돼."

"누구누구에게 연락했는데?"

"글쎄, 이따가 나오면 알게 된다니까."

히뜩 마주 쳐다보는 석주의 눈빛이 오늘따라 싸늘하게 차갑다. 그 점도 무척 석주답다.

"몇시랬지?"

"아홉시랬잖아."

물론 그것도 이미 안다. 일부러 통행금지 임박해서 만날 시간을 정해둔 것도 일을 급박하게 전격적으로 밀어붙이기 위해서라는 것도. 비밀이 새나갈 틈을 아예 봉쇄하자는 의도라는 것도. 이런 일이란 모름지기 꾸물거리지 말아야 한다는 것도.

"왜, 아홉시면 곤란하니?"

하고 나지막하게 묻는 석주의 억양에 슬쩍 비아냥거림이 묻어 있다.

'이렇게 막중한 때 연애가 웬 연애야.' 이런 투의 노골적인 비아냥거림이 곁들인 석주의 얼굴을 보자, 동훈은 또 울컥 속에서 치밀어 오르는 것이 있었으나, 동시에 일말의 쑥스러운 느낌도 와락 휘몰려와 슬그머니 외면을 하고 말았다. 다시 석주는 나지막하게 묻는다.

"아홉시에 그애 만나기로 했니? 혹시."

"아니."

하고 동훈은 엉겁결에 머리를 가로저었다.

“인천에 간댔잖아.”

“그래, 간댔어, 왜?”

동훈은 정면으로 대들려는 듯이 싸늘하게 석주를 건너다보았다.

“왜? 인천에 가는데, 왜? 왜 네가 참견이지?”

“참견하려는 게 아니라 그 시각에 기어이 그쪽으로 가야겠느냐고 묻는 거다.”

비로소 동훈도 조금 억양이 수그러들었다.

“아직은 모르겠다, 딱히 어떻게 될지는.”

“………”

그러나 다음 순간 동훈은 기어이 참지 못하고 와락 터지고 말았다.

“대체 언제부터 그렇게 남의 일에 하나하나 간섭하기 시작했지?”

동시에 간밤의 수경과의 일이 새삼 떠올랐다.

택시 안에 들어앉아 내다보니 빗줄기는 제법 굵어져 있었다.

“아이 어쩌나, 비가 제법 오네.”

하고 수경은 지나가는 푸념마냥 한마디 쫑알거렸다. 순간 따뜻한 포근함이 안겨와 동훈은 한팔을 들어 그녀의 어깨를 폭 싸안았다. 수경도 꽤나 익숙한 몸짓으로 착 기대어오며 입 가장자리에만 보일 듯 말 듯 살짝 미소를 흘렸다. 그러고는 머리를 비틀어 동훈을 쳐다보며 조금 수줍은 얼굴을 하였다. 그 수경의 얼굴 위에 자기 입을 얹었다. 곁눈질로 택시기사의 뒤통수를 살피며 들릴 듯 말 듯이 속삭였다.

“좋아?”

“………”

수경은 살며시 머리만 끄덕였다.

“어떡할까?”

“알잖어.”

“그럼 또 거기?”

“아이, 알잖어.”

수경은 조금 짜증스럽게 머리만 끄덕였다. 동훈은 더욱 빠르게 속삭였다.

“임신 같은 것은 아랑곳하지 말기루 하자. 그건 정말 네 말이 옳다.”

“그래, 그렇다니까.”

“그렇지만 그냥저냥 석연치는 않아.”

“그만큼 매사에 겁쟁이가 돼서 그렇지 뭐.”

“무엇인가 떠밀려오듯 성가신 것이 자꾸 겨엄쳐오는 것 같어.”

“매사에 철저하지 못해서 그럴 거야.”

“무엇에 철저해져?”

“지금 우리의 분위기에.”

“그래, 그러기루 하자.”

“거긴 너무 우유부단해.”

“그래, 딴은 그렇게 되겠다.”

버스에 올라 금방 목을 비틀어 밖을 내다보았다. 흐린 날씨 속에 홑잠바 차림인 석주는 여태 이쪽을 향해 서서 머리를 끄덕이며 표정만으로 아홉시 약속을 거푸 다지고 있었다. 동훈도 조금 겸연쩍게 웃으며 ‘알았다’는 뜻으로 머리를 한번 끄덕여주었다. 그러곤 버스가 달리기 시작하자 혼자서 꿍얼거렸다.

“이건 뭐 꼭 저 러시아의 12월당원이라도 된 것 같군. 날씨까지 잔뜩 흐린 것이 말야” 하곤 익살맞게 비시시 한번 웃었다.

철저해지자꾸나, 이 일에는…… 하고 말하던 석주의 목소리가 새삼 무쇳덩이마냥 가슴에 와 박힌다.

오늘밤 아홉시에 자기 하숙방에서 만나 본격적으로, 그리고 전격적으로 일을 결행하자는 것이다. 이런 일에는 뿔뿔이 제각기 흩어져 있는 것보다 어느 집중점을 향해 한데 몰려들면 자연 용기도 솟고 중의(衆意)도 모아질 것이란다. 이미 산발적으로는 지방 곳곳에서 터지고 있질 않은가. 마산 데모, 대구 데모 같은 것이 터지고 있질 않은가.

바로 석주의 그 농축된 표정 앞에서 문득 요 얼마 동안의 수경과의 관계가 일정한 거리를 두고 쑥스럽게 넘겨다보인다.

"아아이, 재밌어. 어지간히 세상을 야유하실 줄도 아시나봐."

처음 다방에서 만났을 때 수경은 동훈을 가리켜 이렇게 말했다. 그리고 결국 수경의 이 첫마디는 그 뒤 둘의 관계에 줄곧 일관된 색깔을 부여해온 셈이 되었다.

"그러니까 각자가 자기를 누릴 방법은 있을 거야. 적어도 겁보는 되지 말아야지. 우리를 떠받들고 있는 이 사회는 너무도 엄청나게 우리 한사람 한사람을 가로막고 버티고 있어. 이러한 이 사회와 타협을 않고 제대로 살아나가자면 각자대로 주체성이 있어야 될 것이야. 난 어떤 종류로건간에 절충이라든가 타협은 싫어. 그건 자칫 우리 자신이 통째로 망해가는 길일 거야. 돈을 벌구, 몇번 미국으로 오고 가구, 그러다 보면 어느새 그대로 그런 수준의 세상 속에 함몰되어서, 급기야는 그들 자신들이 이 썩은 세상으로 변해버리구, 그런 건 절대 싫어. 도대체 이 젊은 정열들을 몰아갈 수 있는 일정한 틀이 없어. 이들을 건강하게 규합하고 활력으로 이끄는 사회적 틀이 없어. 그들은 무슨 짓이든 해야 하는데 말야. 모두가 성냥개비 쏟아지듯이 팽개쳐져 있어. 결국은 피차 이렇게 개인적으로 만나서 서로 탐욕적으로 대들고 상대방의 진을 빨고 이렇게들 발산을 하고 있어. 퇴폐적이라는 말이 무서워서 퇴폐적일 수 없다는 건 얼마나 비겁해. 차라리 어느 면으로는 퇴폐적일 수 있는 사람만이 더욱더 마지막 인간적인 보루를 지킬 수 있고, 신선해질 수 있을 거야.”

종알종알 지껄이던 수경의 이런 말들은 차라리 동훈으로 하여금 그 어떤 으늑으늑한 삶의 의욕과 그나마 숨쉴 구멍을 느끼게 해준 터였다.

아무리 친구지간이긴 할망정, 이런 둘 사이가 석주 따위에게 그렇게 저렇게 간섭받으며 휘둘릴 까닭은 없었다. 게다가 대개는 이런 경우에 남자친구의 개입은 아무리 호의에 바탕한 것일지라도 상투적으로 되기가 쉽다. 젊은 사람들도 도사연하게 갑자기 늙은 소리나 하기 십상이다.

벌써 네시 반이었다. 동훈은 종로5가에서 버스를 내렸다. 곧장 태규와 미리 약속해둔 다방으로 들어갔다.

지금 동훈은 저녁 아홉시 석주와의 약속을 좇을 것인가, 같은 시각의 또하나의 약속인 수경과의 인천 드라이브를 감행할 것인가 하는 결단을 서둘러야 할 판임에도 다방 구석자리에 혼자 앉아 이 책 저 책에서 주워 읽었던 역사 속에서의 가장 치열했던 국면들을 떠올리고 있었다.

저 옛날 이딸리아의 숯구이당원들, 혹은 1825년 러시아의 12월당원들, 차아다예프에게 보낸 뿌슈낀의 시, 그리스 전쟁에 참가했던 바이런, 1879년 봄 알렉싼드르 2세에게 총탄세례를 안겼던 쏠로비예프, 이런 핏기 짙은 일들을……

너, 눈을 뜨는가
충만하는 이 힘
아직도 운명의 수레에 얹혀
이미 이루어놓은 것을
신음 비슷한 노래로 내뿜으며
오랜 잠 속에 아직도 잠겨 있겠는가

그때 과감한 젊은 남녀 수십명은 전제군주에 대한 복수심에 불타올랐다. 야수를 쫓듯이 2년간 추적한 뒤 드디어 살해하고 말았다. 그러나 영웅들이 멸망해버리자, 항용 그런 법이듯이 일반민중들은 기대의 끈을 다시 훗날로 미루고, 당장 성사시키지 못했다는 점으로 영웅들은 경원을 당해야 하였다. 이 괴롭고도 끈질긴 싸움을 멀찌감치 건너다보고 있던 사람들은 영웅들이 패배해버리자 한층 깊은 실망 속에 파묻혀야 하였다. 태반의 사람들은 영웅들의 잔당──어제까지는 앞날의 길잡이로서 대접을 받았으나 이제는 사람들을 위험하게만 만들고 있는──이 잔당들 앞에 조심스럽게 마음의 덧문을 닫고 외면하고 있었다……

대관절 자기는 지금 무엇을 이렇게 아등바등 피하고 싶어하는가 하고 문득 동훈은 자신을 돌아보았다. 결국은 인천으로 가고 싶고, 석주를 피하고 싶은 것이다. 그러나 작금 얼마 동안의 활활 타는 불덩이 같던 석주의 그 농익은 얼굴이 떠오른다. 그러니까 그때의 그 과감한 남녀 수십명처럼 전제군주에 대한 복수심에 불타오르겠다는 말씀이군, 야수를 쫓듯이 2년간 추적한 뒤에 끝내 살해를 한 것처럼 그렇게 거사를 하겠다는 말씀이군, 그리고 그렇게 시작이 된다! 눈이 펑펑 쏟아지고, 캄캄한 밤중에 난데없이 말발굽 소리가 점점 가

까워오고, 한마리의 말발굽 소리에서 여러 사람으로 여러 만명으로
퍼지면서 이길 저길로 갈려나가고, 골목길마다 웅성거리는 사람들의
목소리가 나고, 그 다음 집집마다 불이 켜지고 노랫소리가 커지면서
차츰 합창으로 화하고,

　　아첨과 무지와 폭식과
　　여색과 도박에 취한 자들아
　　자, 일어나라 눈을 뜨라 깨어나라……

　드디어 총성이 울리고, 엇갈리는 말발굽 소리가 거칠어지고, 비겁
한 자들은 문을 닫고 등불을 끌 것이지만, 열정과 신념으로써 체포,
투옥, 유형, 갖가지 압제를 뚫고 끈질기게 이어져가는 것……
　그러나 동훈은 내심 알고 있다. 지금 자기의 이런 생각들이 꽤나
낭만적이라는 것, 그리고 사실은 그 어떤 기피의식이 자기 밑자락에
깔려 있다는 것, 요컨대 석주 모습으로 드러나는 그 실체를 실체만
큼 냉엄하게 받아들이기를 주저하고 있다는 것, 아직도 그런저런 쓸
개빠진 사변 따위에 매달리고 있다는 것, 우유부단하고 소심하다는
것, 그러니까 석주를 두고도 무언지 조급해하고 있다는 것, 석주 앞
에서 수경의 실체가 저만큼 밀려나가는 것을 번연히 알면서도 고집
스럽게 반발하고 있는 것……
　그러나 까놓고 말한다면 일단은 태규를 그냥 저대로 내팽개치듯이
버리고 싶지 않은 것이었다. 아홉시에 석주 하숙집으로 가서 여러
사람들 앞에서 갈기갈기 찢기는 태규를 보느니 차라리 안 가는 쪽이
나을 듯도 싶은 것이다. 태규를 단죄하게 될 그런 모임일랑 당장 급
할 것도 없겠거니와, 태규도 태규대로 자신을 수습한 연후여야 할

것이라는 생각이었다. 문제를 섣불리 여럿 앞에 객관화시켜 태규로 하여금 망신을 당하게 하고 싶지는 않았다. 수경과의 약속건은 그 다음으로 밀어두어도 좋겠다는 생각이었다.

한데 정작 태규가 다방에 나타나자 동훈은 자신의 이러한 사려들이 통틀어 엉뚱한 것이었음을 그의 표정을 보는 순간 대번에 깨달았다. 태규는 여전히 구제불능으로 철면피하고 뻔뻔하고 전혀 아무 자책도 느끼지 않았다. 느끼기는커녕, 도리어 그 사이 몇시간 어간에 태규대로도 거꾸로 오기와 옹고집으로 변해 있었다. 하여, 하마터면 동훈마저도 태규의 그 엄청난 당당함에 감염되어, 어럽쇼, 사실 반도호텔에서 하룻밤 잔 게 뭐 그다지나 대단한 일이겠는가, 하고 받아들일 뻔하였다. 동훈은 그냥저냥 어리뻥뻥해지며 태규가 앞자리에 와 말없이 마주앉자 극히 사무적인 어투로 대뜸 물었다.

"오늘 저녁 석주 집에 가련?"

"그럼, 가야지. 대관절 무슨 일인데? 석주 그 친구 오늘 좀 묘하데."

하고 태규도 태연하게 받았다. 동훈은 왈칵 저 안쪽 깊은 속에서 웬 울뚝밸 같은 것이 솟구쳐오르며, 문득 차라리 몇시간 전의 그 석주가 새삼 신선하게 다가왔다.

"흥, 꽤나 자신만만하군 그래."

"말인즉 뻔뻔하다는 얘기겠지. 허지만 그건 도리어 내 쪽에서 할 소리야."

하고 태규는 정면으로 이쪽을 보지 않고 비스듬히 외면한 채 담배 한대를 꺼내 붙여물고 뻐끔뻐끔 빨았다. 그러고는 담뱃갑째로 동훈 쪽으로 무심결에 내밀며 다시 말했다.

"난 나대루 할말이 있으니까 너들일랑 염려 놓아. 이따 아홉시에 두 못 갈 것 아니구, 너들이 저엉 그렇게 나올 땐 나대로도 할 소리가 있어."

"그래서?"

"뭐가 그래서야?"

적어도 지금 이쪽 동훈이 예상했던 태규는 결단코 저런 태규가 아니었다. 그러고 보면 자기는 무심결에라도 태규의 그 어떤 약한 고리를 붙들고 있었던 것 같다. 태규의 약하디약한 모습을 보려니 하고 기대라도 했던 것 같다. 그쪽대로 심히 괴로워하고 있는 태규, 지금의 동훈에게 따뜻하게 살갗으로 다가왔던 태규란 바로 그런 태규였을 것이다.

'어? 이건 여엉 날것이군. 이건 여엉 아닌데' 하고 동훈은 조금 피시시 웃으며 이렇게 생각했다. 그러자 반짝 하고 자신의 어느 끝머리, 한정(限定)이 틔어오는 느낌이었다.

앞자리에 앉은 태규는 더이상 어떻게 해볼 도리라곤 없는 애물단지가 되어 철벽처럼 떡하니 버티고 있었다. 그렇게 이쪽에서도 갑자기 도통 할말이 없어지는 것이었다. 그러자, 그래 맞어, 인천으로 가는 거다, 수경과 같이 인천으로, 하고 뭔가 울부짖듯이 생각은 하면서도, 당장 동훈의 입은 엉뚱하게 따로 놀았다. 그렇게 동훈은 매우 단호한 목소리로 태규를 불렀다.

"태규."

"왜?"

"난 나대로 무척이나 약해져 있고 괴로워하고 있는 너를 예상했었다."

"그래서? 그래서 어쨌다는 거냐?"

"차라리 지금 네 그 뻔뻔헌 모습이 마음 든든허군 그래."

"뭐라구?"

태규는 비아냥거리듯이 피식 웃었다.

"참말이다. 지금 난 진짜 참말을 하고 있는 거야."

스스로도 지금 자기는 참말을 하고 있다고 생각했다. 태규는 이래야 한다. 응당 이래야 한다고 거듭 다짐을 하듯이 생각했다. 단지 빠르게 옳고 그른 걸 가리려 드는 저 소용돌이 속에 휘말리느니, 차라리 배짱좋게 뚝심좋게 이렇게 나와야 한다. 응당 그래야 한다고 거푸 생각했다. 그런저런 토론? 상호비판? 그리고 자아비판? 어쩌고? 그런 건 짜잔한 아이들이나 벌이는 짜잔한 짓들일 뿐이다.

"네가 지금 약해 있었으면 나도 괜스리 안이하게 우쭐해지고 신명을 냈을 거야. 한사람쯤 내 힘으로 살려내기라도 한 듯이 말야."

"떡 줄 사람은 생각도 않는데 김칫국부터 마시는 격이군. 도대체 알쏭달쏭해서 네 그 소리가 무슨 소린지 도통 못 알아듣겠다."

이번엔 동훈이 쪽에서 짧게 밝게 웃었다.

패연히 비가 쏟아지고 있었다. 구름이 낮게 드리웠고 빗줄기는 비스듬히 휘어져서 내리고 있었다. 수런거리는 거리의 일부는 자욱한 빗줄기 속에 아득히 회색으로 뻗어 있어, 마치 빈 겨울들판처럼 휑하게 내다보였다.

동훈은 공중전화 다이얼을 돌리면서도 멀거니 거리를 내다보았다. 통화중이어서 거푸 다이얼을 돌려야 하였다.

"자알 쏟아진다."

바로 옆 담뱃가게에서 중년 목소리 하나가 이렇게 중얼거렸다. 사람 모습은 가게 모서리에 가려 보이지 않았다.

"그나저나 이번에 터진 마산 데모는 당국에서도 좀 곤란하겠어."

모습은 역시 보이지 않지만 비슷한 연배의 다른 목소리가 말꼬리를 길게 빼며 또 이렇게 중얼거렸다.

그리하여 석주야, 저런 소리를 우리는 저렇게 지나가는 소리처럼은 하질랑 말자. 바로 우리들 앞에서 벌어지는 저 일들에 우리는 과연 구체적으로 무엇을 할 수 있겠는지에만 초점을 맞춰서 다가서보자. 이참에 중요한 것은 어느 개개인들을 두고 따져드는 일이 아니라, 서로 우선 모여들고 뛰어드는 일일 것이다. 우리들이 그렇게 이제 나서야 할 일은 과연 어떤 일인가.

겨우 전화가 걸렸다.

"여보세요."

동훈은 수화기를 비틀듯이 움켜잡았다.

"나야, 동훈이. 그런데 말야, 왜 이리 비가 쏟아지지?"

수경이 금방 받았다.

"빗속의 드라이브 얼마나 멋있어. 더구나 봄빈데, 금상첨화라는 거 있잖어."

"아니야, 그게 아니야. 봄비치고는 너무 소내기야. 그래선데, 내가 이제부터 할일이 아주 많아졌어. 그러니 지금 좀 당장 나와."

"지금 술 취했어? 아직 중낮인데."

"천만에, 술은 무슨 술, 여하튼 당장 좀 나와."

"왜애? 이상허네."

"글쎄 좀 나오래도. 나와보면 알게 돼."

"어디루?"

"엊저녁 그 다방으루, 지금 곧."

"알았어."

동훈은 살그머니 정성스럽게 수화기를 놓았다. 뜻모를 자조 같은 것이 뒷등으로 짜르르한 쾌감이 되어 훑어내려갔다.

　다시 빗속의 한길에 나섰다. 그렇게 그는 석주 생각을 골똘하게 하고 있었다. 한편으로는 수경이 생각하는 그녀 자신의 분수도 수경대로 명석한 것이라고 생각해보았다. 그렇다면 지금 자신이 아등바등 피하려고 드는 것은 대체 무엇일까. 그렇다, 그건 수경과의 접촉에서 피차에 고여진 저 으늑으늑하고 습기찬 독(毒)일 것이다. 그것은 말끔히 부숴내야 한다.

　퇴근 무렵이라 비 오는 속에 웅성웅성 거리가 부풀어오르기 시작했다. 무엇인가 터지기 직전의 적요, 고요가 차라리 아주 긴박한 소용돌이 같은 것으로 온 거리에 차오르기 시작했다. 네거리의 교통신호등 색깔도 빗속이어서 더 그럴 터이지만 오늘따라 유난히도 선명하게 번뜩였다. 밀려 있던 자동차들이 한꺼번에 서서히 구르기 시작하고, 클랙슨 소리가 낭자하게 퍼졌다. 질퍽하게 젖은 아스팔트길을 건너가고 건너오는 사람들의 덩어리가 서로 엇갈렸다. 그 뒤로 사람들을 가득 실은 전차가 땡땡거리며 커브를 돌아 지나갔다. 그리고 드디어는 모든 것이 물결처럼 흐르기 시작했다. 보행자 신호로 잠시 비었던 네거리 공간을, 그것들, 전차와 버스, 그밖에도 각종 차량들이 다시 순식간에 메워버리고 말았다.

　을지로 양옆에 즐비하게 늘어선 양복점 간판들도 후줄근하게 비를 맞고 있다. 어느 라디오방에서는 나애심의 청승맞은 노래가 흘러나오고 있다. 나애심의 노래가 끝나자 다시 다이아나가 이어진다.

　그는 뭔지 덮어놓고 싱그러운 것을 느끼며 양어깨를 한번 들썩 올렸다가 내렸다. 극장마다에는 사람들이 꽉찼을 것이다. '주 예에수를 믿으라.' 버스가 닿을 때마다 의자에서 천천히 일어나 우렁차게 고함을 지르는 세종로 네거리의 잘생긴 중년사내도 오늘은 비를 맞으며 심심치는 않을 것이다. 그리고 이따금씩 엉뚱한 행렬이 지나간다. 브라스밴드를 앞세우고 도식적이고 심드렁한 행렬이 사람들 머리 위로 아득하게 지나간다. 흡사 싱거운 깃발만의 행렬처럼 그렇게 지나간다. 그리고 또 이따금은 선거선전차들이 고래고래 소리를 지르며 거리를 쏘다니고, 파고다공원 안에는 소요객들의 심심풀이가 생기고. 서울운동장과 장충단공원에서 행사가 벌어지고, 드디어는 선거가 사람들을 누비며 지나간다. 그리하여 이 모든 것들은 한 색깔로 뒤범벅이 되어 얽혀 있다. 허구한 나날, 이 모든 것을 덮어버리듯이, 새벽, 자정, 한밤중에는 정해진 시간마다 한번씩 싸이렌이 운다. 사람들은 그렇게 타성으로만 둔탁한 흐름을 이루고 하루하루 살아가고들 있다. 저 모든 겉도는 관념들과 말씀들과 사변들을 짓뭉개어버리며 살아가고들 있다.

"하지만 여하튼 무슨 일이든지 일어나긴 일어나야겠어."

동훈은 또 이렇게 중얼거렸다. 그리고 그 무슨 일인즉 이미 곳곳에서 꿈틀거리며 일어나고 있다. 대구에 이어 마산에서도 데모가 터졌다지 않은가.

도대체 지금 수경을 만나서 무슨 말을 할 수 있을까. 자기 속에서 무슨 일이 일어났다고 말할 수 있을까. 다방이 저만큼 보인다. 선뜻 들어서기가 어쩐지 민망해진다.

"어머, 흠뻑 젖었네."

수경은 두 눈을 한껏 벌려 뜨고 말했다.

"그래, 흠뻑 젖었어."

"어째 오늘은 자기, 여느 때 같지 않아. 어쩐지 무서운 얼굴이야."

"그으래요?"

하며 동훈은 맞은편 자리에 털썩 주저앉았다.

"어쩐지 무서워. 자기, 지금 심각한가봐."

"그래, 비를 맞았어. 그러구, 뿐만 아니구, 된통으로 후들겨맞았어. 지금 내가 너에게 할 수 있는 소리는 이것뿐이야."

그는 부러 선하품을 하듯이 건성건성 말했다.

"왜애? 왜 그런 소리뿐일까?"

"내 속에서 지금 일어난 일을 너헌테 제대로 전달할 수가 없어졌어."

"허긴 늘 그래왔지 뭐. 언제는 쓸데있는 소리가 있었나 뭐."

수경도 결연하게 이렇게 받았다.

"그건 네가 생각하듯이 그렇게 간단치는 않아."

"아이, 뭐 그런 희미헌 소리가 있어? 그러면 그렇고 아니면 아니지."

수경은 발딱 일어서려다가 도로 주저앉는다.

동훈은 지그시 눈을 감았다. 당장 이 다방에서 훌쩍 빠져나가고 싶다고 생각했다. 이 새로운 것으로 고여오는 것들을 저 아이에게 어떤 방식으로 납득시킬 수 있을까.

비가 멎고 구름들이 갈라지고, 그 갈라지는 틈서리로만 희끗희끗 달빛이 새어나오고 있다. 어느새 거리 곳곳에는 싱그러운 바람이 일고 있다. 동훈은 무작정 홀가분해졌다고 느꼈다. 지금 걸어가는 방향은 분명 석주 집이다. 그리고 뿐만 아니라 그 어떤 큰 방향을 잡아서 가고 있다고 느낀다. 고인 빗물을 튀기면서 동훈은 걷고 있었다. 손목시계를 들어 보았다. 아홉시 이십분 전이었다. 수경아, 너를 사랑한다, 사랑해…… 하지만 왠지 오늘밤따라 그 소리는 빈 메아리로 되감겨온다.

　그날 밤, 석주 집에서는 처음부터 태규 일 같은 것은 비끗 누구 하나 입끝에도 올리지 않았다. 그까짓 지나간 일들은 오늘밤 화제에 올릴 건덕지조차 안되었다. 응당 그럴 일인 것이, 서울시내 각 대학의 대표들도 이 자리에는 한사람씩 껴 있었던 것이다. 그리고 그 중심에는 이미 불덩어리 그 자체가 되어버린 듯한 석주가 자리해 있은 것은 물론이었다.

　사흘 뒤인가, 바로 4월 19일, 석주는 경무대 앞에서 즉사하였다. 그가 맞은 탄알은 첫발이어서 그는 첫 희생자가 된 셈이었다.

〔내일을 여는 작가 2000년 봄호: 사상계 1960년 11월호〕

‘본시’와 ‘대강’ 그리고 ‘응당’의 사람살이
분단과 통일에 대한 독특한 민중적 사유

임규찬

1

올해 칠순을 맞는 이호철 선생이 또다시 싱싱한 작품집을 선사한다. 1955년에 등단했으니 어언 46년 세월. 직접 만나본 사람이라면 그가 어느만큼 정력적인가를 한눈에 알 수 있지만, 시단에서는 ‘현역 원로’가 그래도 많은 반면 소설적 몸체에 걸맞은 육체성을 유지하기가 힘들어서인지 소설계에서 그만한 노익장은 찾기 힘들다. 어쨌든 이 점만으로도 작가 이호철은 우리에겐 하나의 축복이다. 일찍이 프랑스 작가 씨몬느 드 보부아르는 노년에 대한 일반의 고정관념에 대해서 실존인물을 사례로 들어 논박한 일이 있다고 한다. 플라톤의 실례를 들어 노년이 아니면 얻지 못하는 철학적 수확을, 또 80세에 대로마를 이끈 카토의 정치적 정력을, 그리고 80세에도 왕성한 작곡

활동과 연주여행을 다녔던 베르디의 창조력과 활동력을 증거로 내세운 것이다.

그런데 그 가운데 가장 인상적인 사람은 베르디였다. 그를 찾아온 사람들에게 음악의 열정이 퇴색하는 기미가 보이지 않던가, 리듬 잡는데 규칙성이 해이하지는 않던가, 앙상블에 무신경하지 않던가, 육체의 유연성이 굳어 보이지 않던가 등 자신의 연주에 대해 조목조목 따져 물었다. 그러고나서 베르디는 '늙음 속에 음악은 아무런 반응을 일으키지 않는다'고 말했다 한다. 작가 이호철에게서도 그러한 사고방식이나 행동방식을 만날 수 있다. 그리고 그것을 실증해주는 것이 이 작품집 『이산타령 친족타령』이다.

2

겉으로 드러낸 적은 없지만 개인적으로 좋아하는 시가 있다. 아니 좋아한다기보다는 이따금 불쑥 떠올라 말없이 읊조려보는 그런 시다. 롱펠로우의 「비오는 날」. "날은 춥고 쓸쓸한데/비 내리고 바람 그칠 줄 모르네/담쟁이덩굴은 무너져가는 담벼락에/아직도 매달린 채"로 시작되는 조금은 쓸쓸한 시다. 그중에서 마지막 연이 가슴에 참 와닿는다. "진정하라, 슬픈 가슴이여! 투덜거리지 말라/구름 뒤엔 아직도 태양이 빛나고 있으니/너의 운명도 모든 사람의 운명과 다름없고/어느 삶에든 얼마만큼 비는 내리는 법/어느정도는 어둡고 쓸쓸한 날들이 있는 법!"

삶의 근본적인 쓸쓸함을 위무하고, 오히려 그것을 인정하면서 삶의 또다른 밝은 면으로 눈길을 돌리게끔 토닥거리는 삶에 대한 통찰이 쉽사리 떠오를 것이다. 그러나 나는 그렇게 해석된 시로서가 아니라 시 자체가 풍기는 쓸쓸한 분위기에 자기도 모르게 취한다. 그것은 어쩐지 사람마다 고유한 감정의 무늬와 연결되는 것 같다. 때로 성격으로 지칭되기도 하지만, 그보다는 사람마다 대개는 겉으로 잘 드러나지 않는, 스스로도 잘 드러내지 않는 자아의 숨은 그늘이라고 해야 더 옳지 않을까 싶다.

그런데 이런 시를 읽고 어떤 이들은 껄껄 웃으며 시 자체가 풍기는 그런 그늘을 싹 지우고 밝게 얼굴을 펴는 사람들도 있다. 가령 시 자체를 부정하거나 무시하는 것이 아니라 "그래 삶은 그런 것"이라며 시 속의 '태양'을 현실 전면에 내세우는 낙관적이고 쾌활한 기운. 새삼 이렇게 말머리를 내세운 것도 소설 역시 작가의 체취대로 제가끔 문양을 내기 마련이며, 지금 이곳의 주인공인 이호철도 예를 든 시풍에 손사래를 치며 '웬 청승' 하는 듯한 기질의 소유자가 아닐까 싶어서이다. 그것은 그의 첫 작품 「탈향」에서부터 느껴진다. 전쟁중 식구들과 떨어져 낯선 이방으로 홀로 월남한 어린 젊음들이 화찻간에 기거하며 추운 겨울을 힘들고 쓸쓸하게 보내는데 그중 가장 여리고 약한 하원이 울먹이며 하는 말도 그 힘듦과 쓸쓸함에 견주어 고작, 그러나 매우 느닷없는 "야하, 부산은 눈두 안 온다, 잉"이다.

이런 기질의 대표자로 나에게 강력하게 각인된 사람은 김학철 선생이다. 자서전 『최후의 분대장』을 읽으면서 더 분명해졌지만 그의 낙관적 태도와 그로부터 배태된 강인함은 실로 놀라웠다. 실제로 그는 일제치하에서도 이런 낙관성과 강인함이 있기 때문에 항일투쟁도

가능했다고 이야기한다. 우리는 이런 유의 삶을 대하면 알게모르게 비장해지기 마련이지만, 그는 단호하게 삶 자체를 낙관할 때만이 모든 어려움도 감수할 수 있고, 삶의 희로애락 또한 동시에 맛볼 수 있다고 단언한다.

3

물론 작가 이호철에게는 강인함보다는 낙관성이 훨씬 압도적이다. 어떤 비관적인 환경에 처하더라도 그 환경에서 어느정도 예견할 수 있는 비장감이라고는 거의 맛볼 수 없다. 오히려 유유자적이라 표현할 만한 분위기가 형성된다. 흔히 이호철 소설의 특징으로 거론하는 상황성 역시 이와 연관하여 이해할 필요가 있다. 말하자면 소설이 행위에 의해 지배되지 않고 상황이 주는 분위기가 지배하는 가운데 거기에 대한 인물의 반응이 소설의 중심축을 이루게 된다. 여기서 비장감이 보이지 않는다는 것은, 상황 자체가 압도적인 무게로 당연한 세계인 양 전제되며 그에 따라 작가가 등장인물들을 각자 어찌 대처할 것인가 하는 순응과 적응의 각도에서 바라보기에, 읽는이들은 알게모르게 낙관주의의 정조를 느끼게 되는 것이 아닐까. 가령 이 점은 장편소설 『소시민』에서 서술자의 목소리를 빌려 작가의 의중을 진술한 다음과 같은 대목에서 어느정도 드러나지 않나 싶다.

모든 상황은 그 상황 자체의 논리를 좇아 뻗어가는 것이고, 일단 그 상황 속에 잠긴 사람들은 어쩔 수 없이 그 상황의 논리에 휘어

들게 마련일 것이다. 이른바 상황의 메커니즘이라는 것이다. 그 상
황의 메커니즘이 급한 소용돌이를 이루면 이룰수록 그 속에서 사
람들이 변모해가는 과정도 속도를 지니게 된다. (『소시민』, 문학사상
사 1993)

이번 소설집의 중심을 이루는 작품들도 6·25(혹은 그 전후)라는
소용돌이 국면에서 발원하고 있다. 가령 부대 내 불사신의 명물로
꼽히는 세 사람의 군인을 중심인물로 내세워 전쟁기간의 야수적 행
동양태를 그린 「사람들 속내 천야만야」는 '구조의 해체가 폭발성을
지닐수록 그 속에서의 인격의 해체도 폭발성을 지'님을 전형적으로
드러내준다. 소설의 화자(김하사)와 나머지 두 사람(안중사와 송중사)은
체질적으로 아주 대조적이다. 안중사와 송중사는 화자가 보기에 세
상에 드문 악종 중에도 극악종에 해당하는 '망나니'들이다. 수색중
외딴집에 여자만 있으면 젊고 늙고를 따지지 않고 겁탈하는 이들이
바로 그 두 사람이었다. 작품에 나오는 두 삽화는 읽기에도 섬뜩한
장면들이다. 어쨌든 그 점에서 그들과 다른 화자 김하사가 왜 이들
과 함께 어울리는가가 읽는이로서는 자연 관심거리다. 분명 소설 속
에서도 김하사는 단순한 관찰자가 아니다. 오히려 두 중사의 삶처럼
'맹탕으로 조잡하게 들끓을 사람살이와 도깨비판처럼 되어갈 사람
들 관계', 한마디로 망나니들이 온통 활개치는 괴이한 세상 속에서
이들을 물끄러미 쳐다보며 방관할 수밖에 없는 대다수 사람들의 형
상에 가깝다. 그 역시 '본시 저들 생긴 대로, 자기 절로, 제 깜냥대
로, 하루하루 살아갈 수만 있으면, 그 이상 더 바랄 것이 없겠다는

쪽의 성향으로 대강 태어난 사람'이다. 여기서 '본시'와 '대강'이 의미하듯 모든 것이 네모 반듯하게 규격이, 각이 져가는 답답한 북쪽보다는, 저 생긴 대로 자연상태로 한량없이 들끓는 남쪽 세상이 좋아 남쪽으로 왔다가 그 속에서 얻은 연줄에 따라 국방군에 자원 입대한 사람이다. 그리고 악종들이 자신을 붙여주어 함께 어울리게 된 것이다. 이야기는 그런 악종 두 사람이 끝내 제 명대로 못 살고 비명횡사하는 장면을 목도하는 것으로 끝난다. 화자 자신이 '으레껏 전쟁이라는 것은 이런 것이겠거니, 이런 것이려니, 앞으로도 이런 것이 되겠거니, 하고 심상하게 받아들'일 정도로 '대강'의 사람이며, 따라서 '대강'의 사람이 본 전시의 한 인간풍속인 것이다.

그러한 가운데서도 등장인물들의 관계 속에서 개별 인간들을 향한 작가의 미묘한 서술전략을 눈여겨볼 필요가 있다. 대개의 등장인물들이 보여지면서 감춰진 실제 인물들의 모습을 담지하고 있다. 그러나 작가는 이것을 확연히 구별지어 접근하는 것이 아니라 어느 순간 감춰진 본성이 한순간 적나라하게 드러나는 현장성을 극적으로 포착하여 인물의 심층을 파고드는 전략을 취한다. 그 점에서 베르그쏭이 말한 '표층자아'와 '심층자아'의 속성에 견주어보는 것도 이해에 도움이 될 것이다. 사회생활을 가능케 하는 일상적 자아로서 공간화되고 양적이고 병렬적인 자아인 표층자아와, 생명의 질적 연속의 실재로 끊임없이 변화해가는 표상으로 지칭되는 심층자아의 자연스런 통합이야말로 한 개인의 인간적 기질이라는 것이 베르그쏭의 생각이다. 우리가 일반적으로 보고 듣는 일상적 자아를 끌어안고 그것을 더 깊이 파고들어가는 심층자아의 특성을 중시해야 한다는 것인데,

실제로 이런 범주에서 포착되는 특성이야말로 이호철 소설의 고유한 형상적 질료이다. 이를테면 인격 전체가 단순성의 한 점에 수렴되고, 이미 있는 이미지와 새로 들어오는 이미지가 서로 침투 융합하여 자기의 독특한 개성을 부단히 유지하며 전개해가는 심층자아의 성격이 이호철 소설의 수맥을 이룬다. 작가 스스로 이와 비슷하게 발언한 적도 있다.

인간이 시대상황에 의해 규정되는 사회적 존재인 것은 아무도 부정할 수 없고 내 문학 속 인물들 또한 이같은 존재로서 그려졌습니다. 그러나 개개의 인생은 이보다 더 깊은 어떤 본래적 원형(운명)의 시대상황에 대한 발현태 또는 변용태입니다. 이것을 날카롭게 꿰뚫어 적절하게 반영하는 게 문학이라는 것이 문학에 대한 정열의 밑바닥에 놓인 내 평소의 문학관입니다.(정호웅·이호철 대담「단독자의 삶과 문학」,『반영과 지향』, 세계사 1995)

물론 좀더 자세히 견주어보면 이호철의 인간관은 베르그쏭과는 다르다. 지속을 생명의 본질로 파악하는 것은 유사하지만 베르그쏭은 자신 속으로 주의를 집중하여 자아의 깊은 바닥에 놓여 있는 생명의 가장 내적인 것을 찾아내어 그것을 행동화하는 자기창조의 길을 강조하였다. 그러나 이호철의 '본래적 원형(운명)'은 이와 차원을 달리한다.

이번 소설집을 눈여겨보면 아주 자주 부딪치는 짧은 문장 하나가 있다. "응당 그랬을 것이다"라는 문장이 그것이다. 가령 이런 문장은 다음과 같은 상황묘사와 서술로 이어진다.

그러노라니 언제 어디서 삼팔선을 넘었는지도 모르게 어느새 북
한땅으로 들어서 있었지만, 북상한 국군을 대하는 현지 백성들만
은 남이고 북이고 전혀 차이가 없더라는 것이다. 응당 그랬을 것이
었다. 같은 조선사람, 한국사람이었으니 어찌 안 그랬을 것인가.
(「비법 불법 합법」, 강조-인용자)

적어도 이런 측면에서 무의식적인 삶의 형식으로서 어떤 보편적
인간 기질을 상정하지 않을 수 없다. 그것은 앞 문장에서 볼 수 있듯
이 오랜 역사 속에서 무의식적으로 누적된 인간성, 민중성의 성격이
라 지칭할 만한 속성이다. 그리고 이런 기질적 성격은 개인, 지역(고
향), 민족, 인류 차원으로 다양하게 범주화되며 그때그때 상황 속에
서 당연시되며 작동된다.

이를테면 「비법 불법 합법」이 이에 대한 설명으로 적당할 것이다.
작가는 화자의 입을 빌려 6·25에 대해 설령 몇십권으로 소상히 극명
하게 기술된 전사(戰史)를 읽는다 하더라도 오십년이 지난 우리 감
각에 와닿은 것은 없다며 일반민중이 처해 있던 실제 정황을 하나의
삽화로 예시해나간다. 사실 이 삽화는 꽁뜨에 가깝다 할 것이다. 힘
든 전투로 지쳐 있는 상황에서 다시금 공격명령이 하달되어 연대장
이 예하부대에 이를 전달하는 과정에서 피곤에 지친 장교가 잠결에
지시를 전달받다 명령이 실종되어버린다. 통신병이었던 화자가 이
과정을 전부 목도하게 되었지만, 결국 이 건으로 군법회의가 열리고

책임당사자인 곽소령 대신 엉뚱한 원상사가 즉결처분으로 사형선고를 받기에 이른다. 하지만 이때 화자는 증인으로서 어정쩡하게 행동한다. 요행히 원상사는 구사일생으로 살아남고, 소설 막바지에 어떤 모임에서 이제는 변호사가 된 화자는 원상사와 다시 조우하게 된다. 작가는 원상사의 입을 빌려 도발적인 민중적 특징을 유감없이 드러낸다.

"너도 잘 알다시피 그 옛날 전쟁중에 그렇게 비법(非法)으로 살아남았으니, 그 뒤로는 불법(不法) 저지르는 게 내 본업이나 다름없었다. 그러니 꾀죄죄하게 법 조문이나 주무르면서 소위 합법적으로만, 합법을 가장하면서만 살아온 느네들 같은 조무래기들이야, 내 눈에 제대로 사람처럼 보였겠느냐 말이다."

이때 들은 이야기지만 원상사는 그후 격전지에서 우연히 곽소령을 만나 '임기응변'으로 사살해버렸다. 그리고 원상사는 제대 이후 노동판에서의 생활 역시 전선의 연장이었다며 "난 이렇게 늘 이 대한민국의 가장 발가벗은 현장 한가운데 있었다"고 항변한다. 그리고 그의 마무리말이야말로 통일에 대한 지적 채색이 아닌 원색적인 토로이자 '민중적' 육성이라 할 만하다. "나 같은 이런 독종이 우리 대한민국 오십여년의 최저변을 사실상으로 버티고 왔듯이, 지금 북에도 북 세상을 최저변에서 사실상 버팅겨온 나 같은 동류항 독종이 분명히 있을 것인데, 지금 내 심정은 북쪽의 그런 자 하나와 만나, 권커니 잣거니 술이라도 한잔 나누고 싶다, 이것이다. 느네들 좋아하는 그런 잘난 소릴랑 일절 없이…… 남북간의 그런 독종들끼리 진짜배기로 화해가 이뤄지기까지는 아직 멀었다, 멀었어."

4

　이처럼 기질의 정도 혹은 상황성 자체에 따라 상호 대조되는 측면이 강화되면서 독특한 역사성을 형성하기도 한다. 가령 ‘민중성’에 대해 작가는 “본시 우리네 민중이라나 백성이라나 하는 쪽의 중요한 덕목으로는 참을성과 절제말고도, 인간 품격의 근간의 하나로 볼 수 있는 순종이라는 미덕도 끼여 있었던 것이다. 그리고 이 순종이라는 덕목에는 본시 ‘힘세고 큰 것’에 기대어서 그 비호 밑에 저들대로의 조촐한 자유와 안정된 생활을 누려보자는 나름대로의 지혜가 숨겨져 있었다”(「아버지 초」)라고 말한다. 말하자면 역사의 시간은 역사를 소유한 자들의 시간이고, 그렇지 못한 자들은 각자의 삶의 영역에서 진행시키고 있는 삶의 리듬에 따라 적절하게 순응하며 적응하며 자신을 유지하는 시간을 갖기 마련이라는 것이다. 그러므로 일반인들에게 시간은 정치에서 흔히 그러하듯이 흘러가면 그만인 직선적인 연대기의 시간이 아니라 순환적인 공동체적 시간에 가깝다. 가령 월남민의 한 생애를 그린 「살(煞)」에서 서서히 변두리 인생으로 밀려나며 말수도 적어지고 과묵해지는 ‘재훈씨’의 한 돌발적인 모습은 순환적 시간관에 기초한 심층 원형의 한 발현일 터이다. 일흔서너살이 되면서 북에 두고 온 딸 덕주를 만나기 위해 ‘김일성씨를 꼭 만나 보아야겠다’는 엉뚱한 생각이 생겨났다. 결국 유관기관에 조사를 받게 되는데, 여기서 진술한 재훈씨의 발언은 묘한 울림을 준다.

　"난 나름대로 혼자서 조사도 해봤소. 초대 대통령 이승만씨는 자식이 없고, 2대 대통령 윤보선씨는 치나마나고, 현대통령 박정희씨는 1남2녀로, 그런대로 가족끼리 단란허게 살드먼. 김일성씨는 자식을 몇이나 두었는지도 알고 싶고, 내 눈으로도 직접 확인도 허고 싶소. 저는 그렇게 살멘서, 나더러는 안된다고 허면, 그 당장에 귀싸대기를 갈길 거요. 지가 뭔데, 무슨 권리로 인류의 기본을 막아. 그러고나서, 괜헌 딴소릴랑 말라고 할 거요. 통일? 그런 건 난 모르오. 인류의 기본을 어기면서, 통일은 무슨 놈의 통일이고, 무슨 딴소리가 있어?"

　결국 한사람은 행려병자로, 또 한사람은 급사로 재훈씨 부부가 유명을 달리하는 것으로 이야기는 끝나지만, 기본적인 삶의 순환고리를 막는 정치체제의 반민중성을 작가는 숨김없이 드러내고 있다. 반민중성에 대한 비판은 물론 앞서 본 「비법 불법 합법」에서처럼 '먹물'에 대한 강한 반감에서부터 출발한다. 심지어 아버지에 대한 회상을 그린 「아버지 초(抄)」에서도 이 점은 나타난다. 아버지에 대한 연민을 전반적으로 깔고 있지만 그에 대해서도 '먹물기'만큼은 그냥 지나치지 않는다.

　아버지는 백번 죽었다가 다시 태어나도 도저히 그러지는 못할 사람이었다. 그것이 아버지 나름의 염치를 챙기는 처신이었을 것이지만, 지금의 내 나이로 천착해 들어가면, 바로 그 점이야말로 당시 아버지 나름대로의 '먹물기' 같은 것이 아니었나 싶어진다.

대강 먹물기 동네에 그런 식의 상투성 같은 것으로 떠돌아다니던 부화뇌동성(附和雷同性).

덧붙여 작가는 남북분단 체제를 그 각도에서 '먹물들이 박래(舶來) 쪽으로만 지향'한 데 주된 탈이 있었고 그 폐해가 막심하다는 것을 말한다. 오히려 그 점에서 작가는 통일을 위한 기반도 일반대중들의 '눈치' '지혜' '반(半)본능'에 기반해야 함을 주장한다. 말하자면 분단과 6·25, 거기에 내재된 이데올로기 갈등에서 시작하여 이후 분단된 상황에서 다시 통일을 지향하는 일련의 역사적 궤적에서 작가는 오히려 보통의 삶에 드리운, 끊임없이 과거에서 현재로 혹은 그 역으로 순환하면서 정제되어가는 어떤 일관성과 단순성을 주목한다. 그리고 그 해결을 향한 작가의 시선은 직선적 시간이 갖기 마련인 탄생과 몰락의 저편에 놓인 시간의 무심한 망각을 겨냥한다.

이 점을 잘 드러내주는 작품이 「이산타령 친족타령」이다. 중국에서 해방을 맞이하고 귀국하다 아이들 모두를 한꺼번에 배에 태우지 못해 이웃해 살던 과수댁에게 큰아들을 맡겼다가 이 과수댁이 뒤따라오지 않아 아이와 생이별한 부부의 이야기이다. 그후 큰아들을 찾기 위해 모든 방법을 동원하여 수소문하였으나 아무 소식도 알 수 없어 그들은 캐나다로 이민까지 했다. 70년대 중엽에 이르러서야 아들의 행방을 찾게 되고, 몇번의 서신교환 끝에 70년대 말에 캐나다 현지교포의 고국방문단에 끼여 어언 사십줄에 접어든 큰아들을 만날 수 있었다. 이야기의 중심은 바로 이후의 가족상봉에 있다. 남편의 시선으로 자기 아내와 그 과수댁의 만남을 그려나가는데, 30년이 넘는 세월은 일거에 사라지는 시간의 무심한 망각을 토로한다.

"정말로 내 쪽에서는 보기 민망할 정도로 어처구니가 없고 우스운 것이, 그렇게 두 할망구가 얼싸안고 한바탕 울기부터 하는데, 가만히 보아하니, 저간의 그 아들 찾던 일, 삼십년간 죽을 둥 살 둥 오직 그 일 한가지로만 노심초사 갖은 고생을 해왔던 그런 일은 두 사람간에 눈 녹듯이 사라져 있는 것이 아닙니까. (…) 이런 경우에 닥쳐보니까 사람이라는 것처럼 불가해한 동물도 달리 없는 것 같더라구요. 그러니까 두 할망구는 만나자마자 대번에 저 옛날 상해 시절 앞뒷집으로 살면서 조곤조곤 정분을 나누었던 그 시절의 그 두 사람 사이의 '단순한 관계'로만 문득 되돌아간 것이더라구요. 그동안의 삼십여년이라는 세월과 그러저러한 세사, 잡사들은 말짱 깨끗이 증발이 된 채로요."

'단순한 관계'에 따옴표를 치고 있는데 이 자체가 사실 작가가 강조하는 관점이다. 작가는 여기서 '사람 살아가는 것이 별것이 아니라 대강 이런 것이더라' 식으로 두 사람이 걸어왔던 세월을 계속 개진해나가는데 그것을 통해 작가는 이처럼 보통사람들에게서 보여지는 '눈치' '지혜' '반본능'이야말로 사람 살아가는 일의 핵심임을 말하고 있다.

그런데 여기서 하나의 은유적인 지점이 있다. 당시 피란길에서 과수댁이 왜 뒤따라오지 않았는가 하는 원인에 대한 시선이다. 작가는 작중화자의 입을 빌려 "그간 일, 지금에 와서 깐깐하게 알아본들 무슨 소용이 있을 것이오. 그 점으로 말하더라도 우리 내자는 내가 보기로 사람이 됐더라구. (…) 그런 데 비하면, 조금 전에 당신은 뭐랬지요? 뭐? '그렇게 됐던 그 원천이 바로 그 지점' 어쩌고? 그런 것이 내가 보기로는 왈, 설익은 치졸함이고 촌스러움이라는 거요. 그렇게 문자 섞어 어쩌고 저쩌고…… 당신 아직 멀었구면"이라 하며 이를 '먹물적 사고'라고 비판한다. 말하자면 '치졸함' '촌스러움'의 의미 반전이 이루어진다. 이 점은 분단의 형성원인과 극복방안에 대한 작가 나름의 소설적 대응이기도 한 것이다.

5

실제로 작가는 우리가 통상 아는 소설문법을 뒤집는 반전의 미학을 즐겨 구사한다. 앞에서 언급한 말처럼 원인과 결과를 세밀히 탐사하는 논리적 서사구조에서 벗어나 있다. 인간의 삶 자체가 모두 말과 행동으로 귀결되지 않는 무언과 방관의 세계도 있듯이 논리만이 아닌 비논리의 구조에 더 넓게 기반해 있다는 생각이다. 오히려 무언과 방관 속에 깊숙이 똬리를 틀고 있는 '본시'와 '대강' 그리고 '응당'이 의미하는 것, 그리고 그렇게 일상에 곤두서 있는 '사람들 속내 천야만야'를 불쑥불쑥 들추어내는 특이한 서술전략이다. 그런 예기치 못한 발언과 이야기가 한마디로 소설적 재미를 부추긴다. 비교적 작가의 개입이 많고, 묘사보다 장황한 서술 또한 많은 듯하면서도 그런 돌발적인 일상성의 분출은 심층에서 불쑥 솟구치는 예민성을 담고 있기에 독자의 신경을 자극하는 기습의 효과를 갖는다.

더구나 큰 서사는 없더라도 분단상황이라는 민족적 조건을 항시 문제삼고 있는 탓에 늘 현재성과 현장성을 내장하게 되는 것도 이호철 소설이 우리들의 관심을 끌게 하는 중요한 요소이다.

특히 이번 소설집은 6·25의 체험을 다양한 형태로 모아내어 그것을 나름대로 통일지향의 현재에까지 이어나감으로써 더욱 의미있게 다가온다. 물론 논리 대 비논리의 문제가 갈림길의 문제일 수 없기에 작가의 보이지 않는 단순성의 미학은 은연중 다른 한쪽에 대한 배제의 논리를 깔고 있기도 하다. 이를테면 지식인을 둘러싼 '먹물'의 문제나 이데올로기와 체제문제 등이 근원적으로 민중과 거리가 있는 문제일 수만은 없다. '본시'와 '대강' 그리고 '응당'이란 말이 때로 문제적일 수 있듯이…… 그럼에도 이념형 민중이 아닌 생짜 민중의 형상을 나름대로 구현하고자 하는 노작가의 노력은 체험과 깊은 관련을 맺으면서 여전히 자기만의 독특한 세계를 구성하고 있음을 이 작품집을 통해서도 확인하게 된다.

林奎燦/문학평론가, 성공회대 교수